魅丽文化 花火工作室

卷卷动人

Lovingly

Pathetic

旧衣 著

江苏凤凰文艺出版社
JIANGSU PHOENIX LITERATURE AND ART PUBLISHING, LTD

目录

CONTENTS

第一章

初遇 留个电话可以吗?

夜晚，窗外北风呼呼地刮着，室内一片寂静，窗帘未被拉上，月光顺着窗户一寸寸地爬进屋，铺满了床。

季策面对着窗户侧躺着。

不知何时，一只黑猫悄无声息地跳到了窗台上。它蹲在那里，一动不动，一双冒着绿光的眼睛直勾勾地盯着季策。

迷糊中，季策突然感觉到有一个女人从背后紧紧地抱住他，头贴近他的脖颈，在他耳边轻轻地叫着他的名字。他立刻惊醒，睁眼又看见窗台上蹲着的黑猫。季策心中一凉，猛然转头一看——室内果然空无一人。

但他依然能感觉到耳后温热的气息。

密密麻麻的冷汗布满了季策的后背。

季策再转头，窗户依旧关得紧紧的，呼啸的北风一丝都吹不进来，哪有什么黑猫?

果然还是梦。

季策抹了把额头的冷汗，起床把所有灯都打开。

凌晨一点，室内通明。季策却毫无睡意，他坐在沙发上抽烟。

月夜、黑猫、看不见的女人、背后的拥抱……

噩梦不可怕，可怕的是数十年如一日地做着同一个噩梦。

但这个噩梦又不是随便就能梦到的，有特定的引发条件。

季策非常懊悔。如果时间能回到八个小时之前，他一定不会好了伤疤忘了疼，强迫自己在飞机下降时向下看，以此来测试他的恐高症有没有减轻。

事实证明，一切都没有变。

他依然恐高。

自从十年前他不小心从楼梯上摔下来后，他就患上了恐高症。

虽然说恐高症不是什么严重的心理障碍，但每次发作都会头晕恶心、心跳加速、手脚发软、冷汗冒个不停，这些症状令人很讨厌。对季策来说，这些反应还是可以忍受的，只要平时注意一些，远离高空，不要从高处向下望，基本不怎么影响生活。

如果仅仅如此，他也不必放在心上。今晚的噩梦，让他心生寒凉。

自从季策患了恐高症之后，每次一犯病，他一定会梦到这个离奇又诡异的情景。

十年来，毫无例外。

季策有些后悔。他的私人医生很早就建议他找个专门的心理咨询中心，系统地做一下治疗，但他一直觉得没有这个必要。这两年他都没有犯过恐高症了，不过是一个梦罢了。如果不是今天又做梦了，季策差点都忘了这个诡异的噩梦。

今晚又不用睡了，他走到餐厅给自己磨了杯咖啡。浓郁的焦香萦绕在鼻尖，季策的脑海中突然浮现出今天在机场遇到的那个女人。

八个小时前。

今年的冬天格外冷，数九还没有开始，就已经有了滴水成冰的架势。盛卷卷披上臃肿的羽绒服，将自己裹得严严实实才敢出门。

她要去机场堵人。

从地铁站到机场只用了一个小时，相比开车来说还是非常有效率的。到了机场，盛卷卷所等的航班还没有到。她买了一杯热咖啡，靠在出站口的围栏上小口小口地喝着。

喝完一杯咖啡，她等的航班也到了。

哦耶！

时间卡得太准啦！

盛卷卷在心里欢呼雀跃。真顺利！一定是个好兆头！

趁着停机的时间，盛卷卷迅速冲到边上的商店买了杯热咖啡和两瓶矿泉水。然后她用最快的速度回到接机口，在人群中左钻右挤，占据了一个显眼的位置等着。

边上接机的人很多，他们大都是喜气洋洋的面容，只有盛卷卷一脸严肃，她目光如炬，生怕看漏了出来的人。

不一会儿，乘客们陆陆续续地从里面走出来。周围接机的人群开始涌动，盛卷卷也伸长了脖子，眼睛眨也不眨，生怕错过了她等的人。

从里面出来的人越来越多，盛卷卷只感觉自己的眼睛不够用，真是恨不得再长两只眼。可是她要等的人一直没有出现。

王昱不会耍我吧？盛卷卷的第一反应是这个。

不会人太多没看见，错过了吧？紧接着的第二反应是这个。

她又耐心等了等。

时间一分一秒地过去，出来的人越来越少，接机的人也渐渐没了。接机口慢慢变得冷清，偶尔路过的人都是行色匆匆。

“我肯定是被耍了！”

盛卷卷暴怒，她就知道王昱这小子不安好心。明知道陈绪正在躲她，王昱会这么容易地就告诉她陈绪的行程，让她来堵人？

没错，盛卷卷要堵的人就是她亲爱的异父异母的哥哥——陈绪。

自从一年前，陈绪在家和她的继父，也就是陈绪的亲爹大吵一架离家出走后，他就再也没回过家。这马上就要到她继父五十五岁的生日了，老爷子想大办，但他的独生子不在场很是说不过去。老爷子面上不好看是其次，就怕陈绪亲妈那头的亲戚会闹事，让盛卷卷自己的亲妈不好过。要不她才不会四处去找陈绪，真当她是吃饱了撑着没事干吗？

盛卷卷觉得自己一定是脑子进水了，不然怎么会相信和陈绪穿一条裤子长大的王昱呢？

她要打电话去骂王昱一顿。

盛卷卷把已经凉了的咖啡换到左手上拿着，用胳肢窝夹住两瓶矿泉水，然后右手伸进羽绒服口袋里掏手机。

盛卷卷刚把手机掏出来，低头正准备解锁，突然一个人猛地靠在她倚着的栏杆上，发出“咣”的一声响。这把她吓得手一抖，端着的咖啡一歪，幸好没有洒出来。但是，她胳肢窝夹着的两瓶矿泉水却“咣当”一声，应声落地，朝着栏杆内侧，骨碌骨碌地滚远了。

盛卷卷大叫一声，连忙扭头看是谁。

她回头，只见一个男人靠在她面前的栏杆上，和她近距离挨着。他穿着白衬衫，领口的扣子解开了两颗，露出略显白皙的脖子。衬衫下摆扎进西裤里，手腕里挂着一件大衣。他整个人弯着腰靠在栏杆上，右手按着眉心。

盛卷卷从侧面看不清他的表情，只见他深吸了几口气，才直起腰一步一步走向那滚远的矿泉水。

盛卷卷看着他弯腰捡起一瓶，拧开瓶盖，一口气喝掉了一瓶矿泉水！前后时间不超过三十秒。

“这是我的水。”盛卷卷目瞪口呆。

“十块钱。”盛卷卷又添了一句。

“钱”字的尾音还没消失，那人又捡起另一瓶矿泉水，拧开了瓶盖。

“二十了……”盛卷卷震惊之余又略显心痛，不自觉地说了出来。

这是她斥巨资买的水啊！十块钱一瓶呢！

可能是听见了盛卷卷的声音，那个人转过身。湿漉漉的头发蜷伏在那个人的额角，他的一双眼睛又黑又亮，直勾勾地看向盛卷卷，让她心里“咯噔”一跳。

二十块钱不要了！盛卷卷立刻决定。

“对不起。”他的声音有点低沉暗哑，大概他自己也察觉到了，清咳了一下才继续道，“借用一下你的水，我现在很渴。”

“哦，哦。没关系，你喝，你喝。”盛卷卷忙说。

她看着这个男人仰起头，“咕咚咕咚”地喝水，不自觉地盯着人家的脖子，眼珠子随着男人的喉结上下转动。等那人喝完了，她也不自觉地咽了咽口水。

“不好意思，喝了你的水。”男人喝完水，见盛卷卷还在呆呆地看着他，便再次道歉。

他走过来，步子缓慢。

美色当前，盛卷卷的脑海中竟不由自主地浮现出一句话：喝了我的水，那就是我的人了。

龌龊！

盛卷卷脸一红，在心里暗骂自己，面上却一本正经："喝就喝吧！不用客气。"

等男人走近后，盛卷卷才发现他的脸色很苍白，嘴唇也发白了，额角全是汗。他穿得非常少，与盛卷卷的臃肿相比，他的身材更加修长。他神色冷漠，整个人看起来就寒气逼人。

盛卷卷移不开自己的视线，随便找了个话题："你身体不舒服？还要水吗？"

"不用了，谢谢。"

"哦。"

男人不再说话，眼睛却看向盛卷卷左手上一直端着的咖啡，微微皱了下眉。

盛卷卷顺着他的视线看向自己的咖啡，脑子一转，故意"啊"了一声问："你是不是想喝咖啡？"说着她便打开了咖啡的盖子，凑到他面前。

男人的视线随着她的动作转动，落在面前的咖啡上，黑黑的，没有热气，也没有香味。但他莫名地点了点头。

盛卷卷眯起眼笑了："可是这杯凉了，我再去给你买杯热的。你给我留个电话，我怕我回来找不到你。"

喝了我二十块钱的水，还得花五十块钱给你买咖啡，你这电话号码够贵的。

盛卷卷在心里盘算着。

然而听了她极其自然的搭讪方式，男人很明显愣了一下，随后他俊朗的眉头就皱了起来。他显然很是反感，直接拒绝了："谢谢你的好意，不用了。"

盛卷卷并不惊讶，这种男人，想要他电话的人估计多了去了。她也就是随口一试，万一给了呢。

但是，咖啡还是要买的，谁让人家长得帅呢！帅的人有困难是一定要帮的呀。

盛卷卷伸出食指向男人摇了摇，笑道：“不给就不给吧，那你在这儿等我，我去买喽！”

说着就要走，转身间她用余光瞟到男人吃惊的表情，心中好笑，回头冲他一笑：“等我哦！”

男人没想到她真的是要去买咖啡，而不是故意搭讪要电话。自己刚才还喝了她两瓶水，据说要二十块钱。

他的表情有点不自然，有点惊讶，还有一丝丝的内疚。

这些全被视力极好的盛卷卷捕捉到了。她得意地哼着小调向不远处的咖啡店走去。

盛卷卷买完咖啡一路小跑回去，离很远就看见那个男人还靠着栏杆弓着背，一动不动。她整理一下头发，迈着小碎步慢悠悠地走过去，准备优雅地和那个男人打个招呼。

差几步就到了的时候，盛卷卷突然听见身后有人叫她。

“卷卷？”

盛卷卷愣了一下，立刻转过身，就看见了一个身材高大的男人。她惊叫出声：“啊！”

“你怎么在这儿？”那人拖着行李箱走过来。

盛卷卷立刻扑上去，脸上笑开了花：“我来接你呀！哥！”

王昱哥哥竟然没有骗她，真是好人。

盛卷卷内心无比感恩。

陈绪忙放下行李箱接住扑过来的人，他一手接过她端着的热咖啡，一手拥她入怀：“小心一点。”

盛卷卷和他用力抱了一下才直起身，高兴地说：“意不意外？惊不惊喜？”

陈绪挑眉：“惊喜就不必了，怕是只有惊吓。说吧，有什么事值得你来机场接我？”

盛卷卷不满道：“我本人就是大写的惊喜好吗？见到我就会有好事，不信你跟我回家看看。”

陈绪一下子笑出声：“好好好！就算你说的都对，我也是不可能回家的。”

见盛卷卷还要说话，他伸出两根手指堵住她的嘴巴：“打住！我和我爸的事你不要掺和，他不来接我，我是不可能回去的。”

盛卷卷立刻换上严肃的表情：“就是爸爸叫我来接你回家的！”

陈绪冷笑：“你还跟我撒谎？”

盛卷卷顿时偃旗息鼓，他们太熟悉了，什么都瞒不过对方。

但她是这么容易放弃的人吗？她立刻欺身黏上去，扯住陈绪的衣服，低声软语道：“你都不想我吗？我马上要过生日了，你都不回来给我庆祝吗？”

陈绪由着她闹，却也不松口：“放心，我会单独给你过生日。”

很巧，盛卷卷的生日和陈绪的父亲是同一天。所以陈绪非常清楚她的小心思，但他绝对不会妥协。

想到这里，陈绪觉得脑瓜子真疼。盛卷卷要是知道他为什么和他爸吵架，就绝对不会傻傻地跑来劝说了。

陈绪刺她：“是你亲爸吗？叫得这么亲。”

盛卷卷反问：“是你亲爸吗？一年都不回家。”

陈绪无语。他不想和她在这儿瞎扯，拉过她就往外走：“赶紧走，我还有急事呢。”

盛卷卷却赖着不挪脚：“你不回家，我就不走。”

陈绪放开她：“那你就在这儿站着吧，我走了。”

盛卷卷见他一副油盐不进的样子，气急败坏道：“陈绪你个不孝子！大傻子！我以后再也不理你了！”

陈绪勾勾嘴角，伸手揽住她的肩膀，坏笑道：“那你要说到做到啊！”

盛卷卷快要气哭了。她和陈绪一起生活了快二十年，两人吵架，她从来没赢过。

盛卷卷被陈绪揽着带到了停机楼外。那里已经有车在等着接陈绪了。陈绪先拉开车门把盛卷卷往里一塞，接着对司机说了个地址，就又“啪”地把门关上。

等盛卷卷反应过来时，司机已经启动车子了。

“哎哎，停车！停车！”盛卷卷忙叫道。

司机大哥语气严肃："这可不能停车，你没看见后面车都跟上来了吗？"

"我一秒就下车，绝对不耽误！"

司机不为所动。

盛卷卷威胁他："你不停车我直接开门跳车了啊！"

"姑奶奶，你可别，你饶了我吧，我赚点钱容易吗我？"司机大哥快要一唱三叹了。

盛卷卷却不再听他说，趁着车速慢，一把拉开车门。

司机见状连忙就是一个急刹车，叫道："你还来真的啊？！"

这还能有假？

盛卷卷也顾不上这么多，她从口袋里掏出两张毛爷爷扔在副驾上，边连声道歉，边飞速跳下车。

她往回去找陈绪，正看见他上了辆出租车。这时候她跑过去制止也已经来不及了。简直气死了！就和司机说了几句便误事！

远远的，盛卷卷还能看见陈绪端着咖啡，对她遥遥一举，似乎在庆祝他胜利地逃离了。

天啊——

盛卷卷觉得自己要被气晕了。

等等！

咖啡？

极品衬衫男还在等她的咖啡呢！

她居然忘光了！

等盛卷卷再回到接机口的时候，看到的只有行色匆匆的路人，哪儿还有那个白衬衫的男人。

她不是让他等她吗？怎么这么不听话。

盛卷卷的脑海中不断浮现出那个男人弓着背靠着栏杆上的模样，他的白衬衫在冬天的大厅里格外显眼。

失落，非常失落！

盛卷卷感觉自己错过了一个世界。

盛卷卷觉得这几天她命犯太岁，事事不平。

本来今天出门怕堵车，特意选择坐地铁，没想到一出门就开始下雪。

地铁站对面的十字路口，车流量很大。因为下雪，又是早高峰，再加上红绿灯设计不合理，堵得一塌糊涂。盛卷卷等了两三个绿灯也没能过街，左转的车没有一辆让着她的。她的头发都被雪沾湿了，又冷又狼狈。看着一路之隔的地铁站，盛卷卷气得直跺脚。

“打车算了。”这个念头刚一升起，一辆左转的黑色 SUV 突然停在了马路中间。

盛卷卷一愣。

见盛卷卷没反应过来，驾驶座上的一个人赶紧对她摆了摆手，示意她先走。

盛卷卷此时的惊喜不亚于他乡遇故知、金榜题名时，她对着车主飞了一个吻，连忙狂奔过去。过了马路，她还想回头看，但那车已经汇入车流中，不见踪迹了。

简直是当代雷锋！

盛卷卷回想着“雷锋”的模样，在忙乱中，她只知道是个男人，但没看清那人长什么样。

不过雷锋总是最帅的啦！盛卷卷哼着歌跑进地铁站。

今天她要去 T 大做心理学宣讲，可不能迟到。

盛卷卷是心理学研究生，毕业后她在导师的推荐下，去了一家心理咨询公司做了一名心理咨询师。老板和她的导师是师兄弟，关系紧密，经常有合作。她今天就是来做义务宣讲的。

到了学校，还不到八点半，盛卷卷便直接去她导师的办公室里取暖。她的导师顾百礼是国内心理学知名的教授，更是学术界大咖。当时，很多人都觉得顾百礼能带盛卷卷她们这届研究生简直像是太阳从西边升起了。

盛卷卷命好，赶上了个好时候。运气加上努力，她就这么抱上了这根粗壮的大腿。

顾教授今天九点要去参加一个学术会，很早就到办公室准备材料，盛卷卷进来时他正忙着。

“你来得正好，快给我泡杯茶，我忙到现在还没来得及喝口水。”

顾教授看见盛卷卷连忙吩咐。

“好嘞！”盛卷卷应了一声，把包一放，衣服都没脱就拿着水壶去茶水间接热水，一副熟门熟路的样子。

行政楼早上人并不多，顾教授办公室所在的七层东区是校长办公室。校长更是神龙见首不见尾，盛卷卷来过几次，从没见过校长。这一大早，七层整个茶水间就盛卷卷一个人来打热水。

她从茶水间拎着水壶往回走，路过电梯时，电梯门刚好开了，只见一群人正在里面你推我让。

盛卷卷余光一扫，发现为首的一人竟然是校长！趁他们还没出来，盛卷卷连忙快走几步与他们错开。

大人物，她还是离远些的好。

她不敢回头，拎着水壶脚下生风，迅速回到了顾教授的办公室。

“怎么急急忙忙的？”顾教授抬起头问她。

“我刚看见校长了，前呼后拥的好不气派！”盛卷卷解释。

“哦，他怎么来了？”顾教授嘀咕了一句便没有继续这个话题。

盛卷卷给顾教授泡了杯茶，又给自己冲了杯咖啡。她喜欢咖啡，但不挑，现磨的喝着自然好，速溶的也不错，她的包里随时都会装几袋。

“老师，您什么时候给我发点工资呀？”盛卷卷捧着咖啡笑嘻嘻地找话题，“我来学校，讲一上午，一分钱也没有，还得自己搭车费和餐费，我简直是当代雷锋。”

“就你那水平，给你提供免费场地就已经算是便宜你了，还想要钱？想得美！”顾教授气道。

“您都没听过怎么知道我讲得不好，学生们都很喜欢我的好吗？”盛卷卷不服。

“你有几斤几两我还是知道的。”

顾教授嘴上虽这么说，脸上却笑开了。他很少带研究生，盛卷卷是那一届中最得他喜欢的学生，有灵气、有悟性，并且还很努力。人虽然有点娇气，但也娇气得恰到好处。这种义务宣讲，没钱又浪费时间精力不说，还可能耽误自己的工作，所以老李公司里的其他年轻人都不愿意来。只有盛卷卷每次都风雨无阻，虽然她嘴上总是会调侃几句没钱，但次次都认真对待。

顾教授欣赏这样的年轻人。

两人聊了会儿天，时间也差不多了，顾教授得准备去开会，盛卷卷也该去教室了。

就在这时，办公室的门被敲了敲，校长笑呵呵地走进来。

“老顾啊，正好你在，有点事想麻烦你。”

“什么事？”顾教授问。

“是这样的，我有一个朋友，正好有点心理方面的问题想咨询一下。我就想到你是这方面的专家嘛，不知道你有没有空来和他聊聊？人现在就在会客室呢。”校长开门见山。

顾教授皱眉：“我马上要去开会，这就要走了，改天吧。”

“哎哎老顾！你抽空先见一面，简单了解一下，然后再约时间。”校长着急了，上前几步凑近顾教授，低声说，“这位刚给我们捐了一个实验楼！”

一个实验楼！好家伙，有钱真好。

盛卷卷在心里感叹，人却一点点移到角落里，试图将自己的存在感降到最低。

这种“权钱交易”，她可什么都没听见。

顾教授犹豫了一下，权衡之后道：“这样吧，我今天确实没时间，但我有个学生，就是这位，”他指着巴不得将自己藏起来的女孩，“盛卷卷，是我的得意门生，专业做心理咨询的，经验丰富，就先让她替我去见见吧。”

啥？！盛卷卷惊呆了，人在家中坐，祸从天上来？

校长这才发现办公室还有个人，他看向盛卷卷，一脸不认同。

顾教授着急走，便极力推荐：“你放心吧，你要相信我学生的能力，她绝对可以胜任！我来不及了，真得走了，你别让人家等着了。”

顾教授跑了，只剩下校长和盛卷卷尴尬地对视着。

“咳！”校长清了清嗓子，换了笑脸说道，“盛卷卷吧？名师出高徒啊！既然顾教授推荐了你，那我就把这事交给你了。”

盛卷卷缓过神来，连忙换上职业微笑，点头应是。

校长简单介绍了一下财神爷的身份，又嘱咐了几句，中心思想是务必要伺候好这位财神爷。

在校长说完财神爷的名字后，盛卷卷的内心就爆炸了。

我的妈！季策！季大财神爷！季阳集团唯一继承人，季家太子爷，近年来娱乐圈风头最盛的辰星影视的幕后大BOSS。

向来只闻其声，不见其人，传说中神龙见首不见尾的人物，就这么被她赶上了？！

要说盛卷卷，人送绰号：娱乐八卦小天后。

天生爱帅哥，喜欢看八卦，对各类绯闻津津乐道，娱乐圈的风吹草动她都一清二楚。

季策这位爷，虽然人不在娱乐圈，但娱乐圈到处都有他的传说啊。盛卷卷哪能不知？她简直是好奇已久！

一知道自己要见的人是季策，盛卷卷立刻来精神了！这位爷有什么心理问题要咨询的？钱多得不知道怎么花了吗？哈哈哈！

盛卷卷瞬间脑补出一场大戏，她精神抖擞地跟着校长去了他的会客室。

进了会客室，里面只有一个人。盛卷卷两眼放光，正准备好好一睹财神爷的真容。

下一秒她就呆住了。

这不是昨天机场那个穿白衬衫的男人吗？

他今天像换了个人一样，穿着驼色羊绒毛衣，休闲裤。面色红润，头发也不再湿漉漉的了，反而很有朝气地散落在额头上。而且最重要的是，现在的他显得很温暖，整个人鲜活明朗，再也不是那天看着就很冷的样子了。

要不是这人长相出众，令人印象深刻，盛卷卷差点没认出来。

这就是季大少爷？传说中，他不是因为相貌平平，才不在镜头中出现吗？谣传啊！这么帅，直接出道都可以了。

校长走上前去，对着“白衬衫”介绍盛卷卷：“这是顾教授的高徒，盛卷卷，专业做心理咨询的，年轻有为，也是顾教授极力推荐的。你们先认识一下，聊一聊。”

盛卷卷还处在震惊中没回过神，她进了门就没动脚，此时还站在门口，这显然距离“白衬衫”有点远，有点尴尬。她赶紧三步并作两步走过去。

“白衬衫”站着没动，等她走近才伸出手，声音清冷：“你好，我是季策。”

盛卷卷的职业精神瞬间苏醒，她立刻伸手和财神爷握了一下手，笑道：“您好，季先生，我是盛卷卷。”

手好大，有点凉。

盛卷卷刚握上，还没来得及好好感受，对方就松了手。

遗憾。

校长贴心地找了借口离开，让他们单独聊。

会客室就剩下他们两人，盛卷卷精神百倍，脸上洋溢着热情的微笑。既然这么有缘分，那肯定是要好好把握一下的，就从昨天机场的见面聊起吧！

盛卷卷刚想解释一下昨天她是真的去买咖啡了，不是故意要他的。

季策已经先开口：“盛小姐，初次见面，幸会。”

什么？初次见面？过河拆桥啊，我那二十块钱的水是白喝的吗？

但是，谁让你长得帅呢！忍了，初次见面就初次见面吧。

盛卷卷拿出一副做咨询接待的态度，和蔼可亲地说：“初次见面，很荣幸可以认识季先生，不知有什么可以帮您的？”

季策沉默了几秒，像是在犹豫，等了一会儿，他才缓慢地开口：“盛小姐认识我吗？”

什么意思？刚刚不是你说初次见面吗？想诈我？

盛卷卷内心刮起了龙卷风，她的大脑飞速地运转，想着该怎么回答。

脑袋跟着思维不自觉地转动着，她先点了下头，连忙又摇了摇头。

盛卷卷自觉像个蠢货。

突然的一声轻笑打断了她的蠢态，盛卷卷略微尴尬地摸了摸自己的鼻子。

“很难回答吗？”季策笑着问，他向后靠躺在沙发上，一条腿轻松地搭在另一条腿上，姿态优雅随意，全身散发着上位者的从容。

盛卷卷平复了一下心情，试探道：“那我们到底是认识，还是不认识呢？”

听完这话，季策不加掩饰地笑出声。

笑什么笑！有什么好笑的？那天在机场你怎么不笑？盛卷卷不禁

腹诽。

“希望盛小姐该认识的认识，不该认识的就不认识。你说呢？”季策的两条长腿换了个交叉姿势，黑亮的眼睛紧盯着她。

盛卷卷被他的眼睛盯得有点头晕。

你长得帅，你说什么都对。

她笑道：“季先生说了算。”

季策见她懂了，满意地点头：“我想咨询一些问题，但是你也知道像我这种人，不应该有任何问题。”

说到这儿，他又笑了一下，停了几秒，他盯着盛卷卷：“不知道盛小姐明不明白？”

放心，没有问题我也要给你整出问题来。

盛卷卷心里冷冷一笑，面上的笑容愈发甜美：“明白，请季先生放心，我们行业有严格规范的保密制度，您的隐私绝对安全。”

季策没有回应，不知道是不是对她的回答不满意。他沉默着，手指搭在膝盖上，一点一点地有频率地敲着。

盛卷卷的目光落在他的手指上，他的指甲剪得很短，手指白皙修长，骨节分明。

好喜欢这双手，一定要再握一下。

她正想入非非，口袋里的手机突然“哇啦哇啦”地叫了起来，在安静的会客室显得格外刺耳。

盛卷卷被铃声吓了一跳，忙说了声“不好意思”，拿出手机一看。

是学校方面的联系人。

盛卷卷立刻意识到她今天也是有正事的，赶忙接起电话。果然那头联系的小姑娘着急又不失礼貌地问她怎么还没到。

“别着急，我马上就到，五分钟！”

盛卷卷挂了电话就站起来，直接对季策道歉，解释了一下具体情况。

“这样吧，季先生给我留个电话，我们再约个时间详谈。”她说完想想又加一句，“我请季先生喝咖啡。”

季策依然没有回应，他坐着，微微仰起头看着盛卷卷。因为角度问题，他的眉眼飞扬向上挑，嘴角露出一个似笑非笑的弧度。

盛卷卷被他看得心中怦怦直跳。见他一副岿然不动的模样，盛卷卷立马败下阵来算了，自己主动点。

她掏出自己的名片，递给他："那我留个自己的电话，记得打给我。"

季策挑眉，几秒后，他才伸手接过名片，应了声"好"。

盛卷卷临走前还不忘再次叮嘱："记得打给我哦。"

听着外面飞奔的脚步声，季策的嘴角弯了弯，低头看向手中的名片，低声道："盛卷卷。第二次了。"

T 大的心理学国内知名，学院会定期开展心理学宣传活动，学生平时的配合度还是挺高的。

但是今天天气不好，一早就开始稀稀疏疏地下雪，到现在地面已经铺了薄薄一层。

宣讲的阶梯教室只坐了不到一半的人，前面三排更是空无一人。

盛卷卷非常能理解学生们的心情，这种天气就应该在寝室睡觉啊！所以她很感谢冒雪而来的学生们。

她今天要讲的是《心理学与生活》，算是比较生动有趣的一课。她不喜欢讲理论课程，她觉得学心理学最主要是要有兴趣，能将心理学的知识应用于生活。枯燥的理论谁都不爱听，所以她会尽量将理论融入有趣的案例中来讲。学生们也喜欢这样的讲课方式。因为盛卷卷年轻，和学生们的距离感不远，学生们也放得开，互动频频。

"同学们，我问一个问题，你们多少人觉得自己每天晚上都会做梦，每天都会做梦的请举手。"盛卷卷提问。

哗啦啦，百分之八十的学生举起了手。

"那举手的同学中，有多少人醒后能记住梦的内容？"

呼啦啦，其中百分之五十的人举手。

"好的，有多少人可以清晰地记住梦境的内容，有细节的那种？"

这下只有寥寥几只手举起来了。

"恭喜这几位同学！天赋异禀，你们可能是神明转世，自带技能。哈哈，开个玩笑。

"你们看，我们绝大多数人都认为自己每晚都会做梦。事实上，即便有人觉得我今晚没有做梦，但科学研究表明，每个人每天都会做梦。"盛卷卷开始讲有关梦的这一部分。她低头从电脑里调出PPT的时候，没注意到教室后方出现了一阵骚动。

有一个明显不是学生装束的人从后门走了进来，坐在最后一排。周围的同学好奇地看过去，紧接着，有个别女生开始交头接耳。

盛卷卷一向不管课堂纪律，对学生们非常纵容。她不以为意，继续讲课。

“至于为什么我们绝大多数人都无法清晰地记住梦的内容，那我们肯定要提到精神分析学派的鼻祖弗洛伊德。

“弗洛伊德认为，梦是人们在潜意识中表达的那些在清醒状态下无法实现的愿望。这个理论想必大家应该都非常熟悉了，他认为梦之所以会被遗忘，是因为压抑，因为某些外在因素。梦的内容让人心神不宁，人们就会遗忘它，能回忆起来的梦境是非常少的，至少有百分之九十五的梦都是无法回忆的。

“对于精神分析学派的这些理论，还有很多心理学家是不认同的。心理生理学派认为梦是人类的一项生理活动，是人的大脑在REM快速眼动睡眠阶段自发的运动，并不包含任何思想、情感和愿望等。人类记不住梦的内容，是生理原因而非心理原因。

“关于梦境，这两派的心理学家一直在研究讨论，存在极大争议。科学就是这样艰难地前行，需要我们前赴后继地去探索、去研究。同学们有兴趣可以多关注这方面的内容。希望有一天可以看到我们某位同学拿出有力证据来证明，梦到底是什么。”

因为时间关系，盛卷卷没有讲太多。

台下马上有男同学举手，教室立刻一片哄笑，这个男同学从今天一开始上课就频频举手提问，目的很明显。

盛卷卷也笑了，示意男同学继续提问。

“老师，你个人更倾向哪种学说？”

没等盛卷卷回答，他边上有个男同学立刻怪叫道：“江宇，你怎么对小老师的个人问题这么感兴趣？”

台下又是一片哄堂大笑。

叫江宇的这个男同学被笑得满脸通红，高高的小伙子站在那里，有点手足无措。

盛卷卷心中感叹，现在的学生真是青春飞扬啊。

她替江宇解了围：“因为老师是学生的指路明灯呀。

“说到我个人观点，我是稍微倾向于精神分析学派的，梦境是潜意识的折射。我个人是非常喜欢做梦的，也很想知道每天所做的梦到底意味着什么。希望以后科学可以解答我的疑惑。”

就在宣讲要结束时，江宇又一次举手站了起来。

他顶着所有人的目光问了最后一个问题。

“老师，你的联系方式可以给我们吗？要是有问题可以向你请教吗？”

教室里这下是笑翻了天，盛卷卷也无奈了。她调出WORD文档，把自己的电子邮箱和电话打上去。

“当然可以，欢迎交流。”

教室后排，季策看着投影在屏幕上的电话号码，修长的手指夹住一张薄薄的名片，来回翻转。

他抬眼看向讲台。盛卷卷还在收拾讲台上的东西，周围围了一圈学生，叽叽喳喳地不知道在说些什么。

他站起身来，同来时一样，悄无声息地离开了。

坐在车里，季策点上一支烟，靠在座椅上闭了眼。

他脑海中回想着盛卷卷刚才说的话——

至少百分之九十五的梦都是无法回忆的，尤其是梦中的细节。

那他数十年如一日地做同一个梦算什么？

他闭上眼就能看见梦里那只黑猫泛着绿色荧光的眼睛，能感受到耳后温热的气息和女人胳膊搂紧他的力度，还有那一声声温柔中带着点焦急的“季策”。

细节清晰得像是电影回放。

他算是那极少的百分之五吗？

作为一个无神论者，他有时候都不得不怀疑这是不是上辈子的事。

他用另一只手拿出盛卷卷的名片。

沙舟心理咨询。

沙舟，沙漠之舟吗？

什么鬼名字。

季策皱眉，这咨询公司真的靠谱吗？

他的目光又转到盛卷卷三个字上。

然后扯了扯嘴角，这个小咨询师倒是有点意思。人前人后两张脸呢！讲台上倒是为人师表和蔼可亲。

算上机场那次，这是他们第三次见了。他早上开车路过一个车流量大的路口时，看见一个穿红色大衣的女人在过马路，他好心让了一下，结果那女人竟然还对他抛了个飞吻。简直是辣眼睛！

没想到在会客室竟然又看见她，最可怕的是这女人还是昨天在机场放他鸽子的女人。

这女人可以做心理咨询？季策当时是持怀疑态度的。

她还去给学生讲课？他倒要去听听。没想到她竟然讲得不错，勉强有点老师的样子。

讲台上，一个年轻漂亮的女老师，神采飞扬，轻松灵动，而底下的男同学多数醉翁之意不在酒。

他在后面看得一清二楚，莫名觉得有点意思。

那天在机场，季策起初并没有注意到她。当时他的头晕恶心劲儿刚过去，出汗导致他口渴得要命，多亏了那两瓶矿泉水。他也并不是想喝咖啡，只是觉得冷，而这女人宽大蓬松的羽绒服和她手上的咖啡莫名地让人觉得暖和。

结果没想到她真的要去给他买热咖啡，他不禁有些期待。

只是他没等到咖啡，只看见她和一个男人亲亲热热地搂着走了。

他望着两人离去的背影，有一瞬间他竟然有点愤怒，一种被遗忘被抛下的愤怒涌上心头。

他发觉了自己的愤怒，嘲讽地笑了笑，掏出手机打了个电话。很快就有人拿着衣服和热咖啡赶到。

他真是有毛病，他要什么没有，为什么要在这儿莫名其妙地等着？

随后这件事就被他抛之脑后。

直到今天早上在会客室再次见到她。

这一连记忆串了起来，盛卷卷的形象一下子生动立体起来。

雪越下越大，丝毫没有要停的意思，车前的挡风玻璃上已经落满厚厚的一层雪。

季策抽完一支烟，才打火启动，雨刷扫开落雪，露出前方的路。

黑色 SUV 低调地在校园里缓慢行驶，路上顶雪赶路的学生纷纷让道。T 大校园里一般不让开车进来，学生们也有埋头赶路没注意车的，季策也不着急按喇叭，就缓缓跟在人后面。

盛卷卷从教室出来，见雪下得更大了，忽然有点后悔刚才拒绝了江宇小同学的伞。

她咬咬牙，冲进茫茫大雪中。没跑几步就赶紧停下了，地面泥泞湿滑，她忘了她穿着高跟鞋，差点滑倒。

出租车要是能开进学校里来就好了，她默默地想。

突然一辆车从后面缓缓开了过来。

盛卷卷忙往路边躲了躲，没注意一脚踩进一团雪中。脚一落地，盛卷卷心里就知道要糟。脚下踩空，她一脚踩进路边被雪覆盖住的下水道凹槽里，鞋跟一滑，一个站立不稳，跪坐下去。

哪儿来的车？！

盛卷卷内心咆哮，她怎么这么倒霉！幸好冬天穿得厚，不然膝盖不被磕破了才怪。她揉着腿尝试着站起来，但脚好像扭了一下，有点使不上力。在地上多坐一秒，她就能清晰地感觉到雪水渗进裤子里的冰凉。

她一咬牙就站了起来。

疼疼疼！

“盛小姐。”

不知什么时候后方的车已经停下来了，副驾驶的车窗降下，从里面传来季策的声音。

盛卷卷被吓得没站稳，差点又跌一跤。

“呃，季先生？”她伸着脑袋往车里看去。

“需要帮忙吗？”

要还是不要？盛卷卷飞快地在脑子中转了个圈，果断地选择要！

她连忙绽放出一个笑脸，点头说：“在这儿遇见季先生真是太巧了，能麻烦您送我到学校东门吗？”

季策用手点了点车门，示意她上车。

盛卷卷开心地拉开车门，一屁股坐上副驾驶。

哇！暖和多了，舒服！

车缓缓驶出，车内暖风吹着，盛卷卷舒服地呼口气。

“今天真是谢谢季先生啦。”盛卷卷真心道谢。

“盛小姐客气了。”季策的语气平淡。

盛卷卷暖和过来后，臀部传来一阵湿意让她顿感不妙。她悄悄挪了挪屁股，低头偷偷看了一眼。

黑色真皮座椅上果然有水渍，还带着点污泥。

我的妈！

盛卷卷心中哀号。她顿时坐立不安，屁股都不敢使劲往下坐了。

怎么办？下车时偷偷擦一下，不知道行不行？

“怎么了？”身边的人不安地动来动去，季策转头瞥了她一眼问道。

盛卷卷忙道：“没什么！”

季策又看了她几眼，没有再问，专心开车。

车内没有放音乐，也没有听广播，不说话就很安静。盛卷卷想来想去，还是期期艾艾地道：“季先生，您一般在哪儿洗车呀？”

“嗯？”季策不解。

盛卷卷干笑一声。

“我不洗车，怎么了？”

土豪，对不起，我忘了你的身份了。

盛卷卷握了握拳，坦白：“对不起，我把您的座椅弄脏了。”

“嗯？”季策又嗯了一声，侧头看她，见她面上发红，心里觉得好笑。

“生理期吗？没关系的。”

“啊？”盛卷卷一时没听懂他的话，有点蒙。

看着季策发笑的眼睛，盛卷卷突然反应过来他说了什么。

好啊，没想到你是这样的季策。

想看我脸红？做梦。

她眼睛一转，笑意已经上了眉梢，她歪着身体凑近季策，嘴角掩不住笑意：“季先生知道得还挺多的嘛。”

季策依然淡淡地道：“还好。”

是个高手。

一个来回，盛卷卷就下了论断。

沉默了片刻，盛卷卷耐不住性子，故作无意地指了指前方："前面右转不远处有个洗车的地方，十几分钟就能洗好。边上还有家咖啡店，我请季先生喝咖啡吧？"

季策的嘴角勾了勾，直接拒绝："不用了，我不爱喝咖啡。"

见没有成功，盛卷卷也不气馁，继续问："那，光洗车？"

季策脸上的神情似笑非笑，他瞥了她一眼，继续拒绝："不用了。"

盛卷卷"哦"了一声，黔驴技穷了，问出了心中最关心的问题："那，留个电话是不是也不用了？"

第二章

再见 小撩怡情大撩伤身

盛卷卷对咖啡和要电话的执着，让季策大开眼界。他们见面的次数加起来总共也才三次，她竟然提了三次喝咖啡，要了三次电话，次次落空。

服了。

季策想到这里便忍不住笑了：“盛小姐的执着真是让我叹为观止。”

盛卷卷被他直接戳穿也有点脸热，她虽然内心戏众多，但外在表现还是要脸的啊。

不给拉倒。

“让季先生见笑了。”盛卷卷故作淡定。

到东门不长的一段路季策开了很久。盛卷卷发现季策开得很慢，无论前面学生走得多慢，他也没有按过喇叭，都是等前面的人自己发现了让开道后才接着开。

这个小细节让盛卷卷对季策更是多了几分好感。

他并不是外界传说中那般目中无人的纨绔太子爷。

她想起今早给自己让路的“雷锋”，好像也是黑色的车子。盛卷卷又想入非非，会不会，那个“雷锋”就是季策呢？

到了东门，季策把车缓缓停在路边，盛卷卷再次道谢后便解了安全带下车。

“要洗车的话记得联系我。”盛卷卷扶着车门笑意盈盈。

季策彻底服了，对她点头。

关上车门前一秒，她又飘来一句话：“心理咨询也要记得联系我哦。”

她还真是理由多多。

季策都快要被她的这种执着打动了。

盛卷卷说完自己想说的话，就觉得心情大好。她才不管季策会不会联系她，联系当然好了，不联系也没什么好失望的。

美人嘛！总是可远观不可亵玩的。尤其是季策这种高度的美人，有时候离得远点可能会好些。

她很清楚。

脚腕还是有点疼，盛卷卷一瘸一拐地走向路边排长队的糖炒栗子店。

T大东门的糖炒栗子非常有名，不论什么时候来都得排长队。盛卷卷每到冬天都会抽空跑来这家店。

她一边排队一边打开八卦论坛。她要去找一个老帖的备份，一个扒季策和某女明星长达三年的地下恋情的帖子。这个帖子当时大火，楼盖得像火箭一样，里面各种爆料，还有非常模糊的偷拍照。可惜一夜之间就被删得干干净净。

但是像盛卷卷这种资深八卦看客，截图备份是必备技能。

以季策的知名度，蹲点偷拍他的人不在少数，但能流传出来的照片很少，就算有，也基本没有清晰的正脸。

能做到这点的，定是非常厉害了，背景也相当硬了。

等到栗子买到手，她也翻到了当年帖子的零散备份。她用手机叫了个车，自己抱着栗子边吃边看八卦，在寒风白雪中看得头也不抬，津津有味。

太有意思了，虐恋情深，只是不知道是不是真的。

据传，季策为了捧当时还名不见经传的女明星，与家族闹翻，所以才自己出来成立辰星影视。公司第一部古装大剧的女主角就是这个女明星，女明星也因为这部剧一炮而红。女明星红了之后就与好几个当红小生传出绯闻，结果绯闻小生一个个逐渐被糊掉了。

传说这些都是季策背后操控的。

女明星红了，翅膀硬了，她不堪忍受季策强烈的控制欲，执意要解约。季策为爱放手，还给女明星成立了个人工作室。结果女明星遇到真爱，与某实力派男演员出双入对被拍下，之后他们公开了恋情。

所有人都在等着看季策如何反击这对狗男女，没想到季策竟然投资拍了一部电影，男女主角就是女明星和实力派男演员。这简直让所有人大跌眼镜，更让人意想不到的是，这部电影大火，话题度超高，票房更是惊人。

就在吃瓜群众觉得大戏应该落幕之时，女明星又被拍到与季策深夜出入五星级酒店。

这件事顿时惊得所有吃瓜群众瓜落一地。这个帖子里面的模糊照片就是那时候拍到的。

帖子被删掉后，爆料之人也销声匿迹了。

这事也就没有后续了。

只知道女明星和男演员至今还在微博上恩恩爱爱，情比金坚。

重新补课，盛卷卷依然看得八卦之火熊熊燃烧，对周边事物浑然不觉。

“看什么看得这么开心？”

耳边突然传来一个声音，吓得盛卷卷猛地抬起头。当她看到季策那张帅气逼人的脸时，捧着手机的手就是一哆嗦，手机掉了，正面朝上。

他怎么还没走？

盛卷卷脑子一懵，没有及时去捡手机。

季策弯下腰帮她捡起手机，顺便扫了一眼。不看不要紧，一看差点吐血。

竟是自己的八卦！

这个帖子他看过，那爆料的什么都是乱七八糟的，当时直接交给网管处理了。没想到现在网上还有！

盛卷卷捏住手机小心地拽回来，干笑着说：“季先生怎么还没走呢？”

“幸好没走，不然还不知道盛小姐对我这么感兴趣。”季策语带嘲讽。

看当事人八卦被发现，这种事，盛卷卷理解季策此时的心情，也不计较，笑着恭维道：“才知道呀，我以为我已经表现得很明显啦。”

季策的嘴角忍不住抽动。

盛卷卷把话说开后就轻松多了，她就是对季策很感兴趣啊！这就是不争的事实。

“我是不是应该深感荣幸？”季策真是服了气了。

“那就不必啦。”盛卷卷笑意满满，她忍不住探头到他眼前，不经意地来了一句：“留个电话给我就更好了。”

季策彻底服了她了，却又真的忍不住笑了起来。

盛卷卷见他笑了，心情好得不得了，胆子也大了起来，她把抱在怀里的糖炒栗子递到季策面前：“不让你白给，请你吃糖炒栗子。”

季策摇头，指指停在路边的车：“你要去哪儿，我送你一趟吧。”

“为什么要送我？”盛卷卷歪着头问，眼睛亮晶晶的。

为什么要送？季策也奇怪，他本来都要走了，结果看见盛卷卷一瘸一拐的走路姿势，才想起来她摔了一跤，可能是扭着脚了。而且她的红大衣下摆明显有污渍，可她也不管不顾，就去买栗子了。买完栗子后又抱着手机笑得前仰后合，他忽然有点好奇她在看些什么。

季策不知不觉就看了她很久。看她的模样是在等车，反正他也没啥事，送她一趟也行，还可以顺便和她聊聊恐高的事。不然难道真要打电话约她出来喝咖啡时再聊吗？

这女人对要到他的电话真是执着得不可思议。

季策想着，随口找了个原因，指着她的脚说：“我看你好像摔伤了。”

他以为盛卷卷会开心地答应，没想到她拒绝了。

“不用啦！我打车了。”说话间出租车就到了，打着双闪，停在边上。盛卷卷对司机招了招手，走过去拉开车门。

她站在车门前对季策笑道：“随时给我打电话哦。”说完眨了眨眼睛，钻进车里。

司机一脚油门开车走了。

季策站在原地，愣了几秒，看着远去的出租车，无声地笑了笑。

盛卷卷没有等到季策的电话。

她再一次见到季策是在一个 party 上。

盛卷卷有个大学好友叫唐池。唐池毕业后出国读研，后来一直在国外，这几天刚回国。她邀请盛卷卷参加她在时代私人会所举办的 party。

本来盛卷卷是不想去的。她和唐池虽然是好友，但家境悬殊，朋友圈差距过大。盛卷卷的继父白手起家，小有成就，盛卷卷撑死也就算个普普通通的富二代，和唐池这种货真价实的名流贵族富家千金不是一个圈里的，因此盛卷卷很少参加唐池的 party。

但这次她毫不犹豫地就答应了。

原因是她要去堵陈绪。

盛卷卷的生日越来越近了，她的继父已经把生日宴会的时间地点通知出去了。如果那天陈绪不到场，不知道又会闹出什么幺蛾子来，让她妈妈为难。

上次机场见面后，陈绪怕她再来找他，故意不接她电话。她从王昱那里打听到周五晚上陈绪会去时代，正发愁怎么去呢，就接到了唐池的邀请。

时代是一家高端私人会所，在西郊，是会员制。据说背景强悍，保密性极好，媒体绝不会去附近蹲点。是非富即贵的纨绔们寻欢作乐一掷千金的头号选择，妥妥儿的销金窟。

唐池要在时代开 party，这简直是打瞌睡遇上送枕头，怎么就这么巧。

更巧的是，她竟然在 party 上看见了季策。

这次来得真值！

盛卷卷不由感叹。

盛卷卷和唐池好久不见了，两人一见面就黏在一起。唐池长相明艳，走到哪里都是人群焦点，能站在唐池边上不会被比下去的人不多，盛卷卷算一个。因此盛卷卷一出现，就吸引了不少人的目光。

她没看到季策时，季策就已经注意到了她。

季策端着酒杯坐在一个角落里，身边围着不少人，男男女女相互吹捧调笑。季策懒得应付这些凑上来的人。他有些厌烦，自从上次恐高症犯了后，他已经连续做了好几晚的噩梦了。睡眠不好导致他最近脾气很差，人一多他就更烦躁。

他这几天越发犹豫，难道真的要去找个心理咨询师看看？他不会真的有什么问题吧？一想到这个，盛卷卷笑意盈盈的脸庞就会第一个跳出来。

这让他更加烦躁。

他站起身，脱离人群，换了个安静的角落，想冷静冷静情绪。

墨菲定律显示，越不想什么就越会遇见什么。

季策正烦躁着，就看见唐池手挽着盛卷卷走了进来。

盛卷卷穿着一条墨绿色的丝绒长裙，脚踩一双黑色细高跟鞋，隐隐露出白嫩纤细的小腿。她今天化了个很明艳的妆容，在灯光下更显得明眸皓齿，摇曳生姿。

季策的视线从盛卷卷的头滑到她的脚，说实话他有点惊讶。前几次见面盛卷卷都穿得像个狗熊，看着就像一个邻家女孩，而今晚的她，艳光四射，夺人眼球。

季策的眼神亮了亮，嘴角不自觉地带上了笑。他当下决定，就找她做心理咨询了。

盛卷卷此时还不知道一个巨额大单就这么砸在她头上了。她正忙得焦头烂额，唐池的朋友很多，一圈围上来，挨个介绍，盛卷卷根本记不住谁是谁，只能面带微笑故作镇定。

唐池是今晚的女主人，自然不能一直陪着盛卷卷，她陪了一会儿就被人拉走了。她一走，围在盛卷卷身边的人就少了很多。盛卷卷长出口气，逃出人群，她想去找点东西吃。

她一手端着酒杯，一手捧着碟子，想找个安静的角落先填饱肚子。环顾四周，发现有个角落人少，盛卷卷直奔过去。

绕过柱子，盛卷卷顿时眼前一亮。她快走几步，灿烂一笑："季先生，又见面啦。"

心理学上有一个有趣的现象。比如你是一个孕妇，那你走在路上便会发现满大街都是孕妇；如果你烫了头发，你就会发现到处都是烫头发的人。

这是一种投射现象，是说我们会将自己的思想、态度、愿望、情绪、性格等个性特征，不自觉地反映于外界事物或者他人身上，是一种心理作用。

盛卷卷觉得可能是她对季策实在太好奇了，所以才会接二连三地遇见他。

季策从盛卷卷进门开始，目光就一直若有似无地落在她身上，见她直奔自己而来，烦躁的情绪顿时消散。

他端着杯子，好整以暇地看她凑到眼前来。

“又是你？”他故意道。

盛卷卷笑容丝毫未变：“又是我。”

季策被她的镇定自若逗笑了：“还是真巧啊。”

盛卷卷立刻应声：“可以说是非常有缘分了。”

季策拿着杯子在她的酒杯上轻轻一碰，酒杯发出清脆的一声响。

“那就干一杯？”

盛卷卷有点惊奇，季策对她的态度明显有转变。之前几次接触，他身上好像一直有层结界，阻挡外人的窥视和接近，她都是靠插科打诨开个玩笑才能聊上几句。

但今天季策身上的这层结界好像消除了？

不管了，既然帅哥难得主动，那就要捧场，干就干。

她端起酒杯重新和季策碰了一下，对他眨了眨眼睛，仰头喝完。

酒入喉咙，有些辛辣。幸好她拿的是度数低的鸡尾酒。

季策略有些惊讶，看着盛卷卷喝完酒，对他扬了扬酒杯。他微一挑眉，缓缓仰头喝完自己杯中的红酒。

盛卷卷比季策矮了大半个头，她微微仰头看着季策，目光不自觉地落在他上下浮动的喉结处，那个地方似乎透着致命的诱惑。

盛卷卷觉得自己已经醉了。

她第一次见到季策时，就被他喝水时喉结的浮动吸引了。

今晚在这个纸醉金迷的环境中，仿佛意志力也变薄弱了，盛卷卷觉得今晚她可能要犯错误。

季策一低头就看见她的眼神。

他见过太多盯着他看的女人的眼神，有含羞带怯的，有热情如火的，有放肆直接的，也有脉脉如水的。他已经习惯了各种各样的注视。但盛卷卷的眼神莫名地让他心中一动，不自觉地被她吸引和她对视。

他不看着盛卷卷还好，他一看她，盛卷卷只觉得自己要溺死在季策黑亮的眼睛里，她仿佛看见了黑夜里的星辰。

盛卷卷觉得自己的眼睛要漾出水来了。

不知多久，季策率先回过神，他移开视线，中断了这让人忘却时间的对视。

他第一次不敢去看一个女人。

盛卷卷的心怦怦跳着，简直控制不住地想要跳出来。她从没有过这种感受，一个眼神就能让她忘了自己是谁。

她用手撑着桌子，眼神迷离，不知道看向哪里。

“盛卷卷。”季策的声音低沉，叫她的名字。

“嗯。”盛卷卷觉得自己的魂没了。

“你没事吧？”季策问。

“我有事。”盛卷卷答。

“你怎么了？”季策见她面色潮红，真的有点担心。

盛卷卷勾勾手，示意季策靠近些。

季策不疑有他，弯下腰靠近她。

盛卷卷在他耳边轻轻笑道：“我中毒了。”

季策一时间没有领会她的话，她又加了一句：“你有解药吗？”

季策只觉得耳边热气扑来，脊背上像是有电流窜过，他猛地站起身，看见盛卷卷面上的娇笑，才明白过来。

“盛卷卷！”他竟然被撩了。

“我在呢。”盛卷卷立刻应道，她现在非常开心，满脑子都是浪漫的粉红色泡泡。

季策的嘴角抽了抽，他第一次体会到无力的感觉。

白首如新，倾盖如故。

盛卷卷觉得她和季策今晚根本不像才刚刚见过几面的人，他们之间的聊天玩笑都很合拍，像熟悉的老朋友。

季策和盛卷卷两个人在角落里说话，自然被很多人有心的人注意到了。盛卷卷还不知道她今天被多少人盯上了。

对她感兴趣的男人，还有，对季策感兴趣的女人。

敢在季策面前抢女人的不多，但敢在盛卷卷前面抢季策的，那就不知道有多少了。

不多时就有人走了过来。

“季策，去唱歌吗？”是一个肤白貌美的长腿姑娘，应该是和季策很熟，说话很直接，看都不看一旁的盛卷卷，当她是空气。

盛卷卷在心里感叹，肉少狼多啊。她眨巴着大眼睛看着季策，等他的回答。

季策显然明白她的意思，懒懒一笑，招呼她一起去。

长腿姑娘凌厉的眼风扫过盛卷卷，盛卷卷装作不知，只小鸟依人状地紧跟着季策。

歌厅和舞厅热闹非凡，唐池正在与人热舞，盛卷卷见她也没空搭理自己，更加心安理得地跟着季策混了。

有个姑娘正在台上唱情歌，嗓音还不错，婉转缠绵。一曲终了，获得了全场掌声。

季策进来时她刚刚唱完，眼神在季策身边的盛卷卷身上打了个圈，又落回季策身上。

长腿姑娘对她招了招手，喊道：“卷卷，你过来。”

盛卷卷心里一抖，叫谁呢？

这位卷卷穿着条白色抹胸小礼裙，裙摆落在膝盖上方三寸，显出她细长的一双腿。她袅袅走来，令人心动。

长腿姑娘给季策介绍：“这是我朋友卷卷，现在还在电影学院读大三。”她又向卷卷介绍季策，“这是辰星影视的老板，季策，你叫他策哥就行。”

季策对这位卷卷点点头，算是打了个招呼，随即他的视线就落在了一脸乖巧站在自己身边的盛卷卷身上。

“策哥好。”白裙子的卷卷开口问好，嗓音娇娇柔柔，等季策转头看她时，她主动伸出手，落落大方道，“很早就听悦然说起过策哥，今天终于见到真容了。”

在白裙子的卷卷伸出手的一瞬间，盛卷卷的警惕心立马飙升，她紧盯着季策的手，关注着他的动作。眼见他的右手微微一动，盛卷卷一声惊呼，双手闪电般伸出，一把握住白裙卷卷的手，演技爆发："哇！你也叫卷卷呀？我也叫卷卷，咱们同名呢！你刚才唱歌实在太好听啦！简直是邓丽君再世，王菲重回十八岁！"

白裙卷卷被她吓了一跳，向后退了一步，不知如何是好。

盛卷卷握着她的手，跟上一步，把季策彻底挤到了身后。

长腿姑娘王悦然看盛卷卷的眼神中似乎带刀，她直接不客气道："你是谁啊？"

盛卷卷见目的达到，怎么会在乎这些不客气。她顺势放开手，甜甜一笑："我是卷卷呀。"

王悦然愣了几秒，随后甩出两个字："有病！"丝毫不掩饰自己的厌恶。

盛卷卷立刻退回到季策身边，仰着头看着他，委屈的眼神做着无声的控诉：你看她怎么这么说我，你要为人家做主。

季策看见她浮夸的演技时就已经被震惊了，此时再看她这"委屈的"眼神，差点忍不住要笑出声来。盛卷卷真是时时刻刻都在给他惊喜。

季策很乐意为这些惊喜给盛卷卷帮个忙，他伸手搭在盛卷卷的肩膀上，头非常自然地向她这边一歪，对王悦然介绍："这是我朋友，卷卷。"

"卷卷"两个字他有意无意地说得很慢，像是在特意强调。盛卷卷立马顺势靠在季策肩膀上，灿烂一笑。

王悦然和白裙卷卷相视一眼，脸色都难看起来。

白裙卷卷掩饰了一下情绪，对季策和盛卷卷笑了笑。王悦然就直接多了，冷冷地嘲讽："季策，你的品味还真是！呵。"

季策也不恼，懒懒地笑道："你们慢慢玩。"

言下之意就很明显了，王悦然沉着脸转身就走，白裙卷卷对季策说了声"抱歉"，也跟着走了。

两人一走，盛卷卷立刻蹦了起来："季策，你太给力了！男友力MAX！"

季策："演得很开心？"

盛卷卷"嘿嘿"一笑，她就是很开心，爽翻了！

她歪着头问季策：“气跑了你的卷卷小美人，要不要我赔你一个？”

见她那促狭样儿，季策就知道她想说什么，直接拒绝：“不要。”

哪能由得了你。

盛卷卷立刻凑到他身边，伸手挽住他的胳膊，娇声娇气地喊：“真的不要吗？策哥……”

盛卷卷的尾音一颤三抖，就算是见惯女人撒娇的季策也听得鸡皮疙瘩掉了一地。他立刻投降，止住盛卷卷：“可以了，可以了，你安分点吧。”

盛卷卷尽兴了，什么都好说。接下来，她一晚上都安安分分地跟在季策身边，唱唱歌、喝喝酒、打打牌。

时间过得很快，盛卷卷估摸着差不多了，就准备去堵陈绪了。

季策正在台上唱歌，盛卷卷冲他比了一个出去的手势，就偷偷溜走了。

陈绪吃饭的包间在二楼。要下楼，除去电梯，还有一个巨大的旋转楼梯可以直接下到一楼。

盛卷卷趴在楼梯上往下看，螺旋式下降的设计，中空垂直落地，有种时空交错的美感。她喜欢这种美感，忍不住多看了会儿。

就这一小会儿，让她发现了一个八卦。

从四楼走上来两个人，边走边聊，聊得兴起竟站在楼梯上不走了。

盛卷卷耳尖地听到了季策的名字，她一时好奇，侧耳偷听。

“季策和阮星空是不是真的分了？”

又是季策和阮星空的八卦！

就听另一人小声道：“谁知道呢！我觉得没分。他俩藏藏匿匿地给媒体看呢，我听说小圈子的聚会季策还会带阮星空去呢。”

“那今晚怎么没带来？”

“今晚大多是唐池的朋友啊，万一有几个不长眼的透露出去呢！自从上次他俩在酒店被拍之后就谨慎多了。”

“要说阮星空也真是厉害，一边季策，一边齐煦东，她也能吃得消？”

“我估计齐煦东就是个幌子，不然季策还能忍？他要什么女人没有。”

“谁知道呢，不过季策最近身边是没什么女人了。王悦然憋着劲要给他介绍一个呢！你看那个王筱卷不就是。”

“没戏，季策今晚连正眼都没给过她一个。谁不知道王悦然什么心思啊？整天装得一副清高样，好像和季策多熟络一样。其实她以前追过季策，但季策看不上她。她不过是仗着自己的家世，才和季策称兄道弟的。脸皮不知道多厚！”

“想扒上季策的女人多了去了。你没看见今晚就有一个不知道从哪里冒出来的女人，寸步不离地黏着季策吗？也亏得季策脾气好。”

“送上来的女人，看得上眼的谁会不要？不过是玩玩罢了。还真以为自己能飞上枝头变凤凰？做梦吧！”

盛卷卷听得正起劲，八卦之火熊熊燃烧，恨不得走下去和她们一起聊，丝毫没有身为八卦主人公的自觉。

“盛卷卷。”突然身后有人叫她。

盛卷卷一个激灵，忙转身：“嘘！”

另一八卦主人公站在一米开外，不懂她：“你在搞什么鬼？”

季策的声音略大，盛卷卷怕被楼梯上的人听见，忙冲上去捂住他的嘴：“嘘！小声点！小声点！”

季策想扯开她的手，盛卷卷双手并用制住他，踮着脚凑到他耳边悄悄说：“你别出声，我带你听听八卦。”说着就拽着他往楼梯栏杆处走。

季策一个冷不防，被她拽到了栏杆边上。他向下一望，顿时觉得天旋地转。季策只觉得心跳加速，手脚发软，冷汗直冒。他有点撑不住了。

边上的盛卷卷还在探头向下望，丝毫没有察觉到季策的异样。

季策顾不得多想，一把揽过盛卷卷，从背后紧紧搂住她，下巴抵在她的肩窝处，将她死死抱住。

盛卷卷猝不及防被他搂了个正着，惊呆了。

湿热的气息喷在她脖颈处，盛卷卷觉得从耳后到左肩膀的肌肤，像火烧一样。她瞬间有点虚了，完全不敢扭头看是怎么回事。耳边传来季策有些粗重的低喘。

盛卷卷像只纸老虎，别看平时表现得贼心不死，关键时刻一戳就破，呼呼漏气。现在的她早没有之前撩季策的那种气势了。

耳边的喘息声渐渐急促起来，被他下巴贴紧的肌肤软得可以拧出水来。盛卷卷觉得现在她的脑子里都是烧开的热水，“咕嘟咕嘟”地冒泡。

然后她发现她的肩膀是真的湿了，她用手一摸，碰到了季策湿漉漉的的下巴。

盛卷卷顿时清醒了不少。她侧过脸看向从背后趴在自己肩膀上的季策，脸颊蹭上他的头发，感觉到明显的凉意。她猛然想起机场那天季策的模样，似乎跟现在差不多。盛卷卷脑袋里的热水急速降温，那些旖旎的想法立刻被她抛之脑后。

“你怎么了？是不是哪里不舒服？”盛卷卷想转过身仔细看看他，但季策紧贴着她不放，她稍稍一动，季策就搂得更紧。

“别动。”季策的声音略显暗哑。

盛卷卷立刻不动了：“好，我不动，你告诉我应该怎么做？”

“离开这里。”

盛卷卷看了看楼梯，突然脑中闪过一个念头：“你……是不是恐高？”

肩上的脑袋动了动，发出一个闷声：“嗯。”

大哥！恐高也别抱我抱得这么紧啊……害得我小心脏白白跳了一通。

盛卷卷一边有点想乐，一边又很是内疚，是她的锅。

“你能走吗？”盛卷卷问。

如果严重到走不了，那她就背他离开。她已经做好了准备。

“嗯。”

还好。

“那现在我扶着你到安全的地方。”盛卷卷用力架起季策，分担他大部分的身体重量，扶着他向宴会厅走去。

走了几步季策就停下了：“不行。”

盛卷卷瞬间福至心灵，不用他解释就知道为什么。她立刻转向，找了个隐蔽的角落，让季策靠着墙坐在地上休息。

季策闭上眼睛，用力地深呼吸，压制住胸口涌上来的恶心感。他今天穿了一件丝质的衬衫，扣子严谨地扣到最上面。他抬起手想去解领口的纽扣，但手指有些颤抖，解了两次都没有解开。

盛卷卷见状忙伸手帮忙，替他解开到第三颗扣子。因为这个动作，两个人离得很近。盛卷卷能感觉到季策急促的呼吸喷在她的手上，这让她的手指也有点发抖。

解开扣子，季策仰头靠在墙上，他双目微闭，眉头紧皱，胸膛不断起伏。

盛卷卷等他呼吸不那么急促了才轻声问："眩晕、恶心、出汗、心悸？还有没有别的症状？"

季策沉默了几秒，缓缓摇头："没。"

盛卷卷放下心来，这是恐高的基本症状，看季策的情形并不是很严重。

"别怕，不严重，很正常的反应。你闭上眼睛深呼吸，试着想象一下你在自己的家里，正坐在你最喜欢的柔软沙发上，慢慢地，你全身都陷了进去。"

盛卷卷立即进入平时的工作状态，她的语气变得舒缓轻柔："你的手臂被沙发包裹起来了，腿也被包裹起来了，全身都被包裹起来了，很舒服，很安全。"

季策听着她的声音，闭着眼睛想象了一下，发现身体竟然真的不那么僵硬了。

"你深呼吸，吸，呼，吸，呼……闻到你最喜欢的香水味了吗？对，就是你最熟悉的气味。你听，窗外有人在放音乐，忽远忽近的音乐传来，慢悠悠的旋律，像一首摇篮曲。"

盛卷卷观察着季策的神情和身体，调整着语速，虽然环境不适合，但效果还是有一些。季策的呼吸渐渐平稳了下来，原本僵硬的肩膀也微微放松。

"好了，音乐声渐渐远去，越来越远。嗯，听不见了。现在你休息好了，浑身充满了力量，抬起胳膊，嗯，很有力量，抬起腿，嗯，也很有力量。"

"好了，你现在要睁开眼睛了。"

季策睁开眼。

"感觉怎么样？"盛卷卷轻声问他。

"嗯。"季策扭动了一下头部，眩晕感渐渐消失了。

他尝试着站起来，盛卷卷忙扶住他。他直起身感受了一下，脚下还算踏实，可以走稳。心跳的速度减缓了，身体不再冒汗，恶心感也没有了。

他一扭头就看见盛卷卷紧张地瞅着自己，用小心又期待的眼神看着自己。季策突然觉得盛卷卷这个样子可笑又可气，恨不得抓她过来揍一顿。

季策一脸不爽，开始指使盛卷卷：“去开个房间。”

“啥？”盛卷卷一脸惊讶，为什么画风转变这么快？

“想什么呢？”季策没好气地道，“我要休息。”

“哦。”盛卷卷为自己的想法感到羞愧。

盛卷卷鞍前马后地开好房间，又亲自伺候季大爷入住，期间端茶倒水，嘘寒问暖，照顾得无微不至。等季策安置好了，靠在床头闭目养神时，盛卷卷一看手机，心里就是一凉。

她已经错过了王昱的通风报信。

美色误事，八卦害人。

“你这是什么表情？”不知何时季策睁开了眼睛。

盛卷卷忙收了收痛心疾首的表情，摇头正色道：“我正在想问题。”

“想什么？”

“想我这次是否应该可以要到电话了。”

季策没想到这一茬，他就不应该多问这一句。

盛卷卷嘿嘿一笑，也坐在床上，探着身，凑近他：“我上次给你名片，你就应该给我打电话。你说你要是早点打给我咨询，我今天怎么也不会拉你去向下看的。”

她不提这事还好，一提，季策就气不打一处来，怎么还都是他没打电话的错了？

他冷哼一声道：“盛卷卷，你还好意思说？我不仅不应该给你打电话，更不应该去T大给自己找事，我最不应该的就是遇到你。”

“你知道什么叫冥冥之中自有安排吗？”盛卷卷得意地笑了，更加靠近他，悠悠地吐出一句，“季策，你逃不掉的。”

“哈哈哈。”不等季策反应，盛卷卷自己就乐开了花，倒在床上笑个不停。这么肉麻的台词，她竟然有说出口的机会。

三番几次被人撩，季策也忍不了了。他腾地一下俯身过来，单手撑在盛卷卷耳侧，缓缓压了下来。

强烈的男性气息扑面而来，盛卷卷睁大双眼，笑声戛然而止。

“你说谁逃不掉，嗯？”季策沉声逼问，眼角眉梢带着笑意。

盛卷卷只能紧抿着嘴摇头。淡淡的香水味混着男人的气味，再加上微微的酒气，强烈冲击着盛卷卷的神经。她不敢说话，甚至不敢呼吸。

“怎么不说话？”

两人离得太近，盛卷卷的目光无法聚焦，甚至有些迷离。她别过脸，无法和季策对视，无法思考，无法回答。

季策非常满意盛卷卷的表现，他的自信心和虚荣心得到了极大的满足。他捏着她的下巴，扭过她的脸，逼着她与自己对视。

“怎么不敢看我？”

好好好，你赢了，放过我吧。盛卷卷被他逼得无处可逃，眼中泛起水花。

湿漉漉的眼睛，轻启的红唇……季策只觉得胸口升起一股热气，直冲脑门，他有一种俯下身的欲望。

好像有点玩过头了。

顿了好几秒，季策才放开盛卷卷，直起身。他用手指点了点盛卷卷的额头，然后用力弹了个脑崩，嘲笑她：“就这么点出息。”

就是只纸老虎。

盛卷卷捂着额头敢怒不敢言，怕了怕了，她就是没出息。小撩怡情，大撩伤身。嘴上便宜占了也就占了，别的便宜还是算了，怕价格太昂贵，她付不起。

盛卷卷翻身从床上爬起来，下了床远离季策。她向玄关处蹭过去，期期艾艾道：“我先走了，你好好休息。”

季策哼了一声：“站住。”

盛卷卷立刻停住脚步站直。

只见季策对她勾勾手，懒懒道：“坑完人就想跑？”

第三章

相交 对我这么感兴趣？

盛卷卷发现自己对季策这种美色毫无抵抗能力。他一勾手，自己的双腿就像被绳子拽着一样，不由自主地挪了过去。

走到季策面前，她低下头，小声辩解：“我又不是故意的。”

“知道你不是故意的，才会给你补救的机会。”

“哦，怎么补救？”

“你说呢？”

以身相许？

这话在盛卷卷脑海里打了个转，最后被她硬生生地憋了回去，她可不敢再放肆了。今晚受的刺激有点大，她脑子不太好使，只能老实说：“不知道。”

季策见她神情木然，估计是被自己吓到了，也有点不自在，便收起了调笑的心思，正经地咨询：“恐高可以治好吗？”

“啊？”

盛卷卷抬眼看向季策，花了几秒钟才明白季策的意思，她认真地给出答案：“说不好，大多数单纯的恐惧症，可以通过一些心理疗法缓解并治愈的，但这和恐惧症的形成原因、严重程度，还有每个人的心理素质和生理素质都有很大关系。”

盛卷卷说完，季策垂着眼睛没有应答，室内有些沉默。

见状，盛卷卷又说："当然，有决心有毅力的话，治愈的可能性还是很大的。"

季策抬眼看她："如果由你来治疗，治愈的可能性有多大？"

盛卷卷老实说："我也不知道。"

季策又沉默了几秒，突然笑了："你怎么这么老实？拉客户都不知道吹捧一下自己。"

不是盛卷卷不想吹嘘，换作别人，她肯定要吹嘘一番，客户谁还嫌多呢？况且还是多金大客户。但对季策，她真的有点犹豫。

做心理咨询最好的方式，便是咨询者和咨询师是完全不认识的陌生人。因为在治疗的过程中，需要咨询者和咨询师相互信任相互配合，咨询者能够在咨询师面前毫无顾虑地将内心坦诚地暴露出来，而咨询师也可以不带任何感情色彩地从一个旁观者的角度客观地去寻找蛛丝马迹。

这样的治疗才最安全、最有效。

而她和季策，且不说季策能不能做到对她毫无保留，她对自己的冷静客观就不是很能保证，毕竟他们已经不算是陌生人了。

所以她很犹豫，理智告诉她，她可能会做不到，这个活不能接。但情感上她又不由自主地想要接近季策，不想拒绝为他治疗。

因此她只能老实说自己不知道，把主动权交给季策。

听季策的口气，像是决定要找她。盛卷卷突然感到非常忐忑，左思右想，还是决定把这其中的利害关系告诉季策。

"所以，就像医生一般不给自己孩子治病一样，我真的不是很能保证咨询效果。"把话说开了，盛卷卷心里安定多了。她坦诚地看着季策，等着他的回答。

听了盛卷卷的一番话，季策漂亮的眉毛皱了起来，他确实没想到这里面还有这么多弯弯绕绕，一时也不知道该怎么办了。又见盛卷卷一脸坦诚地望着自己，季策非常无奈："你倒会给自己找舒服，把皮球踢给我。"

盛卷卷微微羞赧了一下，这样好像是挺不厚道的。

随后她想了想，给他出了个主意："我们老板是业界非常有名的心理咨询师，是顾教授的同门师弟，实力非常强，要不你找我们老板？”

是个好主意，也是一个好选择，从各个方面来看，都应该找最好的咨询师来治疗。但季策听完后，脑中闪过的第一念头就是拒绝。这一闪而过的念头，让季策有点心惊。没有原因，毫无理由地拒绝。他为什么会有这样的想法？

理不清思绪时，不可以做决定。

“我……考虑一下。”季策没有给盛卷卷明确的答复。

盛卷卷点头：“好的，考虑好了给我打电话。”

听她又一次提到电话，季策不禁失笑：“盛卷卷，你老实说，是不是做梦也想要我电话？”

盛卷卷刚才真不是故意要电话的，听他这么揶揄自己， 脸上有些挂不住。她故意扭过脸，鼻子一哼：“那你可别给我打电话哦，我不接。”

要给自己争口气，甩给季策一个后脑勺。

季策闷声失笑，又不敢太大声，怕盛卷卷恼羞成怒。在盛卷卷怒视过来时，立刻转移话题：“对了，你刚才在楼梯那里鬼鬼祟祟地做什么？”

一说到这儿，盛卷卷一秒切换笑脸，她鬼头鬼脑凑上来，得意道：“某人的大八卦呦！”

见她那样儿，季策多半能猜到是什么了，他斜了她一眼，不吭声。

盛卷卷咳了两声，清清嗓子，便开始了她的表演。

“你说季策和阮星空是不是真的分了？”

“谁知道呢？我觉得没分。”

她一人分饰两角，演绎得绘声绘色。

演了一段，她贼笑着对当事人抛出问题：“那你觉得到底分没分？”

季策被她弄得哭笑不得，当即伸长胳膊熟练地给了她一个脑崩：“盛卷卷，小瞧你了啊！可以进军演艺圈了。”

盛卷卷也不恼，捂住额头继续笑：“不敢当，我只是真实还原。你还没回答我呢。”

季策：“你怎么这么八卦？”

盛卷卷打蛇随棍上：“那你就满足满足我的八卦心理呗。”

季策挑眉：“你就对我这么感兴趣？”

盛卷卷毫无负担："就这么感兴趣！所以你告诉我呗。"

季策呵呵冷笑："等我对你感兴趣的时候就告诉你。"

"切。"盛卷卷小声嘀咕，"我觉得你现在就对我挺感兴趣的。"

"你说什么？"

"没什么！"

季策瞪着她，觉得有点头疼。

阮星空是他母亲在福利院救助过的一个小姑娘，姓氏从了他母亲的姓，差一点就成为他名义上的妹妹了。不过这些年他也的确是把阮星空当妹妹来看的。只是这些缘由涉及了母亲的私事，他不想让外人知道。因此哪怕外界把他和阮星空的八卦传得有鼻子有眼的，他和阮星空都很默契地从不回应。一般情况下他都是直接无视，反正没人敢不长眼地直接问到他面前来。

看着眼前不长眼的小女人，季策有些无力，咬牙道："少看点八卦！"

盛卷卷撅了撅嘴："八卦制造机还想让人少看八卦？"

季策不敢置信："你说谁是八卦制造机？"

盛卷卷躲开几步，娇笑道："难不成还能是我？"

"盛卷卷！"

两人斗了会儿嘴，盛卷卷又收到了王昱的微信。

"速来。"

盛卷卷这才想起来自己还有正事呢！她也没心思和季策斗嘴了，做了个鬼脸，拔腿就往门外跑，边跑边说："我有事要先走啦！你好好休息，有事给我打电话。"

"跑得倒快。"来不及抓到人的季策愤恨难消，冷冷哼道。

盛卷卷走后，房间里立刻安静下来，季策看着房间中央的大床，心里闪过一丝犹豫。

今晚，是睡？还是不睡？

一闭上眼，黑猫的眼睛就像一盏灯，永远在黑暗中闪闪发亮，让人心生胆寒，不敢入睡。

到底是怎么回事？季策按着隐隐发痛的脑壳，这个隐秘的噩梦折磨他这么多年，他本以为可以习以为常，但事实上每一次的噩梦都让他汗毛直立。

经过季策多年来的各方验证，他已经可以百分百确定，这个噩梦和他的恐高症必然有联系。恐高症犯了之后，噩梦缠身便是必然。

今天距离上次在机场恐高症发作没几天，不知道会不会更严重。

不知胡思乱想了多久，季策终于困极而眠。

月夜、黑猫、陌生女人的拥抱、耳边轻声呢喃的呓语、耳后温热的气息……

季策知道他又做梦了，梦中他强迫自己起身离开床铺，挣扎到门边，推开。

面前是黑暗的、高高的旋转楼梯。

背后像是有一把手，将他推上台阶，他不敢回头，只能一阶一阶地向上走。

无边的黑暗，无穷的楼梯，到不了的尽头。

未知的恐惧席卷全身。

从梦中醒来时，季策后背尽湿。

他拿起床头的矿泉水，一口气喝光，咽喉中的干涩及灼热感才有所缓解。

他拿起手机看时间，十二点整。

床头灯的光线昏暗，房间里安静得可怕。季策打开电视，电视里传来嘈杂的广告声，才让房间里有了生气。

他半靠在床头，点起一支烟。忽明忽灭的红点，像黑夜中的眼睛，一眨一眨。

这次竟然是连环噩梦，他已经很久没做过这样的梦了。

明知是梦，但那种让他分不清是现实还是梦境的真实感，让他无端觉得害怕。

梦中的恐惧感，延续到现实中来，让季策浑身发冷。他害怕一个人，但更害怕有人看出他的恐惧。因此每当这种时刻，他只能不断地告诉自己天亮就好了，逼自己硬熬过去。

季策现在恨得牙痒痒，如果盛卷卷在的话，他一定不会轻易放过她。

这次她把他坑惨了。

想到盛卷卷，季策突然想起今晚她轻柔舒缓的声音，季策开始怀念这个声音了。她的声音能让自己的身体逐渐放松，内心的恐惧焦虑逐渐被抚平。

他突然觉得非常想再次重温这种感觉。

季策不是一个会压抑自己欲望的人。不管现在是几点，他当即就拨出了那串第一次见就记住的号码。

十二点，黑夜沉沉。

盛卷卷从时代离开时已经接近十一点了。从西郊进城的车寥寥无几，道路两边路灯照不到的地方黑漆漆的，车灯打在地面上，在有限的距离内泛起白光。

代驾是个年轻的小伙子，车开得很稳，很有眼色地一路保持安静。

盛卷卷心情很差。

她今晚确实是成功堵到陈绪了。

但是，王昱竟然没有告诉她，陈绪是和谁一起来的。

盛卷卷按照王昱的指示，在女卫生间等着，等待时机想装作和陈绪偶遇。

她没想到的是，陈绪没堵到，倒是堵到一个讨厌的人。

林照影看见盛卷卷，顿时柳眉倒竖，冷笑嘲讽："呵！真是阴魂不散啊。"

盛卷卷顿时什么好心情都没了。

林照影，这个从小就和她过不去的女人怎么会在这儿？

盛卷卷突然感觉不妙，她闭着嘴，没有理会林照影的冷言冷语。

林照影见状冷笑道："你是不是想知道我和谁一起来的？"

听她的语气，盛卷卷就知道没别人了，定是陈绪无疑。

她们从小因为陈绪不知道吵过多少架了。林照影打内心里一万个瞧不起盛卷卷，无奈盛卷卷总有陈绪护着，她从没在盛卷卷这儿占到过什么便宜。两人的死仇倒也越结越深。

盛卷卷不想搭理她，绕过她就想走。

没想到林照影今天竟然追着盛卷卷不依不饶。

"盛卷卷！你不是要找陈绪吗？"林照影一闪身挡在她面前，得意道，“陈绪现在都不接你电话了，要我帮你吗？”

盛卷卷气得牙疼，陈绪不接她电话，林照影是怎么知道的？她忍不住反击：“让开！我要找陈绪，还用得着你帮忙？别忘了，我和陈绪同进同出的时候，你还只能在我家门口眼巴巴地等着呢。”

一击即中，林照影最恨盛卷卷提以前的事。

她从小就喜欢陈绪，天天去陈绪家里找他玩。但盛卷卷来了之后，因为她们吵了几架，陈绪就不准她再来家里玩了。她要找陈绪，就只能在门口等着陈绪出来。

这事对林照影这个富家小姐来说绝对是永远的屈辱和黑历史。

她最恨盛卷卷这点，当即口不择言：“你们家？你也配！你以为你妈费尽心机嫁进陈家后，你个不知哪里来的野丫头就真成为公主了？我呸！有本事你改姓陈之后再来摆你公主的架子！”

盛卷卷内心怒火中烧，转身却给了林照影一个笑脸：“我配不配不是你说了算！你姓陈？林照影，要不要我提醒你一下，上一次你说我不配的时候，陈绪是怎么回你的？”

林照影顿时脸上一僵，一股闷气憋在胸口，吐不出来又咽不下去。

“她不配你配？”陈绪当时是这么说的。

这句话像一把刀子插进林照影的胸口，无论时隔多久，只要想起就会让她忍不住浑身发抖。她也是贱，不恨说这话的陈绪，反而把所有的恨全部发泄到盛卷卷身上。

她恶狠狠地瞪着盛卷卷。

盛卷卷懒得和林照影过多纠缠，也没心情堵陈绪了，抬脚就往外走。

身后传来林照影不甘心的声音，她的语气中带着些得意：“算了！不和你计较了，很快你就该叫我一声嫂子了，看在你哥的面子上，我也不能和你计较。”

盛卷卷有些不可置信地回头看她，试图从她得意的脸上看出些许心虚来。可也许是林照影的演技太好，又或者是她说的本就是事实，盛卷卷没有看出丝毫异样来。

盛卷卷压抑住心里翻滚的恶心感，冷笑道：“那我等着。”说完就头也不回地走掉了。

盛卷卷刚出门，就看见陈绪弯腰站在洗手池前。水流哗哗的，他低头搓着双手。

陈绪洗完手抬起头，从镜子里看见盛卷卷，便将手上的水珠弹向她，笑骂一句：“我就知道，王昱这孙子今天总催我来卫生间，肯定没有好事。”

盛卷卷被林照影恶心透了，正觉得丧气得要命，也就没心思再和陈绪周旋，她直截了当地说：“我是来通知你的，下周六，在御城酒店办爸爸和我的生日宴，你爱来不来吧！我要是再管你的事，我就是猪！”

身后这时传来高跟鞋踏地的脚步声，盛卷卷猜想是林照影，冷着脸抬脚就走，也不等陈绪回应。

果然几秒之后，就听见林照影惊讶的声音：“陈绪？你怎么也出来了？”

“嗯，出来缓口气。”

“你今晚喝得可不少，等会儿可不能再喝了，王总那里我挡着就行。”

盛卷卷加快脚步，想把所有不想听到的声音都甩在身后。

到家后，盛卷卷就直接瘫倒在床上，像死猪一样一动不动。

身心俱疲。

她以后再也不要管陈绪的闲事了。

瘫了十分钟，她挣扎着起来去卫生间卸妆洗澡。再次倒在床上时，眼睛都快睁不开了。

明天要陪妈妈去寺里上香，她拿起手机准备定个六点的闹钟，这才发现自己有一个未接来电，是个陌生号码。

夜里十二点了，绝对是骚扰电话。

盛卷卷想也没想，把手机调到静音，钻进被窝里，一秒入睡。

入夜十二点。

时代的夜生活才刚刚开始，红男绿女肆意享受着黑夜。

五楼客房中，季策的心情却很糟糕。

他摆弄着手机，不停地把手机解锁，关闭，再解锁，关闭。

手机依然很安静。

季策更烦躁了。

他今晚本应该正在和美女们热舞，而不是一个人坐在客房里看电视。而那个把他害成这样的罪魁祸首竟然还不接他电话！

盛卷卷这个女人还真是让人心烦，她持之以恒地要他电话的模样他还记得清清楚楚。现在他主动给她打电话了，竟然不接！也没有给他回电话！

什么态度，有没有一点敬业精神？！

今晚真是轻易饶过她了，明天就去找她麻烦。

季策立刻做了决定。

正在这时，手机突然响了。

季策烦躁的心情立刻一扫而空，他得意一笑，轻哼一声："算你识相。"

他故意等铃声响过十秒后才慢条斯理地拿起手机。

下一秒，手机被扔出八丈远。

手机躺在地毯上执着地叫嚣着，屏幕上"郑傻子"三个字闪闪发亮。

我才是傻子。

季策心想。

第四章

试探 我觉得你就挺合适

第二天一大早，盛卷卷打着哈欠坐在客厅里喝粥。盛母坐在边上给她夹菜，念叨她："你看你，哈欠连天的，昨晚又没睡好吧？这黑眼圈都出来了，妈妈下午带你去美容院保养一下吧。"

盛卷卷头摇得像拨浪鼓一样，几口就喝完了碗里的粥："不用不用，我下午好好睡一觉就好了。"

今天是十五，要去灵泉寺上香。这是盛母多年的习惯，盛卷卷只要有空就会陪她去。

灵泉寺香火一直很旺，初一十五人更多。盛卷卷强打着精神陪着盛母挤在人群里上完香，本想立刻就回家补觉的，但盛母还想去打山泉水，盛卷卷只能哈欠连天地跟着去了后山。

盛母不停地念叨她："你可不能再贪玩熬夜了，别仗着年纪轻不知道保养，以后年纪大了后悔都来不及了。要不然你回家住一段时间，我给你调理调理，你看你这黑眼圈。"

"不用啦。"盛卷卷玩着手机，心不在焉地应付着。

盛母走着，突然想起来一件事："明天你王阿姨说要聚聚，你和我一起去。"

"哪个王阿姨？"盛卷卷头也没抬随口一问。

结果后脑勺就“啪”地挨了一下。

盛母一把夺过她的手机装进自己包里：“你说哪个王阿姨，就是真真妈妈呀！你这孩子能不能别玩手机，好好听妈妈说话。”

盛卷卷连忙“好好好”应答着，又奇怪地问：“你和真真他妈不是经常见吗？干吗叫上我？”

盛母笑道：“这次都带孩子去，真真也去，所以你也要去。”

“哦，明天没事我就去。”

“必须没事。”

“又不是小孩子了，带上我们干什么，大眼瞪小眼啊？”盛卷卷小声嘟囔，奇怪地看了眼自己的妈妈。

“你能老实地大眼瞪小眼就好了。”盛母瞪她，佯怒道。

为了避免更多的唠叨，盛卷卷立刻表示明天一定去。

灵泉寺后山有一处泉眼，常年流淌着清澈甘甜的山泉水，据说可以治病，又免费开放，引得无数人慕名前来。

他们没有带水桶来，盛卷卷去买了几瓶矿泉水倒掉，用瓶子接泉水。盛卷卷对泉水本身不感兴趣，但喜欢这打水的过程，她一口气接了六瓶水，手都冻僵了。

盛卷卷电话响的时候她正接着水，盛母从自己包里拿出手机，叫她接电话。

盛卷卷腾不出手来，她顺着妈妈的手看了眼来电，是一串陌生号码。她第一反应觉得这不是快递，但仔细看了一下，发现号码略显眼熟，好像曾经见过，估计是快递。

她对盛母说：“你帮我接一下，就说快递放在快递柜里就行了。”

盛母遂接起电话：“喂，是快递吗？”

电话那头不知道说了些什么，盛母一皱眉，反问：“你打的电话，反问我是谁？”

这时盛卷卷问了一句：“是快递吗？”

“不知道，上来就问我是谁，不知道是不是打错了。”

盛母把电话放在盛卷卷耳边，盛卷卷正准备说话，电话那头就挂了。

盛卷卷感到莫名其妙，没有当回事，继续去接泉水。

下山坐进车里，盛卷卷说尽了好话哄得妈妈高兴了才把手机拿回来。

她一翻手机，竟然有好几个未接来电，都是同一个陌生号码。

她终于发现为什么这个号码看起来眼熟了，因为昨天半夜的那个未接来电也是这个号码。

难道是客户？

不应该啊，她的所有客户都存好了名字的。

突然，她想到了一个人。

顿时，盛卷卷就有点心慌。千万别是他啊！

盛卷卷在心里祈祷着，把电话拨回去。

嘟，嘟，嘟……响了十几秒都没人接。

盛卷卷心里越发不安了，手机里传来的“嘟嘟”声响应着她的心跳，直到声音突然中断，接通的那一刻，她的紧张感到达了极点。

“喂，您好？”盛卷卷干巴巴地说。

没人应答。

她把电话拿到眼前看了看，确实显示是通了。

“您好？能听见吗？”她又问。

还是没人说话。

盛卷卷莫名觉得电话那头就是季策，而且正在生气。她犹豫着问了一句：“季策吗？”

一个清朗的男声传来：“不是，快递，要签收。”

一瞬间，盛卷卷不知道是失望还是什么情绪，“哦”了一声，客气道：“快递啊，放快递柜就可以了，谢谢师傅。”

“不行，必须要本人签收。”这个快递师傅的语气很不耐烦。

盛卷卷想好好和他解释一下，刚想张口，突然脑中一根弦轻颤一下。她对声音并不是非常敏感，做不到过耳不忘，但季策的声音很不一样，低沉中带着些清朗，嗓音非常干净，她第一次听就记住了。

刚才对方的语句简短，电话中虽然有些失真，但还是很像，她犹豫着问道：“你真的是快递吗？”

“你说呢？”

不爽穿过信号扑面而来，盛卷卷仿佛听见了对方的冷笑。

她咽了咽口水：“那个，你是季策吧？”

对方一秒反问：“你不是说是快递吗？”

盛卷卷马上认尿：“大哥别闹了，我错了。我不知道是你，我没有你的电话呀。”

季策冷笑：“那我为什么会有你的？”

盛卷卷懵了，奇怪道：“不是我给你的吗？”

季策被她问得噎了一下，闭嘴不说话。

盛卷卷好言好语地求他：“别生气啦。”

“我在你们公司门口，快来。”季策又开始不耐烦了。

盛卷卷无语，“今天周六不上班啊，你怎么不提前打电话约我？”

她不说还好，一说这个季策就更不爽了。

“十个小时算不算提前？”

“啊？”

盛卷卷用了三秒的时间才明白他说的是昨天夜里十二点他打的电话，彻底无语：大哥，那是半夜啊！

她马上软声解释：“我昨晚睡着了没听见，对不起，你别生气。你是不是有急事找我？”

“对，十万火急。”季策没好气地说。

“那我马上回去，你等我一下！”盛卷卷连忙道。

季策挂了电话，从昨晚到现在都极度不爽的心情，终于好多了。

从昨晚到现在，他起码给盛卷卷打了四个电话，前三个没接，也没回，最后一个还不知道是谁接的。

这简直创下了他耐心的新纪录。他就从没有对哪个女人这么容忍过，或者说是，对任何人也没有这般容忍过。

为什么？他自己也想不明白。思前想后，他觉得可能是之前盛卷卷要他电话的执着劲头给他印象太深刻了。

但是现在怎么回事，欲擒故纵？或者，耍他？

季策感觉他一定是被盛卷卷耍了。他决定以后再也不要和这个女人有任何交集了，心理咨询师多的是，他找什么顶级的都能找到，何必找她？

然而，等到铃声响起，屏幕上出现“倒霉蛋”三个字的时候……

他有心不去理会，但手还是控制不住地要去点接听。

并且，在听到盛卷卷撒娇般的“别生气啦”之后，他竟然真的就没那么生气了。

季策觉得自己肯定是有病，他说在她公司楼下，但实际上他明明在自己的豪宅里享受阳光。季策暗骂一声，起身换好衣服，拿着车钥匙出门。

外面寒气袭人，从温暖如春的房间出来，季策打了个喷嚏，他摸摸鼻头，真觉得自己有病，好好的周末不过，折腾自己干什么？

季策开着导航，很快就到了盛卷卷他们公司的楼下。这里是一栋写字楼，是季阳集团旗下的资产。他来过几次，但从没注意过楼里还有这么一家心理咨询公司。他点上一根烟，坐在车里等着，等了二十分钟左右，电话响了。

盛卷卷气息不稳地问他：“我到公司了，你在哪儿呢？”

“停车场。”

“什么车，车牌号多少？”

“来了就知道了。”

盛卷卷还想多问两句，但季策已经不耐烦地挂掉了。盛卷卷边腹诽着边往停车场跑。

果然是来了就知道了。

一辆酷炫耀眼的跑车开着车灯，不等她走近，那辆车就踩了一脚油门，发动机的轰鸣声震得她耳朵疼。

好好好，你赢了。

盛卷卷捂着耳朵投降。

她走过去，拉开车门坐进去。

季策“哼”了一声，不满道：“怎么这么慢？”

盛卷卷一撅小嘴：“我刚从北山赶回来，已经非常快了。”

季策“哦”了一声，表示听取了她的解释。他给自己系上安全带，示意盛卷卷也系上。

盛卷卷低头边系边问：“什么事这么着急找我啊？”

季策淡定地回她：“陪我吃饭去。”

“什么？”盛卷卷停住手，抬起头问。

见她这么惊讶，季策也奇了：“怎么了？”

盛卷卷理了理思绪，才问他：“你从昨天半夜就开始给我打电话，一直到刚刚，说的十万火急的事就是陪你吃饭？”

季策斜了她一眼。当然不是，这是他临时想出来的借口。但现在他又不想说了，只好用发问来掩饰：“不然呢？吃饭还不算急事？我从昨晚到现在一口饭没吃呢，等了你半天了，现在我又冷又饿，你难道不该陪我吃顿饭？”

被他一串话砸下来，盛卷卷乖巧地闭上了嘴，点头称是。

车开出去一段距离，季策也不说话，车内有些安静。盛卷卷在这安静的环境里忍了一会儿，没憋住，忍不住探头问他：“季策，你是不是想约我？”

季策没想到她这么有自信，不禁讶然失笑：“你……是不是想让我约你？”

盛卷卷顶着他戏谑的目光，面不改色，笑眯眯地说：“这么说也可以。”

季策有点好奇：“哪样是不可以的？”

盛卷卷看着他，理所当然地说：“因为你帅，所以你说什么都可以啊！”

她这么直接倒让季策无话可说了，他忍不住羞她：“盛卷卷你是不是女孩子，能不能矜持点？”

盛卷卷立刻不满了：“我哪里不矜持？”

见她小嘴又撅起来了，季策憋住笑又开始逗她：“你不是说我说什么都可以吗？”

“是哦。”盛卷卷一时语塞，接受了自己不够矜持的设定。

两人打打嘴仗，时间过得特别快，等车停在一个小饭馆门口时，盛卷卷还觉得意犹未尽。

季策熄了火，解开安全带。他见盛卷卷还坐在座椅里不动弹，小嘴叭叭个不停，便伸手按向她的座椅内侧，想去替她解开安全带。

冬天里的盛卷卷穿得一向很多。今天要去山里，她便穿了件蓬松的羽绒服。上车后她把羽绒服脱了，堆在座椅后面，挡住了安全带卡扣。季策伸手没有按到卡扣，他又摸索了一下，没想到这次直接摸到了盛卷卷的大腿上。

软软的，热乎乎的，很有弹性。

季策一怔，手却没有立刻拿开。

盛卷卷还在叭叭的小嘴立刻闭上了，几秒后，她才低头看向那只摸着自己大腿的手。

一时间，车内的气氛凝固了。

几秒后，盛卷卷才捏起季策的手指，轻轻地把他的手挪到他自己的大腿上，委屈巴巴地道："就算你很帅，但这个还是不可以的。"

尴尬！

本来是手误，解释一下就可以了。季策没觉得有什么，怎么听着盛卷卷委屈的小嗓音，他自己也觉得有些心虚了。

他是故意的吗？

当然不是。

季策咳了咳，清清嗓子，正色道："那个，我不是故意的，我是想帮你解开安全带。"

"这样啊。"

闻言，盛卷卷立刻肩膀一塌，脸上的委屈神色一扫而空，换上失望的表情。她埋怨道："季策，你不能这样让人空欢喜啊。"

季策看着盛卷卷切换自如的两张脸，觉得他之前真是小瞧了盛卷卷。等听明白盛卷卷的意思后，他惊得手都不知道该往哪里放了。

季策无奈地说："盛卷卷，你脑子里面都在想什么呢？"

盛卷卷瞅着他，乐道："那怎么能告诉你。"得意之状溢于言表。

季策知道被她耍了，甩了一个眼刀给她，没好气道："下车。"说完就要推门下车。

盛卷卷连忙叫住他："你还没有给我解安全带呢。"

"自己解！"季策不理会她，"砰"地关上车门，径直走进小饭馆。

被无视的盛卷卷也不恼，紧随其后下车，小跑着跟进饭馆。

一进小饭馆，盛卷卷呆了。小饭馆装修风格老旧，油腻腻的餐桌像没擦洗过一样，破旧的瓷砖地面也泛着一层油光。再看看身边这位爷，一身名牌，奢侈低调。

画风很不一致啊。

老板娘看见季策和盛卷卷进来，立刻就一脸热情地迎了上来。盛卷卷在一旁默不作声，眼瞅着老板娘把他们引进一楼一个干净的小包间。

季策问了下盛卷卷的口味，熟练地点好菜，老板娘便退出去准备了。

季策一转头就看见盛卷卷盯着他，像小狗盯着骨头一样，就差流口水了。他轻笑："擦擦你的口水。"

盛卷卷对他的调侃不以为意，故意"啧啧"惊叹道："我以为季少爷这样身份的人只吃私人厨房、五星饭店之类的，没想到你还这么接地气呢。"

见过盛卷卷之前的样子，现在季策已经很能适应她浮夸的演技了。他懒懒地靠向椅背，长腿交叉，顺着她的话往下接："你还没想到你能和这样身份的人一起吃饭吧？"

盛卷卷顿时笑得前仰后合："是呀是呀，我是不是应该跪下，三呼万岁？"

季策配合她，略微一抬手，严肃道："爱妃免礼了。"

这下盛卷卷笑得差点说不出话来。

没想到季大少爷这么会接梗，盛卷卷对季策又多了一份新的认识。

老板娘亲自来给他们上菜，看得出来她和季策很熟。

这是一家湘菜馆，菜确实地道入味。连盛卷卷挺爱吃辣的人都有点受不了这辣。很快，她就吃得浑身冒汗，脸上泛红，从鼻尖红到耳尖。

季策的反应不大，他只是脸上微红，唇色鲜艳了些。

"你这么能吃辣？看不出来啊。"盛卷卷惊奇道。

"你能看出来什么？"季策轻笑一声，不客气道。

"我能看出来你对我有意思。"盛卷卷摇头晃脑，得意地回答。

季策正吃着，被她这一句话惊得呛入喉，咳得昏天暗地，形象全无。季策隐隐觉得脑门生疼，他是不是招惹了不该招惹的人了！

"盛卷卷你脸皮还能更厚一点吗？"季策难以置信地道。

见他咳得脸红脖子粗，往日清俊高冷的贵公子形象轰然崩塌，盛卷卷自知理亏。她不敢大声反驳，只好小声道："能。"

季策彻底无语，他觉得自己是五行缺德、命里犯贱，才会碰上盛卷卷这个祸害。他决定吃完饭就让她滚。

从饭馆出来后，盛卷卷面对季策站着，张着嘴巴哈气，赞叹道：“真好吃，下次我请你来吃！”

季策看到她粉嫩的小舌尖一动一动的，口中顿时有些发干，便将让人滚的念头抛出九霄云外。

他长腿一迈，率先上车。上车后，他见中控台上有两瓶矿泉水。季策不记得自己在车上放过水，但这念头只是一闪而过，现在口干舌燥的他也顾不得那么多，他拧开一瓶水，“咕咚咕咚”喝了半瓶。

盛卷卷随后上车，问他去哪里。

季策这才想起了正事：“去你们公司看看。”

大周六的，公司里一个人也没有，盛卷卷带着季策参观了一圈。

装修精致，私密温馨，一进门就给人一种舒适的安全感。季策第一次进心理咨询室，有种意外之喜。盛卷卷没有吹牛，他们家的确很专业。

盛卷卷带季策到个体咨询室里休息。

季策坐在柔软舒适的沙发上，打量着房间里的陈设。淡蓝色的墙漆，浅木色的地板，颜色柔和清爽。面前一个圆形的木质小茶几，茶几上有水壶、纸巾盒和一盆绿植。靠墙有一个放松椅，边上摆着一个架子，上面放了几盆植物，看着生机勃勃。墙上挂着几幅画，笔法稚嫩可爱，童趣十足。另一侧有一个落地窗，窗前铺着米色的长毛地毯，地毯上摆放着几个毛绒玩偶。

整个房间有种童趣感。

“这都是你摆的？”季策指了指地上的毛绒玩偶。

盛卷卷点点头，捡起地毯上一只圆滚滚憨态可掬的小猪塞到季策怀里，对他说：“我最喜欢这只，抱着可舒服了。”

季策捏了捏怀中的小猪，手感的确不错。虽然很干净，但他还是把它放在一边了。对这种公共的玩具，他还是有点心理障碍。季策不想讨论这个话题，于是他换了个话题：“你们心理咨询师的收入怎么样？”

在土豪财主太子爷面前谈论这个话题，很伤自尊的好吗？

盛卷卷敷衍道：“凑合吧。”

季策伸出一只手，张开五个手指，对她摇了摇：“一个月有这么多吗？”

啥意思？盛卷卷困惑，五千？

她笑道：“五千肯定有啦，不然不得把自己饿死了。”

季策一愣，随即闷笑，他又摇了摇手：“五千还不够买件衣服。”

那是你的衣服好吗！五千够我买很多衣服！

盛卷卷皮笑肉不笑地道：“难道五万？你当我们老板是挖金矿的吗？怎么可能？”

“哦？那就是没有了。”季策故意拉长语音，笑得意味深长。

盛卷卷瞪他，不满道：“听过‘朱门酒肉臭，路有冻死骨’吗？”

季策挑眉不答，等着她接着说。

盛卷卷见状，立刻做出一副痛心疾首的表情：“不知人间疾苦！让杜甫大大教你做人。”

季策见盛卷卷又开始表演了，笑得倒在沙发扶手上。他干脆半躺在沙发里，用手撑着脑袋，看着盛卷卷，不经意地道：“那请饱读诗书的盛卷卷小姐教我做人呗！你辞职来给我做私人咨询好了。”

盛卷卷以为他是故意调侃自己，鼻子一哼：“想得美！一个月五万没准我还可以考虑考虑。”

“好啊。”季策笑着答应。

盛卷卷狐疑地看着他：“你说真的？”

季策眼睛眨了眨，笑而不语。

盛卷卷看出他不是开玩笑，顿时有点结巴：“那……那可不行，我还要上……上班呢。”

“一个月五万都赚不到，这班还有什么好上的？”季策嗤笑。

受到无情的嘲笑，盛卷卷愤慨万千，她马上调动自己的知识储备，想用金钱罪恶论来怒斥季策。

季策适时又撒出一把鱼饵：“一个月五万，不用坐班，也没人约束，治疗结束后还有巨额奖金，怎么样？如果还有别的条件，你尽管提。”

盛卷卷顿时哑口无言，金钱就要腐蚀她了，但仅存的一丝理智拉住了她。她艰难地拒绝：“不行，上次我已经和你说过了，咱俩已经挺熟的了，我不能给你做心理辅导。”

季策考虑过这个问题，也查过一些资料，但他就是想念那晚盛卷卷舒缓的声音，非常想。

他摸了摸下巴，逗她："咱俩很熟吗？我除了知道你叫盛卷卷，是个心理咨询师，其他的还一无所知呢。"

盛卷卷顿时语塞，是啊，他们只是见过几次面而已，并不熟。除却那些大家都知道的八卦，她对季策也基本上算是一无所知。

但为什么她会有他们已经很熟了的错觉呢？

自作多情要不得，盛卷卷立刻反省。

盛卷卷有些郁闷，犹豫地问："你确定吗？就算我们不熟，但总归是认识的吧。"

季策不禁失笑："你负担怎么这么重，我都不怕，你怕什么？我找任何咨询师，也总该会认识的啊，咱们就算提前认识好了。"

盛卷卷几乎要被他说服了。她斟酌了好一会儿，才开口："好吧，我们先试试。如果不合适就立刻终止。"

看着盛卷卷犹豫不决的神情，季策忍不住笑出声，好半天他才止住笑："盛卷卷，不知道的，还以为我们要谈恋爱呢。"

盛卷卷脸上微热，心里发虚。

她就是想嘛。

见她不反驳，又一副心虚的模样，季策心下了然，嘴角微微勾起。

到最后，盛卷卷也没能说服季策，只好和他大致说了一遍心理咨询的注意事项和具体流程。

午后的阳光十足，房间里拉上了纱帘，光线柔和朦胧。盛卷卷的声音舒缓，很有催眠功效。季策昨晚一夜没睡，这时吃饱喝足，被温暖的阳光照着，困意立刻就上来了。他歪倒在沙发里，和盛卷卷有一搭没一搭地聊着天。

季策的语速越来越慢，眼睛开始半闭半合，盛卷卷知道他是困了，所以她也放缓了语速，语调越发温柔。

不一会儿季策就没了声音。他就这么在盛卷卷的看护下睡着了。

盛卷卷把窗帘拉上，室内蒙蒙地笼着一层光，正适合午睡。随后，盛卷卷好奇地跪坐在沙发前，伸长脖子仔细端详着季策的脸。

睡着了的季策，脸部轮廓略显柔和，少了几分平日里玩世不恭的味道。盛卷卷的目光从他光洁的额头滑到他微微弯俏的眼睛，到高挺的鼻子和红润的嘴唇，最后停留在他冒着胡碴的下巴上。

好性感。

盛卷卷略微靠近些，嗅着季策身上的味道，是淡淡的松木香味混杂着几丝烟草味。

好想把脸埋进他的脖颈中，狠狠地吸一口。

致命性感。

盛卷卷眼睛一眨不眨地看着季策，心里痒痒的。这个男人怎么长得这么好看！简直想让人对他为所欲为。

从第一次在机场见到季策，盛卷卷就垂涎他的美色，但她一直没有近距离地打量过他。

难得今天有这等大好机会，盛卷卷自然不会错过。她支着脸，呆呆地看了许久。直到季策的眼皮突然抖动几下，盛卷卷以为他被自己看醒了，连忙退出一段距离。

但季策并没有醒，他的眼皮时不时抖动几下，漂亮的眉毛突然皱成一团。

盛卷卷一看就知道他做梦了，貌似还是个不太开心的梦。

开始盛卷卷还兴致勃勃地观察着，甚至拿出手机偷偷录像，边录边捂着嘴笑。但很快她就发现了不对。

季策的额头上渗出密密的小汗珠，染湿了鬓角，他眉头紧锁，发出一声声呓语，手脚还有些颤抖。

看着季策好像很痛苦的样子，盛卷卷笑不出来了，她忙把手机关掉扔在一旁。她尝试着小声喊一声他的名字，想唤醒他。盛卷卷轻触季策的肩膀，没有叫醒他，反倒更像是惊扰了他。季策的动作幅度更大了，头开始晃动，但依然没有醒。

盛卷卷有种不好的预感，她果断加大力度，一手按住他的肩膀，一手伸到他的后背，轻轻地从上到下一遍遍抚摸，并且温柔地叫他的名字。

“季策，你醒醒。”

季策的呓语声音越来越大，盛卷卷已经可以听得清了，他在喊“不要”。

到底在做什么梦？

盛卷卷加大音量喊他的名字：“季策，季策！”

季策又回到了昨晚的那个梦里。他一直在爬那个永远也爬不到尽头的旋转楼梯，前方是可以吞噬一切希望的无边黑暗。

他很累，想停下脚步，但他的身后就像是有只看不见的手，只要他一停下脚步，那只手就会抓向他，催促着他前进。他不敢停，也不敢回头，只能继续向上爬。

无边的黑暗，无尽的台阶还有逃不开的恐惧。

突然，远处传来一个熟悉的声音，不断地喊着他的名字。就在季策仔细辨认方向时，他脚下的台阶突然裂开，紧接着，他急速地坠落。

失重感让他大叫出声。

仿佛过了很久很久，又仿佛只有一小会儿，季策感觉到自己躺在床上。回到无比熟悉的环境，他稍微放松了，但立刻，他清晰地感觉到背后靠着一个温热的怀抱，接着，耳边传来轻声的呢喃：“季策，季策。”

季策猛地一惊，转过身向后一看。

空无一人。

又是梦？

不！有人！

季策彻底惊醒。他闪电般地抓住压着他肩膀的手，用力一扯，将背后的人扯到身前。面前的人发出一声惊叫，整个人扑倒在他身上。

季策目光迷离，语气尖锐：“你是谁？”

季策突然的动作导致盛卷卷整个人失去了平衡。盛卷卷的身体率先比大脑做出反应，她忙抱住身下的人，试图稳住身形。等大脑可以思考问题时，她才发现自己紧紧地抱着季策，趴在他的身上。

而季策等不到回答，全身肌肉紧绷，抓住盛卷卷手腕的手不由自主地加大力度。

盛卷卷惊魂未定，手腕又传来剧痛，她顾不上回答她是谁这个问题，急忙痛呼：“疼疼疼！快放开！”

停了几秒，季策的眼神渐渐清晰，目光聚拢，眼前的脸也渐渐清晰了。

娇嫩如花，鲜艳欲滴。不是盛卷卷又是谁？

他慢慢松开手，嗓音暗哑：“是你？”

盛卷卷眼中泪光莹莹，还不忘安慰他：“是我，别怕，是我。”

季策闻言闭上眼睛，深深地吸了一口气。鼻腔里吸进了一股香气，是盛卷卷的发香，像甜甜的橘子味，直入胸腔，安抚了那颗紧张焦虑的心。

季策没有说话也没有动，盛卷卷有点不安，不敢乱动，但她怕压到他，便偷偷地用另一只手在沙发上撑着，卸掉一部分体重。

过了一会儿，她轻声问：“好点了吗？”

季策睁开眼，盛卷卷担心的神情映在眼中，那股甜甜的味道还萦绕在鼻尖。他呼了口气，伸手揽住盛卷卷的腰身，把她撑着沙发的手一拉，让她整个人伏在自己身上。

盛卷卷发出低低的一声惊叫。

“别动，让我抱会儿。”季策将头埋在她的发丝中，声音有几分沉闷。

闻言，盛卷卷的身体僵了僵，但没有动，任由他抱着。

盛卷卷的脸颊滚烫，她仿佛可以听到自己的心跳声。她努力地深呼吸，生怕自己的心跳声太大被季策发现。她的手被季策握着没有放开，细腰也被紧实有力的胳膊揽住。他们紧贴在一起，季策身体的火热温度透过衣服传来，让盛卷卷原本僵硬的身体瘫软下来，提不起一丝力气。

很快，季策就恢复了平静，他叹了口气：“你可真是贴心，还怕我累着，我难道连你也抱不动吗？”

他说的是她用手撑沙发的事。

身体被掌控住的盛卷卷完全没有平日撩人的风范了，现在的她就像只小兔子，乖巧得要命。她讷讷道：“我有一百多斤呢。”

季策笑了：“怎么？这么小瞧我，让我试试一百多斤有多重。”说着，他抱着盛卷卷坐起来，然后将她打横抱着站了起来。

盛卷卷生怕掉下去，忙搂住季策的脖子，她面上绯红，急忙道：“不敢小瞧你，快放我下来。”

季策低头一看，怀中的盛卷卷娇嫩可口，柔弱得想让人一口吃掉。

他的眼神暗了暗，缓缓将她放在沙发上。

两个人都没有再说话。盛卷卷低着头，揉着自己还有点疼的手腕。

季策站在她面前，看着她的头顶，知道自己吓到她了。

季策没想到撩起人丝毫不手软的盛卷卷竟然是个纸老虎，动一动真格就缩成一团。他露出一个苦笑，伸手在她脑袋顶上轻轻抚了两下。

盛卷卷仰起脸，躲开他捣乱的手。

季策用手指点点她的额头，轻笑："就这么点出息。"

盛卷卷不说话，重新又低下头。季策以为她生气了，琢磨着是不是应该道个歉。他正组织着语言，盛卷卷突然开口："算了算了，谁让你长得帅呢。"

季策一怔。

盛卷卷说完就站了起来，她用手指点了点季策的胸膛，然后用力把他推开两步，故意吹鼻子瞪眼道："警告你哦！不要仗着自己帅就随便撩人，尤其是我这种贪图美色之人。"

季策愣了几秒，被她彻底逗乐了。盛卷卷还真是一个小可爱啊。

拉开窗帘，阳光照进室内，整个屋子里亮堂堂的，好像什么都没发生过。

刚才的噩梦在脑海中打了几个圈，季策后背的冷汗还没有干，他对盛卷卷说要尽快开始治疗他的恐高症，越快越好。

盛卷卷带他去放松宣泄室，让他在里面放松一下，然后她自己去办公室给季策整理私人定制的方案合同和咨询档案。她一边整理一边思考，刚才发生的事就像电影一样一幕幕在脑海里重现。

盛卷卷烦躁无比，她越来越觉得不可以接季策这个活。她对季策的好奇已经超出正常的范畴，而且越来越不受她控制。她也低估了季策对她的影响力，像刚才那种情形，在心理师和咨询者之间简直是大忌。

她可能真的做不了。

半小时后，盛卷卷空着手去宣泄室找季策。

季策正坐在地垫上，他低垂着头，发梢向下滴着水。见盛卷卷进来，他歪过头看向她。盛卷卷脚步一顿，拿起纸巾盒走过去，抽了几张纸巾递给他。季策没接，仰着脸看她。盛卷卷拿着纸巾的手就不由自主地擦上他的额头、脸颊、下巴。

"舒服吗？"盛卷卷问。

季策笑着回答："还不错，就是设备简陋了点。"

盛卷卷的嘴角抽了抽：“你要洗澡吗？这里有浴室。”

“公共浴室？”季策问。

“是啊。”公司的肯定是公用的呀，盛卷卷又解释，“但很干净卫生的。”

季策毫不犹豫地摇头，站起来拎起衣服，他看盛卷卷两手空空，便问：“你准备的资料呢？”

盛卷卷正不知道该怎么向他解释，有些焦虑地道：“我觉得你再考虑考虑吧，我真的不太适合给你做心理辅导。”

季策不明白她为什么这么没自信，他停住脚步，仔细打量她的神情。

盛卷卷不自觉地就想躲开他的视线。

季策看了几秒钟，说：“好吧，如果你实在不愿意就算了。”然后他一边向外走一边又接着说，“我要回家洗澡，先送你回去。”

见他不再坚持，盛卷卷悬着的一颗心终于落回了肚子里。松了口气后，一丝丝失落感却从她的心底冒了出来，压都压不住。

盛卷卷的笑容带着些勉强，乖乖地跟在季策身后，解释道：“我们老板叫李秉诚，你可以去了解一下。他的实力非常强，接手的案例成功率非常高，在业界是数一数二的。我只是个资历浅薄的小心理师，从各方面来说，我们老板都更适合你。”

季策停下脚步，淡淡道：“适不适合我，难道不是我说了算？我觉得你就很适合。”

季策的语气虽然不是很强硬，但带着不容置疑的强势。这让盛卷卷一时不知道该说什么。

“你再想想。”季策丢下这么一句话，继续往外走。

只是还没走出公司大门，季策就又一次停住了脚步。他神色古怪，身体有些紧绷。他在原地停了几秒，就猛地往回走，边走边问盛卷卷卫生间在哪儿。

盛卷卷刚指了个方向给他，她的手还没放下，季策就迈着大长腿掠过她身边，径直进了卫生间。盛卷卷懵了几秒，明白过来后又忍不住笑了。被季策这样一打乱，她一直焦躁紧张的情绪倒是消散不少。

盛卷卷坐在沙发上等季策，她的脑海中一直回响着季策的那句“我觉得你就很适合”。不可否认，这种认同感给了她不少自信，同时，也有一丝窃喜。她开始认真地考虑起这件事来。

一想事情时间就过得特别快，等盛卷卷回过神来，已经过了半个小时了。她发现季策还没有出来。

这么久？盛卷卷不免好奇，她走到卫生间门口喊了声：“好了吗？”

没有回应。

盛卷卷又敲敲门，叫：“季策？季策？”

过了会儿里面才传来季策不爽的声音：“叫什么叫？”

哦，听起来没什么事。盛卷卷调侃他：“蹲厕所不要超过十分钟，不然容易得痔疮，你已经进去半个小时啦。”

里面的季策咬咬牙，冷哼：“啰唆。”

盛卷卷笑了几声，没有走远，就靠在门外的墙上玩手机。

很快又过去十分钟，季策依然没有出来，盛卷卷敲门笑他：“季策，你掉厕所里啦？”

不见季策回应，她故作惊诧问：“真掉厕所啦？要不要我找人来捞你？”

季策在里面气得牙痒痒，盛卷卷怎么这么招人烦？他正拉肚子拉个没完，感觉拉完了，一站起来就又开始腹痛如绞。现在他不仅腹痛，胃也开始不舒服起来，有了想吐的感觉。外面的盛卷卷还一遍遍地催他，要他怎么回答，难道要说他拉肚子了？他都可以想象出盛卷卷笑弯了腰的样子。季策趁现在腹痛稍微好点，赶紧解决完起身，洗完手拉开门，就看见盛卷卷保持着偷听的姿势，差点跌进来。

他脸色不愉，不爽道：“盛卷卷，你是不是欠收拾？”

盛卷卷笑嘻嘻地吐了吐舌头，闭上了嘴。

刚走到公司门口，季策又觉得腹痛难忍，他二话不说掉头就走，又进了卫生间。现在就算他不说，盛卷卷也明白过来了。她从自己的药箱里翻出一盒药，站在卫生间门口守着，等季策出来。

“你是不是拉肚子啦？我这有药，你要不要试试？”

季策手扶着门框，弯着身体问：“什么药，能随便吃吗？”

“蒙脱石散，专治腹泻的。”盛卷卷将药递给他。

没听过这个药，季策接过来，翻看了一下说明书，就递回给盛卷卷。盛卷卷非常自觉地去给他冲了一包。就在等待的这几分钟里，季策没忍住，吐了一次。盛卷卷端着纸杯回来时，季策正在洗手台前漱口。

这下就有点严重了，盛卷卷忙问：“没事吧？很严重吗？”

季策摇了摇头，抽了张纸巾擦脸，接过盛卷卷手里的纸杯，一饮而尽。

“你刚才是吐了吗？要不要去医院看看？”盛卷卷担心道。

季策摇摇头说没事。

盛卷卷不放心地又给他冲了杯补液盐，说是要补水。

这么折腾了一会儿，也不知道是药起了作用，还是心理作用，季策觉得没有刚才那么频繁地拉肚子了。他洗干净手，离开卫生间。但他不敢走远，就在会客厅的沙发上坐着。盛卷卷端着温水站在他边上。

“这么看着我干什么？”季策一仰头就看见盛卷卷一脸担心地看着他，不禁失笑。

“你刚才吐了，我们去医院看看吧。”盛卷卷有点担心，如果只是拉肚子，可能是中午吃得太辣了，肠胃一时的反应。但如果有呕吐，那就有点严重了。

“不用。”季策摇摇头，拿出手机打了个电话。

听着像是和医生在打电话，盛卷卷习惯性地走开几步避开。

打完电话，季策说初步确诊是急性肠胃炎，盛卷卷给他吃的两种药都挺对症的。如果没有发烧，就多喝水，按时吃药，再观察。

听完盛卷卷放心了，她愤愤道：“一定是中午那家小饭馆不卫生。”

那家饭馆他去过很多次了，从来没有吃坏肚子过。老板娘他认识，不会用不干净的食材糊弄他。现在一时半会也确定不了是否还会拉肚子，季策也不敢直接走。刚才他运动后出了一身汗，还没干，拉肚子又出了一身虚汗，现在浑身黏糊糊的。身体不舒服脾气就差，他烦躁得不想理人。

盛卷卷察言观色的能力还是很不错的，见季策满脸烦躁也不多说了，只默默地坐在离他稍远的地方。

季策闭上眼睛靠在沙发上休息。过了很久，他发觉周围很安静，睁开眼睛一看，没有人。

第五章

误会 错在哪儿了？

盛卷卷不见了。

季策叫了几声她的名字，没有人回答，他只好起身去各个房间转了一圈，还是没找到人。

跑哪儿去了？

季策掏出手机给她打电话，“嘟嘟”响了十几声也没有人接。

他突然想起第一次在机场见面，盛卷卷也是说去给他买咖啡，然后就把他甩下，一去不复返了。想到这里，季策的心里蓦然一慌。他简直难以置信，盛卷卷又把他丢在这儿跑了？

再一次被遗弃的失落感涌上心头。季策的头隐隐疼了起来。盛卷卷这个女人真是他的魔星，每次见到她，都没什么好事。

算了，一定要远离她，远离她，远离她。

季策暗下决定。

说到做到，他拿起衣服，抬脚就走。好在一路上腹痛没有发作，很快他就安全到家了。

到家后季策做的第一件事就是去洗澡。等他清清爽爽地从浴室出来，已经是二十分钟之后的事了。

季策一出来就听见手机在响，他拿起来一看，是盛卷卷。

洗完澡后，季策的情绪冷静很多，也没刚开始那么生气了。他绷起脸，接起电话。不等他说话，电话里就传来盛卷卷的声音，她好像快哭了，焦急地问："季策，季策，你在哪儿呢？"

季策的心顿时就软了下来，什么远离不远离的，他全都不记得了。面对盛卷卷，他好像一点辙也没有。他语气轻柔，反问她："你在哪儿呢？"丝毫看不出一秒前这张脸上的冷笑和愤怒。

"我就在公司啊！我买完药回来就发现你不见了，怎么打电话也没人接，你急死我了！"盛卷卷的哭音更重，"我以为你出事了，你没事吧，你在哪儿呢？"

"我没事，我先回家了，对不起，对不起，你别哭。"季策一听就慌了，内疚感直上心头。

听说季策已经回家了，盛卷卷紧绷了半个多小时的情绪终于松懈了下来，她一屁股坐在沙发上。

季策听不见她的声音，以为她生气了，开始心慌，急忙道："你别生气，我现在就过去找你，你等我。"

"别别别！你生病呢，千万别折腾，我没有生气，我刚才就是有点着急，以为你出什么事了。"盛卷卷急忙解释，越解释声音越小。她并没有生气，只是觉得自己脑洞太大了，有点羞愧。她刚才买完东西回来后，找不到季策，脑子里立刻浮现出各种可怕情景，比如什么季策突然吐血不止、倒地不起，打电话给她没接着，最后被 120 拉走了之类的。

"你没事就好啦！那你好好休息吧，我刚刚给你买了药，还有粥，要我给你送过去吗？"

听着盛卷卷在电话那头絮絮叨叨，说个不停。季策的心里突然温暖了不少，他轻轻地对着电话说了句"要"。

季策住的地方是西山这片最贵的别墅区，四合院样式，古色古香。盛卷卷很熟悉，这里和她住的小区也就隔了两条街，她经常遛弯路过这里。她羡慕很久了，今天终于可以进去一睹真容了。

不多时盛卷卷就到了。季策站在小区门口等她，把她领了进去。

盛卷卷一见他就啰唆上了："都让你不要在门口等我了，天这么冷，你还生病了，不应该到处乱跑，告诉我门牌号我自己能进去的。"

季策笑着听她说，不时应声“好”。盛卷卷不由得惊讶地看向季策，才一会儿不见，他怎么就像变了个人一样，这么乖巧?

进门后，盛卷卷好奇地四处打量豪宅，时不时发出啧啧的惊奇声。这屋子的装修风格很中式，完全不符合季策这种纨绔公子的人设。成套的红木家具，稍微显得老气了点，但看着华丽啊。屋子里的一桌一椅仿佛都散发着人民币的芬芳，盛卷卷摸着红木沙发都想流口水了。

季策见状暗自好笑，问她：“你出去买东西怎么不和我说一声？”

他不提还好，一提盛卷卷就委屈了，她瞪着眼睛控诉道：“我见你闭着眼睛，以为你睡着了，特意轻手轻脚的，就怕吵到你。倒是你，你回家怎么不和我说一声呢？吓死我了。”

“好好好，是我的错，以后一定提前告诉你。”季策立马投降。手机里有十几个来自盛卷卷的未接来电，季策可以想象到她的着急。

“这还差不多。”盛卷卷满意了。

她让季策去休息，问了厨房在哪里，准备去厨房把凉了的粥热一热。

季策家的厨房很大，收拾得干净整洁。东西非常齐全，一看就是经常用的。

他还会做饭呢？看不出来啊。盛卷卷暗暗称奇。

盛卷卷本来只是打算用微波炉热一下粥，现在看了厨房里的东西，又改变了主意。外面的粥毕竟不如自己煮的干净卫生，她直接重新煮了一锅小米粥，又打算做一盘凉拌土豆丝。这样季策的晚饭也有了，不用怕自己走了后，他饿肚子了。

盛卷卷在厨房忙得不亦乐乎，完全没注意到季策倚在门口看她多时了。

季策看着盛卷卷忙碌的模样，心里有种说不出的感觉，好像有温温软软的一团水在他心里荡来荡去，让他的心无法安放。

他就这么目不转睛地看着盛卷卷，最后在盛卷卷发现他之前又偷偷回到客厅，装作一直在休息的样子。

伺候好季策喝完粥，吃了药，又嘱咐了一番，盛卷卷才提出要走。

“你走了，万一我病情加重了怎么办？”季策站起来问她。

盛卷卷迟疑道：“你有没有亲戚朋友能来陪你的？”

“没有。”季策回答得很干脆。

盛卷卷有些为难："那怎么办？"

季策无辜地瞅着她。

"那我等等再走吧。"盛卷卷受不了季策无辜的小眼神。

她陪着季策聊天，从他这个豪宅聊到他的恐高症。

"你是因为恐高所以才住这种平层的吗？"盛卷卷问。

季策点头，然后笑道："还有一个重要原因。"

"什么原因？"

"因为买得起。"

还能不能愉快聊天了，盛卷卷悲愤地想。

"真的，铁了心要拒绝我了？"季策突然问道。

盛卷卷苦笑，谁还嫌钱多烫手呢？她认真解释："是我的原因。我不够专业，没有办法对你像对待正常咨询者一样。如果一个咨询师无法保持客观和冷静，这样的治疗效果会大打折扣。我不想耽误你的病情，不知道你能不能理解？"她已经把话说得这么清楚了，季策要还不能听明白，她也没辙了。总不能让她直接说，我对你有意思，所以没办法和你保持正常的咨询关系吧。

好在季策"唔"了一声，没有再追问。他想了想后，接受了盛卷卷的提议："好吧，那就听你的，你们老板你来搞定。"

没想到这么顺利，盛卷卷悲喜交加。喜的是自己公司接了个大单，悲的是大单没落到自己头上，还是自己亲手推出去的。

看着面前的季策，盛卷卷的心在滴血。

行走的人民币！

她怎么会不喜欢？

即将冬至了，白日短，黑夜长。

盛卷卷等外面天已经黑透了才回家。她走的时候嘱咐季策，有需要就给她打电话，她就住在隔壁小区一号公寓，离得很近。

季策起身要去送她回家，被她一把摁住。她笑嘻嘻地道："想送我，来日方长，不差这一次，你先把病养好了。"

季策已经习惯了她厚脸皮的说话方式，也没和她争。

盛卷卷走出一段距离，回头看见季策还站在落地窗前看她。身后的灯光将他的身形描绘得很清晰，他双手插兜，高大挺拔。盛卷卷看得眼睛都舍不得眨，好半天才啧啧赞叹，然后飞了一个吻给他，见他身形一动，随即拉上窗帘，才笑着离开。

盛卷卷着急回家，除了要向大老板汇报季策这个大单之外，还有一件重要的事等着她做。

每周六晚上九点她都要开直播，唱歌。

化妆、选歌、调试音乐。等她上线时，直播间已经有不少人等着了，都是她的老粉。其中有一个叫“一条粗大腿”的粉丝，跟了她两年了，平时寡言少语，只用红包说话。盛卷卷刚开始还不太适应，后来就习惯了，如果哪天没有“一条粗大腿”的巨额红包，她都觉得很失落。

纯洁的她已经被金钱腐蚀了。

今晚盛卷卷唱了首毛不易的《借》。

这首歌她之前没听过，是之前“一条粗大腿”刷红包时说想听这首歌。她去搜了一下，意外地发现非常好听。歌词很棒，副歌部分是她的最爱，将那种想要却不敢要，想说却不敢说的感情表达得很老辣。

她练了很久，今晚才唱。

盛卷卷一开口，粉丝各种刷屏——

“腿哥就是厉害，小仙女对你简直就是有求必应啊！”

“小仙女别是被腿哥征服了吧，我不服。”

“你不服你也像腿哥一样用红包说话啊，有没有人见过腿哥除了发红包之外说过多余的话？”

“真没见过。”

“都别闹，好好听歌，小仙女唱这种低音好酥软啊。”

“小仙女下次唱首《痒》吧，想听很久了。”

大家聊得正欢，屏幕里突然刷了一波红包，红包上写着一行字：“不听《痒》。”

“厉害了！”

“还有这样的操作？”

“腿哥就是不一样！”

屏幕顿时炸了。

盛卷卷唱完也笑了，她平日里很少和粉丝互动，基本上就是自顾自地唱自己的。因此跟着她的基本上都是熟悉她的老粉丝，彼此间都很熟悉。腿哥在粉丝里的人气很高，她也一直很好奇。如果有机会，她倒是真想认识认识这个土豪。

临睡前她加了季策的微信，想问问他身体怎么样了，不过太困了，没等到季策通过她就抱着手机睡着了。

早上起来才发现季策给她发了几条消息。

“饿了，粥喝完了。”

“你去哪了，怎么不回我消息？”

“盛卷卷，你可以的！你等着！”

最后一条消息是半夜一点发的。这人是个夜猫子啊，每次都半夜了还不睡觉。

盛卷卷看看时间，九点多了，盛母已经打电话过来催她回家了。她跳起来，一边洗漱一边回季策消息。

“我昨晚睡着了没看见，你怎么半夜都不睡觉啊？”

“你想吃什么，我给你送点吃的过去？”

“小包子吃不吃？西葫芦鸡蛋馅儿的，非常好吃哦！”

“半小时到你家门口，等我哦！”

不等季策回复，盛卷卷洗漱完毕，从冰箱里找了一盒前几天盛母给她包的小包子，飞奔出门。到季策家门口时，他还没回消息。盛卷卷见门窗紧闭，估计他还没起床，就把饭盒放在了门口，在微信上发了条消息告诉他就走了。

回到家，盛母就急匆匆地拉着她出去从头到脚捯饬了一番，等赶到吃饭的地方时，其他人已经到齐了，就差她们母女了。

推开包间的门，盛卷卷的目光就落在了正侧着脸和单真真说笑的男人身上。说是男人，不如说是个阳光帅气的大男孩。他把部分头发挑染成麻灰色，身穿酒红色毛衣，显得朝气蓬勃，神采飞扬。

很眼熟啊。

盛卷卷的大脑在她的美男库里自动检索着，还没等她检索到，王阿姨已经站起来迎了过来，热情洋溢地道：“挺长时间没见卷卷了，真是越来越漂亮了。”

盛母和王阿姨两个人相互吹捧着，盛卷卷在边上陪笑，眼角余光不时地瞥向小帅哥。此时单真真和小帅哥已经不聊天了，正看向她们这边，盛卷卷就和小帅哥对视了几眼。

这到底是谁啊？怎么这么眼熟！

盛卷卷思索着。

王阿姨又招呼道："真真，实实，你们过来啊。"

天啊！盛卷卷心底发出一声惊呼。

这是单实实那个小屁孩？！什么时候长成这样了！

她印象中，单实实应该还是一个穿着校服，留着规规矩矩的寸头，说话粗声粗气的高中生啊！

我的天，岁月怎么这么不公平？在她身上就是杀猪刀，在单实实身上简直就是雕刻刀啊！精雕细琢，将他从一块品相不错的石头打磨成美玉了！

接下来王阿姨说什么盛卷卷都听不清了，她一直处在极度震惊中。

直到盛母一拉她的手，嗔道："发什么呆啊？坐啊。"

盛卷卷这才回过神来，见大家都坐下了，就她还在站着。她掩饰性地咳了一声，拉开椅子坐下。

自从知道小帅哥就是比单真真小两岁的弟弟时，盛卷卷就有点心不在焉。她一边和单真真聊天，一边目光不自觉地飘向单实实，极力想把眼前的小帅哥和印象中的小屁孩联系起来。

"怎么样？"单真真指着手机里的照片问盛卷卷。

盛卷卷正走神，没听清她之前说什么，看了眼照片，就敷衍道："不错，很漂亮！"

单真真不满道："哪儿漂亮？要不是她带资进组，哪里轮得到她当女主角？我们往镜头前站一起，我简直秒杀她。"

盛卷卷忙补救："是是是，肯定是不能和你比，她只是在普通人里算漂亮的。"

单真真又叹了口气："有什么用呢？谁让人家金主厉害呢。"

"她金主是谁啊？"盛卷卷一边随口问，一边瞥向单实实。

单实实撑着脸正看着她，嘴角含笑，一副很有兴趣的模样。

盛卷卷瞥了一眼就赶紧把目光收了回来，这孩子目光怎么这么直接，能不能含蓄点。盛卷卷分神地想着，就没听清单真真说什么，只听见最后两个字“老板”。

她“哦”了一声当作对单真真的回应。

“你今天魂儿不见了？怎么说半天没反应呢？”单真真对盛卷卷的敷衍很不满。

可不是，魂儿都被你弟弟勾走了，谁让你弟弟突然长大，变得这般美味可口了。盛卷卷暗暗叹息。

没等她回答，单实实就一声轻笑，冲着盛卷卷一眨眼，开口对他姐姐道：“明显你说的东西人家不感兴趣啊，是吧，盛卷卷？”最后一句话是冲着盛卷卷说的，小模样还挺勾人。

盛卷卷不由掩面，她怎么能被小屁孩勾引？哪怕他是美味可口的小屁孩，也不行。

她干咳一声，正了正神色，才对单实实说：“你现在怎么不叫我姐姐了？”

单实实歪着头乐道：“我什么时候叫过你姐姐啊？”

盛卷卷回忆了一下，反驳他：“你上高中时明明叫过我卷卷姐的。”

单实实顿了一下，随后嘴角一勾，坏笑道：“你肯定是记错了，要叫也只能叫你……小姐姐。”最后三个字说得又轻又慢，挑逗意味十足。

盛卷卷倒吸了一口凉气，心想这要不是真真的弟弟，她真的要心猿意马了。一想到窝边草的麻烦之处，她立刻就偃旗息鼓了。

一顿饭的工夫下来，这个饭局的意义显而易见。

相亲宴啊！

盛卷卷被两位中年妇女的想象力折服了。

回去的路上，盛母兴致勃勃地问盛卷卷对单实实的感觉。盛母是觉得非常满意，单实实是名校毕业，前途可观，样貌气质也配得上自己的闺女；两家又相熟，知根知底的，多好啊。

盛卷卷鼓着腮帮子道：“人家比我小好吗？我可不能摧残祖国的花朵。”

盛母气得推了她一把：“说的这是什么话？实实也就比你小四岁，你们现在的年轻人，不都是喜欢这样的小鲜肉吗？”

太嫩了，下不去嘴。

盛卷卷在心里嘀咕，不敢在盛母面前说出来。她随便找了个理由：“我不喜欢这类型的。”

盛母哪能被她糊弄过去，哼了一声：“少来，我还不知道你？你就喜欢长得好看的，实实长得不够好看？我看比你以前谈的对象都好看。”

盛卷卷撇撇嘴，不置可否。

单实实是长得不错，但比季策还是差了个档次。季策不仅长得好，而且他身上那股成熟男人的气质，不是刚出校门的小屁孩可比的。想到季策，盛卷卷的嘴巴就翘得高高的。她向盛母保证，一定会找个比单实实更好看的对象。

好不容易把盛母打发掉，单真真的电话就追了过来，她八卦兮兮地打探情报。盛卷卷哭笑不得：“我可真不敢摧残你弟弟，你也知道我恋爱谈不长，从没有一个超过三个月的。”

“你呀，老大不小了，收收心吧。”

单真真刚开始还老气横秋地劝了几句，但很快就被盛卷卷问的问题引到了另一个方向上去。

“问你个八卦啊？”盛卷卷声音低下来，神神秘秘地问。

单真真从小就是个美人胚子，她作为童星出道，混迹娱乐圈多年，掌握了很多娱乐圈的八卦资料。盛卷卷八卦的爱好就是被她培养的。一听有八卦，单真真来了兴趣，让她快点问。

“你说阮星空和齐煦东是真情侣吗？”

单真真犹豫了一下：“应该是真的，圈子里经常见他们俩一起去吃饭。”

“那……阮星空和那谁呢？”盛卷卷迟疑了一下又问道。

“过去式了。”单真真说起这个就有点沮丧，她抱怨道，“你说大佬的眼光怎么越来越差，王檬檬这种整容脸他也要。”

“啥？”盛卷卷听着不对，王檬檬不就是今天单真真一直八卦的带资进组女主角吗？怎么和季策扯上关系了？

单真真又惆怅道：“你说……我要不要也去整个容？”

“王檬檬和季策是怎么回事？”盛卷卷的注意力还在上一句上。

单真真无力地说："你今天怎么回事？我之前不是和你说了吗？王檬檬的金主就是季策啊。"

好半晌，盛卷卷才回过神来，在心里暗骂一通。

自从知道季策的新八卦后，盛卷卷就处于失魂落魄的状态。她拿着手机，翻来覆去地解锁关上，关上解锁，不知道想干什么。

她本想问问季策身体怎么样了，包子好不好吃，想不想吃盛式私房秘制馅儿的饺子，但只要一想到"王檬檬的金主是季策"，她就一阵泄气。心口闷闷的，像有一团棉花堵着。

想了想，盛卷卷打开常逛的八卦论坛。首页果然就飘着王檬檬的八卦帖。不少人都在猜这个长相一般演技平平的新人怎么能力压众小花拿到热剧女一号的资格。评论里就有人提到带资进组，金主之类的，只是没人挑明金主是谁。

若是以前，盛卷卷肯定会看得津津有味，就算不积极参与爆料，也要引领一下话题的。可今天她怎么都提不起兴趣来。她觉得自己很奇怪，又不是第一次看季策的八卦，季策和阮星空的八卦多劲爆啊，她不是一样看得很开心？怎么现在季策和王檬檬的瓜，她就吃不下去了？

可能是王檬檬的确比阮星空差远了吧。盛卷卷这样想着。

她又翻了一会儿帖子，就怏怏地去睡觉了。睡前例行看手机，不自觉地翻了一下和季策的聊天记录，早上她发的消息，季策一直没有回。

当金主也是很忙的吧。

盛卷卷的脑海中浮现出季策弹她额头让她少看八卦的情景。

哼，八卦制造机！

盛卷卷忿忿地删掉了两人的聊天记录，清空清空了脑袋，翻个身睡了。

一连几天，盛卷卷都没有再联系过季策，季策也同样没有找过她，两人又回到各自的世界中。

这天上班，大老板李秉诚出差回来，第一件事就是把盛卷卷叫过去详问她季策那个大单的事。

盛卷卷简单地介绍了一下，并说明季策的要求。他要求心理师上门做咨询，时间上要配合他的时间。

大老板虽然许久不接单子了，但季策他还是知道的，他很重视，一口应下了季策的所有要求。

在知道盛卷卷好几天都没联系过季策之后，大老板冷眼瞅着她："我看你是不是想上天？这个大客户你要是给我弄丢了，我就让你每天都在天上飞。"盛卷卷被训斥得抬不起头，为自己的不专业感到汗颜。

大老板恨铁不成钢地点醒她："你知不知道咱们这栋楼就是季阳集团的产业？"

"呵！"盛卷卷抽了口气，清醒过来，存在心底好几天的小脾气顿时消失得无影无踪。她表示立刻就去联系季策，和他赶紧定下来首次咨询的时间，绝对以最真诚热情的态度留住这位财神爷。

"还愣着干什么？滚滚滚。"大老板挥挥手，让她该干什么就干什么去。

盛卷卷走出办公室后，拿起电话，不再犹豫，果断地拨出季策的手机号码。

很棒，无人接听。

可能是在忙，等会儿再打。

然而，盛卷卷早中晚各打个两个电话，都没有人接。这时，盛卷卷有点焦虑了，内心翻江倒海的。她有点心虚，觉得季策是生气故意不接她电话的，因为她这几天没有主动联系他？想了想她又觉得自作多情，没准人家就是很忙。

晚上，盛卷卷冒着严寒出门了。这是她第一次在冬天出去遛弯，遛着遛着，就遛到了别墅区。和门卫做了访客登记后，她又遛到了季策家门口。

谢天谢地，开着灯。

盛卷卷在门口踌躇了大概十分钟，才忐忑地去按门铃。

等了一会儿，门被拉开，露出一张娇俏的脸。

盛卷卷心里咯噔了一下，知道自己来得不是时候。

可是骑虎难下，美女已经开口了。

"请问你找谁？"很客气，但语气并不友好，带着戒备。

盛卷卷立刻勾起一个职业微笑："您好，打扰了，我找季先生。"

美女上下打量着她。盛卷卷穿着厚厚的羽绒服，头发扎在脑后，素面朝天，不像是有公事的样子。

“请问你是？”

我是谁？总不能说我是心理咨询师吧。

盛卷卷眼睛一转，笑道：“我是送外卖的，前几天给季先生送了外卖，今天我来取餐盒。”

见美女露出疑惑的表情，她又加了一句：“特殊外卖的餐盒是要回收的。”

美女见她笑得真诚，将信将疑地让她进门。

盛卷卷进了客厅后就扫了一眼，季策不在客厅里。正好，她还是找到餐盒赶紧走吧，别打扰人家好事。她直奔厨房，发现自己的餐盒连带小包子都好好地放在冰箱里。

八个包子，一个没动。

盛卷卷心里有种说不出来的滋味，她拿起餐盒，准备要走。

她刚走到客厅，就见季策走了进来，手里还拿着一个文件夹。

他抬眼看见盛卷卷，眉梢就是一挑，表情很是惊讶。

美女见状立刻解释：“这位小姐说她是送外卖的，今天来拿餐盒。”

季策的视线这才落到盛卷卷手里拿着的餐盒上。

盛卷卷尴尬地点头，扯出一个微笑来：“嗯嗯，我这就走了，不好意思，打扰了。”然后她三步并作两步，快速到了玄关。

季策等她手都搭在门把上后，才慢悠悠地来了句：“站住。”

这两个字就像紧箍咒一样，把盛卷卷的手定在了门把上。

“我要投诉你们家的服务，你过来，做个记录。”季策不动声色，语气却很严肃，很像那么回事。

盛卷卷听出他的一语双关，在心里暗暗叫苦，只好顺从地转身走回去。

季策把手中的文件夹递给一旁的美女，吩咐道：“你先回去，剩下的事我来处理。”

美女略有些迟疑，视线在季策和盛卷卷身上打了个转，才应声离开。

人一走，季策就冷哼一声，坐在沙发上跷起腿，斜眼瞅着盛卷卷。

盛卷卷垂着头站在那里不动，心里七上八下的。

“送外卖的？不知道盛小姐还身兼数职呢？”季策清冷的嗓音响起。

盛卷卷一听就知道不好，连称呼都重新变回盛小姐了，看来季策是很生气。

她想了想，抬头扬起一个稍显谄媚的笑：“不喜欢送外卖的？那下次我说我是来打扫卫生的也行。”

“盛卷卷！”季策又成功被她气到，语气中却不自觉地带上了几分无可奈何。

盛卷卷听到熟悉的怒斥，松了口气，七上八下的心也落回了肚子。她笑眯眯地蹭到沙发前，低声道：“别生气啦，我知道错了。”

“哦？错哪儿了？”季策挑眉。

“没有及时回微信！”盛卷卷立刻剖析错误，态度端正，不推诿，不找借口。

“还有呢？”

还有？盛卷卷语塞，立刻又想出一个，“没有及时主动关怀病人！”

“还有呢？”

怎么还有？盛卷卷想不出了，她也没这么多错误吧，想了半天才挤出一个：“不该晚上来打扰你？”

“还有呢？”

怎么还有！盛卷卷绞尽脑汁也想不出还有什么了，难道是背后八卦他被他知道了？她偷偷去瞄季策，正好对上一双黑亮的眸子，看得她心跳漏了半拍，不自觉地就把心里想的说出了口：“不该在背后和人八卦你……”

这下轮到季策无语，他一头黑线：“你又八卦我什么了？”

盛卷卷立刻意识到自己说漏嘴了，但话已说出口，也收不回来了。她只能含糊其辞：“也没什么。”

“说。”季策瞪着她，缓慢地吐出一个字。

盛卷卷破罐子破摔，耍无赖：“你八卦那么多，想听哪一个？”

季策怒极反笑：“我的八卦还不都是你们瞎传出来的？”

盛卷卷有点不服气：“总不会都是瞎传的吧？十条中总有一条是真的！”

“你能知道的全是假的！”季策不禁冷笑。

“那你和王檬檬也是假的吗？”听他说得这么肯定，在盛卷卷脑海中盘亘好几天的疑问终于脱口而出。

季策一愣。

盛卷卷见状心里一紧，胸口的棉花越堆越厚，让她有点烦躁，她忙转移话题：“对不起，我保证以后再也不看你的八卦了！你的病都好了吗？”

季策刚才发愣的原因有两个：一个是能像盛卷卷这样，敢直接把绯闻问到他面前的，一只手也数得完了；另一个原因是他没想到他和王檬檬都有绯闻了，而且还传得到处都是，连盛卷卷都听说了。

他打断盛卷卷后面的话，看着她问：“我和王檬檬怎么了？”

盛卷卷见他目光锐利，本想插科打诨糊弄过去的心思瞬间就没了，她只能老老实实地回答：“说你是王檬檬的……金……金主。”

饶是季策已经猜想到了，但听盛卷卷这么直白地说出来，他只觉得太阳穴发胀，怒气冲天。他闭上眼睛，按了按太阳穴，好半天才叹了口气：“我有没有和你说过，少看点八卦，你能不能让我省点心？”

在季策沉默的这段时间，盛卷卷心跳如鼓，她低着头站着，像个犯了错的小学生。现在听季策这么说，她立刻拼命点头，再次保证：“我再也不看了！”

“王檬檬是我二叔家的外甥女。”季策解释完又加了一句，“不许说出去，知道了吗？”

盛卷卷听到这解释，立刻如同久旱逢甘霖，满血复活了。她从进门开始就有些瑟瑟的神情一扫而空，现在她的眼中波光粼粼，像是有光在流动。

她欢快地说了声“知道了”，然后一屁股坐在了沙发上。站了这么老半天，她早想坐下来了。

她的态度转变过于明显，季策看得啼笑皆非。

“让你坐下了吗？”他故意板起脸说。

盛卷卷不为所动，做了个鬼脸，笑嘻嘻地道：“我站着你还得仰着头看我，多累啊，我是为你好。”

季策“哼”了一声：“这么贴心？”

“那可不！”盛卷卷一面笑，一面伸长了腿，跷着脚，脚后跟一颠一颠地点着地，浑身散发着很开心的气息。

“很开心？”季策又问。

“很开心！”盛卷卷歪着头，笑得贼兮兮的，又说，“我记得有人说过，等对我感兴趣的时候就告诉我八卦的，我没有记错吧？”

季策想了半天才想起来好像是有说过这样的话，他笑道：“你倒是记得清楚。”

“那当然了，以免有人要赖故意忘记。”盛卷卷摊手。

季策对她勾勾手，示意她坐过来。等盛卷卷坐到他身边后，他才伸长胳膊，搭在她身后的沙发背上，整个人倾向她。从侧面看，像是把她虚搂在怀里。

季策也不说话，光盯着她的眼睛笑，把盛卷卷看得面上发红，心跳加速。

就着这个姿势，季策低声轻笑：“你别总是撩我，真让我对你感兴趣了，我怕你招架不住。”

盛卷卷强撑着不服：“你觉得我会怕吗？”

季策低头靠近她，近得呼吸可以喷在她耳畔，他笑问：“你说呢？”

“好好，怕了怕了！”盛卷卷只觉双耳发烫，烫得她心慌，立刻嘟囔着败下阵来，逃离季策的掌控范围，之后她才觉得能顺畅呼吸了。

她的反应惹得季策又是一阵闷笑。盛卷卷像一颗开心果，随便撩一撩就让人心情愉悦，放松解压，偏偏她还喜欢凑上来让他撩。这几天工作上的麻烦事搅得他不得安生，好不容易缓口气，盛卷卷就送上门来了，当然是不逗白不逗了。

“你今天来找我是干什么的？真是来拿饭盒的？”放松过后，季策指了指装包子的饭盒问道。

差点忘了，盛卷卷有些愤愤地道：“你怎么一个都没吃啊？亏我自己都没舍得吃给你送来。”

“忘了吃了。”季策懒懒地答道。

他这几天非常忙，一大早就被公司叫了过去，带病加班了好几天。

盛卷卷不满地瞪他。

“非常好吃？”季策好奇地问。

“非常非常好吃！”盛卷卷用力点头。

“那你蒸一下我尝尝。”季策有了兴致，他今天忙到现在还没吃晚饭。

“哼！不要。”盛卷卷扭头拒绝。

“别生气嘛，我还没吃饭，好饿。”季策耐着性子哄她。

盛卷卷犹豫了一下，还是拒绝了：“这都好几天了，不能吃了。你病刚好，还是吃点新鲜的吧。”

原来是因为这个，季策有点感动：“没关系，一直冷冻着的，可以吃。”

“不行。”盛卷卷坚持。

“那我很饿怎么办？”季策摊着手一脸渴望地看着盛卷卷。

受不了他的眼神，盛卷卷认命地起身去厨房。季策一脸满足地跟在她身后，看着她在厨房忙碌。

菜切到一半，盛卷卷突然想起来，她上次从灵泉寺带回来两瓶山泉水，好像忘在季策车里了，正好可以拿来煮面。她让季策去车里拿水。

不一会儿季策拿回来两瓶水，只是其中有一瓶只剩下半瓶。

盛卷卷奇怪：“怎么就剩半瓶了？”

季策回忆了一下：“那天吃完饭很渴，我就喝了。”

盛卷卷恍然大悟，指着季策“你你你”了半天说不出话来。

“我怎么了？”

“难怪你肠胃炎了！”盛卷卷叹了口气，给他解释，“这不是矿泉水，是我从灵泉寺打的山泉水，最好煮开了喝，你肯定没有直接喝过生水，一时不适应才犯了肠胃炎。”

听明白后，季策故意道：“哦？原来又是你坑我。”

盛卷卷好了伤疤忘了疼，眨了眨眼，随口撩他：“那我对你负责好啦！你要乖乖听话哦。”

季策笑着摇摇头，不和她计较，继续靠在门框上看她做饭。

不多时，盛卷卷就端了一碗面出来，红红的是西红柿，黄黄的是鸡蛋，绿绿的是青菜，清清爽爽的一碗面条，看起来让人很有食欲。

季策吃面，盛卷卷坐一旁托着腮看着他吃。

真是赏心悦目啊。

“好吃吗？”盛卷卷问。

“有点咸。”季策面无表情。

“啊？”盛卷卷着急道，“很咸吗？”

季策用勺子盛了口汤递到她嘴边：“你尝尝。”

动作自然，盛卷卷丝毫没有察觉到哪里不对，张嘴就喝下了，品了品，奇怪道：“不咸啊。”

此时，季策才笑着问她：“好吃吗？”

盛卷卷怔了几秒才明白过来，季策是故意的。

这套路！这手段！

盛卷卷脸上一红，她“哼”了一声，别过脸去，不再看他。

季策低头笑着，汤匙在碗里碰撞，发出清脆的声响。

盛卷卷只觉得刚才那口汤在口中炸开了，酸酸甜甜的，直接甜到了心里。

“盛卷卷。”不一会儿季策又叫她。

盛卷卷脸上还有点热，故意扭着脸，不去看他，凶巴巴地道：“干吗？”

“你……”季策只说了一个字，尾音拖得很长，好像后面还有话没说完。

盛卷卷等了一会儿，没等到下文，好奇之下只好扭过头脸来看他，问：“你什么？”

这下轮到季策别过脸了，盛卷卷听到了从他胸腔中发出的闷闷的笑声。

迟钝的伪老司机——盛卷卷终于察觉到不对，她回味了一下两人的对话，刚褪下去的红晕顿时蔓延到耳根。

没想到这种老梗她竟然还有亲耳听见的一天。

但这个时候谁较真谁就输了，她强压下暴跳的小心肝，装作听不懂的样子，若无其事地问：“你要说什么？”

看着她小脸红彤彤的，还强装镇定，季策就忍不住想戳破她这个纸老虎。

“我说盛卷卷。”他停顿了一下，语带戏谑，“看你还能装多久。”

“什么？”盛卷卷愣了愣，没明白他的意思。

季策用筷子在碗沿上敲了敲，示意她看看："为什么要煮面给我吃？"

"是你要吃的呀。"盛卷卷完全不解。

季策轻笑一声，眼角眉梢都带着戏谑之味。他推开碗筷，探着身凑近她，轻声问道："我要吃什么你都给吗？"

第六章

心动 无处可逃

要了命了！

季策说得一点没错，他要是认真撩起来，她是真的招架不住。

被撩到眩晕是什么感觉，盛卷卷觉得她可以去知乎答题了。

季策看着盛卷卷的一张小脸越来越红，一双水汪汪的大眼忽闪忽闪，洁白的贝齿在红唇上咬出一道印儿来。看着看着，他的呼吸逐渐开始乱了，如果再靠近一点，他都怕自己要控制不住做出点什么事来。

盛卷卷用力咬了咬唇，才找回点理智。她往后仰了仰身体，远离那张透着巨大吸引力的脸，带着点羞恼道："季策！"

季策收回向前探的身体，不着痕迹地平息了身体里燃起的小火苗，靠在椅背上，懒懒答道："叫我做什么？"他的声音有些低沉，又充满磁性。

盛卷卷不禁捂了捂脸，完了，季策随便开口说点什么，她都觉得他是在全方位无死角地撩她。

她瞪着眼睛质问："我有没有和你说过，不要撩我这样贪图美色之人？"

季策想了想，好像是有。他好奇地问："撩了会怎样？"

"就是会连我自己都不知道会做出什么事来。"盛卷卷眯起眼睛威胁他。

她到底知不知道，她现在这个样子真的很引人犯罪。季策的眼眸暗了暗，意有所指地道：“那要不要我给你示范一个？”

“哈？”盛卷卷有些跟不上他的思路。

季策继续释放他的魅力，笑道：“你不知道会做出什么事来，但我知道，我教你啊？”

盛卷卷忍无可忍，她腾地站了起来，几步绕过餐桌，走到季策面前，拨开他的长腿，挤进他和餐桌的空隙。她靠坐在餐桌边沿，身体向前倾，双手按在季策的肩头，缓缓将脸贴近他。她压着声音，低低地挑衅道：“来啊，你教我，我等着呢。”

季策面上不露痕迹，心跳却因为她这个动作乱了起来，身体也在她触碰到的那一刻，紧绷了起来。盛卷卷离得太近，他甚至可以看清她皮肤上的绒毛，感受到她灼热的呼吸扑在脸上。她蓬松微卷的长发从耳后散落下来，垂在他的面颊上，痒痒的，很快这种痒就从脸上蔓延到了心底。

“今天谁也别怯场，天天打嘴炮有什么意思，敢来真的吗？”盛卷卷伸手将散落的头发向后一撩，气场全开。她豁出去了，她就是要赌一把，堵季策不敢，堵他怕麻烦。

以她对季策的观察，他是个戒备心极高，掌控欲极强的人，这种人在男女关系上，不会轻易打乱自己的节奏。会给自己惹麻烦的事，在没想好之前，他定不会做。

如果不是时机不合适，季策都要忍不住为她叫一声“好”。她这一招，的确超出他的预期。

他哼了一声，语气危险：“你知道挑衅我的后果吗？”

盛卷卷暗示性地咬了咬唇，强迫自己声音不要颤抖，低声道：“我知道，但你敢吗？”

一瞬间，冲动差点碾压了理智。季策放在腿侧的手紧了紧，才控制住想要吻上去的冲动。

他虽然决定认输了，但也要给盛卷卷一个教训。

他果断伸手，扶住那近在咫尺的纤细腰肢，沉声道：“胆子太大了你。”

盛卷卷只觉腰上一热，身体一软，差点没撑住。此时她也顾不上输赢了，忙扭着腰想躲开，但身后是餐桌，身前是季策充满侵略性的怀抱。

无处可逃。

季策扶着她的腰，缓缓站了起来，手上一用力，将她送到餐桌上坐着。他附身在她耳边低声说："这次就放过你，记住，下不为例。不是每次都能有这么好的运气。"说完，他就松开了手，大步离开了餐厅。

季策一走，盛卷卷就从餐桌上滑了下来，瘫坐在餐椅中，急促地喘息着。

虽然她赢了，但好像比输了还狼狈。以后再也不瞎撩了，命差点都撩没了。

季策这样妖孽的男人，果然只能远观……

之后盛卷卷老老实实地和季策说明了今晚的来意，是替他们大老板和季策约首次咨询的时间，最后定在这周五晚上七点。

干完正事，盛卷卷就要走。

季策点点头，没说什么，在她穿衣服的同时，他也起身从衣架上拿了件外套穿上，跟她一起出了门。

盛卷卷忙道："不用送我，很近的！"

季策欠欠地笑道："谁说我要送你了，我是要出门买点东西。"

盛卷卷无语，不想理他了，她小跑两步，和他拉开距离。

季策不紧不慢地跟在她身后，看着她一颠一颠地向前跑，像只灵动的兔子，忍不住眯起眼睛打量着。

盛卷卷跑了几步，停下来一看，季策长腿迈几步就拉近了俩人之间的距离，她不由气馁，也不跑了，小步走着缓口气。

"怎么不跑了？"季策揶揄她。

盛卷卷气哼哼地道："你不是要买东西吗？去买啊。"

"还没到，你急什么？"季策背着手，气定神闲。

盛卷卷是典型的好了伤疤忘了疼，见季策这个欠揍的模样，她早已忘了刚刚才下的不再撩他的决心。

"口是心非。"她小声嘀咕，"明明就是想送我。"

穿过两条街，就来到盛卷卷住的小区门口。这边明显比别墅区热闹多了，晚上九点左右，很多商铺还开着门。

路过一家烟酒超市门前，季策叫住盛卷卷。

“看着啊。”然后在盛卷卷的注视下，季策昂首走了进去，买了包烟。

他走到盛卷卷面前，把烟在她眼前晃了晃，笑道：“我口是心非什么了？”

此等操作，盛卷卷只有服气的份，她有气无力地对季策挥了挥手：“再见。”

季策笑了笑，将烟塞进兜里，跟上她：“这么失望啊！那我送你回去好了。”

“不用！”盛卷卷大步向前拉开距离，果断拒绝。

“好啦，别闹了。”季策追上她。

“哼。”

很快到了楼下，盛卷卷瞥也不瞥季策一眼，拿出钥匙就要进门。

季策一把拉住她的胳膊，求饶道：“我是口是心非行了吧？你这气性还不小。”

在黑暗的遮掩下，盛卷卷的嘴角偷偷扬起，她勉强“嗯”了一声，和他说：“我到了，你回吧。”

“明天几点去上班？”季策没有松开手，依然拉着她的胳膊。

“七点半，干吗？”盛卷卷好奇。

“七点半在你家门口等你。”季策说完，松开手，后退两步。

“你要送我吗？”盛卷卷歪着头问他。

季策对她挥挥手，一边转身向外走，一边笑道：“免得有人笨得马路都过不去。

“谁笨啦……”

季策已经走远了，暗淡苍白的路灯照着他的背影，有些模糊。

盛卷卷还在思索他的话什么意思，谁过不去马路了？

晚上睡前，盛卷卷忍不住给季策发了条微信。

“说我过不去马路是什么意思啊？”

季策秒回：“就是笨的意思。”

“你才笨！”

“我可是过马路小能手。”

“地铁站附近那个超级难过的马路，我都……”

盛卷卷刷刷刷地回着微信，字打到地铁站时，脑中飞快地闪过一个画面。

下雪的那个早晨，雷锋……

“我的天！”她突然扔掉手机，惊叫出声。

难怪她总觉得季策那个黑色 SUV 看着眼熟，原来雷锋就是他！

他是不是真的喜欢我？

这个念头突然冒了出来，怎么都压不下去。

盛卷卷抱着被子在床上翻滚了几圈，下定决心一定要把季策搞到手。

她摸起手机。

“原来是你！”

没头没尾的一句话，但季策看懂了，他笑着回了个字：“笨。”

“雷锋叔叔说我笨我就笨！雷锋叔叔晚安呀，明天记得来接我。”

“皮痒了是吗？”

盛卷卷“嘿嘿”笑着，发了个吐舌头的表情，扔掉手机，甜甜入睡。

第二天早上七点半，那辆黑色 SUV 准时出现在小区门口。盛卷卷像看见亲人一样飞扑上去，拉开车门坐进去。季策老远就看见盛卷卷了，她又穿了双细跟短靴，羊绒大衣盖住了小腿，露出细细的脚踝。和上次在 T 大见她时的风格一致。

“雷锋叔叔总是雪中送炭！”盛卷卷一脸兴奋地夸道。

季策听见这个称呼脸就黑了两分，盛卷卷还在絮絮叨叨，对他摆出的臭脸色视而不见。

“我今天又要去 T 大，替我们大老板去开一个研讨会，正发愁是开车去还是坐地铁呢，多谢雷锋叔叔！”

“去 T 大？”季策沉吟了一下，指了指她那边的车门，示意她，“下车，不顺路。”

“就不，都上车了还能下去？天真。”盛卷卷嬉皮笑脸地拒绝，还调皮地用手抵住季策伸过来的手指，将他的手推了回去。

季策瞥了她一眼，点火启动车。

“季策，你可真是小天使，车品超一流。”一路上，盛卷卷对季策赞叹个不停。季策开车不急不缓，不抢灯不插队不乱并线，最重要的是遇到倒霉事也不骂人。盛卷卷自愧不如，她一开上车都会忍不住骂几句。

“盛卷卷，注意用词。”季策忍不住提醒她。

“夸你小天使还不乐意？那你想让我夸你什么？”

“你闭嘴就可以了。”季策不想再听她说话了。

“就不。”

季策有点后悔了，他就不该来送她。

到了T大东门，盛卷卷准备解开安全带下车。

季策余光瞥见她的动作，立刻伸手按住了她的手：“别动。”

盛卷卷一愣，季策已经收回了手。

门卫上前看了一眼前挡风上的车证，挥手放行。

“哪个楼？”季策问。

“第三报告厅。”盛卷卷心不在焉地回答，她盯着方向盘上的那双手看，心下不满。

凭什么季策想摸就摸她，不公平，她也很想摸。

黑车长驱直入，直接停在了报告厅门前。

“你几点开完会？”

“开一天呢，下午五点才能散会。”

季策点了点头，说：“那五点我来接你。”

“哦……好。”盛卷卷推开门下了车。

她站在车边，扶着车门，突然叫道：“季策。”

季策扭头看她，见她一脸严肃，问她：“怎么了？”

“你为什么要来接我啊？”她仰着脸，一本正经地问。

季策顿时心中一跳。

盛卷卷随即追问：“你是不是想追我？”

季策从她眼中看出了一丝狡黠，忍不住笑道：“想知道？”

盛卷卷小鸡啄米一样点了点头。

“因为……”季策顿了一下，故意把尾音拉得长长的：“因为我是雷锋叔叔啊。”

盛卷卷心想：你帅你说什么都对。

去公司的一路上，季策都在想刚才盛卷卷问他的话。

虽然他抖了个机灵把盛卷卷混过去了，但他骗不过自己。

想追她吗？

也没有，就是觉得她漂亮，可爱又好玩而已。他就是觉得，和她在一起，非常轻松愉快。

季策没想过追不追的问题。换句话说，向来都是女人主动贴上来的，他从来没有考虑过这个问题，也不需要考虑这个问题。

有点烦躁，季策松了松领带，踩下油门，轻松超过前面的车，一路左突右闪，飞驰而去。

盛卷卷还是太天真了。

他才不是什么天使，他开车只凭心意，想怎么开就怎么开，无关车品。

感情上也一样。

这种学术研讨会，一般都很枯燥无趣，大老板不愿意来，盛卷卷只能苦逼兮兮地替他来。她签了到，就在后排找了个位置坐下玩手机。

中午吃饭时，盛卷卷意外地发现了一个认识的人。

她端着餐盘走了过去："宋师兄？"

那人抬起头，看见盛卷卷，怔了几秒，才笑道："盛师妹，好久不见了。"

研究生毕业后，盛卷卷就没再见过宋未几。现在一看，不愧是当年的学院风云人物。在毕业就发福的大环境中，他还依然保持着良好的身材，岁月又给了他愈加沉稳的气质，因此他整个人在人群中依然很显眼。

宋未几是盛卷卷刚上大一时的班主任。说是班主任，其实就是找一个大三的学长或学姐，带一带这帮新生蛋子，给辅导员减轻负担。

宋未几身材高高大大，长得又好，学识丰富，待人谦和，是当时班上一半女生的暗恋对象。那时，他们班好多女生天天"宋师兄宋师兄"地跟在后面叫。盛卷卷虽然不吃谦谦君子这种风格的，但也跟着她们叫习惯了。盛卷卷听说他研究生毕业后去了中科院研究所，后来渐渐地就断了联系。

现在再见到他，盛卷卷还是挺开心的。

“宋师兄现在还在研究所工作吗？”盛卷卷笑着和他寒暄。

宋未几摇头：“不在了，目前自己开了个工作室。”

“哦哦，好厉害！”盛卷卷真心赞叹，“宋师兄永远都是我们学习的榜样。”

宋未几笑容温和：“没有没有，你也很厉害，听说你考上了顾教授的研究生，真是让人羡慕。”

“嗨，我那是运气好。”盛卷卷笑道。

“你留校了吗？”宋未几问。

“没有没有，没有这个实力。”盛卷卷摆手，“我现在在沙舟心理咨询公司上班。”

宋未几“哦”了一声，笑道：“沙舟是好公司，你们李总很厉害。”

两人相互吹捧了一阵，吃完饭，便一起在校园里走走。

看着年轻欢快、打打闹闹路过的学生，盛卷卷感叹：“好羡慕他们，还是上学时最好。”

“他们现在还羡慕你呢，自己赚钱，花钱不受人管。”宋未几道。

盛卷卷哈哈笑着：“师兄你记忆力可真好。”

当时她们班有几个女生经常向宋未几撒娇，让他请吃饭，说她们不赚钱，花钱还要受家长管，不开心。宋未几脾气很好，她们说三次就会请一次。宋未几带她们的那两年，盛卷卷还跟着蹭过两次饭。

“那时候不懂事，肯定给师兄添了很多麻烦。”盛卷卷谈起以前的事，笑着道，“有空我请师兄吃顿饭。”

“没有，你们当时都天真可爱，照顾你们也是应该的。”宋未几没有接吃饭这个话茬。

聊聊天，走一走，很快就到了开会时间，两人的位置相差甚远，也没有换到一起坐。熬到散会，大家都急匆匆向外走，盛卷卷夹在人群里被冲了出来。她在门厅外柱子后面接电话，没有注意宋未几也被挤到了这边来，就站在她身后。

宋未几看见盛卷卷，想和她打个招呼，刚抬手，就见她接通了电话，欢快地说道："季策，我散会啦。"

盛卷卷挂了电话，才发现宋未几站在自己身后，脸上没有他一贯温和的笑容，神情木然，像是在发呆。

"宋师兄。"她叫道。

宋未几愣了两秒，才扬起笑容："师妹等一下怎么走？我开车了，送你回去吧。"

盛卷卷忙摆手："不用不用，我朋友来接我了。"

"哦？"他笑得有点奇怪，开玩笑问，"男朋友？"

盛卷卷一边摇头说不是，一边在心里叹息。

是我男朋友就好了。

宋未几笑了笑，又和她聊起了别的事，他问了她的具体工作，还给她提了一些研究方向上的建议。

盛卷卷觉得有点奇怪，宋师兄好像突然热情了许多。中午见面时，虽然他也很热情，但虚的客套比较多，现在他好像又变回到大一时认真为他们解答疑惑的师兄了。

盛卷卷就这样和宋未几站在门厅外聊了起来。她没注意到一辆黑色轿车已经停在了不远处。车窗降下，露出一张看不出喜怒的脸。

宋未几第一时间看到车，打住了话题问盛卷卷："那是你朋友来接你了吗？"

盛卷卷回身一看，发现季策坐在驾驶室里，正瞅着她。她对季策挥了挥手，然后和宋未几告别。

宋未几忙道："等等，咱们还没留个联系方式呢。"

盛卷卷忙又和他交换了联系方式，然后才向季策跑去。

一上车，盛卷卷就感觉到一丝古怪的气氛，一转头就看见季策正似笑非笑地盯着她看。

"怎么了？"她顺口问了一句。

"和谁聊天呢？这么入神，车来了也看不见。"季策的语气有点不高兴。

"哦，今天好巧啊，遇到大学时的一个师兄，好久没见了，就多聊了一会儿。"盛卷卷笑着应道。

"师兄啊？"季策拖着长音，语气有点古怪。

盛卷卷奇怪地看了他两眼："师兄怎么了？"

季策往后视镜方向抬了抬下巴，啧啧笑道："你这师兄对你不一般吧，现在还在深情凝望着你呢。"

盛卷卷扭头一看，果然看到宋未几还站在门厅那里，向自己这边看过来。离这么远，深不深情倒是看不出来，但宋未几的身形的确是一动未动。

她心生奇怪，中午吃饭也没见宋师兄表现出对自己多感兴趣啊。

她转念一想，故作娇羞地笑道："那没准是喜欢我吧，难怪刚才还问我要电话。"

季策的笑容僵在了嘴角。

盛卷卷眼角余光一扫，心里暗爽，拿起手机，又说："哦！对了，电话还没存呢，我这就存一下，免得忘了。嗯，未几师兄，存好啦！"

一抬头，季策的脸已经像车窗外的天一样，将黑未黑，阴沉沉的。

盛卷卷心里笑翻了天，心想，让你装，让你使劲装。

想了想，盛卷卷准备加把火，她看着后视镜，面露花痴："师兄现在和大学时没什么变化，依然还那么帅，更多了些成熟男人的魅力。"

只听季策冷哼一声，嗤笑："你知道什么是成熟男人的魅力？"

盛卷卷说得理所当然："我知道呀，师兄身上的那种就是成熟男人的魅力。"

"他那种人，有什么魅力可言？从头到脚都写满了虚伪二字，也就骗骗你这种涉世未深的小姑娘罢了。"季策冷笑，点醒她，"眼睛放亮点，别光看人长得好点就不知道东南西北了。"

盛卷卷不满地撅起了嘴："你干吗这么说师兄，你又不了解他。"

"我还用了解？他这样的，我只需要扫一眼就知道是什么人。不信，我问你，他是不是大学时在学生会混得风生水起？"

盛卷卷点点头，是那么回事。

季策继续问："学习好，能力强，毕业后工作也不错，这么多年靠自己的能力打拼出头？"

盛卷卷开始只是笑着听季策吹牛，现在有点惊了，她忙问："你怎么知道的？你是不是认识他？"

"我认识他？他还没这个资格。"季策轻笑一声，"这种人我见得多了，能力是有，但野心也大，前途挣得不容易，所以装得就多。你这种小姑娘离这种人远点，他心机太深，不适合你。”

盛卷卷被他一席话说得有些哑口无言，她有点郁闷，半晌才问：“那你说什么样的适合我？”

“你？”季策的目光在她身上扫射一圈，“想知道？”

盛卷卷顶着他的目光，期待地点点头。

季策笑了笑，没说话，挂上挡，踩下油门，车缓缓驶了出去。

“你说呀。”盛卷卷催促他。

季策一边看向后视镜，一边慢条斯理地道：“想学点东西哪儿那么容易？请季老师吃顿饭，交了学费再告诉你。”

谱儿摆得还挺大。盛卷卷暗中做了个鬼脸，系上安全带。

车拐过路口时，她突然发现，宋未几的视线还停留在他们车上。她更是奇怪，刚才和季策说宋未几可能喜欢她，不过是为了诓诓季策罢了。其实她完全能感觉出来，宋未几对她毫无意思，中午见面时她连微信都没想着加一个。

车拐过弯，宋未几的身影被甩在了后面，看不见了。

“还惦记着你的好师兄呢？”季策冷不丁开口，语气不善。

“不是，是师兄一直在看着我们这边，好奇怪啊。”盛卷卷嘀咕了一句。

季策心下气闷，又不好说什么。他想起上次来T大，下课了，还有一群小男生围着她问个不停。这个女人真是不自觉，到处招人。

季策把车直接开进了商场的地下车库，从电梯直上六层。五层、六层全是各式餐厅，六层相对高端些，人也少了很多。

“想吃什么？”季策拎着车钥匙，走在前面。

“随便。”盛卷卷随口应道。

季策突然笑了笑，长腿一迈，拐过一个弯，停在一家餐厅门口。

“就知道你要吃这个。”他歪着头，示意她看看餐厅名称。

盛卷卷抬头一看，顿时无语。现在的创意餐厅很多，叫“随便”的也不少。没想到季策这么无聊，还真带她来体验一下“随便”这个梗。好在这家创意餐厅不是光有个花架子，菜品虽然也没什么特别之处，但胜在精致，色彩好看，荤素搭配合理，看着就让人很有食欲。

季策觉得，和盛卷卷一起吃饭是件很享受的事。看着她像个小馋猫，这一口那一口吃个不停，哪怕不饿也会被她这吃相带出点饥饿感来。

不知不觉地，菜下去了大半。

盛卷卷拍拍肚子，心满意足地称赞道：“真好吃，季策你怎么总能找到这么好吃的地方？”

季策拿纸巾擦手，揶揄道：“你吃什么不好吃？”

吃饱了的盛卷卷不和他计较，喝了口酸酸甜甜的果汁，美滋滋地擦擦嘴：“我去趟洗手间。”

他们吃得快，现在正是吃饭的高峰，雅间都快坐满了，不时就有人从他们门口路过。

季策低头玩着手机，突然一个声音在耳边响起，惊得他手机差点掉了。

“季策哥哥。”一个一脸娇嗔、妆容精致的香奈儿女孩走了过来，身后还跟着两个小姐妹。

“你在这儿吃饭怎么不叫我？”香奈儿女孩跺着脚，嗔怪道。

季策心中咯噔一下，眼睛瞥向卫生间的方向，祈祷盛卷卷能晚点出来。他想尽快打发走余子晴，便笑着说：“是和朋友一起来的。你们女孩儿们一起吃吃饭聊聊天多好，今天我请，你们随便吃。”

香奈儿女孩不依，直接坐过去拉住季策的胳膊：“我要和你一起吃，每次找你，你都忙这忙那的，我一个月都见不着你一面，今天你再跑，我可要找季伯伯告状啦。”

季策隐隐觉得太阳穴突突地疼，他想抽出手，但余子晴抱得紧紧的，一时竟挣不脱。就在这个时候，带着一脸好奇的盛卷卷走了过来。

四人座的雅间被占得满满的，盛卷卷站在门口，四下看了看，对季策笑道：“我是不是走错房间了？”

季策在看见她的一瞬间，心就提到了嗓子眼，他立刻抽出胳膊站了起来，想走出来，可余子晴稳稳地坐着，丝毫不让。

“没有，突然遇到几个朋友。”季策看着盛卷卷解释，试图传达自己的不情愿。

盛卷卷没有多看他，目光在三个姑娘中打了一个转，最后落在香奈儿女孩身上。

气场好足，看来这就是女主啦？

她笑道："早知道咱们该要个大点的桌子，这都坐不下了。"

不等季策回答，余子晴就一把扯住季策的衣襟，仰着小脸，不悦地问道："她是谁？"

呦！果然正主儿气场十足啊。盛卷卷暗暗叹了一句。

季策再一次试图从里面挤出来，但又被两条细腿挡住了，他声音带了三分急躁："我朋友，你先让我出去。"

余子晴明显不满意这个回答，揪着他不放，也跟着站了起来，追问："什么朋友？"

季策眼中闪过不耐，没有正面回答，不轻不重地说了句："我的朋友还要向你报备吗？"

余子晴愣住了，三秒钟眼中就蓄满了泪珠，她语带委屈，哽咽道："我就是问问嘛，还不行吗？"

季策立马看向盛卷卷，只见她嘴角含着笑，表情淡然。

季策从没见过盛卷卷有这种神情，他心中生出不好的预感。再开口，他的语气就重了许多："这是该你问的吗？余子晴，不该你管的事别管，你先让开。"

余子晴显然被季策如此严厉的语气震住了，连眼泪都忘了掉了。她张着嘴巴，说不出话来。

季策趁机从她身前挤了出来，走到盛卷卷身边，低头低声说："我们先走吧，回头和你解释。"

盛卷卷笑着点头，没有说话。

跟着余子晴来的另外两人也惶恐地站了起来。

季策从座位上拿起盛卷卷的衣服和包，递给她。

"你们好好吃，记我账上。"他回身说了一句，然后和盛卷卷并肩走了出去。

雅间内一时寂静无声，气氛尴尬到了极点。

那两个姑娘看了这么一出，惊得大气也不敢出。

余子晴看着季策走远，抬手擦掉眼泪，冷冷一笑，和刚才娇弱柔嫩的形象截然相反。

"走吧。"她收回目光，神情冷傲，淡淡开口。

从电梯直下到地下停车场，一路上两人都没有说话，到了车边，盛卷卷准备拉开车门上车，季策伸长胳膊，从她身后抵住了车门。

“等一下。”他沉声道。

盛卷卷抬眼看他，脸上依然挂着笑，等着他说话。

“刚才……”一开口，季策就觉得口中干涩，不知道从何解释。

盛卷卷等了几秒，不见他继续说，才笑道：“刚才你太过了哦！小美女都被你吓哭啦。”

听她这么说，季策丝毫没有轻松的感觉，反而觉得心沉得更厉害了，他故作轻松道：“她是一个世家伯伯的独生女，从小娇惯得厉害，净做些不着调的事，不教训教训她，她都要忘了自己是谁了。”

盛卷卷笑着，没有说话。

顿了几秒，季策有些忐忑道：“你……没生气吧？”

盛卷卷抿着嘴看着他，看得他越发忐忑，想再解释点什么。看他这副不安的样子，盛卷卷突然乐了：“我生什么气呀，你凶的又不是我。”

季策心里松了口气，他总算看到熟悉的表情了。

“可以上车了吗，好冷啊。”盛卷卷指了指车门说。

季策忙给她拉开车门，看她坐进去，才关上车门，自己上车。

回去的路上，车内气氛总有些怪怪的。盛卷卷开始絮絮叨叨地说着今天开会的事，抱怨领导们都太能讲话了，巴拉巴拉地说个不停。季策默不作声听着，刚浮起来的一颗心又沉了下去。

突然，他沉声打断她的话：“生气了可以说出来。”

一时间，车内静得只能听见窗外隐隐的风声。

许久，盛卷卷才笑着开口：“我今天没有买单，季老师还免费给我上了一课，我感谢还来不及呢，怎么会生气？”

第七章

初吻 想不想让心跳得更快?

车已经驶入主干道，晚高峰的车流汇成这个城市夜晚最具标志性的繁华彩带。

盛卷卷的笑脸映在车窗上，仔细看，有点僵硬。她笑着说完怎么会生气后，就一直扭头看向窗外。

车内的气氛凝滞，静得彼此的呼吸都格外明显。

季策握着方向盘的手紧了紧。

“对不起，今天让你不开心了。”他压了压烦躁的心，开口道歉。

盛卷卷依然没有转过脸来，她对着窗外笑着说：“都说了我没有不开心。我还要谢谢你请我吃饭呢。”

季策顿了几秒，嘴唇紧抿。重新开口时，他的语气比之前认真许多：“是我不好，你生气也是应该的，你不用说话，先好好生气，等你觉得没那么气了之后，再考虑要不要和我说话。我等着，好吗？”

盛卷卷微怔，有些吃惊。在她看来，季策是一个非常骄傲的人，这样低的姿态，恐怕不多见。

她其实也没有生气，因为的确无气可生，或者说是没什么立场去生气。

今天季策没有做错任何事，在他那些朋友面前，从头到尾都做到了尊重她，维护她。她找不到可以生气的理由。

她只是，有点不开心而已。

现在季策又给了她充分的空间和时间，让她心底的那么点不开心，不用藏着掖着，可以释放出来。

于是，盛卷卷开始沉默，不再微笑，不再说话。

她支着脑袋呆呆地看着窗外，车窗外的景象急速后退，像时间一样，错过就追不回来了。

车停下时，盛卷卷才发现已经到了自家小区门口。

“想不想……去河边走走？”季策提了个建议。

别墅区南面有一条人工开凿的河流，连接着两个著名的公园。河边住宅区少，因此环境格外清幽，是盛卷卷夏天的遛弯圣地。

她没有说话，转过头看着季策，目光平静温和。

季策感觉心中像有根羽毛一样，随着她的目光轻拂自己的心。

他笑了笑，打开转向灯，向前开去。不一会儿车就停在了路边。

盛卷卷推开车门下车，冷气扑面而来，她深吸一口气，凉入肺腑。

季策走了过来，手里拎着不知道从哪里找出来的一条深灰色格子围巾。他走到盛卷卷面前，抬手把围巾围在了她脖子上，绕了几圈，圈住了她的耳朵、下巴，只露出两双大眼睛。

“待十分钟咱们就走。”他说。

两人过了马路，走到河边。四周没有高楼，视野格外开阔，少了灯光，因此四周显得更加寂静无声。只有暗黑的河面倒映着月光，粼粼闪闪，有些耀眼。

“这边可以看到很多星星。”季策倚靠在栏杆上，仰头看天。

盛卷卷站在他半米之外，顺着他的视线向上看去。

果然，少了灯光的污染，这里的夜空格外深邃静谧。

“好美啊。”她低声赞叹。

两人仰头看了会儿星空，月光如水，冲走了车上烦躁沉闷的情绪。

“我今天只是有点不开心。”盛卷卷仰着头突然说道。

“我知道。”季策也仰着头回应。

“但我也不知道为什么不开心。”

“我知道。”

盛卷卷收回目光，侧过脸看向季策，她问："你知道什么？"

季策迎着她的视线，定定地看着她："你是因为找不出不开心的理由，所以才不开心的，对吗？"

盛卷卷有一瞬间的失神，月光下的季策，温柔得不像话，让她不由得想靠近。

"对不起，都是因为我，让你多了这些烦恼。"季策低沉的嗓音在寂静的夜里更显魅惑。

盛卷卷垂下眼睛，视线落在自己的鞋尖上，她不敢看季策。

很多情绪，在阳光下流露不出来，在夜色下却会像静静的河流一样，表面不动声色，底下则波涛暗涌。好像因为有了黑夜的掩盖，说什么都不怕突兀和尴尬了。

不一会儿，盛卷卷的视野里多了一双鞋，抵住了自己的脚尖。

"原谅我行吗？"磁性诱惑的声音在耳边响起，盛卷卷不敢抬头，她把头垂得更低，整个小脸都要躲进围巾里了。

"快十分钟了，再不原谅我，你要是冻感冒了，我可不负责。"季策故意笑道。

盛卷卷不由抬眼瞪他，正巧撞进一双像夜空一样幽深的眼眸，她从里面看到了漫天的璀璨星光。只一眼，她就挪不开视线。

"你这样看我，会让我误会的。"季策单手撑在她身后的栏杆上，将她温柔地虚掩在怀中，冲她眨了眨眼睛，低声笑了。

回过神后，盛卷卷面如火烧，她连忙撤回视线，面色慌乱地说着："这么没诚意还想求人原谅啊。"

季策"唔"了一声，道："是不够有诚意，那给我点时间，让我准备准备，可以吗？小卷卷……"最后三个字说得又轻又慢，意味深长。

盛卷卷顿时心跳如雷，好像全世界都可以听见她的心跳。她忙跳开他的包围圈，快步向前走，嘴上嘟囔着："冻死啦，快回去了！"

身后传来低沉慵懒的笑声，盛卷卷根本不敢听，她捂着耳朵，飞速地逃回了车上。

今晚，睡眠超级棒的盛卷卷难得失眠了。她抱着被子辗转难眠，回味着今晚季策说的每一句话，越想越纠结。当时她好像听懂了，可现在她好像又什么都没听懂。盛卷卷思来想去，不知道什么时候才睡着。

第二天，她哈欠连天地在公司的茶水间冲咖啡。

同事甜甜送给她一个噩耗：“大老板说今年赚钱太少，年会不去三亚开了，就在家门口的会展中心开。哭死了，本来我新裙子都买好了，就等着出发了。”甜甜抱着盛卷卷的胳膊心碎不已。

盛卷卷被自家老板如此真实不做作的理由惊呆了。

“咱们今年赚钱很少吗？”她不敢置信地问甜甜。

甜甜幽怨地点点头：“你不觉得下半年咱们好轻松吗？我手头上只有两个客户。”

盛卷卷掰着指头数了数，她手头上目前好像也只有三个客户，还都是接近咨询尾声了。

“完了，大老板要吃人了……”盛卷卷反抱着她也开始哭。

“盛卷卷，来我办公室！”说曹操曹操到，一声来自大老板的怒吼，响彻茶水间。

盛卷卷顶着一众节哀的目光，悲壮地走进了办公室。

“李总……我……”她刚一开口就被打断了。

“季策的资料都整理好了吗？”

哦，是正事。盛卷卷正了正脸色，道：“都整理好了，一会儿给您送过来。”

“嗯，今天下班后有事吗？”

要加班？！

盛卷卷提高警惕，立刻说：“有事，已经和人约好了。”

李秉诚瞪了她一眼，呵斥道：“推了！”

盛卷卷敢怒不敢言，只能用目光控诉。

“晚上一起去季策那里，给我做助手。”

“好的！”

见她态度转变如此明显，大老板奇怪地打量了她一番后，才挥挥手让她滚了。

晚上是季策和李秉诚第一次见面，盛卷卷给双方做了个介绍。两人都没有过多的话，很快进入正题。

季策引着他们去了一个小房间，一进门盛卷卷就是一愣。

淡蓝色的墙漆、浅木色地板、圆形的木质小茶几、沙发、放松椅、绿植架……包括地毯上的毛绒玩偶。这个房间简直就是盛卷卷常用的那个个体咨询室的复刻版。

李秉诚也很诧异，不过他反应很快，他瞥了一眼呆滞的盛卷卷，神情自若地进了房间。

在熟悉的环境中工作，盛卷卷很快就进入了状态。

第一次咨询，惯例性地填了些登记表，做了相关性的测试。盛卷卷在一边默不作声，收拾整理资料，听着李秉诚和季策交谈。

盛卷卷能感觉到，季策不是很配合，他的话很少，多数时间还是李秉诚在解说咨询协议和收费情况。但李秉诚不愧是业界大咖，专业素质过硬，一个小时下来，即便季策没说多少话，他也已经收集到了他需要的绝大部分信息。

因为大老板在，盛卷卷一直处于紧张的工作状态中，和季策没有私下的交流。咨询结束后，她就陪着李秉诚离开了。

回去的路上，李秉诚对盛卷卷说："以后每次你都要跟着来，但不用进咨询室，和他打完招呼就在客厅等着我们。"

盛卷卷好奇地问为什么，但李秉诚没有告诉她。

李秉诚观察到，季策是个心理戒备极强的人，他有很明确的需求，思维清晰、逻辑缜密。今天和他聊天时，他基本没有情绪上的表露，仅有的两次都是在视线掠过盛卷卷时，不自觉流露出来的。因此李秉诚决定让盛卷卷跟着，这样可以最大程度地打开季策的心理防线。

送走大老板，盛卷卷回到了自己家。开门后发现客厅的灯是开着的，她以为是盛母过来了，也没有在意，换了鞋就往里走。

盛卷卷一边走一边叫妈妈，但没人回应。

过了玄关，盛卷卷一眼就看见沙发上躺着一个人，背对着茶几，看不清脸。从身形看，很明显是个男人。

盛卷卷心中一紧，瞬间心跳到嗓子眼，后背冒出冷汗。

不过紧张没有持续三秒钟，盛卷卷立刻认出那人是陈绪。

她咽了口水，三步两步走过去，一掌用力拍在他后背上，愤怒道："你想吓死我啊！来之前怎么不告诉我一声！"

陈绪"唔"了一声，翻转个身，平躺着，依然闭着眼。

酒气扑面而来。

盛卷卷皱了皱眉，转身去卫生间拿了块湿毛巾给他擦脸。

陈绪就着盛卷卷的手，胡乱擦了把脸，睁开眼睛，含含糊糊道："你回来了？"

"你怎么喝成这样了？"盛卷卷又生气又着急。

陈绪揉了揉脸，清醒了一些，他答非所问："过了这段时间就好了。"

"什么？"盛卷卷没听明白。

陈绪没有继续这个话题，转头笑了笑，从口袋里掏出一个精致的小盒子，递给她。

盛卷卷接过来，问："这是什么？"

陈绪半躺着，一只胳膊搭在额头上，带着醉意的眼眸黑得发亮。他看着盛卷卷笑，神色慵懒："生日快乐。"

盛卷卷一怔。

原来明天就是她的生日了，她差点都忘记了。

她抿了抿嘴，想说什么，却没有说出口。眼睛有点酸，她侧过身，躲开陈绪的视线。

她忘了，陈绪却没有忘。

每年彼此生日的前一天，他们俩都会单独庆祝。

这个习惯持续了十几年。长大后，虽然不会次次都有时间在一起庆祝，但生日礼物，陈绪总是准时送到。

"还生我的气呢？"陈绪声音低沉，语气中带着无奈的宠溺。

盛卷卷的气早消了，但也不能轻易放过他。她横了他一眼，故意冷言冷语："我为什么要生你的气，你有什么值得我生气的？"

听她这么说，陈绪无声地笑了笑，对她招招手，示意她坐到自己身边来。

见她不动，他无奈地坐起来，伸手将她拉过来，两人并排坐着。

"脾气还挺大。"陈绪在她头顶揉了一把，笑道，"你放心好了，明天我会去的，不让你为难。"

盛卷卷歪过头，认真看他："真的？"

陈绪："什么时候骗过你？"

哼！你骗我还少吗？

盛卷卷腹诽着，但脸上的笑意已经忍不住展开了。

“现在可以给哥哥一个好脸色看了吗？”陈绪故意道，“不要每次见面都横眉竖眼的。”

“我哪儿有，冤枉我。” 盛卷卷不依，推了一把陈绪。

陈绪顺势往后倒在沙发上，不起来了。

“你怎么了？”盛卷卷见他不对劲，探过身问。

“不舒服。”陈绪手按在胃部，揉了揉。

“活该，让你喝这么多酒！”盛卷卷恨恨地拍了他一下，又心疼地起身给他冲蜂蜜水去。

陈绪的酒品很好，喝醉了也不会闹，安安静静地躺在沙发上睡觉。盛卷卷让他去客房睡，他不动，却也不让盛卷卷走，要她坐在边上陪他。

像小时候一样，谁要是生病了，另一个就陪在一旁看电视或者写作业。这样才不显得寂寞。

盛卷卷只好陪着他在客厅看电视。

不知过了多久，盛卷卷见陈绪睡得沉沉的，他呼吸平稳，只是眉头微皱。她伸手抚摸上他的眉心，轻轻将它展开。手指随后无意识地滑过他的眉毛、鬓角，在鬓角下的一颗小痣上点了点，然后落在他短短的头发上，拨弄几下才收回手。

她打开陈绪送的礼物，不出所料，是条项链。

一条造型独特的钻石吊坠，很别致。

陈绪从小送她的礼物就是小女生用的发卡啊手链之类的，没钱就送便宜的，有钱就送贵的。这么些年送下来，她的首饰基本上都被他承包了。

眼睛涩涩的，像是被电视光照射久了，很不舒服。她关掉电视，靠在另一边的沙发扶手上，慢慢睡了。

窗外夜色沉沉，室内只有一盏小灯照着见尺方寸。

陈绪不知何时缓缓睁开了眼睛，看向对面熟睡的人，他的目光温柔缱绻。

周六一早，陈绪和盛卷卷一同出现在陈父面前时，陈父的脸色微微一变。

盛卷卷见状忙撒娇叫爸爸，陈父这才神色缓和，甩下一句“还知道回来”，便转身去了书房。

盛母则喜出望外，她拉住陈绪眼眶就是一红，不停地念叨：“你这孩子，性子怎么这么拧！”

盛卷卷在一旁做了个鬼脸，替陈绪讨饶：“饶了他吧，再把他气跑了怎么办。”

盛母瞪她：“你以为都像你一样不懂事，去，给你哥盛碗粥。”

盛卷卷闻言便气鼓鼓地去了厨房。

陈绪笑着一一回答盛母的问题，直到她满意为止。在这个家里，盛母最疼他，盛卷卷小时候还总是哭闹，质问盛母到底谁才是她亲生的。

想到这儿，陈绪定了定神，吃完饭就去了书房。

陈父显然是在等他，烟灰缸里散落着好几个烟头。见他进来，面色不愉，冷声道：“我以为还真得我去给你服软呢。”

陈绪锁上门，双手插着兜，找了把椅子随意坐下，他不紧不慢道：“我也不是对您服软，我只是不想让妈难做，这点您应该比我清楚。”

一席话让陈父的脸色又黑了几分。他盯着陈绪，一年不见，自己这儿子越发让人看不透了，行事说话也多了几分城府，他看着心里也隐隐有了些忌惮。

“你那什么游戏公司，据说做得还不错，有不少人来和我夸过你了，资金方面有需求就和我说。”陈父也不想和儿子僵持下去，递了个台阶。

陈绪从鼻子里笑了声：“别！您之前说我吃您的喝您的，没资格对您指手画脚，现在总算可以让我说几句话了，我得珍惜。”

自己的台阶陈绪不仅不接，还把台阶架得更高，陈父气得头疼。

“我就说句气话，你能记恨到现在？我养你这么大的苦心，你怎么就一点不记得？”

“我不是记恨，是您说得对，我自然要记在心里。我今天也不是回来和您吵架的，您消消气，我今天就想说几句话而已。”陈绪笑道，顿了顿才说，“我是想告诉您，钱怎么都能赚，能做一家人却要靠缘分。妈是个心思单纯的人，卷卷也是性子比较软的，您打我的主意可以，咱们毕竟是亲生父子，但其他人……”说到这里，陈绪语气已经带上了几分冷意。

陈父被他一席话说得额头青筋凸起，他盯着陈绪，眼中冒火：“你还知道你是我儿子！你不喜欢周家姑娘，无所谓，我没有说要强迫你什么，但你妹妹当时挺喜欢钱家小子，你发什么疯，把人家打一顿，硬是搅散了他们。不仅和钱家结了仇，还害得你自己差点进去。你看你干的好事，我还不能说你几句了？”

陈绪冷笑道：“钱明喜是什么东西？他也配！要不是他爸手上的那个项目，你会这么处心积虑地把卷卷推出去？卷卷单纯不了解钱明喜，你还能不知道？我打他一顿都算是轻的。”

陈父怒极反笑：“谁都不配，就你配吗？”

陈绪心头一震，像是有一柄大锤砸在心底，震得他眼冒金星。他眼底闪过一丝怒意，紧紧抿着唇。

盛怒之后，陈父自觉失言，缓和了下口气解释：“我再说一遍，我当时并不知道钱明喜是那样胡闹的人。他的家世、样貌、才学样样不差，在年轻人中算是拔尖儿的。卷卷也算是我女儿，我能不为她好？虽然是我看走眼了，但我的初衷绝对问心无愧！”

陈绪显然不信，只冷冷笑着，一言不发。

说了一堆，儿子还是老样子。一年前自己做错的那件事就像一根刺，怎么都无法从陈绪心中拔掉。陈父疲惫不堪，他坐进宽大的座椅中，手按着太阳穴，许久才道：“我现在说什么你也不信了。”

陈绪收起冷笑，淡淡道：“我信不信不重要，您别打卷卷的主意就行。而且妈还什么都不知道，您最好别让她伤心。”说着他就从座椅中站起来，向门外走。

“陈绪。”

身后传来陈父疲惫的声音，陈绪停住脚步，没有回头。

“你记住，卷卷她只能是你妹妹。”

插在裤袋里的手握紧成拳，陈绪闭了闭眼，深吸口气，打开房门头也不回地走了出去。

生日会办得很热闹，陈父和盛母领着陈绪和盛卷卷，挨桌去敬酒，一家人看起来倒也其乐融融。酒敬到王阿姨这桌时，盛母还特意带着盛卷卷走到王阿姨身边，亲切地和单实实聊了几句。

“你们年轻人要多在一起玩，中午和我们这些老人家吃饭没意思吧。晚上去参加卷卷自己的生日 party，好好热闹热闹。”

盛卷卷一愣，她什么时候要开生日 party 了，她怎么不知道。但盛母既然说了，她也不能强行拆台，只能笑着点头。

好不容易吃完这顿饭，送走客人后，盛母就催着盛卷卷去准备开 party，还递给她一张卡，让她不要客气。

盛卷卷懒得动弹，强烈控诉道："干吗乱给我加戏，我什么时候说要开 party 了？"

"刚刚说的，你忘了？"盛母不理她，直接把卡交给陈绪，嘱咐陈绪道，"带你妹妹出去玩玩，她整天在家闷着都闷傻了，多叫些朋友来，一起热闹热闹。"

陈绪把卡推了回去，笑道："出去玩这点钱还能问您要？包我身上了。"说着陈绪拎了盛卷卷就走。

陈绪行动力惊人，他向来很听盛母的话，因此不多时就约了几个朋友，定了场地。说是开 party，但时间这么仓促，也就是叫上几个熟悉的朋友一起玩玩。

无奈之下，盛卷卷只好打电话约朋友。翻通讯录时，盛卷卷的手指在季策的名字上停留了好几次，最后也没按下去。

晚上，陈绪在一个朋友开的酒吧里包了场，来的人不多，总共也就十多个人。

单真真拍戏没有来。单实实自己过来了，还带了一捧花当礼物。

"生日快乐，小姐姐。"单实实阳光开朗，丝毫不忸怩，大大方方。

盛卷卷面不改色，接过花，道了声谢，引了他和朋友们介绍。

介绍到唐池的时候，单实实喊了声："唐池姐。"

唐池早就在一旁等着了，听他这么叫自己，故意坏笑道："我也想听人叫我小姐姐，怎么办？"

单实实抿嘴一笑，从善如流："唐池小姐姐。"

唐池"啧啧"两声，对盛卷卷酸溜溜地说："你从哪儿弄来的小弟弟，真让人怜惜。"

盛卷卷哭笑不得，拍了拍唐池，让她不要作怪。

今晚是盛卷卷的主场，作为寿星肯定是要被捉弄一番的，唱歌跳舞样样少不了。盛卷卷不仅被蛋糕糊了一脸，还被拍了各种丑照。

唐池甚至发了朋友圈。

唐池和王昱闹得最欢，这两人性格相似，一拍即合，鬼点子全是他们两人折腾出来的。正经唱歌不满足，非要寿星来一首抖音上很火的“老公老公抱抱”歌，让她从在场的男士中挑一个来唱。

盛卷卷不是拘谨扭捏的性格，不然也不会和唐池成为好朋友。但有陈绪在场，她可不敢对着哪个男人叫老公。

“抖音上都是对着镜头唱的。”盛卷卷求饶道。

王昱坚决不同意，他坏笑道：“那多没劲儿，现场就是要火爆些，要不你挑我，我不介意。”

话音一落，不等盛卷卷喷他，边上一道带着警告的视线就落在了他身上，让他瞬间退缩了。

唐池才不怕陈绪，她不管三七二十一，直接把单实实推到盛卷卷面前，一锤定音道：“就他吧！不委屈你吧？”

单实实和盛卷卷面对面站着，他个子很高，盛卷卷穿着高跟鞋才到他耳朵。他看着盛卷卷，目光热烈，期待中又带着丝羞怯。

盛卷卷为难地偷偷拿眼瞥陈绪。唐池见状，眼珠一转，旋身来到陈绪面前，娇声道：“你别老是管着我们卷卷，她都多大了还要受你管。”

陈绪和唐池很早就认识，知道她的性格，也有些头疼。她想干的事，没有干不成的。

“你怎么这么能折腾？想玩你自己玩好了。”陈绪无奈道。

唐池一拍手，笑道：“你说得对，这样好啦，我和你也唱一个，这总行了吧？你还有什么话说？”

王昱一听，也来了精神，立刻叫道：“那我也要玩，谁和我也玩一个？”

在场的人纷纷应和，气氛热烈得不行，压都压不下来。

盛卷卷只能赶鸭子上架，对着单实实唱了一段。她声音甜美，唱到“嘴巴一个 mua”时，嘟起红唇靠近单实实。单实实只觉得热气从胸口直冲头顶，盛卷卷红艳艳的唇真的好像印在了自己的嘴上，让他半边身体都酥了。唱到“老公老公抱抱”时，盛卷卷张开手对着单实实。单实实心跳加速，伸手抱起盛卷卷，然后转了个圈。

盛卷卷唱完之后，周围爆发了。哄笑声、口哨声、尖叫声，吵翻了楼顶。

这边热闹非凡，喜气洋洋。另一边，饭店的包间里，一团低气压笼罩在一个人头上。

周路拿着手机翻看着，突然二话不说，“咣当”一声，手机扔出去老远。

他本就不爱笑的脸，冷得像冰块。

几个朋友都有点不敢上前，季策看不过去了，走过去捡起手机，坐到他身边，劝道：“差不多行了，她就那个性子，你和她较劲还不得把自己气死。”

说着季策顺便看了眼周路的手机，屏幕还没灭，上面是张照片，一男一女抱在一起。季策一边往后翻，一边挑眉道：“够会玩的！走，咱们也换个场子……”他的声音在看见下一张一男一女公主抱的照片时戛然而止。

房间内顿时又出现一团超级低气压。

唐池故意将刚才拍的视频和照片加上位置，分组发了朋友圈，然后继续拉着盛卷卷去疯了。

不多时，酒吧门口来了一行不速之客。

服务生赶紧客气拦住，解释说今晚被包场了。

有人上前来笑道：“知道，都是朋友，来晚了。”

服务生看这群人衣着光鲜，气度不凡，便不敢怠慢，让他们稍等，自己进去问一下。

陈绪正被唐池缠着不放，服务生便找到盛卷卷说了门口的情况。盛卷卷心下奇怪，通知的朋友都来了啊，她跟在服务生身后到了门口，一抬眼就愣住了。

“不让进？”面前的人似笑非笑地问道。

盛卷卷敏锐地听出了一丝不爽，她忙侧身让他们进去。

“你怎么来了？”盛卷卷见别人都进去了，就那人还站在门口不动，显然是在故意等她，立刻识相地主动开口。

“不欢迎？”

这人怎么这么喜欢用问句，掌控欲好强，盛卷卷心里嘀咕着，面上笑道：“怎么会，求之不得呢。”

那人轻笑一声，这才抬脚往里走。

有人进来了，这边闹腾的人群也停了下来，两拨人互相大眼瞪小眼。

盛卷卷进来时，两边都直勾勾看着中间旁若无人地搂搂抱抱的周路和唐池二人，默默无言。音乐也停了下来，气氛非常怪异。

唐池看见和盛卷卷一同进来的人后，才和周路稍稍分开，惊讶地喊了声："季策？"然后她才注意到来的可不止周路一个，还有好几个熟人。

唐池的话一出口，陈绪这边就有些骚动。看来季策的名头还是有些响亮的。

盛卷卷暗暗汗颜，她低声问季策："都是我的朋友，要介绍认识一下吗？"

季策微微点头。

盛卷卷几步走上前，站在中间，给两边的人介绍。季策的朋友她不认识，唐池就替她介绍了。

两边都不缺乏玩家高手，虽然不是同一个圈子里的，但活跃气氛都是一把好手，相互认识后，没几分钟气氛就又重新活跃起来。

季策没有和其他人去唱歌玩游戏，他坐在角落的沙发里浅浅地啜着酒。他不笑的时候气质有些冷，一般人轻易不敢靠近他。只有盛卷卷欢快地在他周围打着转，一会儿问他吃不吃东西，一会儿问他要不要玩些什么。

季策的心情明显不佳，他看着盛卷卷忙这忙那，默不作声。

盛卷卷不明所以，只好问道："你怎么啦，心情不好吗？"

季策鼻子里轻哼一声："生日怎么不叫我？"

盛卷卷有些惊诧，难道是因为这个不高兴？她故意问："所以你不高兴啦？"

季策斜了她一眼，没有说话，对她的明知故问很是不满。

"你怎么知道我在这儿的？"盛卷卷好奇地问。

不提这个还好，一提这个，季策只觉得头顶都要气得冒烟了，冒的还是绿烟。

他不答反问，说的话也阴阳怪气的："怕我知道，坏了你的好事？"

盛卷卷听着不对，问他："我有什么好事，干吗这么说？"

季策冷哼一声，没有回答，指了指不远处玩游戏的一拨人，问："他是谁？"

盛卷卷顺着他的指尖看过去，正好撞上时不时往这边张望的单实实。灯光太暗，看不清他的表情，只见他举起酒杯，向她扬了扬，然后一边看着她，一边缓缓仰脖喝下。

挑逗性十足。

盛卷卷眼皮一跳，不等她回头，就能感觉到身边一股冷意袭来。

她硬着头皮，装作若无其事地答道："朋友家的弟弟。"

"盛卷卷。"季策贴近她耳侧，语气危险，"你胆子真是越来越大了。"

一股热流从耳后直窜脑门，盛卷卷浑身颤抖了一下，立刻挪了挪身体，远离危险源。

"你好好说话。"她摸着耳朵，低声叫道。

季策冷哼了一声，靠躺回沙发背上，长腿跷起。

"告诉你，今天好说不了。"他眯起眼睛，向四周扫了一圈，更是不爽。

好几道探究的目光一直在他们身上打转，怎么这么多男人？

"为什么？我哪里招惹你了？"盛卷卷很不服气。

季策气结，这么不自觉，当然是你哪里都惹到我了。

"自己想，还是要我告诉你？"

"有什么区别？"盛卷卷不解。

"要我告诉你可是要收费的。"季策意味深长地道。

"嘿！"盛卷卷一听就瞪起了眼，"我过生日你没有送礼物就算了，还要收费？讲不讲理？"

"礼物？叫都没叫我，还想要礼物？"季策重重地"哼"了一声，他始终对盛卷卷没有叫他这件事耿耿于怀。

盛卷卷本来是怕他的身份不一般，不想给他添麻烦，所以才没有叫他。而且，前天晚上，两人明里暗里说了不少试探性的话。季策已经说明他还没有准备好，需要时间，如果她再主动邀请，总觉得暗示性太强了，显得她心急。

现在没想到季策倒是揪住这点不放了，想了想，盛卷卷决定委婉地提醒一下。

“我这庙小，怕请不动你这尊大佛呀！万一你再拒绝我，那我多没面子。”

季策多聪明，听话听音，立刻听出了她的言下之意。他耐着性子，徐徐诱导她：“你都没开口，怎么知道我一定会拒绝？没准我礼物都准备好了呢，你不想试一试？”

这是等我主动呢？

盛卷卷的心跳又开始乱了，她咬着唇笑着不说话，一双美目似秋水，波光粼粼，看得季策的呼吸也开始紊乱了。

暧昧气息骤起，荷尔蒙碰撞爆发开来，空气中弥漫着骚动和不安，两人都沉醉其中，无法自拔。

盛卷卷娇笑着，把手往季策眼前一伸：“那我的礼物呢？”

季策把脸一板，在她白嫩的手心一拍，只听清脆的一声响，他佯怒道：“勾三搭四，没揍你一顿就是好的，还想要礼物？”

盛卷卷惊了，呆滞了一秒才反驳：“你才勾三搭四好吗！”

她又揉了揉发痛的手心，不依道：“没有礼物就算了，还打我？不行，我要打回来。”

说着盛卷卷就去拽季策的手。

季策的嘴角不由地扬起来，他噙着笑，由着盛卷卷动作。盛卷卷把季策的手心翻出来向上，然后装作要用力向下拍。她的手高高抬起，落在季策的掌心时却突然卸去了所有的力道，变得轻柔无力。正在季策抬眼看她时，她用纤细的手指轻轻在他手心挠了几下。

盛卷卷低低轻笑：“要勾也是勾你。”

盛卷卷的手指轻柔得像根羽毛，撩得季策心神一颤，从手心直接酥麻到了肩膀。他一个激灵，手心一紧，直接将那只作乱的小手握在掌中。

盛卷卷上一秒笑得正得意，下一秒就呆住了。她印象中季策的手总是微凉，但今天包裹住她的手却异常火热，直烫得她心里发慌。她呆了几秒，然后就想挣开，但她缩了几次手，不仅没挣开，还被握得越来越紧。

她不禁抬眼去看季策，这才发现季策一直在盯着她看。他整个人和平时完全不一样，眼睛中像是有火焰在燃烧。

平时的季策偶尔也会逗逗她，故意撩撩她，但身上总带着一丝清冷，让人靠近时也无法感知他的温度。但今天的季策完全不一样，火热得让人不敢靠近。他眼睛里像有旋涡，看一眼就逃不掉，让她不由自主地陷了进去。

“季策。”盛卷卷不由喃喃道。

“嗯？”音乐有点吵，季策听不真切，他稍稍用力，将盛卷卷拉近他。

“季策，你别看着我。”盛卷卷一边低声说，一边想移开视线。

她声音虽低，但季策听得真切，他目光紧跟上她，不给她喘息的机会。

“为什么不让我看你？”他的声音低沉，在她耳边轻语，邪气的尾音直接撞进她的心中，勾住她。

盛卷卷被逼迫得无法思考，凭直觉回答：“你一看我，我的心就跳得好快。”

季策非常满意这个回答，更加邪气地笑了笑，伸手抚上她的下巴，捏住，迫使她微仰着头看着自己。从这个角度看盛卷卷，她眼神迷离，眼波荡漾，面颊嫣红，朱唇微启。

季策见过的女人形形色色，无论从容貌上还是从气质上，盛卷卷都不算一流的。但她身上有股想让人靠近的气息，她总是能给季策一种满足感。就像现在，他的一个眼神，她就能全身心地给他回应。这种满足感，季策没有从任何人身上得到过。

“想不想让它跳得更快？”季策诱惑着盛卷卷，他低头，靠近她。

盛卷卷想躲，但躲不开，只能眼睁睁看着这张让她心跳不已的脸不断地贴近自己，滚烫的呼吸扑在她的脸上。她的本能告诉自己，要闭上眼睛。

闭上眼睛的下一秒，唇上一热，一个温热干燥的吻落了下来。

这次季策不是在逗她玩，他没有压抑自己的欲望，带着不容拒绝的强势将期待已久的小甜嘴纳入唇中。起先季策只想浅尝辄止，轻啄一下又离开，但盛卷卷的唇软得不可思议，让他流连忘返。他不由自主地吻了一下又一下，轻轻地吸吮。

盛卷卷脑子轰的一声炸开了，完全不能自已，全身酥软。季策什么时候停下来的她也不知道，等她神魂归位时，发现自己已经软倒在季策怀里了。

她张了张口，却发不出声。

第八章

生日 你只能喜欢我

“早就想这么做了。”季策贴在盛卷卷耳边，温柔地坏笑着。

在时代的那个晚上，他按着她倒在床上时，他就想这么做了。和她周旋这么久，早就超出了他的耐心极限。要不是发现盛卷卷实在单纯得令他不忍下手，他早就在她故意撩他时，顺手收了她。

他本来想给她更多的时间，给她留些后退的余地。

但在看到唐池发的视频中，她嘟着红唇对着别的男人叫老公时，他就后悔了。去他什么时间！这个女人就是欠收拾，到处招人还不自知。不收了她，还不知道要便宜了哪个人。

纸老虎的卷卷脑子像是被人揉搓了一番，乱得不成样子，听他这么说，又是震惊又是羞赧，全身都在发烫。

“你你你……”她说了半天也不知道想表达什么意思。

“对，就是我。”季策大大方方地接过话，他捏着盛卷卷的手上下摩挲，手中的柔荑细腻柔软，让他不想放开。

“你刚才……”

“亲你了。”季策这么直接，让盛卷卷目瞪口呆。

“天呐……”盛卷卷一时震惊，没有管住自己的嘴，将最真实的感受说了出来。

季策的眉梢挑了挑，重新打量盛卷卷，戏谑道："刚刚可还满意？"

盛卷卷的脑子此时总算理出一丝头绪来。

她这是和季策发生肢体接触了？

这有点太快了吧……

她不过就是伸手要了下礼物而已，怎么就成这个样子了？就不能循序渐进地来吗？比如先拉拉小手什么的？

她偷偷去看季策。

季策一脸餍足，低头笑着看她，浑身散发着性感和迷乱的气息。

等等！

不会只是酒色魅人，借酒劲儿趁机占便宜不认账吧？

此时盛卷卷才从被诱惑的迷乱中清醒过来，还不怎么灵光的脑袋立刻发动起了思考。

她从季策怀里挣了出来，坐直了身体。

"咳！"她清了清嗓子，准备和季策谈一谈这个问题，她斟酌道，"你……喝酒了吧？"

季策不明所以，点点头。

不妙。

盛卷卷摸了摸鼻子，干笑道："我也喝酒了。酒这个东西吧，虽然喝起来不觉得有什么，但总是让人做一些奇怪的事，它能影响人的神经系统，让人的行为脱离控制，做出并不是出于本意的事，然后第二天酒醒后就会后悔……"

季策一秒明白过来她的意思，这是想怪酒了？

"所以？"季策挑眉看她，看她还能说出什么花儿来。

盛卷卷有些为难，怎么说才能显得不那么刻意呢。

她小声嘀咕："所以，如果你明天后悔了，我不怪你……"

然后偷偷看了眼季策，见季策不说话，她想了想又表了个态："如果我后悔了，你也别怪我！"

眼看着刚才还在自己怀里软成水的盛卷卷，突然变成了一条鱼，想要游走，季策不禁失笑。

他靠在沙发上，手捏着滑腻柔软的小手不断抚摸，嘴角向上，似笑非笑："现在说后悔？晚了，你当初撩我的时候怎么不怕后悔？"

“我……”盛卷卷想反驳，又一时不知道该怎么说。

要说之前她确实是故意撩季策，但开始她只是觊觎美色，想过过干瘾，搞点小动作罢了。这也是仗着她打心底认为季策不可能对她有什么想法才敢的。后来她撩着撩着也就着了魔，有点丢不开手了。想着能撩到手最好，撩不到也不遗憾，才大着胆子开始试探的。

现在如了意，她只怕季策后悔。

她支支吾吾地提出在心中盘亘了半天的想法：“要不……要不明天再亲一下试试？”

季策还在想着怎么才能把这条滑手的鱼抱住，听到这话，顿了几秒才反应过来……顿时笑得喘不上气。

他好像真的走了大运，挖到了这么一个大宝贝。

可爱得想让人一口吃掉。

盛卷卷见他笑得太夸张了，以为是在嘲笑自己脸皮厚，有些羞恼。

就知道说出来会被笑话。

“不愿意就算了。”她仰头，脸上露出不满的表情，想要抽回手，她也是要面子的好吗？

季策笑着收紧五指，稍一用力，盛卷卷就倒在他怀中，他用手指一挑她下巴，盛卷卷看着他，跌进了他深邃的眼神里。

耳边传来他性感的低语：“别急，现在就可以再试试。”

盛卷卷的脸立刻如火烧，她强装镇定，给自己挽尊：“我是怕你后悔，为你着想。”

“好好好，是为我着想。”季策哄着她，低头又在她唇上轻啄了一口，笑道，“满意了吗？”

这下盛卷卷真的羞得无话可说，她把头埋在季策怀中，再不愿意抬起来。

“好了，快起来，别憋坏了。”季策的胸腔传来闷笑的震动声，让盛卷卷更不愿意抬头了。

“不笑你了，快起来，别人都在看你了。”季策逗她。

一听这话，盛卷卷立刻坐直了身体，掩饰性地整理整理头发，然后才敢看向四周。

季策也不算骗她。

这个角落虽然灯光昏暗，但没有遮挡，他们俩刚才又丝毫没有避人，亲密动作被不少人看见。此时盛卷卷一转脸，视线就跟沉着脸的陈绪撞上了。

从季策一进门开始，陈绪就觉得不对。他对盛卷卷认识季策这件事非常震惊。尤其是看见自从季策来了之后，盛卷卷像个小跟班一样，跟在季策身后，亦步亦趋。他心底的震惊越来越强，思绪翻飞，无法平静下来。因此，他没有靠近两人，只是远远地看着。

很明显，他们不仅仅只是认识。

之前的单实实，现在的季策。

陈绪突然觉得，这一年，自己好像错过了很多。

卷卷好像真的长大了。

接下来他的目光就一直不自觉地紧跟着这两人，眼看着两人打打闹闹，越来越亲密。陈绪觉得心中有道缝隙悄悄裂开了，失去感猛然来袭，让他有些无所适从。

陈绪躲开盛卷卷的目光，转过身，和王昱交代了几句，便拿起衣服出了门。

见陈绪走了，盛卷卷本能地就想去追，她刚起身，就想到身边的人，忙回头解释："我去看一下，我哥怎么走了？"

"哦？那是你哥？"季策眼睛微眯。

盛卷卷顾不上回答，点了点头就向外跑。王昱眼疾手快，拉住了她："陈绪说有事先走了，让我跟你说一声。"

"有什么事这么着急？"盛卷卷的眼睛一直看向门外，她不信，陈绪肯定是生气了。她甩开王昱，冲出门外。

陈绪插着兜，埋头向路边走去，背影在霓虹灯下，显得格外落寞。

盛卷卷狂奔几步追上去，边跑边喊："陈绪！"急得都忘了叫哥哥了。

陈绪听见动静，停住了脚步，他转回身看到追过来的盛卷卷，笑了笑："我有点事，要先走，你好好玩。"

盛卷卷弯腰喘着气，揪住他问："什么事这么着急，不说一声就走？"

陈绪没有动，也没有解释，直直地看着她，目光幽深。

“哥哥。”盛卷卷小声叫道，声音里带着一点她都没有察觉的乞求。

陈绪轻叹口气，伸手揉了揉她的头发，轻声道：“工作上的急事，别担心我。你快回去吧，外面冷，你外套都没穿，别冻感冒了。”

盛卷卷拉着他胳膊的手不愿意放开，张了张口，又不知道该说什么。

“好了，你又长大了一岁，已经是大姑娘了，怎么还像小时候一样耍赖呢？”陈绪笑着安抚她。

盛卷卷空落落的心，这才缓缓着了地。

陈绪拨开她的手，把她往回推了几步，催促她：“快回去，玩得开心点。”

盛卷卷只好挪着步子，往回走，走几步回头看一下，陈绪还站在原地看着她，脸上挂着微笑。

三步两步，直到拐了个弯，再也看不见了。

盛卷卷垂着头回到酒吧里，裸露在外的皮肤被冻得冰凉，进门被暖风一吹，才感觉到冷，瑟瑟发起抖来。

她抱着胳膊往里走，突然撞进一个怀抱中，来不及反应，一件温暖的大衣从头罩了下来，将她裹在其中。

“衣服也不穿，跑什么跑！”季策狠声训斥，再摸到她冰凉的小手，顿时气不打一处来，恨不得立刻将她抱起来揍一顿。

盛卷卷任由他训斥，倚在他的怀里，蔫蔫道：“让我抱一会儿。”

过了一会儿，盛卷卷手脚都暖和过来了。她有些不好意思，从季策怀中挣脱出来。

“好了？发生什么事了？”季策松开她，直视着她的眼睛开口道。

盛卷卷眼中闪过惊慌，嗫嗫道：“感觉我哥好像不太高兴。”

季策不动声色地问：“为什么不高兴？”

盛卷卷摇摇头表示不知道。不是敷衍，她是真的不知道。好像每次她交男朋友，陈绪都会不太高兴，还会无缘无故地挑刺。他好像很不希望她交男朋友。

可能在陈绪心中，谁也配不上她吧。

这些话只是盛卷卷长期以来的猜测，她不好对季策说。

之后盛卷卷的情绪一直不是很高，就算被王昱他们调侃，也没有像往常一样，反击回去。盛卷卷蔫蔫的，像被霜打的茄子。

季策看在眼里，面上不动声色，心中却已有了计量。他抬抬手，叫了闹得最欢的一头黄毛过来。

“怎么了？策哥。”

季策低声对他嘱咐了几句。

黄毛听完，满脸震惊，一脸难以置信的表情看着季策，说话都有些语无伦次。

“策哥，你……你……”

季策打断他的话：“快去，赶在十二点前办好。”

黄毛梦游似的飘走了。

王昱趁着季策不在，找了个机会，一脸坏笑地撞了盛卷卷的肩膀一下，贼笑道：“可以啊，小卷卷，深藏不露嘛。”

盛卷卷脸一红，幸好灯光暗，看不出来，她故作镇定道：“别乱说。”

“你都敢乱来，还怕我乱说？”王昱笑她。

盛卷卷语塞。

王昱的话给盛卷卷提了一个醒，这里人不少，刚刚是不是都看见了？

等季策回来，发现盛卷卷更蔫了，他心中闪过一丝不快。

“想什么呢？”

盛卷卷冲着人群抬了抬下巴，扭扭捏捏道：“刚才好像有人看见了。”

“看见什么？”

盛卷卷以为他明知故问想要调侃自己，“呸”了一声，不再理会。

季策回味半晌才明白她的意思，哑然失笑。

“怕什么？看见就看见呗。”他满不在乎地道。

盛卷卷就没有他那么气定神闲了，烦恼道：“万一他们误会了呢？”

“误会什么？”这下季策真不懂了。

“误会我们……”盛卷卷绞尽脑汁想着用词，最后顶着季策不解的目光，吞吞吐吐道，“误会咱俩……在……在搞……搞对象……”

三秒后，季策笑得肩膀耸动不停。

这就有点可爱了啊！亲都亲完了，还在纠结是不是搞对象的问题。

他故意笑道：“怎么，我很拿不出手吗？和我搞对象很丢脸？”

盛卷卷的眼睛转到左转到右，欲言又止。

季策有点吃惊：“不是吧？真嫌我丢脸？”

盛卷卷低下头，支支吾吾地问：“亲一下就算搞对象吗？”

季策愕然，被盛卷卷清奇的思路震了一下。他以为穿上裤子不认人这种事只会发生在男人身上，没想到这小丫头也这么生猛，占完便宜就拉倒了？还要他追着求负责吗？

“那怎么才算？”他奇了。

盛卷卷苦思冥想，怎么才能把话说得委婉些。

“要不，就当没有亲……反正也喝醉了……”她一边说着，一边偷偷看季策的脸色，果然看到他瞬间变脸，吓得她把后面的话咽了下去。

好啊，搞了半天原来真是这个意思。

他就出去了一趟，怎么突然就变了。季策微微眯起眼，眼神锐利，一言不发。

“我……我是想说，咱们还不是很熟，你对我还不够了解……”盛卷卷立刻解释，却不料越说越乱。

“盛卷卷。”季策打断她的话，胳膊撑在腿上，歪着头看她，“再装下去就不像了。”

盛卷卷被他看得心惊肉跳，别过脸小声辩解：“我没有。”

“呵。”季策轻笑，伸手转过她的脸，强迫她看着自己，“从一开始就看上我了吧？处心积虑地靠近我撩我，还死活不愿意给我做咨询，我也如了你的愿。现在跟我说什么不熟，觉得我是傻子吗？”

盛卷卷感觉到一阵难堪，她的借口是太拙劣了些。

“为什么要躲？”季策步步紧逼，炙热的呼吸喷在她的脸上，丝毫不给她喘息的空间。

“我……”盛卷卷闭上眼，眼前闪过一个落寞的背影，她使劲摇了摇头，眼角溢出了晶莹的泪花。

突然，下巴上的禁锢消失了。她睁开眼，季策已经松开了手。他的手移到她的面颊上，拇指指腹从她眼角抚过。

“哭什么？明明要被甩的人是我。”季策笑了笑，叹气道。

一直紧绷的情绪突然卸了下来，盛卷卷情不自禁地哭了出来。眼泪顺着眼角源源不断地滑下，打湿了还停留在脸颊的手指。她哭得鼻头发红，小嘴微张着，一抽一抽的。

季策心中一紧。

不管了……都滚吧！

季策二话不说，狠狠地吻上那张又爱又恨的小嘴。在盛卷卷溃不成军的时候，季策在她耳边狠狠道："现在想跑，晚了。"

生日会后半段怎么结束的，盛卷卷已经不记得了。她只记得临走时，季策揽着她的腰，在耳边低声说了句："今晚跟我走。"

然后在众目睽睽之下，季策带她上车，疾驰而去。

"不管你之前在想什么，现在和以后，都只能想我。知道了吗？"停好车熄火，季策探过身给盛卷卷解安全带时，见她还是神情呆滞，忍不住转过她的脸，逼她直视着自己，一字一句地说道。

盛卷卷心头一颤，不由自主地点了点头。面对季策的强势霸道，她突然不想抵抗了，只想顺势而为，依靠在他怀中。

电梯从车库直上顶层。

独自站在一整面墙的落地窗前，盛卷卷不知道季策想干什么。

她认出来窗外是本市最繁华的金融街，高楼林立，深夜依然灯火通明。

"让我站这儿干什么？"盛卷卷问。

季策坐在远离落地窗的沙发里，没有正面回答，抬腕看了看表。

"倒计时。"他突然道。

然后盛卷卷就看见远处大楼的灯光开始闪烁，从十开始倒计。最后灯光定格排列成"生日快乐"四个字。

盛卷卷呆住了，她万万没想到，高冷的娱乐圈大佬还有这样的少女心？或者说是……中二病？如此浮夸做作的礼物……霸道总裁的画风总是不太对啊。

盛卷卷手扶着玻璃窗，笑得直不起腰。

"过来。"季策黑着脸坐在沙发里对她招手。盛卷卷强忍着笑，走过去。

"很想笑？"季策一眼就看破她，暗暗不爽。这还是他第一次干这么蠢的事，尤其是他还恐高，不能陪着她一起看。

"没有！"盛卷卷强忍住笑，摇头道，"真是太棒了！我好喜欢！"

她拙劣的演技让季策知道自己干了件蠢事。他伸手一把将她拉到怀里，让她跨坐在自己腿上，双手掐住她盈盈可握的小腰肢，沉声喟叹：“可算是看见你笑了，也值了。”

盛卷卷的心顿时像是被大锤敲击着，一声声响彻心扉，久久不能平息。她轻轻俯在季策肩上，搂着他宽阔硬挺的肩背，小声道：“谢谢你，我很喜欢。”

季策侧过头，顺势在她透着丝丝奶香的颈侧吻了吻，坏笑道：“嗯，我也很喜欢。”

在回家的路上，季策一直捏着盛卷卷的手不放，时不时地摩挲着。

盛卷卷被他摸得有些发痒，忍不住笑他：“你是不是有恋手癖？”

“我还有好多癖，你想不想知道？”

惹不起，她认输了。

今晚的季策好像开了外挂，气场全开，盛卷卷只能不断屈从。

回到家时已经是凌晨，躺在自己的床上，盛卷卷才觉出有一点不真实。她想着今晚发生的所有事，心中半是甜蜜又半是酸涩。还有种大势已成的悲壮感。

戏精。她暗暗骂了自己一句，闭上眼睛准备睡觉。

“叮叮”两声，是微信。

“明天几点起？我去接你。”

黑暗中，盛卷卷不自觉地就笑了起来。

“睡到自然醒。”

“那我岂不是要很早就得去接你？”

“为啥？”

“想着我还能睡得着？”

盛卷卷微翘的嘴角就一直放不下来了。

天呐，知道季策会撩，但真撩起来她有点招架不住啊。

盛卷卷不幸被他言中，一夜翻来覆去，真没睡好。

第二天天没亮她就爬了起来。捯饬完自己，她给季策发了微信。

住得近就是方便，没十分钟，季策就在小区门口等着了。

“现在几点？”季策见面就笑她。

这才刚到七点半，盛卷卷知道他是故意取笑她，只能认了。

季策带她去了个小胡同，里面有家不挂牌的小饭馆，一大早就热气腾腾，香气四溢。

盛卷卷站在门口，突然笑了起来。

“笑什么？”

“我看霸道总裁小说里，每个总裁都认识一家这样不对外的小饭馆，谈恋爱务必要带姑娘来这种私家饭馆吃饭，介绍姑娘给做饭的老婆婆认识，然后老婆婆还会说，这可是某某第一次带姑娘过来吃饭。”

说着她笑得乐不可支，指着季策：“你是不是看了霸道总裁小说，按着套路来的？”

季策脸一黑，盛卷卷怎么这么烦人，他现在想退货还来不来得及？

“我不会真的猜对了吧？哈哈哈！”盛卷卷瞥见他的神情，笑得花枝乱颤。

“盛卷卷，你又欠收拾了？”季策抬手给她额头一个暴击，气得不想理她，直接往里走。

盛卷卷捂着额头跟在身后。果然从里面迎出来一个老婆婆，见到季策就很亲切地叫他策子。老婆婆把他们引进内屋，盛卷卷一边偷笑，一边打量屋内的陈设。老式装修，挺干净的，正面墙上挂着些老照片。中间有一张老照片很显眼，是个十几岁少女的肖像照，明眸皓齿，婉约动人，带着那个时代特有的气质。盛卷卷看了又看，一种熟悉感油然而生，让她心生喜欢。

早饭很简单，一碗手擀面，一笼蟹黄包，一碟小咸菜。

虽然和盛卷卷想象的不一样，但味道极好，盛卷卷连汤带面吃得精光，包子也消灭了大半。

吃完饭，季策和老婆婆在屋外说话，盛卷卷竖着耳朵偷听。

“你这么长时间没来了，阿婆好担心你，这个姑娘不错，能吃！我看比上次那个强。”老婆婆年纪大了，说话声音有点大，被盛卷卷听了个正着。

一万点暴击。

说好的霸道总裁的套路呢？

走出巷子后。

“哼，以后再也不来了。”盛卷卷气鼓鼓地想，“吃个饭还要被比较。”

“我又不是每次都吃这么多，是因为太好吃了嘛。”

“早知道就少吃点了……”

盛卷卷越想越委屈，恨不得回去把吃的都吐出来。

“干什么，脸鼓得像河豚？”季策戳戳盛卷卷的脸颊，一下，两下，戳个不停，直接把盛卷卷戳漏气了，笑喷出来。

“讨厌！人家在生气，小心我毒你哦！”盛卷卷漏气后就严肃不起来了，完全看不出来是在生气。

“哦？想毒我？”季策笑得邪气，“那也得我把你吃掉才行。”

老司机，随时随地开车。

盛卷卷红着脸败下阵来。

上了车，盛卷卷摆弄着车载音乐，发现季策车里一首歌也没有。

“你开车不听歌的吗？”

盛卷卷之前就发现，季策开车很安静。

“不听，麻烦。”

“这有什么麻烦的？回头我给你下载一些。”

“哦，那你得多准备几份。”

盛卷卷一时没理解：“为啥？”

“车多。”

炫富可耻好吗？！

打开广播，主持人说今天是冬至，要吃饺子。

盛卷卷这才想起来：“今天是冬至，我们应该吃饺子，不应该来吃面条。”

季策淡淡回答道：“生日就应该吃面。”

明白过来季策是说自己，盛卷卷心里一甜，但嘴上还要说：“生日都过了！”

“给你补，乖，听话。”季策腾出一只手，在她头上摸了一下，安抚她。

盛卷卷像头驴，一顺毛就软了下来，她“哦”了一声，乖乖地坐着，小脸红扑扑的。

季策暗笑，几个回合，他就摸清了盛卷卷的脾气。的确是个小可爱。

车向郊区驶去，盛卷卷昨晚没怎么睡，现在吃饱喝足，季策的车又宽敞又舒服，她听着广播慢慢地就睡了过去。

一觉醒来，已经到地方了。

车停在一个农庄样式的院子里，季策已经不在车内。盛卷卷下车，有人过来引她进去。季策正背对着门口，和人说话。那人见盛卷卷进来，对季策挑挑眉，示意他人来了。

季策回过头："醒了？"

盛卷卷有些不好意思，应了一声，走上前。

"这是吴开，你可以叫他三哥。"季策对她介绍面前的人。

吴开是个比季策大不了多少的男人，穿着很随意，笑容亲切，很有亲和力。

"三哥好，我是盛卷卷。"盛卷卷大方笑道。

"卷卷妹妹好，初次见面，待会儿送你个小礼物，不让你白白地叫声哥。"吴开很会说话，不过分熟络，也不显疏离。两句话，就拉近了距离。

"等会儿不要客气，他好东西多。"季策开玩笑地对盛卷卷说。

盛卷卷对吴开印象很好，她笑着点头。

他们随意聊了几句，吴开叫人过来低声嘱咐了几句。等三人喝完茶，那人回来说好了。

"妹妹，走，去看点好玩的。"吴开起身笑道，带着他们出门去了后院。

走过一段石子路，面前是一栋非常高大宽阔的玻璃房。盛卷卷眼前一亮，她已经看清里面是花房。前面有人开门等着，三个人陆续进入花房。

一进门，盛卷卷就不由自主地惊叹了一声。在外面还看不真切，进去后才发现这不仅是花房，还是个蝴蝶园。工作人员一动，满园的蝴蝶都飞了起来。五彩斑斓，绚丽夺目。

盛卷卷惊喜万分。

季策牵着她的手往里面走。走到最里面的一面花架前，盛卷卷不禁低呼出声。

一整面花架摆放位置错中有序，各色蝴蝶在花间起舞，依稀能看出舞成了“生日快乐”四个大字。

盛卷卷惊喜地看向季策，又看向蝴蝶，高兴从眼中溢了出来。

吴开领着工作人员不知道什么时候离开了，整个蝴蝶园就剩下他们两人。

“喜欢吗？”季策轻声问道。

“嗯嗯，喜欢！”盛卷卷开心得想转圈圈，她攀着季策的胳膊跳起来。

“我要转圈圈！”盛卷卷叫道。

季策弯腰，给了她一个公主抱，然后转了几个圈。

季策：“叫我。”

盛卷卷笑道：“季策！”

“不叫名字。”

盛卷卷不解：“那叫什么？”

季策不自觉地开始和她算账：“昨晚你叫别人什么来着？谁抱你的？”

他怎么知道的？！

盛卷卷灿烂的笑容立刻转为干笑，她装作听不懂的样子：“没有呀。”

抱着她的手立刻紧了紧，季策的语气危险意味十足：“嗯？再说一遍？”

识时务者为俊杰，盛卷卷立刻搂住季策的脖子叫了声：“老公！”

娇滴滴软嫩嫩的声音，让人听着就想欺负。季策低头在她脸上轻吻一下，威胁道：“再敢乱叫别人，看我怎么收拾你。”

为什么之前没发现，季策还有这个属性！盛卷卷哭笑不得，连连应是。

从蝴蝶园出来后，吴开适时出现，他满脸笑意地对盛卷卷道：“季策这小子昨天半夜把我叫起来，让我给他准备，不知道卷卷妹妹喜欢吗？”

“特别喜欢，谢谢三哥。”盛卷卷欣喜地看了季策一眼。

“真上道就该谢我，他啥也没干，就打了个电话，全是我在忙活。”

吴开故意拆台。

盛卷卷抿嘴笑，频频点头。

季策笑骂一句：“就你话多。”

吴开又带他们参观了他的农庄，里面有各式蔬菜、水果、鲜花，还有一个小型动物园，占地面积很大。他是季策的大学学长，毕业后在金融圈干了两年觉得不合适，便弃商从农，几年下来，这个农庄做得有声有色。

一圈参观下来，盛卷卷对吴开佩服得不得了，一口一个“三哥”，叫个不停。

中午吃完饭，临走前，吴开送了盛卷卷一幅珍贵稀有的蝴蝶标本画，作为见面礼。盛卷卷特别喜欢，没有扭捏地收下了。

回去的路上，盛卷卷还爱不释手，翻来覆去看个没完。

季策笑道：“三哥真是挺喜欢你的，把这幅送你了。”

“啊？真的吗？”盛卷卷很开心，“我也很喜欢三哥！”

“你只能喜欢我。”某人大言不惭道。

“嗯！知道啦！”盛卷卷立刻表态，吹捧道，“都是冲着你的面子送我的，你功劳最大！”

“回去好好收着吧。”季策这才满意。

很久以后，盛卷卷在一次蝴蝶标本展览会上才发现，吴开送她的这只蝴蝶，价格高达六位数。当即，站在橱窗前的她，眼泪无声地掉了下来。

回到市区，盛卷卷接到了老妈的电话，说今天冬至要吃饺子，让她回家包饺子。

盛卷卷支支吾吾地没有立刻答应，说在加班，不知道几点能结束。

季策笑她：“为了我撒谎？”

“是呀，有没有很感动？”盛卷卷立刻邀功，丝毫没有害羞。

“感动，晚上带你去同庆楼吃饺子。”

不过盛卷卷没有等到去吃饺子，刚到家，季策就接到了电话。

苏秘书万分焦急的声音传来：“季总，不好了，出事了！”

季策的心里咯噔了一下。苏静做他的秘书好几年，一向稳重大方，从没有如此失态过。他沉声道：“别着急，出什么事了，慢慢说。”

“于蓉蓉跳楼自杀了！

“记者媒体全在现场，网上已经传开了！”

苏秘书说得乱七八糟的，于蓉蓉是谁？在哪儿跳楼的？和他有什么关系？

季策皱眉，他提高声音安抚道：“苏静，你冷静一下，慢慢说，把详细情况，从头到尾理清了告诉我。”

听着季策沉稳镇定的声音，苏秘书缓了几口气，才把事情说清楚。

于蓉蓉是辰星影视旗下的签约艺人，不知道什么原因，今天下午她来到《欢乐时光》剧组，在拍摄现场从七楼跳了下去，当时有不少粉丝和媒体在现场，消息立刻就传了出去。

盛卷卷在边上听了零星几句，立刻掏出手机上了论坛。

不看不要紧，一看她也吓一跳。

各大娱乐论坛头条都是于蓉蓉跳楼自杀的新闻，微博已经爆了。

热度这么高，并不是因为于蓉蓉的知名度高，相反她只是一个三线女演员，常年演配角，现在年纪也大了，没什么人气。

热度这么高是因为她的自杀方式太惨烈了。

《欢乐时光》是都市剧，是目前星辰影视重磅打造的对象，主角都是一线明星，今天下午在市区华泰商场门前取景。于蓉蓉就在剧组拍摄时，从商场顶层跳了下来，直接砸在剧组隔出来的空地上。当时就血肉横飞，现场十分血腥。

在场的所有人当时就被吓疯了。

更巧的是，今天还有狗仔带着无人机偷拍，正好把她跳楼这一幕拍了下来，发到了网上。网上一下子就沸腾了，热度飙升，等苏秘书接到通知时，网上的视频已经被转发得到处都是了。

季策阴沉着脸听完整件事，给的第一个指示是删掉网络上的跳楼视频。

有了主心骨，苏秘书立刻去联系相关人员。

季策随后打了好几个电话，了解得越多，他的心就越沉。

挂了电话，他对盛卷卷抱歉地说：“我得赶过去一趟，你先回家吧。对不起，不能送你了。”

“我陪你去。”盛卷卷立刻道。她伸手去拉季策的手，果不其然，他的大手冰凉，手心发潮。不用摸也知道，现在季策的心跳一定很快，这是精神高度紧张的表现。

“不行，现场乱糟糟的，我怕照顾不到你。”季策捏了捏她的手，拒绝了。

“那你注意安全。”盛卷卷用力地抱了抱他，送他出门。

盛卷卷回到父母家，一直心神不宁。包的饺子要么没有馅儿，要么就是馅儿大得撑破了皮。盛母气得把她赶去看电视。她坐在客厅里，翻着手机，查看于蓉蓉事件的最新发展。苏秘书动作很快，网上的视频很多都被删掉了，但季策一直没有消息。

盛卷卷食不知味地吃完一顿饭，情绪低落得连盛母都看出来了，问她怎么了，她随便编了个借口糊弄过去了。

今天陈绪没有回来吃饭。吃完饭，盛母让盛卷卷去给陈绪送包好的饺子。

陈绪现在住在王昱那里。陈父给他买的房子，从去年开始他就再也没回去过。盛卷卷带着饺子找过去时，王昱说陈绪刚出去抽烟了。

盛卷卷在小区里转了一圈，在一个花坛边上的椅子上找到了正在抽烟的陈绪。

“不冷吗？”盛卷卷走过去问。

见她过来，陈绪有些吃惊，他掐灭烟，动了动腿，给她挪了个地方出来。

“你怎么过来了？”

“妈妈给你包的饺子，让我送过来。”

两人并肩坐着。随便聊了几句后，话题就断了。不知何时两人都沉默下来。

路灯有一只坏了，兹拉兹拉地闪烁着，在寂静的黑暗中，显得格外刺耳。

过了许久，陈绪又道：“冷吗？”

盛卷卷：“冷。”

陈绪立刻站起来：“我送你回去。”

盛卷卷不动，仰着头看他。灯光一明一灭，映得她的面容也或明或暗，看不清表情。

“哥哥。”盛卷卷开口叫他。

“嗯。”

“我每次谈恋爱你都不高兴。”盛卷卷喃喃道，“但你从来不告诉我为什么。”

陈绪默不作声，他背对着光，整张脸藏在黑暗里。盛卷卷对着那张阴影下看不清的脸，缓缓说下去。

“从以前开始，我谈过八次恋爱，但没有一次能超过三个月，因为各种各样的原因。

“从前我不知道为什么，以为是自己的原因，无法和人保持长期的亲密关系。但上一次，通过钱明喜，我才知道，其实还有别的原因。

“你想说说吗？”盛卷卷问他。

陈绪依旧沉默，动也不动，像一座雕塑，只有沉重的呼吸能让他多几分生气。

“你一直都是这样，我知道的。”盛卷卷轻轻地叹口气，伸手拉了拉他的衣袖，像小时候那样对他撒娇，“可你是我哥哥呀，你不高兴，我也不会开心的。”

许久之后，陈绪轻吐一口气，摸着盛卷卷的头，无奈道：“知道了。是我不好，总觉得你还小，会被人骗，被人欺负。”

陈绪动了动，侧过身，灯光从边上漏了进来，照亮他半边侧脸，他的眼眸有微光闪烁。他低声又道：“以后再也不会了。”

盛卷卷仰着脸看他。从生日那晚开始，一直压在她心头的大石头终于落下了。放松心情后她又想到另一件事，立刻鼓起嘴巴：“你要和林照影结婚吗？”

陈绪吃惊：“你听谁说的？”

盛卷卷瞪着眼睛：“当然是女主角亲口说的咯。”

“没有的事。”陈绪摸了摸鼻头，别开脸，有些心虚，“是近期公司有些合作，所以走得近了些。”

盛卷卷撇撇嘴：“你也不用糊弄我，虽然我不喜欢她，但如果你真的喜欢，我会好好和她相处的。”

陈绪轻笑一声：“你和她能好好相处？那太阳能从西边出来。”

盛卷卷的腮帮子又鼓起来了。

“好了好了，都说了是没有的事，别乱想。”陈绪揉了揉盛卷卷的头发，笑道，“快回去吧”。

“就会把我当小孩子糊弄，随便你吧。”盛卷卷站起身，语气不满又无奈，“那你回去和王昱把饺子煮了吃，别忘了。”

“知道了。”陈绪应了一声。

“知道了就是不吃，是吗？”盛卷卷知道他不爱吃饺子，这么回答就肯定不会吃了。

陈绪笑了笑：“你都知道了还问。”

算了，和他置不起这个气，盛卷卷选择闭嘴。

折腾一趟，盛卷卷回到自己的住处时已经十点了。

八点多时给季策发的微信依然没有得到回复。

盛卷卷洗漱完了躺在床上，翻来覆去睡不着，便拿起手机翻论坛。

于蓉蓉自杀这件事的影响范围特别大，她在自杀前发了一条意味深长的微博。

“用我的血，洗净辰星，洗净娱乐圈。”这条微博直接把矛头指向了辰星影视。

不仅娱乐圈沸腾了，社会各界都沸腾了，都密切关注着事件的发展。不得不承认，这种发生在公共场合又极为血腥的恶性事件影响极大。

警方已经发出通报，初步排除他杀，确认为自杀，会进一步对案件进行调查。

仅一下午的时间，八卦论坛就已经将于蓉蓉生前的所有私事扒了个底朝天。

她自杀的原因貌似也被扒了出来。说是她出道后不久就被一个金主看上捧着，演了某部热剧之后小红了一把。红了之后她就想摆脱金主。但娱乐圈就是这样，更新换代特别快，一点小水花翻不起大浪来，想出头的人多了去。金主由着她去作，于蓉蓉作了两年发现行不通，又回来抱金主大腿。

这位金主虽然重新接纳了她，但从此就对她时捧时踩，时拉时打。直到她在上一部剧里，也就是目前热播的《大清贵妃传》，饰演了一个大丫鬟，还算比较出彩，人气回升了不少，有要开始第二春的势头。如果再来一部热剧的好角色，没准真可以翻身。而前不久也传出，《欢乐时光》里她要出演女二，已经签约之类的种种消息。

但《欢乐时光》开机后，爆出来的演员名单里并没有她。传言说是金主按照以往的套路故意换掉了她。她不堪忍受被人操纵命运的痛苦，最后才选择以这种方式自杀。

这些猜测的八卦帖子，很快就被转载到各大网站。

让盛卷卷担心不已的是，那个金主被爆料出来说是辰星影视的高管。

她自己看八卦多年，也知道这种爆料多半是真真假假，虚虚实实，可信度不高。但架不住知道内幕的人还是极少的，多的就是看热闹不嫌事大的吃瓜群众。有一点小料，就能脑补出一场大戏。

辰星影视的公关依然很果断，已经发了声明，表示对旗下艺人于蓉蓉的强烈哀悼，以及公司会全力配合警方的调查，请大家相信警方，不信谣不传谣等等。

很干净利落。

但网上对辰星影视的骂声还是超级多，到现在，那条声明底下的评论已经有了十万条，热评前三都是骂公司冷血、压榨旗下艺人，势利眼，对不红的艺人没有人文关爱，还有人把金主的爆料拿出来骂。

盛卷卷第一次看八卦看得堵心，她想到季策说的：你能知道的都是假的。

但真相是什么，不见得所有人都会在意。

第九章

端倪 她的自杀是不是有别的原因？

一连三天，季策都没有消息。盛卷卷在这三天里一直坐立不安，她没敢打电话，只是每天发条微信问一声，但季策一直没有回复。

她每天晚上都会到季策家门口看看有没有亮灯，整整三天，季策都没有回来过。

盛卷卷直觉这次事件不简单。如果不是她很相信自己的直觉，她都要认为季策是故意要和她分手了。在一起刚一天就失联，手都没拉够呢就腻了？

第四天一上班，大老板就叮嘱盛卷卷和季策联系一下，确定一下明天咨询的时间和地点。

盛卷卷一怔，她差点忘了。她抿了抿嘴，最后点头说好。然后用公司座机给季策打电话，响了几声，通了。

她心里顿时一紧，说话的时候喉咙都是干的："季先生。"

电话那头传来一个女声："您好，季先生目前不方便接电话，有什么事可以和我说。"

盛卷卷愣了一下，这是他的私人电话，现在竟然也是秘书接的。

季策到底怎么了？

她按捺住不安的心，用职业化的口气道："请您转告季先生，我和他预约好了明天见面，不知有没有变动，我姓盛，谢谢。”

挂了电话，盛卷卷心里慌得很，班也上不下去了。她请了假，直接去找唐池和周路打探消息。从周路家出来后，盛卷卷都不知道自己是怎么回家的。她的脑袋“嗡嗡”直响，这几天莫名的不安全感都爆发了出来。她觉得一颗心慌得都要跳出来了。

周路说季策正在配合警方调查。原因是于蓉蓉的死有些蹊跷。她跳楼的那个商场恰恰又是季阳集团的产业，当天大楼几处关键的监控又好巧不巧地坏了。而且，女演员的父母拿了女演员和季策的合照到警方那里指控季策，说是季策玩弄她女儿的感情，最终害死了她女儿。

“不可能，季策不会和于蓉蓉的死有关系的，他不会有事的。”盛卷卷不断默念，强迫自己冷静下来。

支撑她的是季策的那句话。

“你能知道的都是假的。”

对，都是假的。

临走前周路还嘱咐她：“消息暂时被封锁了，怕就怕有人故意推波助澜落井下石。你什么都不要说，也不要打听，耐心等待。”

这种什么也做不了，只能等待的时间是最难熬的。

第五天，季策依旧没有消息。

网上已经有言论将矛头指向了季策，情势开始向周路担心的方向发展了。

辰星影视的势头太猛，在娱乐圈这块大蛋糕上咬了一大口，眼红嫉妒的人明里暗里不知道有多少。网上水军多的是，明显有人在带节奏，一波一波地往外放料，导致热度一直持续上升，降不下来。

今天就有人爆料说于蓉蓉的死因蹊跷，和辰星某神秘人物有关，她的父母在辰星的强压之下，控告无门。

水军带节奏将公众视线转移到辰星某神秘人物上。已经有人自发组织起来，要对于蓉蓉的父母提供各方面的援助。“于蓉蓉父母”这个话题被刷上了热搜。

盛卷卷看得胆战心惊，昨天她才知道于蓉蓉父母的事，今天网上就有了爆料。显然是有人故意放料。而且周路说消息已经被封锁了，那爆料的人身份和动机就很可疑了。

盛卷卷隐隐觉得有一只看不见的手伸了出来。

原定今晚的第二次咨询自然也做不了了。大老板这个从来不关注娱乐圈的人都听说此事了，他让盛卷卷适当多关心关心季策，维系好客户关系。

晚上，盛卷卷又到了别墅区，门卫已经认识她了，不用登记就直接放她进去了。她心里想着事，恍惚间竟又不知不觉地走到了季策家门前。

屋内依然没有开灯，像前几个晚上一样。

盛卷卷觉得很累。心一直提着，能不累吗？

她抱膝坐在门前的台阶上，心想自己这次恋爱谈得太不值了。甜蜜时间还没二十四小时，痛苦时光却翻了这么多倍。等季策回来，一定要他补上。哪有这样的？多亏她心地善良，不然失联超过三天就可以单方面宣布分手了。

盛卷卷胡思乱想着，努力调节着自己的心情。

不知道过了多久，一道车光射了过来。她将头埋在双臂间避开车灯，等了一会儿她觉得周围安静了，听不见发动机的声音，但车灯还亮着。她奇怪地抬起头，用手挡在眼前，向前看去。

车灯太亮，盛卷卷什么也看不清。她不由暗骂，谁这么缺德，把车停这儿。她挡了一会儿，车灯还亮着，便有点生气，想起身过去质问一番。还没等站起来，她就发现前方出现一个黑影，从灯光处走了出来。

高大的身形，逆光而来。

盛卷卷的心跳突然漏了一拍，她呆呆地看着那个人，连呼吸都忘了。

黑影走到她面前，站定。

“卷卷。”熟悉的低沉嗓音，有些暗哑，有点颤抖。

盛卷卷的眼泪唰地就流了下来，她仰着头，对他伸出双臂。

季策一把将她抱起，用力地抱在怀中。盛卷卷死死地抱住他的脖子，将脸埋在他的肩窝，用力呼吸。闻着他身上的气味，她的身体不由自主地颤抖，眼泪也流个不停。

季策感受到她的颤抖，不停地叫着她的名字，一只手按在她的后脑勺，不断地摩挲着，安抚她。

车灯不知何时灭了，周围很暗，只有白幽幽的路灯散点光过来。盛卷卷哭够了，抬起头，捧着季策的脸，二话不说，狠狠地吻了上去。

她的吻毫无章法可言，急切又粗鲁，只为唇舌纠缠，发泄情绪。

季策全盘接纳，循循安抚，直到盛卷卷僵硬的身体软了下来。他深深吮吸了一下她的唇，才缓缓分开。然后打横将她抱起，开门进屋。

盛卷卷此时的情绪稍微稳定了些，她发觉自己太失态了，有些不好意思。她偷偷地将眼泪鼻涕在季策的高级衬衫上蹭了个干净，然后挣扎着要下地。

季策紧了紧胳膊，笑道："我这还没抱热乎就想跑？"

盛卷卷将手放在他胸膛上，厚着脸皮道："我是怕你太热啦。"

季策的眼眸变深，他坐在沙发上，顺势让盛卷卷跨坐在自己的腿上。

这个姿势让两人面对面地贴着。盛卷卷有点不好意思，她的臀部紧贴着季策的大腿，一抬头，就能感受到他温热的呼吸。她将双手抵放在季策胸前，隔出一个安全的心理空间。

"看着我。"季策的眼睛比往常要亮很多，令人不敢直视。

盛卷卷勉强和他对视几秒，就脸红心跳地想逃，她第一次从季策眼中读出了外放的情绪。

热切、渴望和占有欲。强烈的侵略感，扑面而来。

季策用手扶住她的细腰，控制住她不安分的身体，拇指在她的腰侧不断抚摸，意味明显。

盛卷卷控制不住自己的身体想往下滑，被他抚摸过的地方像着了火一样，烧得她无处可逃。

"别，别……"她将头抵在他的下巴上，轻声反抗。

季策低声笑起来，他拉过盛卷卷的胳膊，让她双手环在自己脖子上，在她耳边低声道："千万不要对男人说'别''不要'这种话，尤其是坐在男人身上的时候。"

听他用低沉的嗓音说出这种意味深长的话，盛卷卷的脸立刻爆红，身体有些酥麻，现在的她对季策毫无抵抗能力。

季策低下头，轻啄她的额头，眉心、眼睛、鼻尖……顿了几秒，他一口含住面前这张已经微启的红唇，辗转厮磨，试探挑逗，随即又狠狠吻住，既温柔又强势。

季策强迫自己放开怀中的人，与她额头相抵，平复着喘息。

电话是苏秘书打来的，向他汇报了一些公司的事。

挂了电话，季策转过头，勾起嘴角坏笑道："要继续吗？"

啊呸！

盛卷卷面红耳赤，迅速坐到一米开外，和这条大灰狼保持距离。

季策见状，忍不住笑出声，他追过去，坐在她身边，伸手将她揽进怀里，嘲笑她："跑什么，瞧你这点出息。"

"怕了你啦！"盛卷卷求饶，她清醒地认识到自己不是季策的对手，差距貌似还有点大。

季策笑了一会儿，没有再说话，盛卷卷也安安静静地靠在他怀里。室内一时有股静谧的温馨感。

"每天晚上都来等我吗？"季策突然问。

盛卷卷鼓了鼓腮帮子，不满道："对！才当了一天的男朋友就撂挑子玩消失，我不得过来讨个说法吗？"

季策忍住笑，逗她："哦？想讨个什么样的说法？"

盛卷卷哼了两声，强烈地控诉："你以为有钱就可以玩弄我的感情了吗？"

不等季策回应，她自问自答："没错，有钱就可以！"

季策笑得肩膀剧烈抖动："请继续你的表演。"

盛卷卷故作狰狞状，双手成爪，掐住季策的脖子，嘿嘿笑道："得不到你的人，就要得到你的钱！先拿出两个亿来，不然……"

季策顺势又捏住她的腰，在她腰线上轻轻一掐，盛卷卷立刻"啊"了一声，身子一软，倾倒在季策的怀里。

"两个亿？胃口太大，我怕你吃不下，我看你还是乖乖地要人吧。"

盛卷卷哈哈地笑了起来，她这几天无处安放的心终于落了地，轻松得想要飞起来。她不想去问现在是什么情况了，不想知道于蓉蓉的死和他有没有关系，也不想去在意什么真相，她只想紧紧抱住眼前的人，感受手中还有身体紧贴的真实感。

她抚上季策的脸颊，他下巴上泛青的胡碴有点扎手。她仰头在他下巴上亲了一口，然后有些害羞地把头埋在季策怀里，东嗅嗅西嗅嗅，像个霸占领地的小狗，就差抬腿……

季策这一周没回家，也没洗澡，被她这么一嗅，顿时觉得尴尬。

“我先洗个澡，等会儿让你闻个够。”季策将她拎了起来。

季策去了卫生间，盛卷卷在各个房间东看看西看看，最后还跑到卧室里，在季策那张巨大的床上偷偷翻滚了一圈。

之前来不好意思进卧室，现在嘛，名正言顺！

转了一圈后，她终于确信，季策的确是单身，这豪宅里没有一丝女人的气息。

之前她还在心里嘀咕，传言季策女朋友一三五、二四六都不带重样的，她还担心不会就是他的周六女友吧。

现在盛卷卷彻底放心了。

她歪在卧室里阳台上的懒人沙发里等季策，一个星期紧绷的情绪松懈下来后，困意上头，没过几秒钟就睡着了。

等季策洗完澡出来，发现盛卷卷又不见了。恐惧感瞬间袭上心头，他强力压下心中的不安，稳了稳情绪。盛卷卷的手机还在茶几上，人肯定没走。主卧开着灯，他快步走进去，用了一分钟才在阳台上找到熟睡的盛卷卷。季策轻舒了一口气，他蹲在她面前，看着她甜甜的睡颜，胸口有一丝暖意缓缓上升，像一朵棉花糖，逐渐充盈整个胸口。

他轻柔地抱起她，将她放在大床上，随即自己也躺上去，侧着身体从背后搂住她。

盛卷卷娇小的身体被他包裹住，她身上甜甜的气息涌入鼻尖，几个晚上都没有睡觉的季策以从没想象过的速度快速入眠了。

而且，一夜无梦。

清晨六点，极少能一觉睡这么久的季策首先醒了，第一次有醒来不知人在何处的感觉。

通俗地说，他就是睡懵圈了。

尤其是他发现身边竟然还睡了一个人。

盛卷卷脸侧着，对着他，趴着睡得正香。

季策花了十几秒才回想起昨晚的事。

他欠起身，靠在床头，手习惯性地去床头找烟，伸到一半又缩了回去。他捏了捏眉心，闭上眼理了理思绪。

他有轻微的睡眠障碍，入睡困难，如果身边有人，基本很难睡着。平时睡前他都会听音乐来辅助入睡，这也是他开车不听音乐的原因。

他在于蓉蓉的自杀现场，恐高症发作，几个晚上都无法睡好觉，噩梦缠身。但昨晚，他搂着盛卷卷，好像没多久就睡着了，而且一觉睡到现在。这种睡饱了之后的神清气爽之感，简直爽翻天。

季策低头看着盛卷卷被挤压得变形的小脸，她的嘴巴微微嘟起，甜美又稚气。他忍不住俯下身，在她脸颊上亲了一口，一口，又一口……

盛卷卷睡得太香了，丝毫不为所动。

季策又躺下陪她睡了会儿，时不时地骚扰她一下，但人家就是吵不醒，让季策羡慕不已。

他躺到天微微亮，实在躺不住了，只能放弃怀中的小美人，起床了。

最后，盛卷卷是被小笼包的香气馋醒的。她醒后，皱起鼻子闻一闻，“嗷呜”一声跳下床，然后才发现自己竟然睡在季策的床上……

那季策呢？

他们昨晚是不是睡一起了？！

天呐！她竟然睡得人事不省，完全错过了这么难得的机会。

盛卷卷扒拉几下头发，顺着小笼包的味道找了出去。

餐厅上摆着五六种早餐，一看就是早餐铺买来的。最搞笑的是，小笼包的蒸笼还冒着热气。

季策正在摆放碗筷，就见盛卷卷顶着一头乱发，睡眼惺忪，衣衫凌乱地走了过来，他忍不住抽了抽嘴角。

这姑娘还真是小可爱中的一股清流。

盛卷卷一见到季策就用幽怨的眼神上下来回打量他。

他穿着浅灰色的长袖家居服，扣子扣得很整齐，只露出领口的一小块肌肤，完全不够看。

“你这是什么表情？生气了？”季策被她看得心里发毛，以为她是对昨晚没经过她同意就让她睡在这儿不满。

盛卷卷认真又严肃地点头。

季策心知理亏，现在只能打死不承认了，他咳了一声，解释道：“你别生气，我昨天睡在客房，你是一个人睡的。”

没想到，盛卷卷听完后，愣了几秒，然后大声喊道：“季策！你竟然睡客房，放着我这么一个如花似玉的小仙女，竟然一个人去睡客房！”

她的胸脯上下起伏，继续强烈控诉着：“你是想气死我吗？”说完她三步两步窜到季策面前，瞪着眼睛，气鼓鼓地接着说，“你这是对我的侮辱，你知道不知道？”

季策被她唬得愣了能有十秒钟，等他反应过来后，简直笑岔了气。

他怎么招惹了这么个神经病？

“来来来，小仙女，你先去镜子前欣赏一下，然后再告诉我什么叫如花似玉。”季策扶着桌子，笑得喘不上气。

“季策！”盛卷卷立刻炸毛了，扑了上来，“不行，你要赔我精神损失费！”

“要钱没有。”季策忙接住她，搂着她的腰，“你看我值不值两个亿？”

盛卷卷贼笑两声，冷不丁用爪子捧住他的脸，揉搓一番，然后在他唇上亲了一口，笑道：“让我尝尝两个亿的味道。”

既然她主动送上来，季策当然没有平白放过的道理。他将人扣在身下，反客为主，不同于盛卷卷刚才的浅尝辄止，他强硬地挑开她的唇，探入其中。出人意料的软甜，让他沉溺其中无法自拔。

盛卷卷被他灼热的气息笼罩着，浑身软得提不起一丝力气，只能任由他采撷。

再吻下去就要过火了，季策耐住性子，最后轻啄一下她的唇，放开了她。

“两个亿的味道还满意吗？”季策的眼角眉梢都是餍足。

盛卷卷只觉得浑身烫得可以煎鸡蛋了，她搂着季策的脖子不撒手，把整个脸都埋在他的肩窝里。

好丢人，她不是没接过吻，但能一个吻就让她魂飞天外的也没几个。

“好了好了，知道你满意，快出来透透气。”季策低声笑了，手从她后背向下流连，抚到腰上。纤纤一握，正好适合他。

“我想告诉你一个事。”盛卷卷不抬头，闷声道。

“嗯？”

“我刚起床，还没有刷牙……”盛卷卷扭了扭腰，非常不好意思。

季策哑然失笑，把她从怀中拉出来，也不说话，低下头，想用行动表示，他不在意。

盛卷卷忙捂住嘴巴，推开季策，逃进卫生间洗漱去了。

吃完早饭，季策把盛卷卷送回家，他还要去公司处理事情。

“别担心，没事的，晚上我来接你，带你去同庆楼吃饺子。”季策见盛卷卷一直以来的笑脸上露出担心的神色，安抚道。

盛卷卷欲言又止，最后乖乖地点了点头，目送他离开。

这个时候她多问了也没用，还会让季策心烦，等消息吧。

这几天辰星影视各个部门二十四小时连轴转，组成重大事件应急小组，季策还没到公司，应急组负责人杨炎就在他的办公室等着了。

“查出来了，于蓉蓉父母在于蓉蓉跳楼当天就接到一个匿名快递，是从H市的一个小山村寄过来的，里面有一份名单，她父母就是联系了名单里面的人，才会有现在的一系列动作。”

季策问：“名单拿到了吗？”

杨炎摇头：“还没有，但可以想象出来，逃不出那几家，没准全都参与了。”

季策沉默不语，半晌道：“准备长期盯着她父母，那个寄快递的人应该还会有后续动作。”

杨炎：“好的。”

“对了，警方的调查结果出来了，于蓉蓉排除他杀，确定为自杀。并且，于蓉蓉生前患有抑郁症，并有长期服药的经历。”杨炎将手中的资料放到季策面前。

季策把资料翻看了一遍，然后陷入了沉思。

此次事件隐隐让他有个猜想——这是一次里应外合的事件。

换句话说，公司有内鬼，职位还不低。

季策从资料里抽出一张照片，冷眼凝视。这张照片来得蹊跷，他从没见过。他甚至连于蓉蓉是谁都不知道，怎么可能和她有合影？

照片角度非常刁钻，有效细节都没有拍进来。他想了很久才从穿着衣饰上推断出，是前年公司的高层年会上被偷拍的。当时他喝了不少，在休息区合眼休息了十多分钟。至于于蓉蓉为什么会出现在那里，并且还靠躺在他肩膀上，被拍了照片，他竟然一无所知。

季策冷笑道：“前年的公司高层年会，于蓉蓉为什么会参加？还有这谁拍的照片？两年了都没有动作，偏偏她死了之后才出现在她父母手里。这里面的鬼，值得深挖。”

杨炎也想到了，一脸凝重，补充道：“而且这也说明，这次不一定全是那几家在趁火打劫，可能还有别人，并且这个人预谋很久了，于蓉蓉的死可能只是一个开始。”

季策冷笑：“无论是谁，总是有动机的。只要他有动机，就一定会有把柄。”

杨炎一直很佩服季策的手段，明明年纪轻轻，城府和手腕却一样不缺。

“那几家你先不用管，趁火打劫也要看他们有没有实力。等一下十点左右应急组开个会。于蓉蓉的追悼会要尽快开，不能再拖了。她父母那边你要亲自去处理，特殊时期特殊手段，钱这方面由着他们。”

杨炎冷笑：“我和他们接触过几次，无知者无畏，冲着钱来的可能性大，我马上就约他们见面，尽快将追悼会的日期定下来。”

季策“嗯”了一声，又吩咐道，“趁着这次，把公司清一遍底儿。”

杨炎走后，苏秘书送咖啡进来，并把今天一天的会议安排做了汇报。

季策点了点头，接过咖啡，抿了一口，焦香浓郁，沁人肺腑。他突然在这个关头想起了和盛卷卷认识的过程。

她还欠自己一杯咖啡，找机会一定要讨回来。

想着，季策的嘴角不自觉地扬了起来。

苏秘书看得有点发怔，她在一旁小心等候着，她觉得季总今天心情莫名地好，相比前几天的超强低气压，今天可以说是艳阳高照了。

几秒后，季策恢复了冷峻的神色：“在午休时间安排一个短会，制作部和公关部参加。”

他要解决《欢乐时光》剧组的后续问题。

苏秘书犹豫了一下，问：“您中午要不要先休息一下？会可以往后推一点，晚点再开。”

她知道公司正处于特殊状态，但季策这么连轴转下去，身体会吃不消的。

季策摇头，他要早点忙完下班，有人还等着吃饺子呢。

开了一天的会后，辰星影视做了两件事。

第一件事是发表了一篇悼文，表达公司对痛失一名优秀艺人的惋惜和悲痛之情，言辞恳切，毫不做作。

第二件事便是对先前网络上“金主”等传言做出辟谣。公布了于蓉蓉和其他人参加《欢乐时光》剧组试镜的视频，演技高低，一目了然，强有力地驳斥了于蓉蓉被金主故意雪藏的传言。

这个手段非常老辣，没有用过多的语言去解释辟谣，以免被人过度解读，拿来做文章。

辰星这种一软一硬的做法，堪称公关界模板了。

与此同时，警方今天再次发了通报，公布了调查结果，正式确认于蓉蓉为自杀。

网上的关注点在辰星公关部的操作下，逐渐向《欢乐时光》剧组能否继续开拍方面倾斜。

“《欢乐时光》要停拍”，这个话题被刷上了热搜第一。于蓉蓉跳楼的话题终于下了前三。

艺人助理纷纷在网上隐晦地表示，自己艺人精神受到极大刺激，目前生病了，无法参加任何拍摄和活动。粉丝们的注意力一下子就转移到自家偶像身上来了。

“谁见了那么血腥的画面都要睡不着觉的啊，我家小姐姐本来就娇弱，怎么能受得了这种刺激，肯定吓坏了，心疼死了！”

“就是就是，我家小哥哥拍戏再累从来也不叫苦，冰天雪地都二话不说跳水池，不用替身，这么敬业的人现在竟然都卧病不起了，可想而知他受到多么大的伤害了。”

“我有朋友当时就在现场，回去后就高烧不断，现在根本不敢一个人待着，差点被吓出精神病。”

“虽然说死者为大，可说句不好听的，如果想自杀，还请安安静静地自杀，不要给无辜的人带来伤害。”

“你们还是人吗？人家一条活生生的命没了！你们还在说这样的话？ X家粉丝泯灭人性啊！ X家一生黑。”

“呵呵，先把你屁股擦干净再说话，以为装路人喷粪两句，别人就不知道你是谁家粉，Y家粉丝要点脸！”

“呵呵，只要说X家不好的全都是Y家粉丝，X家粉丝脸怎么这么大？”

“抱走我Y，你们掐你们的，有我们什么事啊？”

大花小生的粉丝战斗力惊人，掐起架来，腥风血雨，一时网络上的话题热度飙升。

从公司出来时，天将要黑下。季策揉捏着太阳穴，翻着手机。

很奇怪，盛卷卷一整天都没有给他发消息。他有点着急，想见到盛卷卷的心情有些迫切。一路疾驰，很快就到了盛卷卷家楼下。盛卷卷接到电话时正在忙，她让季策上楼来等。

“这么快就下班了？怎么不提前告诉我一声？你看我都没有时间打扮一下。”

盛卷卷举着沾满白面的双手圈在季策脖子上，撒着娇。

季策的手顺势从她宽松的睡衣下摆探了进去，捏住她的小腰。

盛卷卷惊呼一声，身体一软，双手就扒在了季策肩膀上，手上的白面蹭在了他的西装上。

“干吗偷袭我！”她扭着腰道。

季策不放手，上下抚摸，爱不释手。他附在她耳边低语：“你这腰怎么长的，天生诱人。”

热气呼在耳后，盛卷卷的耳朵尖都红了。

季策撩起人来，真让人招架不住。

但她不能退缩，她踮起脚，拉下季策脖子，亲了上去，胡乱吻了一通，然后也学着他的语气，轻笑道：“你这嘴巴怎么长的，天生诱人。”

季策岂能放过她，身体力行地告诉她，嘴巴是怎么长的，唇舌是用来干什么的。

两人腻歪一番，盛卷卷手上的白面也蹭干净了。

“你在干吗？”季策脱下西装外套扔在一边问。

盛卷卷拉着他去厨房，料理台上放着面板，一旁摆放着数十个包好的小饺子，各个圆滚滚的，非常可爱。

盛卷卷指着剩下的一点肉馅道：“你去歇会儿，我马上就包完了，今天请你吃我无敌好吃的私房馅儿饺子！”

季策笑道："不是说带你去同庆楼吃饺子吗？我都订好位了。"

盛卷卷说："出去吃饭多累啊，你今天都忙一天了，再说，我包的饺子比同庆楼的好吃一百倍！"

季策十分好奇地靠在厨房的门框上，看着盛卷卷的手指灵活翻飞，一个个小饺子就包好了。

"你还会包饺子？"季策凑到盛卷卷身边。

"我会的还多着呢。"盛卷卷歪头对他狡黠一笑，"你可要对我好哦，不然失去了本宝宝，你失去的就太多了。"

季策捏捏她的脸蛋，轻轻一扯："我对你还不够好？小没良心的。"

盛卷卷撅起嘴巴，翻起旧账："才恋爱一天就失联，要不是我心地善良，哼哼，你早已经失去本宝宝了。"

季策改捏为抚摸，捧起她的脸，在她唇上亲了一口，坏笑道："好好好，都是我的错，今晚补偿你怎么样？"

盛卷卷斜睨了他一眼，两颊却不争气地红了起来，忙把他推到客厅里去看电视。

等她煮好饺子，摆好了碗筷，才叫季策来吃饭。到了客厅一看，季策已经歪在沙发上睡着了。她蹲在他面前，拨开他额前的发丝，看着他有些发黑的眼窝，心疼不已。这几天季策有多忙，不用问她都能猜到。

"怎么不叫我？"感觉到面前有人，季策很快就睁开了眼。

"想让你多睡会儿。"盛卷卷低声说着，眼底的心疼溢于言表。

季策心中一暖，整个人都轻松了不少。他起身揉了揉她的头发，说了句"傻瓜"，才去洗手吃饭。

坐到餐桌前，季策眼前一亮。出锅后的饺子更是圆滚滚的，憨态可掬，盛卷卷手艺真的很不错，皮薄馅大，闻着肉香四溢，咬一口便流汁。沾着自制的调料蒜汁，鲜香爽口。

如果每天下班回家都能吃上这样可口的饭菜，就算忙死他也情愿。

尤其是坐在对面的盛卷卷，吃几口饺子，就会伸出粉色小舌舔一舔唇。季策越吃越饿，瞅着盛卷卷的眼睛都放光。

盛卷卷吃得正香，冷不丁抬头看见季策的眼神，很是不解："怎么不吃，不好吃吗？"

季策目光微闪，指了指盛卷卷道：“我怎么觉得你的比我的好吃呢？”

“不会呀，都是一样的。”

“肯定不一样。”

“不可能不一样！”

“你给我尝尝。”

盛卷卷无奈，只好从自己碗里挑一个品相比较好的送到他碗里：“你尝尝一样吗？”

季策还是不吃，在盛卷卷不解的目光下，他探着身子，飞快地在她的唇上吮吸一口，然后煞有介事道：“是比我的好吃。”

盛卷卷愣住，几秒后才回神，她的心尖颤了颤，脸都红了，嘟着小嘴：“不许撩我，好好吃饭！”

季策笑得眼睛眯成一条线，手撑在下巴上，坏笑：“我怎么就没有好好吃饭了？”

明知故问！

盛卷卷瞪他，眼波流转，在灯光辉映下，像是有光在闪烁。

季策看着看着，目光就灼热起来。

盛卷卷被他看得心跳都乱了，伸手要去盖他的眼睛，口中不依：“你看得我都没法吃饭啦！”

季策闷声笑着，也不说话，微微一抬下巴，舌尖在她掌心轻触。

盛卷卷只觉得一股电流从掌心直上头顶，半边身体都软了。

见状，季策才满意，他握住盛卷卷柔若无骨的小手，抵在唇边，目光灼灼：“没办法，谁让小卷卷如此动人呢？”

也许是暖气太热，也许是情话太甜。在这一瞬间，盛卷卷觉得自己像一只即将扑火的飞蛾，不由自主地陷入季策滚烫的掌心。

吃完饭，季策按住盛卷卷，主动收拾起碗筷。他背对着餐厅洗碗，衬衫挽起袖子，露出结实的手臂，长腿包裹在剪裁得当的西装裤下，笔直修长，衬衫扎进西裤，皮带勾勒出精瘦的腰身，臀部轮廓令人想入非非。

盛卷卷拿出手机又是拍照又是录像，悉数偷偷收藏起来。

扔下手机，她悄悄走过过去，从背后抱住季策。

啊，这宽肩瘦腰窄臀，全是她的！

饱暖思淫欲，这句话一点不假。盛卷卷的心开始躁动不安起来，手也开始不老实了，偷偷往不该摸的地方摸去。

季策手上还沾着洗洁精，没有及时制止那双不老实的小手，只能任由她扯出扎进西裤里的衬衫下摆，热乎乎的小手就贴住了他的腰部。

手下的肌肉紧实有弹性，肌肤光滑，小手在腰侧抚摸几把，随后手指头戳了几下，感受到了肌肉的韧性。摸了几把还不满足，小手顺着腰线向前摸到了腹部，入手就是几块凹凸有致的腹肌！

哇！赶紧摸摸有几块！

盛卷卷玩得高兴，全然不知季策已经擦干净手，好整以暇地低头看着她玩。此时见她不知死活地在男人的敏感地带上四处放火，忍不住轻轻“哼”了一声。

“很满意？”季策的声音低沉充满磁性。

盛卷卷毫无察觉，连声“嗯”着。

他立刻一把按住了那双作乱的小手，脚下一旋，已将盛卷卷控制在怀里。

“既然你这么满意，那就好办了。”季策抵着她的额头，轻声吐气，意味深长。

一落入火热的怀抱中，盛卷卷再无刚才的嚣张气焰。她看得出季策眼中的深邃，也明白那对男人来说意味着什么。

“我错啦。”她非常识时务地服输。

“错哪儿了？”季策的手从她的腰侧滑入，在她的腰线处抚摸着，漫不经心地问。

盛卷卷有点痒，扭着腰想要躲，却逃不掉，只好赶紧老实求饶：“不该摸你，不该……好奇你有没有腹肌！”

“哦？这样啊。”季策笑得邪气十足，“那倒是我的错，我应该主动带你详细深入认识一下的。”

“臭流氓！”听出他的言下之意，盛卷卷又羞又怕，顾不上许多，低声骂了一句，用力推开他。

季策被她推得身子歪向一边，他顺势慵懒地靠在料理台上，双手抱胸，目光肆意地追着慌乱逃跑的盛卷卷，忍不住舔了舔唇。

不可否认，他对盛卷卷的渴望越来越多了。

她身上好像有魔力，她的一举一动，都让他心动不已，而他的耐心也超出了自己的想象。

今天是周六，没什么意外，盛卷卷是要开直播的。但季策一直赖着不走，她有些不好意思当着季策的面唱歌。她有心想让季策早点回去，但又开不了口赶人。整个人就显得有点焦虑。

季策看出了她的不自在，以为她是因为于蓉蓉案件担心，想了想就主动和她说起了案情细节。

“怎么突然和我说这个？”盛卷卷有些诧异。

季策：“你一直都没开口问，我怕你一个人乱想担心。”

盛卷卷了然，她轻声道：“这件事本就让你很烦，我再追着问，岂不是让你更心烦了。”

没想到会是这个回答，季策不禁认真打量她，拉起她的手，摩挲片刻才开口道：“以后想知道什么就问，对我你不用这么小心翼翼。”

干燥温热的大手包裹住她的手掌，五指交握，盛卷卷可以感受到他发自内心的温柔。

在她的认知里，季策是一个很难触碰到他内心的人，他的戒备心非常强，表面上却可以做到亲和。尤其是熟识后，他很像一阵春风，吹得人和煦舒适，但始终触碰不到他。然而此刻，她好像偶尔会触碰到一些他温柔的内在。

盛卷卷反手紧紧握住他，她非常想要和他靠得更近。

“于蓉蓉自杀是不是还有别的原因？”盛卷卷问出了自己最大的疑惑。

季策有点惊讶，惊讶于盛卷卷的敏感度。

“于蓉蓉自杀并没有想象中的复杂。她生前患有抑郁症，这应该是她自杀的最大原因，但不排除有人利用了她的病，推波助澜。”

虽然从表面上看不复杂，但蓄意利用，背后操控者的意图就更令人深思了，像是针对辰星，但季策隐隐觉得没有这么简单。这些他觉得就没必要说出来让盛卷卷担心了。

盛卷卷稍稍松口气，这种跳楼自杀的人基本上都有些心理障碍，她之前隐隐有这方面的猜测。一个心理健康的人，即便难过痛苦到想死，但对面对死亡时的恐惧感也会压过那些痛苦。

“她微博上的那些话可以确定是她自己发的吗？”盛卷卷想了想又问。

季策点点头，于蓉蓉的微博一直是她自己在用，警方也确认是从她私人手机里发出的微博。

“那她可能不仅仅患有抑郁症，如果没有别的原因，她的行为很难用抑郁症来解释。”盛卷卷提出她一直以来不安的原因，继续说，“正常来说，抑郁症会让人对所有事情失去兴趣，丧失活力。人的感知会滞后、空白，感情也处于枯竭状态，没有喜悦，也没有仇恨，觉得活着很痛苦，死亡很轻松。如果没有其他原因，于蓉蓉在临死前不会发这么一条感情非常强烈，带着仇恨色彩的微博。”

盛卷卷缓缓说出自己的看法，她边说边思考，语速不急不缓，引着季策随她一起思考。

“另一方面，她自杀的方式就很有问题。大多数抑郁症患者都会选择悄悄地自杀，悄无声息地死去。而于蓉蓉采用如此激烈、报复意图强烈的方式自杀，就很不符合单纯抑郁症患者的心理特征。”

说出困扰自己这么多天的问题后，盛卷卷觉得轻松了许多。季策的神色却越来越凝重，他的嘴唇紧紧抿成一条线，下颚线条紧绷，手上不自觉地用了些力气，握得盛卷卷有点疼。

“怎么了？”盛卷卷忍住疼痛没有将手抽出来，轻声问他。

季策立刻惊觉，松开手：“对不起，对不起，弄疼你了吗？”

盛卷卷摇头说没有，季策沉沉地吐了一口气，把于蓉蓉父母收到的神秘快递、于蓉蓉和自己在年会上的合照、于蓉蓉手机里给自己前号码发的短信这些目前被封锁住的消息告诉了盛卷卷。

盛卷卷听得后背一凉，凉气顺着后背一路向上。

事情远比她想象的要复杂。

她担心地看着季策：“是有人在针对你吗？”

见她一语道破了他一直隐隐有预感的事，季策突然笑了起来，他轻轻捏了捏她的手，逗她：“是啊，怎么办？我好害怕。”

盛卷卷见他这个时候还没个正形，不由急道：“说正经的呢。”

季策将她的手拽到嘴边，轻轻吻了吻，笑道：“你是不了解我的实力吗？不用为我担心，我会处理好的。我和你说这些是为了让你安心，了解全部过程，不是为了让你为我操心的。明白吗？”

今天是盛卷卷第一次感觉到这个站在金字塔顶端的男人，发自内心的温柔和体贴。

“你平时晚上在家都做些什么？”季策转了话题，他开始想要更多地了解盛卷卷。

“唔，看心情，有时候做做手工拼图什么的，有时候就想无所事事地看剧打发时间。”盛卷卷带季策去参观她的房间。

盛卷卷有一个专门的休息室，里面有手工桌，还有一套唱歌设备。盛卷卷原意是带季策参观一下她的手工成果，但眼见的季策一眼就看到了音响设备。

“你还唱歌呢？”季策虽然口中这么问着，面上却没什么惊奇之色，很自然地走过去，坐在话筒前调整姿势。

盛卷卷稍微羞赧了一下，也就放松了下来。她走过去，开了电脑，把今晚要直播唱歌的事说了。

季策嘴角含笑，拍了拍手，一副非常期待的样子。

盛卷卷看时间差不多了，简单化了个妆，就开了直播。

因为季策在场，她还是有点放不开，随便唱了两首就下了，也没发现一直不缺席的腿哥今天没有出现。

她唱完后，季策上前就搂住了她的腰，一脸满足地笑道：“我是不是捡到宝了？”

盛卷卷微微向后仰着，歪着头坏笑：“意不意外，惊不惊喜？”

季策爱极了她这古灵精怪娇俏可人的小模样，她得意的小表情像有什么特别的魔力，一点点勾出他的心。

他附在盛卷卷耳边，哑声道：“今晚我能留下吗？”

第十章

公开 这是我的女朋友

呼呼的冷风告诉他——做梦！

进度太快，被赶出门是必然的。

季策一脸郁闷地回到自己的住处，打定主意要找机会把盛卷卷拐回家。

第二天难得休息，季策先接了盛卷卷去吃早饭，然后哄她去自己家玩。

不是他不想出去约会，只是近期要处理的事太多。他有些抱歉地说：“我争取在元旦前把这件事处理完，然后好好陪你过元旦节。”

盛卷卷迟疑了一下才点头。她想了想，还是暂时不告诉季策，她元旦可能不能陪他一起过了。

每年元旦都是他们全家的出游日。

盛卷卷也看出来了，季策是真的忙，一上午电话就没停下来过。但他为了陪她，每个电话说不了两句话就挂了。看得盛卷卷实在着急，最后直接把他推到书房，让他专心处理公事，自己跑到厨房捣鼓吃食。

季策没有再推辞，为了节省时间，他直接开了视频会议。

网络上于蓉蓉自杀的热度虽然稍减，但依然是关注焦点，尤其是距离事发已经过去七天，辰星依然没有公布开追悼会的时间，引得网上舆论纷纷，谣言满天飞。

昨天晚上就有几个营销号发文带节奏，爆料辰星包庇金主，于蓉蓉父母咽不下这口气，因此才迟迟不同意开追悼会。

网络上的关注点又重回到了金主上，虽然昨天公布了视频，但吃瓜群众还是更多地相信这种带有男女色彩，隐秘刺激的料。很多人在辰星官博下留言，要求辰星将金主公布出来，不然就抵制辰星影视的所有作品。

看来是有人故意放料出去，继续将矛头指向金主一说。

事发后，杨炎就调查过于蓉蓉生前的男女关系。并没有查到不正常的男女关系，相反，于蓉蓉的感情生活非常简单，她最近两年并没有谈男朋友，也没有和哪个异性走得比较近。

至于网上最早八卦出来她出道就被金主捧起来，也不算是子虚乌有，但那个金主并不是辰星的高管，而是一个开发商。两人在两年前就已经和平分手，现在那个开发商捧的也确实是《欢乐时光》剧组里面的一个女演员，只不过不是女二号。

这种爆料套路本就是三分真七分假，偷梁换柱，主要目的是拉辰星下水。

会开到这里，所有人情绪都不太好，看来这对方不把季策给咬出来是不会罢休了。

之前的猜测已经得到证实，对方的目标应该就是季策。

这让公司高层都很郁闷，保护季策是他们精神层面达成一致的目标，现在要被人用这种方式捅出来，谁也不愿意看见。

好在杨炎汇报说已经和于蓉蓉父母达成和解，追悼会初步定在元旦之后。

但季策不同意：“迟则生变，时间拖得太久，不知道对方还会有什么动作，于蓉蓉父母也容易变卦。”他想了想又道，“赶在元旦前把追悼会办了，解决掉这个麻烦，大家好过个轻松点的节日。”

最后，晨星终于把日期定在了下周二，各部门配合，今天就要向媒体公布追悼会的时间、地点、人员等事宜。

于蓉蓉的人际关系比较简单，追悼会规模不会很大。她生前并没有多少圈中好友，微博上和她互动的艺人也很少。而且她也很少用公司给配的助理，平时一个人独来独往，除了拍戏，基本上就宅在家里。

但她死后，圈中非常多的艺人发微博哀悼她。但凡在一个剧组拍过戏的，参加过活动的，都表现得像多年亲密好友一样悲痛欲绝。而八卦看客们又非常吃这一套，纷纷转发回应，感天动地，煽动性极强。这也是推动热度飙升，持续不下的一个重要原因。

值得玩味的是，这些艺人大多都是另外几家影视公司的。

很明显的商业行为。

对此，辰星公关部提议放出黑料，挑几个响应最积极的艺人打脸，将他们在私下场合对于蓉蓉不友好的照片和视频放出去，杀鸡儆猴。

公关部经理杨子涵是个直爽美女，她笑道："这种程度的黑料只是一个小小的警告，想要更黑的，我也能挖出来。"

季策对她很放心，开玩笑道："看来各位要多请请杨总了，不知杨总私下里挖了你们多少黑料，快巴结巴结她。"

其他人都笑了，有人胆子很肥地笑道："要请也是季总先请，我们的黑料肯定没有季总多。"

顿时大家笑成一片，一时紧张了好几天的气氛终于消散了不少。

季策虚空点了点那人，笑道："我肯定是要请的，今年的年会就按照杨总的意思，在国外开，地方任她挑。"

财务经理韩辰第一个跳出来："季总这算不算公款私用啊？我们也要效仿了啊，年会奖品就按照杨总期待的，发她一个男朋友。至于男朋友是谁，大家踊跃报名啊，尤其是季总这样的单身贵族。"

一席话说得众人哄堂大笑，视频会议直接跑题。

杨子涵是出了名的没有男朋友，她平时爽朗又泼辣，在公司横着走，韩辰和她很熟，经常开她玩笑。

这次杨子涵不羞也不恼，大大方方道："韩辰你说的啊，年会不给我发一个男朋友，我找你算账。"

韩辰对着季策挤挤眼："那得让季总带头报名啊，不然没人敢报，只能把我发给你了。"

季策一直笑看他们闹，手中的钢笔转个不停，没有不悦的意思。

杨子涵胆子也大，看了眼季策，笑道："季总要是报名，其他人就自觉点不要报名了，免得伤自尊，我就不点名了啊，某些人心里有数。"

季策忙摆手笑道：“你们俩打情骂俏不要拿我作筏子啊，误伤了我，年会地点就改在家门口的会展中心了。”

韩辰啧啧叹道：“看看，什么叫强权？这就叫强权！我还能说什么。”

季策笑着和他又调侃了几句，突然发现书房门被轻轻推开，露出一个探头探脑的脑袋。他嘴角笑意更甚，直接招手让她进来。

盛卷卷蒸了一锅小包子，想让季策尝一尝，又怕打扰到他，在门外犹豫很久了。

此时见季策对她招手，她以为季策已经忙完了，就很开心地推门走进去，边走还边撒娇：“冰箱什么菜都没有了，下午陪我去趟超市吧。”

一瞬间，视频会议中的若干高层大佬都石化了。

“娱乐圈大佬竟然金屋藏娇！”这个念头同一时间席卷众人心头。

与此同时，众人惊恐地看见，向来冷面的季总竟然像是忘了他们的存在一样。只见他“嗯”了一声，伸手拿起一个圆滚滚的小包子，当着众人的面咬了一口。

“好吃吗？”甜脆脆的声音又响起，引得众人迫切地想要一睹真容。

“好吃。”

杨炎觉得头皮都开始发麻了，老板什么时候对一个女人这么宠溺了！

有人像是受了惊吓一样忍不住咳嗽几声，引起了季策的注意。

季策把目光挪回到屏幕中，轻描淡写地说了句：“不早了，会就开到这儿，都去吃饭吧。”随后也不管众人的反应，直接断了连接。

视频会议一断，众人沉默了一分钟，立刻有人重新拉了一个群，开始了疯狂地八卦起来。

韩辰：“是谁？是谁？刚才说话的是谁？”

某总：“是个女的！”

韩辰：“废话，谁不知道是个女的？我又没聋。”

另一某总：“还是个美女！”

某总：“你怎么知道？”

另一某总：“声音一听就让人酥了，肯定是美女！”

杨炎：“已截屏，准备发给季总，你小子等死吧。”

另一某总：“滚，把这叛徒踢出去。”

韩辰：“有没有人知道刚才是谁啊，季总啥时候开始金屋藏娇了，怎么一点风声都没听见？”

另另一某总：“杨总快出来说话啊，刚才是谁？你肯定能挖出来。”

立刻有人私戳这个缺心眼：“傻子！”

傻子：“骂我干啥？”

杨子涵看着群里飞速滚动的聊天记录，脸色不善，她想着刚才清脆的少女音，带着撒娇和亲昵，令人嫉妒。

在公司里，从上到下，所有的女员工，没有一个人敢用这种语气和季策说话。

曾经有很多自恃貌美不怕死的女人，或私下或公开地想和季策撒娇、碰瓷，但敢于这么尝试的猛士从此都消失了，无一例外。辰星老总不近女色、冷面阎王等称号流传开来。

她是仰仗着工作能力突出，才能在公司里和季策多说几句话，偶尔也能开几句玩笑，但她一直注意着分寸，不敢越界。这还是她第一次看见季策私下和其他女人相处的情形，虽然只是惊鸿一瞥，但足以管中窥豹，从那声撒娇中就可以想象那人是如何被季策宠溺的。

一时间，杨子涵意兴阑珊，直接关掉了电脑。

季策的这番举动，不仅给了众人暴击，也把盛卷卷惊呆了。她本以为季策已经忙完了，万万没想到他还在开会中。那她刚才说的话岂不是全被听去了！

她立刻捂住了嘴，眼睛睁得大大的，震惊之色溢于言表。

“你这是什么表情？”季策三口两口把热乎乎的小包子吃掉，转眼就看见盛卷卷一副像见了鬼一样的表情。

“你……你……”盛卷卷惊得都有些结巴了，她小声问，“你还在开会啊？现在结束了吗？”

“哦，本来就要结束了。”季策随口道，包子很好吃，他忍不住又拿了一个。

“那刚才我说话了！”盛卷卷的声音开始大了起来，“怎么办？怎么办？别人会不会误会？”

“误会什么？”季策不解。

盛卷卷都有些着急了："误会你有女朋友啊！我刚才还叫你陪我去超市，别人听了肯定知道你有女朋友了。"

她边说边后悔，有些埋怨季策不提醒自己，嗔怪地瞪着他。

季策更不解了，他挑了挑眉："我确实有女朋友啊，这是误会吗？"

"啊？"盛卷卷有点懵，张着嘴愣在了原地。

季策见状越发觉得好笑，故意逗她："难道你不是我女朋友吗？"

盛卷卷犹自辩解："可是……可是重点是别人知道了啊。"

"知道怎么了？"季策向后靠在椅子中，好整以暇地道。

盛卷卷顿时噎住了。知道怎么了？一般人是不怎么样，关键是他不是一般人啊！

季策这么多年绯闻满天飞，但还从没见他公开过任何一位女友，哪怕是和阮星空在酒店被拍，他也没出面承认过，给人的印象就是非常神秘。

大佬怎么能让人知道有女友呢，那还怎么保持神秘？

"我谈个女朋友还需要偷偷摸摸吗？"不等她说话，季策又问，理直气壮得很。

好好好，合着是她瞎操心。

盛卷卷气得直咬牙，睨着他："既然你都不怕，那我有什么好怕的，要不要我和他们打个招呼？"

季策这才笑出声来，拉过她的手，把她拽到自己腿上坐着。

"小脑瓜子想什么呢？我什么地方给你'怕别人知道'的错觉了？"季策在她屁股上轻拍了两下，以示不满。

"你以前不都是保密的嘛，可从没见你公开过女朋友。"盛卷卷反驳。

季策不动声色，淡定道："那是因为我以前没女朋友。"

盛卷卷再一次被季策的厚脸皮惊呆了。他没女朋友？鬼才信！这么老土的套路就不要用了吧。

虽然认定这是季策撩妹的套路，但不可否认，女人还都挺吃这一套的。盛卷卷觉得自己的虚荣心都要被季策哄得膨胀了。这种膨胀感在季策提出带她去参加朋友饭局时达到了顶点。

"你和发小们吃饭，我去合适吗？"盛卷卷有点忐忑。

带她去和发小吃饭，这性质又要不一样了。等于她正式以女友身份进入到季策的核心朋友圈了。

再一次从盛卷卷的神色和语气中看出了拒绝，季策也有点受伤："我有这么拿不出手吗？"

盛卷卷在内心咆哮：大佬你别这样，我要膨胀了啊！

在去吃饭的路上，盛卷卷接到了盛母的电话，问她周末怎么又不回家吃饭。她找了个借口糊弄过去了。

挂了电话，她苦着脸对季策说："明天我得回家吃饭了，不然我爸妈得念叨死我。"

"你和你父母关系很好？"

盛卷卷先是点头，随后又一脸无奈："我妈如果少念叨我一点，我们的关系会更好！我爸是妻奴，指望不上他。"

季策点头沉思，几秒后又问："你好像还有个哥哥？"

"是啊！比我大三岁。"盛卷卷想了想说，"你们见过的呀，上次我过生日，给你介绍过的，叫陈绪，还记得吗？"

"陈绪？"季策缓缓道，他当然记得，那个不善的眼神，他印象深刻。而且那晚盛卷卷的反常，让他不能不警惕。

相差三岁，一起长大的异父异母的兄妹。呵，不能怪他心理阴暗。他微微眯起眼睛，在盛卷卷脸上仔细打量着，看不出什么异样。

季策暗暗地叹口气。

中午的饭局约在了三哥的农庄里，季策带着盛卷卷到的时候，已经有几个人先到了。有几个是熟悉的面孔，在她生日 party 上见过，今天这些都是季策的嫡系亲友。

见两人一前一后地走进来，染着一头黄毛的不良青年首先笑嘻嘻地开了口："好久不见啊！卷卷妹妹！"

见人家如此热情，盛卷卷自然也不能落后，刚想笑着回应，就见季策冷哼一声，语气不善："叫什么？"

黄毛不愧是察言观色的一把好手，眼中闪过一丝惊异，但脸色丝毫未变，直接对着盛卷卷下腰九十度，响亮地叫道："嫂子！"

盛卷卷吃了一惊，不知作何反应，一时愣在了当场。

季策这才笑道："回头自罚三杯啊。"

其他人见状也纷纷过来喊嫂子，态度恭敬。

盛卷卷一边客气地和他们打招呼，一边心里暗爽。

她这算不算是大佬的女人？

哈哈。

不一会儿人到齐了，季策端起酒杯道：“今天请大家吃饭，主要有两件事。”说着把手搭上盛卷卷的肩头，对她眨眨眼笑了一下，继续说，“第一就是正式介绍一下，这是盛卷卷，我女朋友，以后，该叫嫂子的叫嫂子，该叫弟妹的叫弟妹。”

话音刚落，唐池就“噗嗤”一声笑了出来，她促狭道：“季策你准备给我们多少改口费啊？”

季策没接她的话茬，眼睛瞥向一旁的周路，说：“管管啊。”

周路闲散地靠在椅背上，一本正经道：“她又没说错。”

其他人纷纷露出一副“周路你怕老婆怕得没救了”的表情。

“我说大勺子，路哥是不是断你零花钱了，策哥交个女朋友你还想着要从中捞一笔。”黄毛跳出来支援季策。

“你叫谁大勺子呢？黄毛别怪我没警告你哦，你爸马上就要知道你的网红小女友了。”唐池顿时炸毛。

两人立刻战成一团，没其他人的事了。

本来盛卷卷还有些紧张，被两人这么一闹，气氛顿时活跃起来，她也渐渐放松下来。

季策端起酒杯，站起来，对众人微微颔首：“第二件事就是谢谢大家。这几天都辛苦了，为我的事忙前忙后的，客气话就不说了，都在酒里。”说着仰头先干了。

有人笑着揶揄：“策哥交了女朋友后斯文多了啊，他之前也没少麻烦我们，什么时候见他这么客气过。”

其他人附和着：“确实，这有女朋友和没有女朋友果然不一样，嫂子教导有方啊。”

有姑娘立刻就要向盛卷卷取经了。

随着他们调侃，盛卷卷很自然地就融入到这个小圈子里了。没有遇到想象中的壁垒，这也让盛卷卷真心佩服季策朋友们的情商。

众人边吃边聊，有人兴致勃勃地问：“你们元旦都去哪儿浪啊？

要不要组个局一起啊？”

“那我可去不了了，我老妈不知道抽什么风，今年元旦一定要全家一起出去玩，我一想就头疼，就是上天我也不想去了。”有人第一个抱怨。

“我得带我的小女友去马尔代夫，没劲，一年得去两次，腻死了。”黄毛也不满道。

“你要是少换点女朋友也能少去几趟。”有人喷他。

“马尔代夫代言人，郑好。”唐池给盛卷卷解释，“每年固定谈两个女朋友，每次必去马尔代夫。”

“要不去哪儿呢？哪有那么多精力搞花样。”黄毛也很无奈，“谁像策哥似的呢，花样多。”

话一说出口，就有人像看死人一样地看着他，目露同情。

黄毛还不自知，继续叨叨，还转头问盛卷卷：“是吧？嫂子，策哥准备带你去哪儿浪啊？”

盛卷卷立刻兴致勃勃地问黄毛：“他都有什么花样啊？说几个给我参考参考。”

“那可就多了，什么冰岛看极光，加勒比海看鲸鱼，撒哈拉沙漠看星星……”黄毛在季策冷峻如刀的目光下，越说声音越小，最后紧张地咽了咽口水。

盛卷卷听得正入神，见他不说了，忙追问：“还有呢？还有呢？”

知道自己嘴上无门闯了大祸，脑门冒汗的黄毛急中生智，全力往回找补：“我不是说策哥花样多啊，我是说我提供的这些思路，策哥都可以参考参考！”

盛卷卷瞅着季策笑眯眯地说道：“这些花样都太高端啦！我没见过什么世面，就想着可以去本市的游乐场玩一玩就满足啦。”

有人笑道：“弟妹你也太会给策哥省钱了，池妹你学学人家。”

黄毛之前说错话了，现在急着想表现，吹捧道：“嫂子这点心愿策哥还不是分分钟就能满足。”

盛卷卷眨巴着大眼睛，一脸期待地看向季策：“真的可以吗？”

季策刚才被黄毛吓出一身冷汗，现在又看盛卷卷这么纯真无辜的表情，只觉得后背发凉，有一种不好的预感油然而生。

黄毛还催促着季策：“是吧？策哥。”

季策这只鸭子只能被赶着上了架，笑着点头说：“这还不容易，带你去。”

盛卷卷满脸欣喜地道：“你答应我啦！可不能耍赖哦，耍赖就是大猩猩！”

见她如此单纯容易满足，众人都笑了：“放心吧，嫂子。策哥男子汉大丈夫一言九鼎。”

季策越发觉得不安。其他人不了解盛卷卷，他可是深有体会，盛卷卷妖孽得很，不可能就这么简单，但他一时也想不出问题所在，在众目睽睽之下只能笑道：“嗯，不耍赖。”

盛卷卷一声欢呼，拍着手笑道：“太好啦，别的项目我也不爱玩，我最大的心愿就是有人陪着我坐坐跳楼机，摩天轮之类的。”

“哈哈哈！嫂子的心愿也太简单了！”黄毛拍腿大笑，笑着笑着就发现只有他一个人在笑，其他人都面露古怪，像是憋着笑，但又要装作若无其事。

季策的太阳穴跳了跳，他就知道盛卷卷虽然面上人畜无害，内心肯定憋着坏。

原来是在这儿等着他呢。

他故作镇定，要在这群损友前维持男人的尊严，但笑容已带上了几分勉强，低声道：“换个心愿怎么样？”

盛卷卷故作惊讶：“可我不懂那么多花样呀。”

原来还是因为之前那茬。季策恨不得一脚把黄毛踢出去，把他的名字存成郑傻子真是一点没错。

他咳了一声，递给盛卷卷一个求饶的眼神。

盛卷卷故意晾了他几秒，才轻轻叹了一口气，撑着脸说：“我又想了想，要不还是去动物园吧，看看大猩猩之类的。”

季策：“你……”

其他人全都背过身，偷偷地狂笑。

小看了这个小嫂子啊，笑眯眯地不动声色就能把季策吃得死死的。怪不得季策要搞个饭局正儿八经地介绍一番，之前可从没见过季策正经介绍过谁。

众人都在心里多了一番衡量。

吃得差不多了，男人们纷纷开始了吞云吐雾外加吹牛模式。今天来的女士少，他们干脆请她们出去玩。唐池不服气还要喷一喷，盛卷卷拉住她说想去看蝴蝶，唐池这才乖乖走掉。

女士们一走，饭桌上就炸了锅。

“你从哪儿找的这么好玩的妹子，策哥你行啊。”有人挤眉弄眼。

“什么妹子，叫嫂子。”季策敲敲桌子。

“你来真的啊？”那人惊讶。

季策但笑不语。

周路吐了一口烟，意味深长地道：“什么真的假的，只有现在的和过去的。”

吴开在一旁坐着不出声，上次季策带盛卷卷过来看蝴蝶，他就直觉不太寻常。季策之前是不缺女伴，生日送礼也从不眨眼，但让他巴巴地花心思送不花钱的礼物，还真没见过。他本来只打算送个差不多的见面礼，幸好自己后来改了主意，顺水推舟送了大礼。如今看来，行了，这礼没白送。

“行了，以后说话都注意点。”季策看向黄毛，“尤其是你。”

“说正经事吧。”周路提醒他。

今天吃饭也是为了把消息汇总一下，季策道：“周路查了于蓉蓉小区三个月的监控录像，发现了一件事。”

周路接过话题：“于蓉蓉除了拍戏，基本都宅在家里不出门。但她每两个星期要开车出一次门，下午六点多出门，第二天早上才回来，不知道是去哪里。而且，她自杀前三天每晚都出门，半夜才回来。”

季策皱眉：“是去见什么人吗？”

周路摇头：“不清楚。”

“查查，这三天她是去见什么人了，而且之前每两个星期就要出门，应该也是去见什么人。”季策越说眉头皱得越紧，“很有可能是同一个人。”

周路：“好，等我消息。”

季策转向另外一个人：“爆料的那些公众号查出来是哪家买的了吗？”

“查出来了，有五家都买了，其中有一家你肯定猜到了。”那人停下来笑了一下。

“山海影视传媒？”季策问。

“bingo（正确）！”那人打了个响指，“就是它，你们辰星的头号竞争对手，他们家算是和你杠上了，踩你踩得最狠，买营销号买得最多，爆的料真实度也最高，其他家虽然也有参与，但大多是滑水。”

黄毛叫道：“哼！冯婷这个老娘们儿是不是疯了？你不就是拒绝了她，非要这么怀恨在心？得不到你的人，就想毁掉？”

“策哥那不叫拒绝好吗，那叫当众打脸，甚至还烧人后院，人家能不记恨吗？”有人怪笑道，“要我说，策哥当年要是从了冯婷，现在娱乐圈你就能横着走了。”

季策睨他一眼，冷哼道：“我横着走还需要靠女人？”

“不用不用，季太子爷到哪儿都是横着走！”

“滚。”

“行了，说正事。”周路把话题拽了回来，“冯婷这女人很有本事，能在娱乐圈站稳脚跟的女人都不能小瞧。”

黄毛笑嘻嘻地道：“是不能小瞧，那可是敢当众扬言要包养策哥的女人。”

话音刚落，房间门就被推开了。一张笑意盈盈的俏脸探了进来：“谁要包养策哥？”

刚才还热闹一片的房间瞬间冷寂。黄毛惊得后背汗毛直立。

季策也没想到盛卷卷会突然进来，他们几个人在一起吹牛皮都习惯了，从来没想过要避讳过谁，因此说话都有点口无遮拦。再说，说的又是实话……他顿时觉得牙疼，今天是出门没看日子吗，怎么这么倒霉？

他想着是强行解释一下，还是直接认了。

没等他想好，盛卷卷就已经走了进来，走到季策身后，搭上他的肩膀，笑道：“包养你要多少钱呀？看看我能不能包得起。”她的笑容里透着狡黠。

在座的都是一愣，随即有人笑了起来：“弟妹可真逗，策子从哪儿挖到你这么一个宝？”

盛卷卷抿着嘴笑看季策一眼，才说：“季策就是聚宝盆啊，不用挖，宝贝自动往里送。”

然后拍了拍季策的肩膀，问：“你说是不是？”

季策听得眼皮直跳，知道今天是不能善终了，他将肩头的小手反握在手心里，回身抬头看她，抿着唇，脸上隐隐带着求饶之色。

像一只可怜巴巴的大狗。

盛卷卷看得心中一乐，忍不住伸手在他头上揉了一把。

众人倒吸一口凉气，睁大着眼看着这千载难逢的一幕。

季策僵了僵，又清了清嗓子，问她：“你怎么回来了，她们呢？”

盛卷卷自然是见好就收，笑道：“唐池说想去泡温泉，我怕时间太长你等着急了，特意回来请示一下。”

她歪着头笑问：“怎么样，准了吗？”

这么乖巧，怎么可能不准。

“别泡太久，免得头晕。”季策叮嘱了几句，起身想送她，却被盛卷卷一把摁下。

“知道啦。”盛卷卷和其他人挥挥手，走了。

“策哥，你完了，男人头女人腰，哪能瞎碰！你竟然让女人摸你的头……”黄毛还没有从刚才的震惊中回过神，盛卷卷一出门他就忍不住嚷嚷起来。

“看破不说破，人艰不拆，懂吗？”旁边的人给了他后脑勺一下子，忍着笑训斥道。

“策哥，你和周路越来越像了，迟早要玩完。”

“看来找女朋友要慎重，大勺子有毒，和她认识的我坚决不要。”

被误伤的唐池打了几个喷嚏，揉了揉鼻子对盛卷卷说：“你也太贴心了，找个人过去说一声就是了，还要亲自回去报备，季策哪来这么大的福气。”

没错，她对盛卷卷和季策在一起这个事实一直不解。这两个人在她看来完全不是一个世界的。盛卷卷虽然也爱玩爱闹爱美色，上大学时谈过好几个高高帅帅的男朋友，但在她看来那都不叫谈，纯粹是闹着玩打发时间，非常小清新了。

盛卷卷在她眼里是个非常单纯可爱的小姑娘，没有心机手腕，被保护得很好，以后就适合找一个能宠着她护着她，有正经家庭正经职业的男人，好好过一辈子。

季策这匹大野狼和她本应该毫无牵扯。一想到季策她就能想到那些狂蜂浪蝶般的女人，真是前赴后继啊，源源不断往他身上贴。他们这个圈子就是这样，巨大的诱惑，你想独善其身都难。

季策也是个中老手，这么多年周旋其中，竟然没有湿过鞋，这心机手腕，让人不敢深思。和他玩，盛卷卷只会被啃得渣都不剩。

再加上他的家世，唐池只能摇头。就是她，也是不敢碰季策的。

但这些话，她不能对盛卷卷说。作为好友，她只好旁敲侧击地提醒她。

“这也没什么。”盛卷卷抿着嘴乐，“而且我要不回去还真听不到那些八卦。”

她把刚才听到了有人要当众包养季策的话说给唐池听。唐池一听就知道是冯婷，趁机给她讲了一遍当年的事。

季策是五年前成立辰星影视，进军娱乐圈的。那时候他刚从国外读书回来，众人都以为他要去季阳集团做接班准备了，没人想到他会出来单干，还选择了娱乐圈。

当时的娱乐圈还不像现在这样百花齐放，几家老牌影视公司盘踞着绝大部分山河，新兴公司连冒头都困难。

但季策有季阳集团做后盾，资金方面自然不用考虑。而且他眼光独到，第一时间发掘了国内 IP（知识产权）资源。现在 IP 已经是被炒烂了，但放在五年前，国内还没有这个概念，热门 IP 还没出现在影视界的视线里。传统影视正处于剧本缺乏、收视率日渐下滑等瓶颈期。

辰星影视一宣告成立，就收购了一大批热门小说、动漫和游戏的影视版权，并于当年就推出了第一部高人气小说改编的古装大剧，一下子火爆国内外，震惊影视圈。

直到此时 IP 才被影视圈重视起来。

辰星抢先的一小步，就让它迅速在影视圈占据了一席之地。

季策和冯婷的梁子也是那个时候结下的。

山海影视算是比较年轻的影视公司，能够和那几家老牌影视公司瓜分娱乐圈这块大蛋糕，冯婷自然是手段了得。

有一次，在季阳集团的慈善晚宴上，向来不参加此类活动的季策，第一次代表辰星出席宴会。那是季策第一次出现在公众视野中，他年轻俊美，气质超群，站在一群中年男人中格外显眼。

众人纷纷赞叹后生可畏。

介绍季策时冯婷并不在，他们是在酒会上遇到的。当时酒过三巡，季策将西装外套脱下，只穿了衬衫，有个应侍生不小心被人撞了一下洒了酒水，季策正好在边上替他接过托盘。结果冯婷就是此时看见了季策，以为他是应侍生，当众就要带他走。

其他人想看热闹，就没有戳破季策的身份。

季策也没恼，只是眼中寒光闪过，他本打算不理会的，抬脚便要走。但冯婷色令智昏，见一个小应侍生竟然敢不给她脸。二话不说直接上手，揽住季策的腰带，想往怀里带。

季策一个不妨被她碰到了腰，顿时大怒。他甩开冯婷的手，冷冷吐了一个字：“滚。”

冯婷当时还笑道：“呵，这么倔？合我胃口。”

季策恶心透顶，直接叫了负责人过来，当众将冯婷赶了出去。

从此，这件事成了娱乐圈的一个大笑话，提及冯婷，总有好事的人把她调戏季家太子爷被当众赶出酒会这件事拿出来讲一讲。

冯婷知道了季策的身份后虽然有点害怕，但这么大的侮辱她怎么能咽下这口气，当即表示和辰星势不两立。她利用在娱乐圈多年积累的人脉，联合多家公司，对辰星围追堵截，不断打压。但这番举动不但没有成功，还被辰星打了一波反击，釜底抽薪，高价挖走了山影的一个当家花旦，抢了本已板上钉钉的某热门游戏的版权，重创山影。

而辰星借着热度，高调宣布重启经典之旅，开启了仙侠游戏改编剧的新高潮。辰星的风头一时无两，彻底在电视剧圈站稳了脚跟。

从此山影和辰星也成了死敌，多年无解。

盛卷卷被这如此劲爆的内部八卦震惊得合不拢嘴。

“季策这个人，就是招人，没办法。天生自带主角光环，走到哪儿都是人形吸睛器，他不招惹别人，但也架不住多的是人觊觎。”唐池见她听得如痴如醉，忍不住给她提了个醒，“你可得看住了，抓紧了。”

“那你家周路就是靠你看住的？”盛卷卷问。

唐池“嘁”了一声，撇撇嘴道：“他看我还来不及，用不着我看着他。”说着脸上的笑意藏也藏不住。

盛卷卷故意撩水泼她，啧啧道：“这狗粮撒得……秀我一脸。”

两人嬉闹一番，都靠在石头上休息。

盛卷卷捧了一手心水放在眼前，然后握拳攥住，水哗啦啦全流了下来。她轻声说：“水怎么可能抓得住呢。”

唐池吃惊地看着她。

盛卷卷的面容恬静，目光认真。

唐池觉得自己可能小看了盛卷卷，没准她真的能降住季策。

第十一章

诱惑 不愿意?

回程路上，季策喝了酒，所以盛卷卷负责开车。

开车不听音乐，盛卷卷总觉得缺了点什么。

“你可以自己唱。”季策喝了不少，懒懒地靠躺在副驾驶座上说。

盛卷卷一想也对，然后就哼起了歌。唱完一首，盛卷卷问：“好听吗？”

听得困意顿起的季策懒懒道：“好听，再唱一首。”

“想听什么？”

“借。”季策闭着眼睛，不假思索道。

“咦，你也知道这首歌？”盛卷卷眼睛一亮，很高兴，以为找到了知音，立刻要和季策讨论一番。

“你为什么喜欢这首歌？”她问。

“唱完你就知道了。”

唱完后，盛卷卷还记得这回事，又问。

回应她的是季策平静的呼吸声。

盛卷卷扭头一看，居然睡着了。

“骗人！还说唱完了告诉我的。”她气哼哼地小声说。

到了市区天已经快黑了，季策是被汽笛声吵醒的，他睁开眼打了个哈欠，抬腕看了看时间。

“盛卷卷，你是一路六十码开回来的吗，这都两小时了还没到家？”季策震惊了，更震惊的是他竟然睡了两小时，最近睡眠质量奇高啊。

盛卷卷很是委屈，小嘴一撅：“我看你睡得香，特意开得慢点的，想让你多睡会儿。”

“好好，我错了，怪我怪我。”季策心里一暖，连忙安抚。

盛卷卷“哼哼”两声，撅着的小嘴慢慢放下了。

“晚上想吃什么？日料怎么样？”季策抛出美食诱饵。

“呃。”盛卷卷心理斗争了几秒，然后拒绝了他，“三哥给的蔬菜水果，我还得给我妈送一趟，晚上肯定就得在家吃了。”

这哪能行？

季策飞速思考，现在才四点多，还不到吃晚饭的时候。

“你父母家住哪儿？”

盛卷卷说了一个小区名字。

真棒！

“那就在前面不远了，顺路过去送一趟吧，不然你还得回去折腾一遍。”他若无其事地提议。

“也对。”盛卷卷见这堵车的路况，想着送完季策还得回家开车，倒腾东西，再回家，太麻烦了，立刻采纳了这个建议。

小区里，陈父和盛母正从外面往回走。突然，盛母停下了脚步，目光如炬，直勾勾地盯着前方。

“怎么了？”陈父顺着她的视线看过去，一辆黑色SUV停在自家单元门前，后备厢开着，一男一女正弯腰从里面搬东西。

“看什么呢？”陈父奇怪地问。

“嘘！”盛母拉着他躲进角落里，指着前方问，“你看那是不是卷卷？”

陈父吃了一惊，连忙半蹲下来和盛母一起偷窥。

那两人已经从后备厢搬出来两箱东西，疑似卷卷的姑娘想一起抱起来，高个子的男人不让，两人争夺了一番。不知道那姑娘说了什么，男人慢慢松开了手，姑娘有些吃力地向单元门走去，男人紧跟在后面替她拉开了门，然后就在单元门外一直站着，看向门里。

门里的情形看不见了。

盛母马上直起了身，拉过陈父一脸兴奋地说：“就是卷卷！走，过去看看那男的是谁。”

“哎哎，你等等，你要干吗？”陈父拉住她，怕她一激动坏事。

“只是过去看看长啥样，我保证不乱来。”

“卷卷要是知道了又要生气了。”陈父提醒她。

以前盛卷卷只要谈男朋友被盛母知道了，她就能大老远地跑到学校去偷窥，甚至还趁卷卷不在的时候，找人家男孩子聊天，打探情况。每次被盛卷卷发现母女俩都得大吵一架，而且很快盛卷卷就和人家分手了，还说都是盛母闹的。因此陈父很怕盛母犯老毛病。

“我们正常回家，路过他身边我就看一眼还不行吗？”盛母保证道。

陈父见拉不住她，只好陪她装作若无其事的样子向单元门走去。

他们走过去的时候，那个男人还在门口站着。走近后看清了人家的长相，陈父明显能感觉到盛母因为激动而颤抖的手……

极品！

目光如炬的盛母，视线像雷达一样，扫射完男人的全身，立刻下了两字评论。

这人无论从长相还是气质都是超一流，更别说那一身的高级定制，青年才俊没跑了。

正适合他们家卷卷！

她脸上的笑意藏也藏不住。

走到门前，本来按照提前说好的，盛母只看一眼，然后就进门回家。但此时，盛母已经无法控制自己了，她热情洋溢地对着人家绽放了一个笑容，开了口：“小伙子是住在这里的吗？我好像没见过你。”

季策有些莫名其妙。想与他搭讪的人多了，年轻的、年老的都有，但这个阿姨有些怪异，带着个男人来和他搭讪？

他摇摇头 ：“不是。”

陈父见状不妙，从背后悄悄扯了扯盛母的衣角。

然而，盛母兴致勃勃地又问：“是在等人吗？”

季策更加奇怪，不想回答，只淡淡地点了头转身便要走。

盛母脚步一动，挡在了他面前，上下打量着问：“哎！等一下，我见你有点眼熟呀，你女朋友是不是二楼那家的姑娘？”

季策不仅仅是觉得莫名其妙了，警惕性“噌”地一下就上升了好几度，本能地要对这种打探进行回击。他微眯着眼，面带桃花，语气轻佻：“我那么多女朋友，不知道您说的是哪一个？”

盛母的笑容顿时僵在了脸上。

季策满意地瞥了她一眼，嘴角露出一丝嘲讽的笑意，然后绕过呆若木鸡的女人回到了车上。

陈父一边隐忍着怒气，深深地看了SUV的车牌号一眼，一边忙着去扶快喘不过气的盛母。

“他……他刚才说什么？”盛母到现在还无法相信自己耳朵听到的，抖着唇问陈父。

“管他说什么呢！咱们先回家，回家再说，啊。”陈父搂着她的肩膀，趁她还没回过神，将她带进了单元门。

“等……等一下，我要去问问他刚才那话什么意思？”盛母这时从震惊中反过味来，立刻怒火冲天，“我家卷卷还是他很多女朋友中的一个？”

陈父忙拉住，劝道：“卷卷不一定是他女朋友呢！没准只是朋友，过来送东西的，你先冷静冷静。”

“最好不是！卷卷要敢和这种不三不四的人谈恋爱，我非打断她的腿不可！”盛母气得胸脯上下起伏，越想越气，又道，“朋友也不行，把我们卷卷带坏了怎么办，我得回去说说她。”说着盛母立刻就要往电梯里走。

到家门口时，盛母正撞上盛卷卷放下东西往外走。

见自己老妈阴沉着脸，盛卷卷不由看了陈父一眼。陈父的脸色也不太正常，但他很快调整好，对盛卷卷使了个眼色。

“快扶你妈妈进去。”陈父说。

盛卷卷连忙又脱掉鞋子，扶了盛母进门。

“身体不舒服？”她担心道。

“有点头疼。”

盛母一路被陈父安抚得火气消了不少，没刚开始那么冲动了，她转念一想，指着地上的东西问道：“这些都是谁送的呀？”

“一个朋友。”盛卷卷毫无防备，和盛母介绍吴开，“他超级厉害，自己开个农庄，里面吃的喝的全都有，还有动物园！”

盛母见盛卷卷一脸兴奋，只觉得头更疼了。

她本想委婉点的，现在委婉不起来了，打断盛卷卷的话，单刀直入问道：“你是不是谈恋爱了？”

陈父衣服还没脱下来，听见这么一句，惊得呛咳起来。

盛卷卷的笑立刻僵在了脸上，惊讶得说不出话来。

见状，盛母心下了然。想起楼下那人轻佻的话语，顿时气不打一处来，她眼眶一红，拉着盛卷卷的手不放：“妈妈一直鼓励你谈恋爱，可咱们谈恋爱也要看准了人啊。别看有些人表面上人模狗样，事业有成的，背地里指不定什么样呢，管他是开动物园还是马戏团的，我看这人不靠谱。”

盛卷卷听到最后才明白过来，啼笑皆非。

“妈！您想哪儿去了，这个朋友就是普通朋友！”

“普通朋友？”盛母不信。

“当然了，我还管人家叫三哥呢！人家就是送点蔬菜水果过来，您就能想这么多，我看您就是闲得慌，让爸爸带您去度度假，没事别瞎想。”

吓她一身冷汗。

盛卷卷心里暗暗松口气，差点被她老母亲吓出心脏病来。

盛母见她说得肯定，不像是撒谎，也稍微放下心来，又嘱咐：“就算是普通朋友，也不要过多接触，近朱者赤，近墨者黑，你知道吗？”

盛卷卷心中奇怪，不知道盛母怎么就认定三哥不靠谱了。但为了避免更多的念叨，她只能“好好好”地应了。

安抚完盛母，盛卷卷又准备要走，季策还在楼下等着她呢。

盛母一看她要走，立刻“哎呦”一声抚着头哼哼起来，说什么也不让盛卷卷走。

无奈之下，盛卷卷只好给季策偷偷发了条微信，告诉他自己走不了了，让他找个代驾先回去。

季策万万想不到，自己随口一句话还能惹出这么大的麻烦。

给盛卷卷打电话也不接，微信半天才回一句。

没辙了。季策只能叫了代驾。

车开到一半，他转念一想，重新报了个地址。

稽山别院位于本市寸土寸金的中心地带，能在闹市中划出这么大一片住宅区，开发商也是下了大力气的。效益自然是显著的，住在这里的人家非富即贵，稽山别院显然成了显贵的代名词。

代驾小伙听说要去稽山别院，一路上都在偷偷打量着后座上的人。

到了后，自然有人接过钥匙去停车。

季策搬着两箱水果进了院子。季荣阳正在花园里修剪花枝，见季策走进来，直起腰，吃惊道："怎么回来也没提前说一声？"

"朋友送了点水果，顺路给您送过来。"

季荣阳忙走过来，给他开门。

两人前后脚进了门。

"拿这么多？我这也吃不了多少。"季荣阳道。

"陈姨呢？让她带点回家。"

"你陈姨这两天休假了。"

季策放好东西，在厨房左右看看，问："那您怎么吃饭的？"

季荣阳笑道："我自己瞎弄点，你晚上要在家吃吗？"

季策皱了皱眉，摇头："再找个阿姨吧，轮着倒休，免得每个月都有几天家里就您一人。"

"不用，再多个人我也不习惯。"

季策也不多言。

自从他母亲去世，印象中，父亲就一直单身一人。

外界对季荣阳的评价之高，不仅在于他的事业，还有一个很重要的原因就是他对发妻的深情，他做到了一个男人对爱情的极致。

作为儿子，季策也不是很能理解。以季荣阳的身份地位，他没有再娶都很令人费解了，更不要说这么多年身边没有女人，非常令人难以置信。他也曾隐晦地劝过父亲可以再找一个知心人，但季荣阳始终没同意。

好在这么多年季策也习惯了家里的冷清。

只是现在季荣阳年纪也大了，陈姨的小孙子出生后，难免事多，偶尔顾不上这边。季策多少有点不放心，只好又旧事重提。

季荣阳转了话题问起他的事："你们公司那个事，我听李秘书说了，你不要掉以轻心，有什么要办的直接去找李秘书。"

季策点点头，两人聊了会儿，季策就要走。

季荣阳送他到门口。

"对了，差点忘了，你把周三晚上的时间空出来，你余叔想请你吃顿饭。"

季策一听眉头就皱了起来，余叔就是余子晴他爸。想起上次在餐厅的事，他就没心情。

"我没空，您帮我回了吧。"他直接拒绝。

"干什么？又和晴晴吵架了？"季荣阳笑道。

"我和她有什么好吵的。"季策语气中带着不耐烦。

余子晴也是有本事，让他们这些世交长辈们都格外喜欢她。他们俩家世相当，年纪才貌都匹配，加上余子晴表现出的对季策的追随，这些家长都默认两人迟早是一对儿。这让季策烦不胜烦。

季荣阳知道自己儿子的脾气，笑道："行了，别耍脾气了。这次有正事，你余叔有个朋友想和你合作，请他说项，他就托了我，给你爸个面子呗。"

季策无奈只能应了。

他和季荣阳之间，不怎么像父子，更多像朋友。季荣阳很少会对季策的事情指手画脚。因此，和黄毛这帮二世祖不同，季策很早就能做主自己的事了。

回到住处，也过了饭点，季策只能叫了外卖。他吃了几口就觉得腻味，突然非常想吃盛卷卷煮的面。

他给盛卷卷发微信："还没吃饭……"

不一会儿，盛卷卷回了张图片，点开，一桌子可口饭菜，看着就比自己面前的外卖好吃。他"啪"地扔掉筷子，不吃了。

过了会儿，他又回了条："饿得胃疼。"

等了半天也不见盛卷卷回消息。季策气得牙都开始疼了。

"这个磨人精，果然撩到手就不珍惜了……"他摸着腮帮子，愤愤地想。

其实原本他也有一个家政阿姨，但前不久辞职回老家了，他还没来得及再找，后来就认识了盛卷卷，没愁过吃饭的事。

今天闲下来，他开始认真考虑，怎么才能把盛卷卷拐过来一起住。

突然门铃响了，季策心中一动。

是不是磨人精良心发现回来了？

他心里暗笑，脚步轻松地走过去开门。

“您好，美团外卖。”门外的小伙子咧嘴一笑，白亮的牙齿在黝黑的脸上格外耀眼。

与此同时，季策收到一条微信。

“给你叫了爱心外卖，不要太感动哦！”

季策的牙真的开始疼了起来。

俗话说，由俭入奢易，由奢入俭难。

躺在床上翻来覆去睡不着觉的季策深深体会到了这句话。尝试过完美的高质量睡眠，他再也难以忍受失眠的痛苦。一直到晚上十一点，季策还在和黑夜大眼瞪小眼，他忍不住给催眠神器发微信。

“睡了吗？”

“是不是想我啦？”

秒回啊。

季策忍不住高兴了一把，干脆利落道：“想你。”

这边的盛卷卷抱着手机一个打挺就从床上跳了起来，嘴快咧到耳朵后面去了。

她磨磨蹭蹭地回：“有多想？”

季策秒回：“比你想我多一点。”

讨厌，泡妞高手！

盛卷卷一边唾弃，一边又忍不住甜进心里。看着这些对话，就像有一把小刷子，把心刷得痒痒的，让人忍不住想做点什么事出来。

她咬着唇，打字：“好想见你怎么办？”

季策依然秒回：“二十分钟后下楼。”

光看着文字，盛卷卷的心都要跳出来了，她捂着胸口，想让它跳得稍微慢些。

季策总能以最快的速度撞进她的心中，满足她所有的精神需求。

想见他！

立刻！马上！

念头一起，盛卷卷躺也躺不住了，二十分钟也等不了了。她将房门打开一条缝，竖起耳朵听着动静，确定外面一点声音也没有了，才穿上衣服偷偷摸摸地出了门。

盛卷卷站在小区门口，抱着胳膊，对着空无一人的街道，第一次觉得心中没有空荡荡的。偶有车灯远远地照过来，她的心就不安分地乱撞起来。

最后这次，同样的灯光由远及近，盛卷卷的心跳莫名剧烈，强烈的预感告诉她，就是这个！

心理学上认为，人的意识过于强烈时，是可以影响现实的。

当车灯缓缓停在面前时，盛卷卷忍不住惊叫出声。车门打开，熟悉的身影大步走了过来，盛卷卷直勾勾地看着他走到自己面前，对自己张开手。

她毫不犹豫地跳起来，紧紧搂住季策的脖子。季策轻松托抱起她的小屁股，她顺势用双腿夹住季策腰侧，整个人悬空跨坐在他的腰上。

这个姿势让她比季策高出一些，她低下头，一瞬不瞬地看着季策的眼睛，只笑，不说话。

季策的眼睛黑亮得仿佛有光，诱导她缓缓低下头，乖乖送上自己的唇。

急切又不失温柔的吻，令人着迷。

“跟我走。”季策亲了亲她的耳垂，低声说。

意乱情迷之下，盛卷卷差点答应，但最后一丝理智告诉她，如果盛母明天发现她半夜跑了，那麻烦就大了。

她艰难地拒绝：“不行，我妈要是明天醒来看不见我，我至少得在家住满一个月才能自由。”

季策顿时无语，失望之色溢于言表：“那我只能白跑一趟了吗？”

盛卷卷心软得不行，左右为难：“要不明天……”

“好！”季策立刻应下。

两人在车里坐到盛卷卷困得哈欠连天时，季策才将她送回家。

第二天上班，大老板路过办公间，又看见盛卷卷捧着咖啡杯在打瞌睡。

“盛卷卷，你最近是不是工作太忙了？要不要公司给你放个长假？”大老板敲敲桌子，笑得格外和蔼可亲。

盛卷卷一个激灵，忙站起来，把头摇得像拨浪鼓。

“来我办公室！”一秒变脸的大老板，冷着脸甩下话就走。

在座的同事都猫着头，大气也不敢出。大老板最近脾气很大，见谁喷谁，看来今年确实没赚到钱。

盛卷卷苦着脸进了办公室，准备等待狂风暴雨。

“元旦过后，协会要开一个职业培训班，有一个课题是儿童心理障碍方向，我这儿有一个名额，正适合你，两周的时间，有空去吗？”

李秉诚竟然没有继续损她，还给了她一个职业培训福利。

盛卷卷立刻一口答应下来：“有空！”

最近大老板有些奇怪，对她表面上狂风暴雨，私下里却算得上和颜悦色，盛卷卷有点受宠若惊。

“把晚上的时间腾出来，季先生的第二次咨询约在了今晚。”李秉诚又道。

盛卷卷忙点头，表示没有问题。

然后，李秉诚抬抬手，盛卷卷自觉地滚了。

回到座位上，同事甜甜凑过来和她聊天。

“熬过年底，希望明年咱们老板能赚大钱，不然整天这样更年期，谁受得了啊？你太倒霉了，总是撞枪口。”

盛卷卷又不好说，其实大老板并没有骂她，只能干笑着附和几句。

“我今天看八卦，人家XX公司，年会在普吉岛开，一等奖是金条，爽翻了。”甜甜越说越羡慕，“咱们今年的一等奖会是啥呢？不求金条，人民币也可以！”

“别做梦了，醒醒……”盛卷卷打断她，“我觉得游戏币倒是有可能。”

“哎，没法活了。”甜甜叹息着回到自己的座位上。

盛卷卷给季策发微信。

“霸道总裁求安慰。”

“你们公司年会在哪儿开，一等奖是啥？”

盛卷卷发了两条，季策没有立刻回复，估计正在忙。

中午吃完饭午休时，盛卷卷接到电话。

“上午在开会，你要什么安慰？”季策的声音里透着丝疲惫。

“没有啦，和你开玩笑的，很忙吗？中午能不能睡会儿，昨晚你肯定没睡好吧？”盛卷卷关切道。

季策扯了扯领带，靠进宽大的座椅中，用手按着眉心，逗她：“不要口头的关心，来点实际的。”

“什么实际的？”

“比如，晚安吻什么的。”

“不！”

“让我抱抱也行。”

盛卷卷听得耳朵发热，季策黏起人来真是什么话都能说出口，丝毫不顾及他霸道总裁的人设。

“别说啦！”她看看四周正准备睡觉的同事，捂着嘴巴低低叫道。

“为什么不让说，就要说，不仅要说，还要抱，要亲，还要……”电话那头低沉性感的嗓音不断撩动着盛卷卷的小心肝。

有同事路过，好奇地瞥了眼满脸通红的盛卷卷。

“不要说啦，求你了……”盛卷卷又羞又急，小声央求着，拉起毛毯盖住脑袋。

季策低低笑道：“不说可以，晚上要一个一个地做。”

盛卷卷再也听不下去了，“呸”了一声，挂掉电话，躲在毛毯下，咬着手指平复心跳。

晚上七点，盛卷卷坐在红木沙发上百无聊赖地等着。

咨询室里，这一次季策相对来说比较配合，话也多了起来。

“你是在十年前从楼梯上摔下来后，才开始恐高的，在这之前是完全不恐高吗？”李秉诚姿态随意地靠在窗边，随口问道。

季策回想了一下：“也不是，之前也不太敢玩一些高空游戏，像蹦极之类的是完全不敢尝试，但像摩天轮这种，也玩过，没什么不适。”

“嗯，再小一些呢？比如七八岁，童年时期，经常会去游乐场玩吗？”

“我可能记事比较晚，六岁以前的事都不太记得住，印象中上高中后才偶尔和同学去游乐场玩。”

“是吗？那你还是比较乖的，现在的小孩幸福多了，我朋友家小孩，现在五六岁，每个月必要去一次游乐场、动物园，每周还要去商场里的儿童乐园玩上半天，家长都宠得不得了，请假不上班也要带着去。不知道他长大后还能不能记得。”李秉诚像是说到了有趣的地方，笑了起来。

“印象中，我小时候还真没怎么去玩过，没有现在小朋友们幸福。”季策也笑道。

“是父母工作都很忙吗？”李秉诚抬眼看向季策。

季策的笑容明显敛了敛，顿了几秒，才笑道：“我父亲一直都很忙。”

李秉诚没有说话，等着他。

过了一会儿，季策又道：“我母亲在我六岁时去世了。”

李秉诚直了直身体，轻声道：“真抱歉。”

季策笑道：“没什么，也不是什么秘密。”

“那……能说说吗？”

“我那时候也不记事，长大后听父亲说起，说是因病去世，突发性心脏病。”

“这样啊……还这么年轻。”李秉诚面上露出惋惜之色。

季策脸上倒是没有过多的哀伤之意，可能也是习惯了。从小别人提起他母亲时，都是这样的神色，可怜可惜。但他对母亲的印象几乎没有，季荣阳只说那时候他妈妈也是女强人，忙起来经常几天见不着人影。

一个小时很快就过去了。

季策将李秉诚送到门口时，看了眼盛卷卷，突然开口：“我还有一些别的问题想找盛小姐了解一下。”

盛卷卷立刻心虚，紧张地去看李秉诚。

李秉诚面不改色，对盛卷卷说：“那我先走了。”

等人走得看不见了之后，盛卷卷才捂着心口，长出一口气，埋怨季策：“怎么突然这么说，吓我一跳。”

“你这么心虚干什么？”季策笑道。

“我很心虚吗？”盛卷卷紧张地问。

季策用眼神告诉她，是的，非常心虚。

“都怪你啦。”盛卷卷沮丧道。

“可是说好今晚陪我的。”季策很无辜地看向她。

“我可以先走，然后再回来的嘛！”

“等不及。”

“等不及什么？”

突如其来的一个吻，落在盛卷卷的唇上。

“等不及这个。”

季策抵着她的唇，呼吸微微有些慌乱，手忍不住掐上她的腰，他沉声道：“我想一天了，多一分钟也等不了。”

不知道是不是所有感情之初，都是这般浓烈又热切，像是累积许久的热情，终于找到一个突破口，迫不及待地要宣泄出来。

盛卷卷在季策的唇齿间感受到了这种迫切，炙热得令她无处可逃。她从身到心，全都酥软下来，任由季策捏来揉去。

“到底是怎么长的，软成这样。”压抑而低沉的嗓音，冲击着她的耳膜，让她忍不住全身战栗。

她觉得她快要死在季策手里了。

飞蛾扑火，甘之如饴。

不知过了多久，季策才收手放过她。

“就这么点出息，之前还敢不要命地撩我？”季策捏着她的手，取笑道。

盛卷卷红着脸不说话。

“一点教训，教你学点乖。”季策想起她以前的那些不知道天高地厚的举动，就气得牙痒痒。

为了避免失控，季策有意识地避免和盛卷卷近距离的接触，两人坐在沙发上看电视，聊起于蓉蓉事件的进展。

“明天开追悼会，等这波热度降下去后，再放些新消息出来，这事应该就算翻篇了。”季策最近也是被这件事折腾得够呛。

公司大会小会开个不停，总算把这件事对公司的恶劣影响掌握在了可控范围内。

“明天追悼会你要去吗？”盛卷卷有些担心，她在网上看到有人提出要让辰星老板亲自出席追悼会，给于蓉蓉的父母一个交代。

附和的声音很多，不知道是不是有组织的。

“我不去，不用担心，网上的消息你最近少看些，有人在背后捣鬼，你看了更闹心。”季策眼中闪过一丝冷意。

杨炎已经拿到了神秘快递里的那份名单。

果然，第一个就是山海影视的公关部经理，冯婷的心腹。其他还有七家，全都是和辰星有利益纠纷，处于竞争敌对状态的公司。显然，背后这人对辰星非常了解，不是有针对性研究过，就是有内鬼。杨炎已经从上到下开始着手去查了，暂时还没有线索。

两个人在一起总比一个人时间过得快，平时自己追追剧，看看论坛，一晚上能干不少事。今天在季策家，两人聊会儿天，不知不觉就十点多了。

“我得早点睡了，这几天上班都犯困，被大老板逮到好几次了。”盛卷卷打着哈欠道。

季策揉揉她的脸才放她去洗澡。

“我没带睡衣和洗漱用品。”走进卫生间，盛卷卷才想起来这事。

“柜子里看看。”季策的声音远远传来。

盛卷卷拉开他放浴衣的柜门，里面整整齐齐摆放着两套女士浴衣，粉白可爱，还有一整套没开封的护肤品。

“原来是蓄谋已久啊……”

这么明显的安排，盛卷卷哪能不明白季策的小心思。可这也太快了吧，她紧张得澡都没好好洗。

等她散着蓬松微湿的头发磨磨蹭蹭从卫生间出来时，季策已经洗完澡靠在床头翻着书。见她出来，季策立刻张开了胳膊，示意她过来。等她走到床边时，一把揽住，抱上了床。

“怎么这么慢？”

“头发太长了，吹干要好久，我胳膊都酸了。”盛卷卷揪住还有些湿的发尾抱怨。

“以后我给你吹。”季策接过她手里的毛巾，轻柔地擦了起来。

盛卷卷的头发很多，软而丝滑，摸起来手感特别好。季策擦着擦着就忍不住在她头顶亲吻一口。

孤男寡女，共处一床。如此亲密的接触，怎么可能把持得住。不知不觉，盛卷卷就被掐着腰，压在了季策的身下。

炙热的吻，从唇上移开后，滑落向下，在锁骨上留下暧昧的红痕。

季策的吻越来越肆无忌惮，手也撩开睡衣下摆钻了进去。盛卷卷只觉得被触摸的地方悄悄升起了小火苗，烧得她口干舌燥，不由得挣扎了起来。

被小手推开一些距离后，季策即将绷断的那根弦又得到了缓冲的机会。他深深呼吸几口，压下强烈的欲望，哑着声音问："不愿意？"

盛卷卷眼神迷离，神志沦陷，只能凭着残存的一丝理智，本能地摇头。

季策苦笑起来，又深深吸了口气，在她额头上吻了吻后才放开她，重新进了浴室。

浴室里哗哗的水声传来，盛卷卷才找回了理智，她全身红得像煮熟的虾子，捂着脸蜷缩在被子里。

天呐！季策太诱人了。她差点就没控制住自己，如果季策不停下来，她根本毫无抵抗之力。

但是太快了，她真的紧张。

"请再给我一点点时间。"她闭着眼睛默默对自己说。

等季策回来时，困极了的盛卷卷已经快要睡着了。身侧床垫塌了下去，一双微凉的大手横在了她的腰间。

"洗好了就睡吧。"盛卷卷含糊地嘟囔着。

"嗯，睡吧。"季策吻了吻她的侧脸，将她往怀里带了带，手安分地放在她腰上，不敢再乱动。

不一会儿，盛卷卷的呼吸就平稳了。

软玉温香在怀，却不能妄动，他这是给自己找罪受。季策苦笑，与体内的邪念做着斗争，不知道过了多久才睡着。

好在睡眠质量依然奇好，罪没白受。

第十二章

暴露 但她不是我的母亲

送盛卷卷去上班的路上，季策想起来问："昨天忘了回你了，我们公司年会暂定去普吉岛，最近有些忙，估计得下个月才能开。你问这个干吗？"

盛卷卷一听就蔫了："一大早就刺激我。"然后就把大老板说今年没赚到钱年会就在会展中心开年会的噩耗告诉了季策。

"去年好歹还带我们去三亚玩了一趟，今年太惨了，没有动力，无心上班，希望明年我们老板能挣大钱！"

季策听了，沉吟片刻，问她："如果是你拉来的订单，你们老板会给你分红吗？"

"会呀！算我的业绩。"

"唔。"季策点点头，眼中闪过笑意，他一本正经地问，"相不相信天上会掉馅饼？"

盛卷卷撇撇嘴："我和你说，超市结账，那么多条队，我排哪条哪条就慢，刚换另一条，之前的立刻快起来。就这运气，你觉得我能指望天上掉馅饼？"

季策被她逗乐了，拉过她的手，在她手心亲了一下："正好相反，我运气向来很好，分你一点，今天你就张嘴等着接馅饼吧。"

盛卷卷以为他是逗自己玩，没当回事。直到大老板把她叫到办公室。

一进门口盛卷卷就发现屋子里有客人，是位身穿职业套装妆容精致的年轻女人。盛卷卷客气地笑了笑，看向李秉诚。

“这位是辰星影视的林女士，说和你约好的。”大老板解释。

盛卷卷一怔，她什么时候约过这位林女士？

林妍此时已经站了起来，对盛卷卷微微一笑，开口道：“盛小姐，我是辰星影视财务部的林妍，可以借一步说话吗？”

盛卷卷在吃惊之余，请林妍去了会客室。

一坐下，不等盛卷卷开口，林妍就笑道：“盛小姐，没有提前预约就来打扰还请谅解。韩总交代，让我来找盛小姐谈一下与贵公司合作的事。”

盛卷卷听得一头雾水。什么合作？韩总又是谁？

她斟酌道：“不好意思，还想请问是什么合作？”

林妍脸上飞速地闪过一丝惊讶，早上一上班，韩总就火急火燎地让她来找这家公司谈合作，业绩要算在一个叫盛卷卷的心理咨询师头上，还特意暗示价格方面可以放宽些，不要太压价。她以为是韩总的关系户，想着对方肯定是早就知道的。

怎么现在看，这位盛小姐好像完全不知情。

她压下内心的惊讶，解释道：“是这样的，我们想和贵公司长期合作，为我们员工还有艺人定期开展心理体检和辅导。”

一直有点懵的盛卷卷听明白后，顿时想到早上季策说让她接馅饼的事。

如果能和辰星长期合作，那她们公司就再也不用发愁业绩问题了。

妈呀，不会吧！

这也太……太惊喜了吧！

盛卷卷简直想要跪倒在季策的脚下唱征服。

她定了定神，才犹犹豫豫地问：“刚才您说的是韩总让您找我的，不是季总吗？”

季总？

哪个季总？

等等！

她说的季总不会是自家大BOSS吧？！

林妍压制住内心翻滚的震惊，用平静的语气问："您说的季总，是季策季先生吗？"

盛卷卷"嗯"了一声，期待地等着她的回答。

林妍再也控制不住内心的爆炸，脸上浮现出惊异之色，她有些结巴，摇头："不，不是，是我们财务经理韩总让我来的。"

盛卷卷"哦"了一声，转念一想也明白过来，这个韩总的意思就是季策的意思。

大老板很重视，亲自和盛卷卷一起陪着林妍去了客户部谈合作的相关事宜。

有个财神爷当靠山的感觉实在是太棒了，她就从来没有这么轻松容易地签下这么大一个单子，半天下来盛卷卷脸上的笑就没停下来过。

她给财神爷发微信吹捧：

"馅饼好好吃！"

"跪谢财神爷包养！"

"求更多馅饼投喂！"

季策收到微信时正在和杨炎谈事，正说到要紧要环节，两人都一脸阴沉，气氛沉闷。就听着他手机"叮咚叮咚"响个不停，他立刻沉着脸拿起手机，想看看是谁这么招人烦。

看到名字时季策的脸部线条立刻就柔和下来了，再看内容，他的嘴角忍不住露出笑意。他手指动了动，发了几个字："馅饼没了，想不想吃点别的？"

然后杨炎就震惊地发现自家BOSS一秒变脸的功夫又精进了，生动地演绎着什么叫阎王脸上泛桃花。接着空气中很快就弥漫着一股……嗯，暧昧的气息。

发完微信，抬起头，季策又重新变回严肃脸，他问："那张照片拿回来了吗？"

杨炎摇头："于蓉蓉的父母还是坚持要您亲自去找他们拿。"

"其他要求还有吗？"

"没有了，其他的拿了钱都很好说话。"

季策看了眼日历，只有今晚有时间。他果断道：“约他们今晚见面。”

杨炎吃了一惊，忙阻拦道：“不行，您不能去，他们就是冲着钱来的，再多给点，要不了多久就能松口。”

季策摇摇头：“追悼会都开完了，没有了谈判的砝码，他们依然还是坚持要见我才给照片，说明这个需求非常明确。照片晚一天拿回来，风险就多一点，最好能赶在元旦前解决掉。”

“可是，万一他们再做出什么事来……太冒险了。”杨炎还是不同意。

“不会的，地点我们来定。而且现在是法治社会，没人敢乱来。”

杨炎拗不过他，只好同意。

“还有一件事，前年年会的参加人员名单找出来了，包括携带的女伴，这里的确没有于蓉蓉的名字。”杨炎拿出一份名单，递给季策。

季策一边翻看着一边说：“她肯定不是走正常渠道进去的，想混进去还是有办法的，比如扮成服务人员。你把当时所有的影像资料找出来，她既然能出现在那里，没有道理一张照片也拍不到。”

这个方法是有用的，后来杨炎也的确找到了几张有于蓉蓉入镜的照片。只是都是背影，没有拍到正脸。这些都不重要，重要的是，仅有的这几张照片里于蓉蓉附近总是会有两个人。

一个人是制作部的于洪正，也就是《欢乐时光》这部剧的制作人，一个是监制部经理宋离。

这两人都是公司元老级高管了，对公司的发展做出过不可磨灭的贡献。

难道只是巧合吗？

季策翻看着这两人的档案，眉头紧锁。半晌，他的目光停留在于洪正的照片上，手指点了点，轻声道：“重点。”

杨炎心领神会，严肃着脸出了门。

因为晚上要去见于蓉蓉的父母，不能去接盛卷卷，季策处理完手头的事，抽空出去了一趟。

盛卷卷一天都美滋滋得不像话，甜甜突然凑过来质问：“小卷卷，你是不是谈恋爱啦？笑得这么春心荡漾！”

盛卷卷吓一跳，忙摸摸脸，正想否认，季策的电话就进来了。

她只看到一个季字，就心跳加速，紧张之下，不小心挂断了电话。

甜甜“嘿嘿”奸笑两声，瞟着她的手机道：“还说不是，那你心虚什么？”

盛卷卷嘴硬：“我哪有心虚？这是骚扰电话！”

“行，厉害，那你就一直别接。”甜甜把椅子拉过来，一副“我就这么看着你”的架势。

过了一分钟，铃声又响起来，甜甜啧啧两声，准备看好戏。

盛卷卷熬了几秒钟，实在忍不住，红着脸跳起来跑出去接电话。

“怎么气喘吁吁的？”季策本来想问她怎么挂他电话的，听见她声音又小又喘，不免好奇。

盛卷卷躲进卫生间，捂着话筒小声道：“差点被同事发现了，我躲出来接电话。”

季策好奇：“怎么被发现的？”

“你打电话时我同事就坐在边上，差点被看到你的名字。”盛卷卷一阵后怕，“看来我得换个名字了。”

季策有不好的预感，他问：“你现在通讯录里存的是什么？”

盛卷卷理所应当地答道：“季策啊。”

就知道是这样！

想着自己给她存的名字，从倒霉蛋，到小可爱，再到磨人精……多么契合他们的感情发展路线。

盛卷卷怎么如此不解风情？

他心生委屈，不满道：“你猜我存的你是什么？”

盛卷卷虽然不明所以，但也听出了他语气不对，犹豫半天才说：“……不是盛卷卷吗？”

季策将手机拿到眼前看了一眼。

嗯，磨人精，真适合！

他现在掉头回公司还来得及吗？

“怎么不说话啦？”盛卷卷觉得奇怪。

季策耐着性子道：“你一会儿抽空出来一趟。”

盛卷卷愣了愣，问：“出来干什么？”

季策又开始觉得牙疼了，磨人精就应该被打一顿！

他粗声粗气地道：“出来还债。”

盛卷卷一头雾水，还想再问，但卫生间进来人了，她只好“哦”了一声，对着电话说了句：“一会儿再说。”然后匆匆忙忙地挂了电话。

没来得及说话的季策打开窗户，吹了吹冷风，才勉强平息体内暴动的煞气。

公司附近有一家咖啡馆，季策送盛卷卷上班时注意到过。

工作日的下午，咖啡馆内人很少，安静得很。季策点了两杯拿铁找了个靠窗的位置坐下，不一会儿盛卷卷就出现在视野里。隔着玻璃，季策见盛卷卷裹着羽绒服像只小兔子一样一颠一颠地跑了过来。

他对外招了招手，盛卷卷隔着玻璃看见他，眼睛一亮，绽放了一个大大的笑脸，一边挥手一边跑进门。季策的心情顿时像这午后的咖啡店，温暖而宁静。

“怎么突然来找我？”盛卷卷坐下后小胸脯还上下起伏不停，显然是跑得急了。

季策的目光在起伏处扫了扫，才慢条斯理道：“给你个机会还债，欠我的咖啡今天还了吧。”

正在脱外套的盛卷卷怔了几秒，突然明白过来，她向前探着身子，半趴在桌子上，对季策勾勾手，示意他也凑过来。她只脱掉了半只羽绒服袖子，另一半还挂在肩上，这个姿势带动里面的V领毛衣向左偏斜，露出一小片雪白的肩，和细细的锁骨。

季策不动声色俯下身，目光在她领口处逡巡一圈，才看向她的眼睛。

“季策，你是不是想我啦？”盛卷卷歪着头笑眯眯地看着他，弯弯的眼睛漾着水光，声音软糯中透着一丝俏皮，分外可爱。

季策的喉头上下滑动了一下，抿起唇，不说话，一直淡定的脸上染上点红晕。

“你约女孩子的借口好幼稚呀！”盛卷卷“咯咯”笑了起来，“想我了就直接说嘛。”

季策伸手在她头发上揉了一把，然后趁她不注意，轻轻弹了下她的小脑袋瓜：“就你话多。”

盛卷卷捂着额头继续笑，她怎么从没发现，老司机竟然也会害羞。

“今晚我有点事，不能来接你下班，你打车回去，别坐地铁。”

季策躲开她的视线，有些不自在地道。

“哦。”盛卷卷应了声后，随即目光有些闪烁，她端起咖啡喝了几口。

季策看在眼里，问：“想说什么？”

“那个……”盛卷卷偷眼看他，嗫嚅着，“今晚我也有事。”

“什么事？”季策随口问了句。

“有人请吃饭。”

“谁啊？”

“嗯……”

本来只是顺着话随口问的，但盛卷卷吞吞吐吐，躲躲闪闪的表情引起了季策的怀疑，他脸微微一沉：“说。”

盛卷卷本来就心虚，被他一催，张口就交代了：“宋……宋师兄……”

季策不怎么记人名，想了一下才想起来这个宋师兄是何许人。他顿时眼睛就眯了起来，语气危险：“他为什么要请你吃饭？”

之前逗过季策，说宋师兄可能是喜欢自己，其实她心里明白不是这样的。但今天宋师兄突然打电话说下午在她公司附近办事，下了班想一起吃个饭。她也挺奇怪的，他们从上次见面后就再也没联系过，今天为什么突然要吃饭？但自己之前已经说过要请宋师兄吃饭的，现在人家提出来了也不好拒绝，只能答应了。

她怕季策误会，忙解释：“上次骗你的，宋师兄对我绝对没意思！应该就是单纯地吃个饭吧？”

季策听了后冷冷地“哼”了声：“没意思？当我傻吗？现在还有单纯吃饭的男女？”尤其是上次这个宋师兄望夫石一般地看着盛卷卷，鬼才会相信没意思，只是单纯吃饭。

虽然她很想大声说有，但底气不足，只好软言相求：“我都答应啦！就这一次，吃完饭我就立刻回家，他要是有不良暗示，我立马拒绝！”

季策有心不让她去，但对上她乞求的表情，心就硬不起来。半晌他才冷着脸道：“去也可以……”

见他松口，盛卷卷忙捣蒜式点头，期待地等着下文。

季策微微一笑，拉过她的手，在她手心放了个东西。

冰凉坚硬。

盛卷卷低头一看，是把钥匙。

“吃完饭就去我家等我。”头顶传来季策暗含笑意的声音。

这是邀请她同居吗？

盛卷卷怔怔地看着手心里的钥匙，有点懵。她长这么大，对钥匙的认知是，只有最亲密的家人才可以彼此拥有同一把钥匙。比如她房子的钥匙，只有父母和陈绪有。同样，她也不会拿别人家的钥匙。以前谈过的男朋友也有要给她钥匙的，她都以各种各样理由拒绝了。

但现在……

她犹豫了。

也许对季策来说不过是一把钥匙，可能也给过很多女人，但对她来说，等于是一种认可，认可他可以做自己最亲密的人。

但她还没有准备好。

见盛卷卷发呆的时间有点长，脸上也无惊喜或娇羞之色，甚至还有些惶恐。

季策脸上的笑意收敛了些。他也曾想过，这么直接地给钥匙，盛卷卷可能会羞恼地拒绝，但总想尝试一下，今天有机会就试了试，结果的确不容乐观。

还是太快了些吧。

季策暗暗叹口气，面上不显，故意调侃道：“你知道这把钥匙多少人想要吗？不想要就还给我。”说着要伸手去拿回钥匙。

盛卷卷在他手指触碰到钥匙的前一秒，条件反射一般地握紧了，把钥匙牢牢捏在手心里。

身体先于理智做出了选择。

震惊之下，她第一次认识到季策对自己来说，好像比想象中的重要得多。

很快，盛卷卷就消化了这个认识，她抬起头笑道：“吃到嘴里的肥肉还能吐出来？想得美。”

一直在不动声色打量着盛卷卷神色变化的季策，自己都没发觉，见到盛卷卷笑出来时，他长长地出了口气，悬着的心终于落了地。他有些庆幸，如果第一次主动给女人送钥匙就被拒绝，没准以后多少会留下些心理阴影。

“不许和他吃太晚！”一身轻松的季策，又开始专制起来。

“知道啦。”盛卷卷拉着长音，显示着不满。

因为是偷跑出来的，盛卷卷没敢坐很久，喝完咖啡就要赶回公司。

季策送她到写字楼门口，看着她走进去。

盛卷卷走了几步，回头，见季策还站在原地看着他。午后的阳光洒在他身上，给他修长的身形镀了层金边。他眉目疏朗，脸部线条俊美，身段挺拔，气质超群。这样一个男人，但凡再多点深情，拿下一个女人，可以说是轻而易举。

盛卷卷边走边回头，手中的钥匙被捂得滚热，像她的心一样热。

虽然他不说，但她也知道季策是特意过来看她的。这种被需求被依赖的感觉，像一柄小箭，直穿胸口，钉在了心上，让她逃不掉。

季策驱车赶回公司，杨炎已经在办公室等他了。

“我详细查了查于洪正，有点发现。之前网上爆料的金主之说，确有其事，只是主人公不是于蓉蓉而已。老于这几年的确在捧一个女演员，过程和爆料差不多一致。”

“呵。”季策轻笑道，“看来网上爆料的人对咱们辰星了解很深啊。”

他想了想又问：“那老于和于蓉蓉到底有没有关系？”

杨炎摇了摇头：“仔细查过，确实没有男女方面的关系。但有一点值得关注，于蓉蓉近几年的戏基本都是老于制片的，我找他聊过，他的说法是巧合，不是特意给予蓉蓉安排的，只是角色比较适合，自家艺人，多给点机会。”

“那就奇了，巧合有点太多了吧。”季策是不信天然连环巧合的。

“说到巧合，有件事，您一定想不到。”杨炎神色有些古怪地拿出一个 iPad，递给季策。

“这是什么？”季策不解。

“于蓉蓉的微博小号。”

还有这种东西？季策坐直了身体，开始仔细看里面的内容。越看越觉得不对劲，后背冷汗都要冒了出来。

“你确定这是于蓉蓉的小号？”季策难以自信地问杨炎。

杨炎无奈地点头：“确定，账号是于蓉蓉的常用邮箱，密码和大号的密码一致，从文字风格和内容来看，与她本人基本符合。”

季策抬手捏了捏眉心，沉默不语。

这个账号记录了一个小女人甜蜜又心酸的暗恋心理。她口中的那个“他”，虽然没有明说，但知情人一看就知道是季策。

其中有几张聊天记录的截图，头像虽然打了码，但季策还是一眼就看出来，和他的微信头像是一样的。从内容上看得出来，“季策”对于蓉蓉若即若离，有暧昧的关心，也有迫不得已的理由，把小姑娘抓得老老实实。

如果不是对自己的记忆力有信心，季策都要信以为真了。

最后一条微博是在她自杀当天发的，内容很凌乱，有几句是这样的：

“如果只有这样才能离你更近一些，那我心甘情愿。”

“我能为你做的，只有这些了。”

“你会记住我吗？”

整个微博简直就是铁板钉钉的证据，一旦被曝光，季策是跳进黄河也洗不清了。

杨炎难得开玩笑道：“你到底干吗了，让于蓉蓉对你情根深种？”

季策听得鸡皮疙瘩都要起来了，连忙摆手：“打住！你这是想让我晚上睡不着觉啊。”

“我说真的，从合影到聊天记录，还有各种小细节来推测，没准于蓉蓉父母说的，她女儿的神秘男友真的是你。”杨炎正色道。

“是我，但又不是我。”季策嘲讽地笑了笑，眸中冷意骤现，“好一个移花接木，我倒想看看这人还有什么高招。”

“移花接木？”杨炎心头一凛，略一思索，就明白过来，心下一沉，“不错，这人手段之高令人咋舌。但他是怎么做到的呢？你和于蓉蓉一句话都没有说过，更别提其他的亲密接触了，为什么于蓉蓉就能死心塌地认定你是她男朋友？”

“这个方法就多了，于蓉蓉有抑郁症，而且还不是单纯的抑郁症，已经有出现幻觉的迹象，利用她的病情，再加上我身份的特殊，一场不用见面的网恋就可以办到。”季策的大脑高速地运转着。

从在警方那里得知合影的存在时，他心里隐隐就有了这个猜想，接下来的一系列查证，都表明了他没有猜错。

“如果能拿到于蓉蓉私人的手机和电脑就好办了。”杨炎说。

季策微微摇头：“估计没用，这么明显的证据不会留下来让人查的。”

见杨炎脸色难看，季策笑着，拍了拍他的肩膀，说：“不用急，有人比我们还急，等不及要出招了，今晚看吧。”

说到今晚，杨炎更是烦心，还不知道于蓉蓉的父母要出什么幺蛾子呢。

然而，见面的顺利程度超出杨炎的想象，本以为于蓉蓉的父母见到季策，可能会情绪激动地大闹一场，也可能是预谋已久有所图谋，结果都没有。

于蓉蓉的父母看上去老实巴交的，话也不太多，见到季策这一大帮人后还有些发怵，神情紧张地坐在座位上，都不怎么敢抬头看众人。

房间里气氛诡异，从外人看来，完全是辰星仗势欺人，倚强凌弱，逼得失独老人大气都不敢出。

还是季策先开口，和两位老人聊了起来。

客气了几句，于蓉蓉的父亲突然站了起来，从身上的包里掏出两个信封，对季策说：“照片在这里。”

随后他看了一圈一屋子瞪着眼睛神色紧张的无关人士，声音都有些颤抖：“但只能你一个人看。”

杨炎正要说话，季策给了他一个少安勿躁的眼神，他深深地看了眼神色惶恐的于父，示意其他人都先出去。

等房间里就剩他们三个人的时候，于父恢复了正常神色，他把信封推过去，干巴巴地道：“这里有两张照片，你先看一下。”

季策面上轻松，心却在这一刻提了起来，两张照片？

他不动声色，拿起信封，先拆开第一个，抽出照片，是之前在警方那里看到的那张合影。随后他又拆开第二个信封，向外抽照片时，手指竟然有点软，心里隐隐预感到，这张照片才是今天他们坚持要见他的重头戏。

季策缓缓抽出第二张照片。

是张翻拍后的老照片，年月久了，明显可以看出颜色发黄。

照片中也是一男一女，女人依偎在男人怀里，笑得甜美，男人丰神俊朗，意气风发，手揽在女人腰上，很是亲密。

只看一眼，季策眼眸一缩，头顶百会穴像是被针扎一样疼，一丝冷意从头顶蔓延到脚底。男人虽然很年轻，但他一眼就认出，那是他的父亲，季荣阳。

照片上的女人却不是他的母亲。

他强压下心底翻涌不停的震惊和不安，将两张照片往桌子上一扔，冷哼一声，问："这是什么意思？"

从进门时就是一副温和模样的季策，突然变脸，周身寒气萦绕，不怒自威。于父被他眼神一扫，顿时不自觉地向后退了一步，结结巴巴道："这，这两张照片，你……你只能拿走一张……"

一瞬间，季策突然明白过来，那只看不见的手真正的指向在哪里。

他突然笑了起来，刚才还冷冷的脸上，突然带上了笑意，这更让于父心里发虚，脚底发软。

季策笑了一会儿才不紧不慢道："那个人还有什么话要你带给我的，一并说了吧。"

于父听闻这话，知道瞒不过他，索性也不遮遮掩掩了，打开天窗说亮话。

这两张照片，也是那个神秘快递里的东西。快递里有详细的指示，什么时候找名单里的人，什么时候去警方递交照片和手机，说如果按照指示来，他们不仅能给女儿讨回公道，还能从辰星拿到一大笔钱。

这两张照片有明确的要求，必须辰星老板亲自来取，告诉他只能拿走一张，他无论挑哪一张，另一张都会出现在网络上。

除非，季策公开发声明承认和于蓉蓉的恋爱关系并道歉。声明一出，这两张照片保证销毁。

"我闺女死得不明不白，我们老两口就这一个闺女，没有能力给她讨公道，只能按照这人的办法来试一试。"于父苍老的脸上带着悲哀和落寞。

"你们一定认为我只是为了钱，利用闺女的死来捞一笔。"说到这儿他自嘲地笑了笑，脸上的皱纹挤在一起，"也确实是这样，你们给的钱够我们养老了，可我闺女也回不来了。

"都说她是自杀的，但她还这么年轻，才二十多岁，还没结婚，没生孩子，她怎么就想不开自杀了呢，到底是谁逼的呢？说出来你可能也不信，除了钱，我们也想知道真相。

“我虽然不懂你们这里面的弯弯绕绕，但我也知道，这个人利用了我们，但我们也只能按他说的做，我们没办法啊。”

一个老实巴交的父亲，可能也是第一次对外人说这些话，他的头越低越深，说到最后，竟然捂着脸哭了起来。

默默听完来龙去脉，季策一言不发。他可以理解一个父亲想为女儿讨公道的心情，但不代表他就会接受这种威胁。他站起身来，弯下腰，手指点在照片上，冷冷道：“你们没有办法，所以就要来诬陷别人吗？靠威胁和欺骗得到的真相，就是你们想要的？”

于父被他质问得说不出话来，张了张嘴，又垂下了头。

“警方给你们的证据足够充分，完全可以证明我和于小姐毫无关系，有人处心积虑地设了这个局，还让你们来出头讨公道，我就想问问，你们讨的是居心叵测之人的公道，还是于小姐的公道？

“如果你们想要的真是于小姐的公道，那我可以给，所有的真相，我会让它清清楚楚地坦露在日光之下。

“没有乌云可以永远遮住太阳，没有秘密可以永远被隐藏。”

季策一句接一句，语气越来越重，目光越来越锐利。他说完最后一句，室内就开始像死一般寂静，只有于父急促粗喘的呼吸声折磨着所有人。

等了很久，也没有等到回应，季策闭了闭眼，撑着桌子，最后问了一遍：“你们宁愿相信一个藏头缩尾鬼鬼祟祟不敢露面的人，却不敢相信一个坦坦荡荡站在你们面前的人吗？”

时间久到季策都不抱希望，准备放弃了。季策慢慢直起身，整理了一下衣角，心中另一套应急措施已经成型，他不准备再浪费时间了。

就在他一张照片都没拿，转身要走时，一个有些虚弱的声音响起：“蓉蓉真的是自杀的吗？”

季策回身，看向一直坐在角落里，毫无存在感的一个妇人，那妇人木着脸，看着他。

“是的。”季策看着她干枯无神的眼睛，有些不忍。

见那双眼眸越发暗淡，季策忍不住多说了几句：“虽然于小姐的确是自杀，但自杀原因绝对没有那么简单。”

于母又沉默了，许久才问：“如果我们相信你，你能做什么？”

终于听到他们松口，季策心口压着的大石终于轻了几分，他认真说道：“真相，金钱。”顿了顿，他又加了一句，“还有安心。可以不让你们承受‘赚女儿性命钱’这种沉重的心理负担。”

季策说完最后一句话，于母苍老的脸上顿时生出一种凄凉。

季策戳破了他们心底最不想面对的丑态。从得知女儿的死讯开始，一对毫无能力的父母还没有来得及悲痛，就陷入了无数双手推动的赚钱之局。夜深人静时，他们总能从彼此眼中看出良心的不安和惶恐。此时这种不安被眼前这个目光锐利的年轻人毫不留情地拆穿了。不用再夜夜惶恐这个巨大的吸引力，让夫妻两人都生出了些期待。

“你想要我们做什么？”于母问道，语气中透着希冀。

季策心里终于松了一口气，他想了想问：“这个人你们知道是谁吗？”

于母摇摇头。

意料之中的回答，季策没有耽误，继续道：“你们怎么联系？”

于母有些吃惊，他们和这个人的确有联系，但非常隐秘，他们对谁也没有提过，这个年轻人怎么一副笃定他们会联系的模样。

季策淡淡笑着，浑身上下透着上位者的从容自信。

“快递里有一部手机，他会用短信联系我们。”于父接过话。

所有的指示都是通过这个电话发给他们的，电话里什么都没有，只有一个号码，这个号码打过去一直显示关机，需要联系他们的时候，会在晚上六点到七点之间点给他们发短信，发完就关机。非常谨慎。

“手机带了吗？”

于父从包里掏出一个老式诺基亚，放在桌上。

季策没有直接拿过来，看了眼手机，又问：“你们要单独见我，也是他提出的？”

于父点点头：“是的，他还说做完这件事，我们就可以拿着一大笔钱回老家了，闺女的公道自然会有人替我们讨回。”

季策沉默不语，他拿起那两张照片，重新装回信封。

很显然，这只是复件，拿不拿走都没有用，对方只是想看他会做什么选择。

这是什么心态？

看他在父子亲情和名誉清白中间苦苦挣扎？

季策眼神冷了冷，他捏起信封，装进兜里，语气平静："从现在起，这个承诺是我给你们的。"他若有所思地道，"但这个人知道你们老家的住址，不是认识你们，就是认识于小姐。如果想起来任何线索，都可以随时联系我。"

季策叫人安排他们去休息，然后叫了杨炎进来，一起进了另一个房间。

季策把刚才的经过说了一遍。

听到那两张照片的选择时，杨炎掩饰不住震惊："他想做什么？！"

此刻的季策已经冷静下来了，他抽出季荣阳的那张照片递给杨炎。

杨炎看了看，有点懵，问："这两人是谁啊？"

季策露出一个嘲讽的笑，也只有他，能一眼认出年轻时的季荣阳。

"我父亲。"他冷冷道。

杨炎一愣，季董？原来年轻时长这样啊，那他怀中的女人就是季策的妈妈？他还从没见过他妈妈的照片呢，这么细看，季策长相完全随了季董，没有随他妈妈。

正想得入神，耳边传来季策冷冰冰的声音："但她不是我母亲。"

杨炎一口气差点没上来，他正想夸一下照片中的女人长得好看呢……得亏自己没说出来。

不过季策这话什么意思？不是他妈妈，那会是谁？

……不会吧？

他看向季策，眼中流露出一丝惊恐。

季策面无表情："不出意外，应该就是你想的那样。"

……我什么都没想！

杨炎闭紧了嘴巴，什么都不敢说。

"这张照片，知道的人越少越好，绝对不能被曝光。"

"明白。"杨炎迟疑了一下，问，"那就只能选这张了？"

季策摇头："选哪张都没有意义，这两张迟早都会被爆出来的，只是现在时机未到。”

“那他为什么要把这么重要的照片给我们看，给我们准备时间？”

季策冷声道：“他是为了享受我在做选择时的挣扎给他带来的快感，顺便给我线索，告诉我他的真正目标是谁。”

是谁？这就很明显了。

杨炎第一次感觉到这件事之深超出了他的预期。

“那我们现在怎么办？要通知季董吗？”杨炎沉声问。

季策想了想，摇头：“你要稳住，先想办法查出照片中这个女人的身份，务必做到隐秘。至于我……”季策第一次很难说出“父亲”这两个字，他顿了顿，“其他我来处理。”

杨炎意会。

“好了，你再看看这个。”季策忍不住按了按发痛的太阳穴，又把诺基亚递给杨炎。

“那个人就是靠发短信和于蓉蓉的父母联系的，想办法查一下这个手机的定位。”

杨炎诧异地挑眉，接过手机翻看里面的短信。

号码保存的名字是大写的A，内容基本上都是发指令，什么时候见谁，说什么话，提出什么样的要求，能得到什么样的回报……之类的，而发过去问你是谁之类的问题，全都被无视，不回复。

短信不多，很快就翻看完了。杨炎很敏锐地发现短信的时间问题，他说：“这个A发短信的时间很固定，一直在六点到七点之间。”

“嗯。”季策若有所思道，“估计不太好查，他非常谨慎。”

“而且，我十分怀疑，他就在附近看着我们见面，等着看结果，我们要有所回应才行。”

今天见面的地方选在了华泰商场，是于蓉蓉的父母要求的，也是A定的地方。现在他们所在的房间就是商场一楼行政区的会客室里。

出了行政区，外面就是熙熙攘攘的人群，混杂在商场里观察，确实是个好选择。

杨炎拿出电话说：“我这就通知监控室，调出这附近的所有监控。”

季策抬腕看了看表，已经快七点了。

“现在以于父于母的语气给A发条信息，说我们现在就要重金收买他们，但念在A帮了他们这么久的情分上，只要A今晚八点前给他们银行卡转账十万，他们就立刻回老家，这件事到此结束。并强调时间紧急，看他会不会上套，真的转账。”

杨炎先是眼前一亮：“那就能顺着转账记录查出A的身份了！”

季策轻叹口气：“以他的谨慎，估计很难上钩，先试试吧。”

杨炎拿着手机出去发短信了。

季策的视线又落在那张照片上，很老旧。他盯着照片右下角的拍摄时间看了很久。

198X年7月9日。

三十年前。

他恰好也是三十年前出生的。

也就是说，这张照片是出现在季荣阳婚后。

季策只觉得手心冰凉。

伉俪情深，多年未娶，矢志不渝。

这些耳熟能详的词，突然都跳到眼前来，明晃晃地刺着他的眼睛。

不多时，杨炎打完电话，走过来道：“都安排好了，要去监控室看看吗？”

季策收回视线，去了监控室。

大大小小一整面墙的监控录像，重点区域已经被放大。

“重点关注独自一人出现，穿着打扮遮遮掩掩，长时间在附近逗留的人。”杨炎提醒众人。

查监控是件非常枯燥的事，尤其是还没什么线索。季策大致扫了扫，现在正是商场人流量最大的时候，显示器里人来人往，看得人眼花，他捏着眉心，准备闭眼休息一下。

刚闭上不到三秒，立刻又睁开。

其中一个显示器里正有一对男女从咖啡厅走出来，女孩肩膀上挎着一个造型奇特的包，她把包换个肩膀，开始穿外套，一旁的男人体贴地接过她的包，并替她拎着外套的一只袖子，帮她穿上。

动作有些亲密。

季策突然坐直了身体，神情严肃。杨炎见状伸头去看，问他怎么了。

随着那两个人走出摄像头的范围，季策才转回视线，没回答杨炎的话，指着显示器里两人消失的方向说："这个方向的摄像头是几号？"

有人忙过来调出来给他看。

再往前就出了商场的大门，两人站在门前，貌似在交谈，不一会儿女孩挥了挥手，先行离开。男人站在原地目送，过了三四分钟，女孩都不见人影了，他才挪动脚步向另一个方向走去，很快走出摄像头范围。

"有问题吗？"杨炎忙问，商场大门进进出出好多人，他跟着看了会儿也没有看出什么端倪。

"没问题。"季策面上平静说道，视线重新回到前方的显示屏上。

看了两分钟，季策突然站了起来，走了出去。

没问题个鬼！

非常有问题！

他今天就不应该心软让磨人精单独去和其他男人吃饭！

那个宋师兄果然心怀鬼胎，是搞暧昧的高手，帮女人拎包拿衣袖都那么自然，一看就是经常做。

盛卷卷是猪吗？

他以后再也不会心软了！

电话"嘟嘟"响了十几声还没有被接起来，季策的耐性一点一点被消磨掉。

盛卷卷运气非常好，在他耐性消耗殆尽前，接了电话。

"你忙完啦？"电话里传来熟悉的声音，一如既往的俏皮可爱。

"快了。"季策都没有发觉自己的声音突然就温柔了起来，他问，"你回家了吗？"

"还没有，我还在地铁站呢，一会儿就能到家了。"盛卷卷的声音带着回音，一听就知道已经到了地下。

"怎么不打车？"季策想起她过马路的蠢样，语气就不太好，"你的好师兄怎么没有送你？"

"师兄突然有事不能送我了。"解释了一番，盛卷卷又笑嘻嘻问道，"你是不是吃醋啦？"

季策嘴角一抽，仿佛看见了盛卷卷鬼头鬼脑的促狭模样，他顿时想把这个小女人按在身下好好收拾一番。

“对。”他干脆利落道，然后磨着牙低声道，“所以今晚你想让我怎么吃？”

第十三章

缠绵 你是不是很得意？

盛卷卷在电话那头“咯咯”地笑着，季策甩下一句“你等着”，然后挂了电话。

季策回到监控室，准备让大家早点收工。

一进屋，就见杨炎肃着一张脸，眉头紧锁。季策心中一跳，不好的预感升起。

“怎么了？”

杨炎没说话，把一直紧紧攥在手里的诺基亚递给他。

季策接过来，只见屏幕上显示一条新的短信，很短，只有四个字。

“你好，季策。”

饶是已有了心理准备，但季策还是觉得后背一凉。

杨炎刚想说话，季策极微地摇摇头，暗示他什么都别说。

然后他对所有人说：“今晚大家都辛苦了，暂时先这样，先回去休息吧，明天可能还要加班。”

众人听了纷纷都退了出去。

“开我的车走。”季策低声对杨炎说了句，率先走了出去。

坐进车里，杨炎才问怎么了。

季策面色凝重：“A 反应如此迅速，要么就是机敏异常，要么就是有人给他通风报信。”

杨炎立刻沉下脸，今晚带来的人都是他精心筛选出来的，可以说全是心腹，如果这中间出了内鬼，那他责无旁贷。

“对不起……”

他刚想道歉，季策就打断他：“只是猜测，你不要有压力。不过是特殊时期，谨慎点为好。明天起，全力排查内部人员。”

杨炎重重点头。

“那短信要回吗？”他犹豫了一下问。

季策思索很久，最后才摇头：“不回，没有意义。”

“那他会不会直接把两张照片都发出来？”杨炎有些担心。

“我们设想一下，如果把我和于蓉蓉的照片爆出来，对我产生最坏的影响是什么？”

杨炎认真思考一下，说：“让人们认为于蓉蓉的金主的确是你，你对于蓉蓉的死负间接责任，从而影响到公司的一系列运作和经营。”

“但是，只凭一张照片不能作为确切证据，我可以否认，或者承认曾经的确有过一段恋情，但早已分手之类，比公关，我总比他有利。”说到这儿，季策思索片刻，继续分析，“所以，如果单单公布一张照片，除了给我的男女关系抹抹黑，并不能造成更为实质性的严重影响，如果我是他，时机不到，不会轻易爆出来。”

杨炎并没有因此而感觉到轻松，他担忧道：“到底是什么人要针对你？费心布下这么大的局。”

季策眼中闪过一丝凌厉，他心里隐隐有个念头，可怕得让他不敢深思。

他的下颚线绷得紧紧的，半晌才道：“恐怕答案就在第二张照片里。”

同样，杨炎也有些战战兢兢，他小心翼翼地问：“要告诉季董吗？”

“不！”第一反应就是拒绝，季策稳了稳心神，说，“暂时只有你我知道，你去找靠得住的私家侦探，查一下这个女人。要快。”

“明白！”

两人回到公司开了个会，安排好元旦假期的相关事宜。

回到住处，已经九点半了。

季策停好车，看着透过窗帘映出的暖光，他一个晚上都空落落的心好像有了停靠的方向。

他快走几步，进了屋。

客厅里留了一盏落地灯，暖色的灯光驱散了他心头的最后一丝阴霾。

季策轻手轻脚地脱掉外套，翘着嘴角向里走去，顺着灯光，一路找过去。透过虚掩的房门，季策只能看见盛卷卷穿着他买的粉白睡衣，背对着房门盘腿坐在地垫上，捣鼓着什么东西。音响中放的是他常听的钢琴曲。

倒是很会享受。

季策笑着，轻轻推开房门，怕吓到盛卷卷，他故意加重脚步走了进去。

果然，刚走两步，盛卷卷就听到身后的声响，回头一看是季策，只笑了一下，三秒不到就转回头去。

季策上前几步，才看清，她面前的地上摆放着超大的一张拼图。

"这要拼到什么时候？"季策弯腰站在她身后，手搭上她的肩头。

"两三天吧。"盛卷卷说着，拿起两块颜色相近的拼图在眼前比较来比较去，拿不定主意。

季策闻言心中一动，附身在她耳边笑："拼完之前就别回去了。"

盛卷卷怪他扰乱自己的思绪，不满地推开他，娇嗔道："你别闹我。"

季策笑着在她身侧坐下，很难得地安安静静看着她忙，没有捣乱。

拼到自己想要的进度，盛卷卷才停下，惊觉季策一直很安静，忙歪过头看他。

"今天怎么这么乖？"她好奇道。

季策盯着她笑，也不说话，在她又要开口问时，突然靠近，在她脸上轻吻了一下。

突如其来的吻，夹杂着淡淡的烟草气息，让盛卷卷突然有些害羞。

"我这么乖，应该有奖励才对。"季策注视着她的眼睛，用认真的表情说出玩笑般的话。

盛卷卷被他看得想要移开视线，才刚偏过头，就被捏住下巴转了过来。

“可以吗？”季策抬起她的脸，一边凑近，一边低声问。

可以什么？盛卷卷被他逼得心猛烈地跳动起来。还没思考出什么结论来，季策的脸已然近得可以感受到他散发出的热度。

“嗯？”他的唇轻触她的脸颊，再一次催促。

盛卷卷本能地点头，慌乱间，微凉的唇就贴了上来，轻柔但有力地挑开她，长驱直入，狠狠地侵略霸占她的每一寸领地。耳边的呼吸声越来越重，盛卷卷轻颤着胳膊环上他的脖颈，仰着头闭上眼承受着他的索取。

不知过了多久，季策才停下来，他在她发红的唇上轻啄几下，笑道：“还害羞呢？”

盛卷卷脸如火烧，她总是没出息，季策随随便便一个吻就能夺去她的全部心神，让她沦陷。

季策在她脸上轻抚几把，然后捏了捏她红扑扑的小脸蛋，说：“怎么这么可爱呀？”

听他这么说，盛卷卷的脸更红了，她小声嘟囔：“也没有很可爱吧……”

季策“哈哈”笑了起来，在她脸上亲了亲，然后搂起她站了起来。

“再可爱一点就要引人犯罪了，知道吗？”季策边走边在她耳边低语。

盛卷卷埋头在他怀里，呼吸里全是他的味道，让她沉醉不已。

回到卧室，季策才将她放下来。

盛卷卷坐在床上，看着季策在她面前，慢条斯理地解开袖口，接着是领口……她刚稍微平息的心跳又重新剧烈跳动起来。

她睁大眼睛，一眨不眨地看着他的动作，直到他解开胸前第三个扣子，露出若隐若现的胸肌，盛卷卷咽了口水，忙道：“停停停！可以了！到这儿就可以了！再多一点就是犯罪了……”

禁欲气息从解开的领口处散发出来，释放得恰到好处，再多一些，不是他变身就是她变身了。

季策走到她面前，居高临下地看着她：“看够了就想叫停，哪有这样的好事？”

“求你了……”被他邪气四溢的眼神震住，盛卷卷毫无骨气地求饶。

时间停滞了几秒，突然额头一痛，季策弹了她的小脑袋瓜，然后盖住她的眼睛，调戏道：“磨人精……”

他开始根本没想怎么样，只是想换上家居服而已，被盛卷卷的一句求饶，硬是勾出一把火来。他只好无奈地放开她，去了卫生间。

盛卷卷倒在床上，不停地给自己扇着风，降低热度。

她感觉到今天季策的不同寻常，他的怀抱和吻都比以往多了些力度，深沉有力，但又很温柔体贴。

等季策擦着头发出来时，盛卷卷迎上去，拿过他手中的毛巾，把他按在椅子上给他擦头发。

“今天发生什么事了吗？”盛卷卷站在他面前，轻柔地擦着他耳后，问道。

“为什么这么问？”季策垂着头配合她。

“感觉你今晚不太一样，嗯……很柔软，就像现在的头发一样，带着点湿气，软软的。”盛卷卷轻声道，这还是她第一次尝试和季策聊这些话题。

“喜欢吗？”季策的声音从底下传来，有些闷。

盛卷卷一时没反应过来，季策又低低道：“我这样，你喜欢吗？”

一时间，盛卷卷的心都要化了，她抱着季策的脑袋，在他的头顶轻吻一口，喃喃道：“好喜欢。”

季策顺势环住她的腰，收紧，让她坐在自己腿上，安静地拥着她，一刻也不想放手。

晚上关灯躺在床上，季策用被子将盛卷卷裹成一个球，抱在怀里。许久，季策轻声问：“睡了吗？”

平时很快就能睡着的盛卷卷，今夜很奇怪，她枕在季策的肩窝里，毫无睡意。听见他的声音，她立刻仰起头，睁着杏圆的眼睛，回应道：“没有。”

季策低头在她额头上轻轻吻了吻，沉默片刻才说：“能说说你的家庭吗？”

盛卷卷的手放在他的心口上，感受着它有力的跳动。今晚的季策太不同寻常，好像剥去了外壳，悄悄露出一角柔嫩的内心。

她想了想，缓缓道："我现在的家庭是重组家庭，我五岁时，妈妈和爸爸离婚，七岁时，妈妈带我来到了现在的家里。"

在黑夜里，盛卷卷语调轻松地说起这段她庆幸已久的往事。

父母离婚时她还小，不记事，听妈妈说起，应该算是和平分手。

她想起第一次来到陈家时。

那一年夏天，午后，她正一个人在姥姥家院子里的葡萄架下看蚂蚁搬家。烈日炎炎，屋内姥姥、姥爷和妈妈正在低声说话，零星的话语透过窗户缝隙漏了出来。

"你想好了，他那边可还有个儿子，你带着卷卷嫁过去，这么远，有什么事我们也照顾不到。

"你离婚结婚我和你爸都没干涉过你，只要你过得好就行，但我就是担心卷卷，怕那家人对她不好。

"听说那个男孩比卷卷大不了几岁，这个年纪最是调皮排外的时候，我怕卷卷受欺负……"

姥姥的话，在懵懂幼小的盛卷卷心中悄然生根，她默默地听着，蚂蚁顺着小树枝爬到了手上也没有发现。

之后，她紧紧抓着妈妈的手，离开自幼生长的小城，到来陌生繁华的城市。在路上，和蔼可亲的陈叔叔说一会儿有一个小哥哥在家等她，妈妈低声说让她乖一点学会叫人。

她紧闭着嘴巴不说话。直到看见那个盘坐在沙发上，拿着游戏机打得火热的小少年，她内心的忐忑到达了极点。说什么也不肯再向前走一步。

"陈绪，你又打游戏！"陈叔叔责备了一声，"快过来见你妹妹。"

小少年毫不在意，只拿眼睛向门口瞥了一下，顿时扔掉手中的游戏机，撑着沙发一跃而起，三步两步走到躲在大人腿后的小姑娘面前。

他睁大眼睛，和矮小的盛卷卷对视了几眼。然后突然笑嘻嘻地伸手捏了捏她的脸，说："妹妹好可爱啊。"

以为自己被"欺负"了，盛卷卷"哇"的一声，以一场号啕大哭开启了她新的童年生活。

说起这段已经过了二十年的往事，其他细节早已模糊不清，只有脸上的痛感和少年笑嘻嘻的声音永远刻在心里，从此她真的多了一个哥哥和爸爸。

新家总是热闹得很，妈妈每天都笑容满面，新爸爸也宽厚温和，小哥哥更是调皮到飞起，经常把她逗弄哭了之后又手忙脚乱地哄她开心。

都说重组家庭能幸福的很少，盛卷卷觉得她可能上辈子做了天大的好事，这辈子才能有这样好的运气，遇到陈家父子。

季策安安静静地听着，借着月光，他能看清盛卷卷脸上发自内心的笑意。那种轻松感满足感，让他心生羡慕。

"我说完啦，你想说你的吗？"盛卷卷眨着闪亮的大眼睛，问季策。

季策捏住她的脸，轻轻扯了扯，笑道："我运气就没这么好了，我父亲可没有给我找一个可爱的妹妹。"

盛卷卷眉眼弯弯，将脸往季策手心里贴了贴，软声道："但你有个可爱的女朋友呀。"

看她娇憨的笑脸，季策握紧她的手，心中像有热气球在膨胀，瞬间温暖充盈整个胸腔，逼走那些从不见天日的阴郁记忆。

"我的母亲在我六岁时因病去世了，我父亲一直未娶，只有我这么一个儿子。"他轻声说着。

童年在他记忆里，就是保姆、司机、管家和孤独。一个人在家看书，一个人玩游戏，和保姆一起看电视剧。这是他回忆起的童年中最常见的画面。

父亲很忙，一周能回一次家就很不错了。有时候太忙会把他送去奶奶家，但他并不喜欢，宁愿在家和保姆一起，也不想看那些虚伪的笑脸。

小孩子最能察觉谁是真心谁是假意。

姥姥家他极少去，不知为何，姥姥极其不喜欢他，见到他眼中就有掩饰不住的厌恶。童年时不懂，还尝试着去讨好，但无一例外，得到的都是冷冰冰的拒绝，久而久之，他和姥姥家那边的亲戚基本不再走动了。

童年时期对亲情的渴望常年被压抑，导致他长大后对亲情的淡薄。

平心而论，季荣阳在他成长过程中除了缺少陪伴，其他的做得都挺到位。对他非常包容，他想做的事情，基本上都无条件支持，学业和事业，都由着他去选择。

他们父子关系一向不错。

但也仅限于不错，平平淡淡。相比大多数正常家庭，少了些吵吵嚷嚷的亲昵，更像是企业合伙人，什么事都能有商有量，保持着彼此之间的界限，谁也不越界干涉对方。

他涉足影视圈，并不是网络谣传的为了阮星空和家族闹翻，而是季阳集团下一步的发展方向，他只是提前来探路而已。

对此，周路、黄毛他们是羡慕得眼都绿了。在一群需要伸手向父母要钱的二世祖中，季策以他充分无条件的雄厚资金，当仁不让地荣登二世祖之首。黄毛交了个网红小女友都怕他爸知道从而断了他的零花钱。相比季策，他的自由让人羡慕得眼珠子都要掉出来了！

二十多岁的季策年轻不谙世事，也曾风流堕落过一阵子，踏碎不少芳心，也有不少世家小公主闹到季荣阳面前的，季荣阳只是笑笑，替季策的不懂事道歉，从没说过季策一句重话。

后来长大了些，阅历多了些，自己就立了起来。也曾认真交过女朋友，但总觉得少了点什么。时间久了，见的多了，季策也腻了。在认识盛卷卷之前，他有好几年身边都没有女人，一度被黄毛他们调笑是不是弯了。

他看过一些心理学的书，都说童年时期安全感的缺失会影响人的一生，在亲密关系的建立上缺乏稳定性。认识盛卷卷虽然时间短，但她带来的安全感和满足感超越了他三十多年来的所有认知。

什么样的小姑娘可以发自内心地这么可爱，这么有趣，这么贴心，这么温暖？

这么让人靠近了就不想离开。

季策自嘲："我的家庭是不是很无趣？"

不同于盛卷卷说起往事来的轻松愉悦，季策说得很简单迅速。

盛卷卷的眼前仿佛出现一个小男孩，独自一人坐在书桌前，一页一页地翻着书，除了客厅里八点档肥皂剧的声音，到处都是沉默。

她的鼻头有些酸酸的，二话不说，钻进季策的怀中，搂紧他的腰身，尽量用轻松的语气说："真的好无趣呀。"

然后亲了亲他的下巴，又笑道："多亏我把你收了，以后本仙女要带你过上有滋有味的生活！”

季策搂紧怀里的人，想笑，又有些心情复杂，他“嗯”了一声，说：“我要给你画个重点。”

“什么重点？”盛卷卷仰起脑袋，好奇地问。

季策俯下头，攫住嘟起的唇畔，细细品尝一番，然后才道：“嗯，是很有滋有味，甜甜的。”

天！到底是谁无趣？老司机总是会带跑话题！

盛卷卷翻身骑在季策腰上，制住他的双手，气哼哼道：“这么会撩，到底交过多少个女朋友？老实交代！”

没料到她会突然骑上来，季策被压了个正着，腹部肌肉立刻紧绷起来，贴着她弹性的小屁股，一把火立刻从小腹处烧了起来。

听她这么问，他压着火，笑道：“你不知道吗？女朋友永远只有一个。”

“啊呸！”虽然知道肯定问不出来，她也不是真心想得到答案来给自己添堵，但听他这么老油条的回复，还是气不打一处来。

她压低身体，将他的双手拉至头顶上单手按住，气鼓鼓道：“那你问问我交过多少个男朋友？”

如果他们交换位置，季策身高手长，压制她轻轻松松，但盛卷卷人小手短，向前俯下身，才能勉强禁锢住他的双手。她因为生气而上下起伏的胸口，就在季策眼前晃来晃去。

季策哑着声音问：“交过几个男朋友？”

盛卷卷哈哈一笑，小手一挥，比出一个九，故意笑道：“恭喜你排第九。”

眼看着季策的脸色变了，她十分解气，嚣张道：“哼！让你套路深，就是要打击你的嚣张气焰，免得你太自我膨胀，不知东南西北……”

话还没说完，手上一空，季策已经轻松挣脱她的手，双手抚上她的腰肢，稍一用力，盛卷卷就中断了她的嚣张，一声惊呼，身体一软，整个人就趴倒在季策胸口上，硬气不起来了。

“看来是我把你宠得不知东南西北了吧？”季策咬着牙，在她耳根处狠声道。

本来为了不吓到她，季策刻意放缓节奏，想等她做好准备，为此他已经用尽了毕生的自制力。结果磨人精丝毫不领情，既然她想挑衅，那他还客气什么。

“我排第几？你想好了再说一遍？”

第九？季策心中的火烧得更盛，他真想把这不知死活的小女人狠狠揍一顿。

本来已经想求饶的盛卷卷，被他这语气一激，又嘴硬起来。她撑起上身，俯在季策上空，低着头，丝绒般长发顺着肩头滑下，微卷的发梢扫过季策胸前，她顺手将头发撩起，别在耳后，然后勾起一抹笑，慢悠悠道：“没听清吗？第九呀！”

长本事了啊。

季策眼眸一缩，腿上用力，瞬间一个翻身将她压在身下。一手垫在她脑后，一手禁锢着她的腰身。

“好，等一下别哭。”

说完，他就动了。不等盛卷卷反应过来，他已经低下头，锁住那张让人又爱又恨的小嘴，辗转吸吮，霸道地吞噬她所有的呼吸和低吟。

盛卷卷来不及反应，就被炙热的男性气息完全笼罩，侵犯，占有。

唇舌相抵，缠绵入骨。

闹钟坚持不懈地提醒着主人，无论睡得多香，现在都该起床了。

盛卷卷想去拿手机，但一伸手，只觉得全身像被谁揍了一顿一样，胳膊酸软得都要抬不起来了。

“哎哟……”她眼睛都没睁开，低低痛呼一声。

一只长臂，越过她，从她枕头底下摸出叫个不停的手机，按掉，随后顺势环住她的腰，轻柔抚摸着。

“还疼吗？”

虽然这声音浑厚磁性，还带着一丝丝慵懒，但性感得令人腿软。此时听在盛卷卷耳朵里，简直就像晴天霹雳，炸得她两耳轰鸣，头皮发麻。

昨晚的那些画面冲入脑海中，羞得她面红耳赤，她根本不敢睁开眼，只能紧紧地把自己埋在被窝里装死。

早就发现盛卷卷是只纸老虎，嘴上厉害，实际上恐怕没什么经历，就怕吓到她，本想徐徐图之。

昨天被她一激，什么都忘了。

季策苦笑，靠过去，隔着被子搂住盛卷卷，轻声安抚：“好了好了，我不问了，你别裹这么紧，一会儿该透不过气来了。”

该死！被他一说，盛卷卷顿觉要喘不上气了，她扭着身体道：“你走……”

还是第一次被人从床上赶走，季策哭笑不得。

“我走了，怕是你又要哭。”

“你快走！”以为他是暗示自己昨夜的没出息，盛卷卷又羞又气。

季策笑了一会儿，不由分说，拉开被子，将她从里面挖出来，紧紧抱在怀里，凑近她道：“好好，是我会哭，别赶我走了，好不好？”

然后季策又耐心道了好半天歉，什么软话都说尽了，盛卷卷才放松了身体，软软地躺在季策怀里，红着脸不抗拒了。

“真是个小可爱。”季策轻轻刮着她的脸，笑道。

“不许说我。”盛卷卷不依，嗔着。

“好好，不说你。”

两人安安静静地躺了片刻，第二个闹钟响了，盛卷卷忙想起身，季策一把按住她。

“今天别去上班了，请假吧。”

盛卷卷动一动身体，确实酸疼得厉害，全身都没有力气，但今天要开节前例会，做总结汇报，她不得不去。

她瞪了眼始作俑者，拿过手机发短信给同事说晚点去，帮忙打个掩护。

等她发完了，季策问：“是现在洗澡还是躺会儿再洗？”

盛卷卷刚降下来的热度，腾地又升了起来，脸又红透了，她羞恼道：“都怪你……”

“好，怪我。”季策顺着她笑。

“你……你是不是很得意？”盛卷卷被他笑得发毛，羞愤地质问。

季策有些不理解，问：“我得意什么？”

还好意思问！

盛卷卷说不出口，只好啐了他一口，气极道：“老司机……”

老司机？季策突然有些明白她的意思了。他噎了噎，心里有些发虚，半晌才低头吻了吻她的眉心，道：“我不是得意，我是庆幸。”

盛卷卷听他语气认真，不由仰脸看向他。只见季策的眼睛又黑又亮，眼眸暗含深情，专注又认真，让她的心跳突然快了起来。

“庆幸我没有错过你，庆幸可以拥有你，庆幸你愿意选择我。”

一席话说得盛卷卷心中胀满了不知名的情绪，三分酸，三分甜，三分喜，还有一分……浅浅的贪。

醒来后的紧张和不安渐渐消散，取而代之的是满足和安心。

或许是他的眼神太深情，说出的话才如此让人动心。

至少在这一时刻，盛卷卷愿意去相信，愿意放任自己去动心。如果说在这之前，她对季策的感觉是迷恋更多一些，从现在起，她明显能感觉到迷不见了，只剩恋了。

而且她开始贪恋这种安心感，第一次想要更长久地拥有一个人。

她伸手紧紧搂住季策的脖子，呼吸间全是他的味道。她把脸埋在他的颈窝，闷闷道：“说你爱我。”

季策一怔，不是问你爱我吗，直接这么要求他的，他还是第一次见。

可爱又直接。

他侧脸吻了吻她的发丝，轻声道：“我爱你。”

盛卷卷静静地搂了他一会儿，然后小声说要去洗澡。神色间虽然还有些害羞，但已经没有了之前的惊惶。

好像就这么接受了。

这样就满足了吗？季策不禁疑惑，不需要更多的誓言吗？

思索间，盛卷卷已经放开了他，起身下床，光裸的后背曲线优美。她弯下腰去捡散落一地的衣物，在季策肆意的目光下，红着脸躲进了卫生间。

季策本想跟进去，但见她实在是害羞，怕她再恼，只好作罢，去了外面的卫生间。

匆匆梳洗后，见盛卷卷还没有出来，季策先给苏秘书打了电话，问了今天的日程安排。

马上就要元旦放假，公司里一堆等着他签字的文件，一天都闲不下来。

他本想上午在家陪陪盛卷卷，正和苏秘书商量着怎么才能空出点时间，晚点再过去。

盛卷卷已经出来了，湿漉漉的头发用毛巾盘在头顶，零星散落几根贴在被热气蒸红的小脸上。她听见了几句，忙跑过去，小声连比带划地提醒：“不用陪我，我马上也要去上班。”

她的声音很小，生怕电话那头的人听见。

季策却毫不顾忌，只将电话移开一点，对她笑道：“没事，一会儿我送你去上班，乖。”然后自顾自地对着电话继续安排工作。

盛卷卷顿时惊了，闭上嘴不敢再说话。等季策挂了电话，她才提醒道：“你刚才声音太大了，苏秘书肯定都听见了。”

季策不以为意道：“听见就听见呗。”

见盛卷卷一副难以置信的模样，季策忍不住想要教训教训她。

他们在一起有这么不可见人吗？

季策说到做到。他长臂一伸，将盛卷卷拦腰抱起，抵在了墙上。低下头抵着她的鼻尖，用带着委屈的鼻音说：“我们在一起是光明正大的，我可从没想要把你藏起来，倒是你，总是嫌弃我。你是不是怪我昨晚……太着急了？”

盛卷卷整个人被圈在墙壁和胸膛中间，腰上的胳膊坚硬有力地宣示着主权，温热的呼吸带着些喘息，她完全经不住这种撩拨，心顿时狂跳起来。她顾不上回答问题，伸手就去推他的胸膛：“你放开我。”

季策苦笑，稍稍撤离了些，无奈道：“你这样抗拒我，真的会让我怀疑自己的。”

盛卷卷推他的手立刻停住了，有些进退两难，她想说并不是抗拒他，她只是有点不习惯。从昨晚到现在，她还没有时间和空间去消化这件事。

昨晚的体验又过于强烈，说实话她到现在也不敢直视季策的眼睛，看一眼心就发慌，腿就发软。

“我没有抗拒你。”她强装镇定，逼着自己去看季策，只一眼，心又开始狂跳起来，她低头喃喃道，“是我太没出息了，看你一眼我心就跳得厉害，你一靠近我，我全身都没力气……”

她说完后，半天都不见季策有回应，心中忐忑，想着要不要再解释几句。

突然，脸被捧了起来，她被迫抬起头，视线和季策撞在一起。

“我……”

她想说话，季策却摇了摇头，他眼中有她看不透的情绪，深不见底。

季策双手拇指在她脸颊上轻柔地抚摸着，口中低叹：“别人都说我命好，运气好，才能投了个好胎，我一直不服气，现在可算服气了。”

停了一下他才继续说：“我就是运气爆棚，才能遇到你！”

说着季策将她轻轻地拥进怀中，低声道：“希望你的心可以永远为我这么跳着。”

听明白他的意思，盛卷卷有些不好意思，她倒是不用开口去回应了，心跳已经替她说明了一切。

节前人心涣散，除了管理层忙得要命，小职员基本都处于放飞状态，全员讨论元旦假期去哪里玩。

季策一上午都在见人、签字、开会。

因为那两张照片的出现，两颗定时炸弹不知道什么时候会爆。昨晚杨炎在公司公开了季策和于蓉蓉的那张，公关部和网管都炸了，连夜设计出好几套应急方案，等着季策过目。

季策一直忙到中午才有空去见周路。

周路说终于查出于蓉蓉定期出门是去哪里了。他用了点手段，拿到了于蓉蓉的行车记录仪。她自杀前三天的记录全在。

“你肯定猜不出来她去了哪里。”周路冷着脸，嘲讽一笑。

“你别告诉我，是去我家了？”季策被他笑得起了一身鸡皮疙瘩，这个设想如果是真的，他立刻搬家。

“华泰。”周路没有卖关子，马上给了他答案。

“华泰？”季策确实没想到，紧跟着问道，“去见谁？”

周路摇头，有些不甘心：“她每次都把车停在华泰的地下停车场，然后在商场里逛一逛，最后在一楼的一个监控死角里消失了。”

“看来有人对华泰的熟悉程度超出了我们的想象。”季策思索着，又问，“她肯定走不远，附近监控查了吗？”

周路递给他一个 u 盘：“华泰附近有一个老小区，监控不全，物业也形同虚设，费了我半天劲才查出来，于蓉蓉在这个小区里租了一套房子，她每周都会回这里住一晚。这里是她单元门下的监控录像，每次的确是她一个人来，一个人离开的。”

“就这样？不是去见谁？”

“目前线索就在这儿断了，楼里没有监控，打听了邻居，也都说没发现过什么异样，这间房平时确实没人住，只有于蓉蓉一周过来一趟。”

季策摇摇头，又是无用功，感觉进入了一个死胡同，让人极为不爽。

周路捏了捏眉心，同样不爽道：“暂时先这样吧，为了查你这点破事，差点没累死我，元旦我要带勺子出去玩一趟，你要不要一起？”

“去哪儿？”

“你那么多花样还问我？”周路揶揄他。

“滚。”季策给了他一脚，不过倒是有些心动。

之前听盛卷卷说要全家一起出游，他当时也没问这个全家里有没有她那个好哥哥。现在想想，有没有都得把她放在自己眼皮子底下，不能给他人钻空子的机会。

“上次你说你爸想拿大学城那块地，现在怎么样了？”季策突然问道。

提起这个，周路就有些头疼：“成家咬着不放，我家老头子这几天正上火呢。”

季策：“我帮你搭个桥，你让唐池把盛卷卷拐出来，怎么样？”

晚上，季策有饭局，提前和盛卷卷说过了，她下了班直接回到住处收拾行李，回家住。盛母早就催她回家了，电话里的情绪好得很。但盛卷卷一进门，就发现不对，盛母坐在沙发上脸上带着怒容，陈父在边上手足无措。

“怎么了？”盛卷卷走过去问。

盛母冷哼一声，不说话，陈父有些讪讪地道：“没事，你妈闹点小脾气。”

听他这么一说，盛母柳眉一竖：“陈岩！我怎么闹脾气了？来来来，你对着闺女说说你都干了什么好事？”

哟！阵仗不小啊，都直呼大名了。

盛卷卷暗暗发笑，没当回事：“我爸又怎么气你啦？”

陈父一脸尴尬，想解释，盛母没给他机会，直截了当道：“他在外面养女人，还不承认！”

第十四章

吵架 不想离开他

什么？！

盛卷卷的小心脏受尽摧残，她睁大眼睛看向陈父，一脸吃惊。

“当着闺女的面瞎说什么？”陈父尴尬得满额头冷汗。

“你都不要脸了还怕闺女知道？”盛母气得又哭了，拉着盛卷卷哭诉起来。

原来，今天盛母去逛街买衣服，去了一家熟悉的店，这家店价格昂贵，因此人很少，店里除了她还有一个女顾客，三十几岁，很有风韵。

盛母挑完衣服，那个女人正在结账，她就站在一边等着，收银员是新来的小姑娘，之前没见过，动作有点慢。

那个女人刷完卡，签了字，把小票递还给小姑娘。小姑娘拿过小票核对一下，然后有些疑惑地问道：“您签的是陈岩吗？”

那女人有些不悦，这么不懂事的服务员不多见了，她横了小姑娘一眼，冷着脸点点头。

小姑娘有些忐忑，边上立刻有人过来把她替了下去。

盛母听到陈岩的名字时，还以为是重名，没放在心上，等那女人拎着袋子走了后她才笑眯眯地上前和那个小姑娘聊天。

小姑娘有点委屈，小声辩解：“我看她签的名字有点不清楚才问了一下的，你看这‘岩’字一眼都认不出来。”

盛母瞥了一眼，笑容顿时僵在脸上。因为盛母是熟客，接替她的人也没有避讳她，直接教育小姑娘：“你管这么多干吗？死心眼，现在谁会核对签名？”

盛母突然伸手拿过那张小票，仔细看起来。她记数字能力特别强，当即记下了卡号。回去后找人查了查，结果竟然真的是陈父的一张副卡！

回想那个女人的相貌神韵，盛母只觉得像是晴天霹雳！万万想不到相爱二十年的陈岩竟然外面有人。

她忍不了，陈岩到家后立刻甩出查到的证据质问起来。陈岩惊慌失措，开始不承认，后来没办法只好承认那女人是公司新招的行政助理柳萍萍。今天也是他要柳萍萍去那家店买衣服给盛母当礼物的。

盛母自然不信，这么荒唐的借口，当她是傻子吗？

正吵着，盛卷卷回来了。听完原委，盛卷卷心里也有一丝不自在，虽然从情感上她也不相信陈父是会做这种事的人，但在事实面前他的理由又太牵强了。

但此时，她不能火上浇油，只能调解。

盛母正在气头上，哪能听得进去，吵吵几句就哭了，早就收拾好的行李箱派上了用场，拎起来就要离家出走。

陈父眼看要拦不住，急得满头大汗，百忙之中甩给盛卷卷一句“叫陈绪快回来”。

盛卷卷一怔，陈父已经追出门去了。

盛母一向听陈绪的话，同样的道理，盛卷卷说八百遍她都不一定听，陈绪只要说一遍，她就能美滋滋地说“好”。

等陈绪回来时，盛母已经被陈父连抱带拉地劝了回家，坐在沙发上拧着身子抹眼泪。

“妈。”陈绪快步走过去，叫了一声。

盛母看见他，委屈地把陈父的恶行又控诉了一遍。

“你爸还说那女人是助理，哪个助理会帮老板的老婆买衣服？那个女人妖妖娆娆的，一看就不是正经人。”

陈绪笑了笑，说：“我也经常会让我们公司的小姑娘帮我买东西啊，当然了，我还没老婆，有老婆后没准也会让助理给老婆买衣服。”

盛母被他不着调的话气得笑了出来，她擦着眼角嗔道：“胡说什么！好的不学坏学的，这样下去，什么时候才能找到老婆？”

见陈绪一句话就把盛母逗笑了，陈父长出了口气，悄悄地擦了擦汗，给陈绪使眼色。

陈绪的嘴角勾了勾，露出一丝嘲讽的笑意，转瞬又化作不正经的笑：“爸不是说是给你买衣服吗，让他把衣服拿出来就知道说的是不是实话了，对不对？”

盛母一听有理，竖着眼睛道：“衣服呢？”

陈父忙拿过车钥匙，递给陈绪：“就在车后备厢里，你去拿。”

陈绪接过钥匙，深深地看了他一眼，下楼去车库。

几分钟后陈绪就拎着一个纸袋上来，盛母接过一看，果然是今天那家店的衣服。

“这下相信我了吧？我本想给你做元旦礼物的，这几天太忙了没空亲自去买，我知道这家店是你最喜欢的，才让人去买的。”陈父如释重负，语气中带着委屈。

盛母这才打消疑虑，但还是气愤难消，把纸袋往地上一丢：“什么女人碰过的衣服，我才不要，扔掉！扔掉！”

现在她说什么就是什么，陈父立刻捡起来扔到门外去。

闹了这么一通，盛母气也渐渐消了，换上了笑脸，开始拉着一双儿女聊起了第二天去日本的事。

余宅。

三层小楼灯火通明，一楼客厅里人影绰绰。

季策端着酒杯随意地站着，在一群大腹便便的油腻中年男人中间显得格外耀眼。

这种人家的私家聚会，来的都是世交好友，关系网错综复杂，季策就是再不耐烦也得笑着应酬。

酒过三巡，谈事情的谈事情，聊感情的聊感情。背景音乐放着舞曲，已经有人跳起了华尔兹。

季策站在舞池边缘玩手机，没有下场。也没有女人敢不长眼地来请他跳舞，除了余子晴。

碍于两家的面子，季策没法拒绝余子晴。简单地和她跳了一支舞就退了出来。余子晴却步步紧跟，让他不厌其烦。

季策再一次伸手挡开余子晴想要挽他胳膊的手，扯了扯嘴角："余子晴，你认真找个男朋友，别在我身上下功夫了。"

这话说得极不客气，季策很少直接这么打脸，看在长辈们的面子上，他虽然不喜欢余子晴，但毕竟有着一起长大的情分，他极少这么不给她面子的。

余子晴的笑容立刻僵了僵，几秒后才化作委屈："我知道你嫌我烦，可我就是喜欢你啊，你也知道的，再没有人比我更适合你了。"

季策笑了笑，语带嘲讽："你可真有自信，适不适合我，是你说了算还是我说了算？"

余子晴也不和他争论，恢复笑容，仰着脸笑盈盈地道："现在你虽然这么说，但迟早你会来找我的，我会一直等你的。"

季策认真道："看在咱们认识多年的分上，我真心劝你别浪费时间了，如果你愿意，咱们倒是能做个挺不错的兄妹，比你这么折腾的好。"

余子晴撅起嘴，垂下眼睛，半晌才问："你是有喜欢的人了吗？"

"是。"

没想到季策这么干脆地承认了，余子晴吃了一惊，脑中闪现上次在餐厅见过一面的女人。

"是上次和你吃饭的那个女孩吗？"

"对。"

余子晴的面色立刻变了。

早些年，季策身边的女人来来去去，她不懂事时曾质问过很多次，从没见他如此干脆利落地承认过自己喜欢谁。

她脑中顿时警铃大作。

"她哪里比我好？"余子晴不甘心地问，印象中就是一个很普通的女人，衣着打扮没什么特殊之处，除了笑容是有几分甜美，但她也不差啊。

提起盛卷卷，季策的脸色柔和了很多，听她这么问，他嗤笑一声，懒洋洋地道："劝你别问这种问题，她哪里都不如你，还能被我喜欢，你岂不是更要伤心了？"

余子晴震惊又难堪，后来倒是安分了不少。

当事人安分了，可还有不少好事者。

见两人站在一起，不断有人过来说笑，又都是长辈，一副静等喝两人喜酒的模样。

季策挑了一个说得最兴起的长辈说：“放心，喜酒您肯定能喝上，只是不着急，回头我就带女朋友来给您先过过目。”

空气好像都有一瞬间的凝滞，众人脸上的笑都不约而同地僵住了。

余子晴有过心理准备，比其他人少了些震惊，但更多了些难堪。她没想到季策会如此不给她和余家留面子，更让她心惊的是，季策对那个女孩如此上心。

在场的都是摸爬滚打多少年的老人精，这种场合几秒就回过神，插科打诨把这一幕掩了过去，闭口不谈，聊起了别的事。

季策对上季荣阳那双永远温和的眼睛，目光坚定，未有丝毫动摇。

他走过去低语几句，季荣阳点点头，他和余世清道了声告辞，便先行离场。

因为是明天一早的飞机，所以今晚盛卷卷和陈绪都住在家里。

吃完饭，陈绪陪着盛母看电视聊天，盛卷卷看了会儿，觉得无聊就起身回自己房间了。

房子是复式结构，她和陈绪的房间都在二楼。

今晚是跨年夜，朋友圈里都在刷屏。晒礼物、晒合影，都是日常，一年一度的新年感言也很雷同……

盛卷卷向来是不发这些东西的，换句话说，她是个没什么仪式感的人。

她难得的一些节日仪式感都是陈绪给她培养起来的，比如过生日一定要送礼物，春节一定要穿新衣服，清明一定会陪他去给他亲生母亲扫墓……这些都是陈绪一点点帮她养成的，已经成了习惯。其他日子，情人节什么的，她是没有概念的。

不过她也佩服那些能把所有节日都变成情人节的小姑娘。

“花样真多。”看到别人亲亲抱抱举高高的秀恩爱合影，盛卷卷咋舌惊叹。

还有“肯为你花钱的男人不一定爱你，但钱都不愿意花的男人一定不爱你”之类的宣言。

以前盛卷卷看到此类宣言都自动屏蔽。

有爱你且愿意给你花钱的人又怎样，能光明正大携手到老吗？感情中多的是见不得光的东西，能高调秀出来给人看的背后，又有多少心酸谁人能知？

因此她从来不发，好运气是要偷偷攒起来的。

但今天，盛卷卷忽然想到她也是有男朋友的人，而且还是第一次有了肌肤之亲的男朋友，本想偷偷藏着的小心思也忍不住冒了头。

“今晚是跨年夜。”她试探性地给季策发了微信。

没有回复。

盛卷卷鼓鼓嘴，她从朋友圈截了个别人秀恩爱的图，大致意思是说“爱你就不会缺席你所有节日”之类的话。

等了几分钟，还是没有回复。

盛卷卷气不过，放了句狠话：“你即将失去本宝宝！”

然而，季策还是没有回复。

猜到他肯定在忙，盛卷卷只好怏怏地扔掉手机，倒在床上翻滚。

突然有提示音响起，盛卷卷顿时咧开嘴笑，一边去摸手机，一边想着要再作一作，气气季策。

点开微信一看，有些失望，也有些吃惊。

是宋未几。

最近宋师兄联系她有些频繁啊，经常在微信上找她聊天。

“提前祝小师妹元旦快乐。”还附带了一个红包。

盛卷卷好奇地点开，是八十八块八毛八的红包，不大但也不小。

无功不受禄，盛卷卷有些忐忑，忙回：“谢谢师兄。”

想了想她又问：“师兄怎么突然给我发红包了？”

宋未几回：“本来今天应该要请小师妹吃顿饭的，但临时有事就没有约你，小红包别嫌少，当我请你喝咖啡。”

上次吃完饭后，是盛卷卷请宋未几喝的咖啡。

盛卷卷有些奇怪，她和宋未几也没有熟悉到这个程度吧？但伸手不打笑脸人，她也不好太冷淡：“师兄太客气啦！”然后发了个磕头谢老板的表情包。

宋未几发了个笑脸，问："元旦有什么安排吗？"

盛卷卷如实道："和家人一起出去度假。"

宋未几追问："去哪儿？"

盛卷卷越发觉得奇怪，但还是耐着性子回："日本。"

"好巧啊，我明天也去日本，本来还想问问你有没有什么想买的东西呢，现在看来不用了。"

"哈哈，这么巧啊。"

"你们什么行程？看看咱们是不是也一样。"

"北海道泡温泉！一样吗？"

"哈哈，竟然这么巧！我也是北海道的行程，太好了，可以搭个伴了。你们订的哪个酒店，我现在换到你们那儿住，难得度假能遇到熟人。"

盛卷卷笑呵呵地把酒店的地址发了过去。

宋未几幽默风趣，学识渊博，和他聊天很轻松愉快。但盛卷卷一直有些心不在焉的，这一晚上季策都没有消息。

直到陈绪上楼提醒她明天要早起，让她早点睡，她才失落地扔下手机去洗澡。

洗完澡，盛卷卷摸起手机，发现有未读微信，以为是季策，点开后发现还是宋未几。

失望感顿时涌上心头，从早上分开到现在，一整天也没个电话，微信竟然也不回，季策到底在搞什么鬼？这是热恋的节奏吗？难道真是吃到了就不珍惜了？盛卷卷越想越气，连点开宋未几消息的心情也没有了。

半晌，她才点开未读消息，宋未几开始发了个明天见，后来又发来一张图片，附加一条文字消息："刚才在朋友圈看到有人发照片，感觉像是你朋友，就是上次在T大接你的，你看是不是？"

盛卷卷还在回忆是哪个朋友去T大接过她，顺手点开照片……

看清照片里的人后，她心头一万匹羊驼狂奔而过……

照片中的一男一女正在相拥跳舞，男人侧脸线条流畅俊朗，女人明艳靓丽笑容甜美，宛若一对璧人。

好呀！

不回她消息，是因为忙着和别的女人搂搂抱抱吗！

盛卷卷有些愤怒。

然后她把照片放大，仔细端详着那个女人的脸，越看越眼熟，好像在哪儿见过，但一时又想不起来。

这种滋味太不好受，搞得盛卷卷手心都冒了冷汗。

她逼着自己冷静下来捋思路。

季策昨天和她说了，今晚要去某个世叔家吃饭，说有些生意上的事要谈。应该不至于骗她才是，照片里的背景好像的确是在家中客厅里，那这个女人……想到这儿她脑中灵光一闪，终于想起来为什么她为什么看着眼熟了。

叫什么晴……

是季策一个世家伯伯家的独生女！

盛卷卷倒吸一口凉气，为自己点了首“凉凉”。

这桥段，还能更恶俗点吗？

霸道总裁的小说里不都是这种套路吗？总裁有个家世相貌匹配的被长辈们内定的女友，但总裁不甘心婚姻任由利益摆弄，执意寻求真爱，内定女友不甘心，各种暗箭挑衅真爱，制造误会……

狗血戏码上演。

等等！

为什么是宋未几发照片给她？

思路已经放飞的盛卷卷突然察觉到一丝违和感，宋未几上次在T大只远远见过季策一面，然后就能通过这张照片里的侧脸认出季策？是天赋异禀过目不忘吗？

而且他和她一样，是个心理咨询师，圈子和季策这帮富二代们完全不重合。拿她来说，除了唐池，微信里找不出第二个和季策沾边的人。宋未几竟然能从朋友圈里看到这张照片……

越想越觉得奇怪。

盛卷卷先是给季策拨了个电话，显示关机。她深呼吸着，一遍遍告诉自己，不能上当不能上当……

然后又给宋未几回了微信：“师兄从谁的朋友圈看到的照片，我看我朋友圈没有呀。”

宋未几过了很久才回：“一个合作方朋友发的，是个很能干的小姑娘，自己开公司，请我去做过团队辅导。”

接连着又发了一句过来：“哈哈，她男朋友竟然也是你朋友，果然像咱们心理学上的六度分离理论那样，世界很小。”

盛卷卷心沉了下来，她敷衍地回了句：“是啊，哈哈哈……世界好小。”

她可以确定那个什么晴不是季策的女朋友，从季策的态度上就可以看出来，她对自己的直觉还是有信心的。但宋未几说这些话又是什么意思呢？是真不知道，还是故意为之，或者是什么晴故意误导？

盛卷卷想得有些多，两个小人不停地在她脑海里打架。

小白人说：相信季策，他不是那样的人，一定只是应酬。

小黑人说：你懂什么！他们这种人玩心都很重，不会把你放在心上的。

小白人说：你应该能体会出来他对你的感情是真的。

小黑人说：你能体会出来个什么！事实胜于雄辩，面对现实吧。蠢女人！

小白人说：你不要骂人。

小黑人说：我没骂人，我骂弱智。

小白人哭唧唧地跑掉了。

小黑人冷酷一笑，胜！

一晚上，盛卷卷都没怎么睡，设想着万一季策真的脚踏两条船怎么办。如果是以前，当然是潇洒分手，但现在只要想一想分手两个字，她就心口发疼。

真被他说得没出息了。

盛卷卷抹了抹眼泪，困极了，才迷迷糊糊地睡着。

早上天没亮就被叫起床去机场，盛卷卷头疼得要命，一路上蔫蔫的，很没精神。陈绪以为她没睡醒，让她坐在行李箱上，推着她走。

到登机口，很意外地遇到了宋未几。

他独自一人，拎着个小行李箱，看见盛卷卷一行人，他礼貌地上前和他们打招呼，介绍自己。

盛母看宋未几高高大大，一表人才，谈吐不俗，顿时心生好感。听说是盛卷卷大学时的师兄，现在又是同行，马上喜笑颜开，拉着宋未几聊了起来。

宋未几为人温和，斯斯文文又有耐心，很讨中老年妇女的喜欢，几句话的功夫，就俘获了盛母的心。

自己老妈的过度热情让盛卷卷很尴尬，再加上昨晚她已经隐约察觉出宋未几并不像他外表那样温润无害，现在是一万个不想和他被老妈撮合，索性以困为借口，坐得远远的，靠着椅背合眼装睡。

陈绪冷眼旁观着，不动声色地打量着宋未几。几分钟后，突然轻笑一声，走到盛卷卷后排座椅上坐下来了，以同样的姿势闭目养神。

“你看这兄妹俩，一个德行。”盛母聊了半天，才发现盛卷卷和陈绪都不见了，回身一看，忍不住对宋未几笑道。

宋未几的目光闪了闪，笑容温和：“人和人相处时间长了，行为举止就会趋于相似，这说明兄妹关系很好。”

宋未几这么会说话，学识还很渊博，和她都能聊这么久，丝毫没有不耐烦，盛母满意得不得了。很快她就把宋未几的基本情况摸了个七七八八。名校毕业，自己创业，现在也算事业有成了。就是家庭条件一般，父母在外省农村，没什么见识，但好在离得远，以后也不容易插手小家庭。综合来看，算是很优秀的年轻人了。再加上性格很温和，会包容人。

盛母是越看越满意，极力邀请他到日本后一同游玩。

一路上，盛卷卷都找不到机会拒绝，只能眼睁睁地看着宋未几和他们一路同行到酒店。

拿行李时，宋未几从盛卷卷手里取过她的行李箱，动作自然流畅。行李一个不妨，被他拎了过去。她忙说不用，想拿回来，但宋未几挡开了她的手，笑道：“上大学时没少给你们搬过东西，这么小一个箱子还不算什么。”

听他这么说，盛卷卷就不好再抢了，只能不好意思地道谢。

宋未几把两个箱子并起来一起推着，和盛卷卷肩并肩地进了酒店大堂。

这两天是旅游旺季，前台办理入住的客人有些多，陈父建议去休息区等一等。

一行人转向休息区。

走了几步，盛卷卷突然停下了脚步。

走在她身侧的宋未几也一并停了下来，顺着她的视线看向休息区。

沙发上坐了几个人。

但有一个人，无论在哪里，永远都那么耀眼，让人难以忽略。

只见他缓缓站起来，长腿一迈，几步来到了盛卷卷面前，眼中旁若无人，只直勾勾地盯着盛卷卷看，笑非笑地问："不是说家庭出游吗？这个人也是你的家人？"清冽中带着一丝嘲弄意味的嗓音，此时听在盛卷卷耳中，格外刺耳。

她从第一眼看见季策时的震惊中脱离出来，随即就被他的冷眼嘲讽激起了情绪。加上被昨晚的无故断连和余子晴照片事件煎熬了一晚上，现在可以说是"新仇旧恨"一起涌上心头，滋味格外难忍。

因此，她也没有再忍，直接冷了脸转向一边，反问道："和你有关系吗？"

季策一愣，这和他想象的差距太大了。他劳心劳力了一夜，才办好手续赶在盛卷卷之前到酒店，觉都没怎么睡，想第一时间见她，才在这儿等着的。结果倒好，她不仅悄悄带了个别的男人来，还当众维护别人，打他的脸。

他长这么大也没受过这种气，一时有些难以置信，说话就有些口不择言："和我没关系？前天晚上在我家时你可不是这样说的。"

一瞬间，盛卷卷只觉得被当头一棒，砸得眼冒金星。她难以置信地看着季策，无法想象他为什么会当众说这样的话来羞辱她，眼眶当即就红了。

话一出口，季策就清醒了几分，再看盛卷卷的表情，这才反应过来自己都说了些什么，他顾不上懊恼，立刻上前一步想去拉盛卷卷道歉。但他的手还没触碰到盛卷卷的胳膊，就被一只手挡开了。

陈绪皱着眉，怒意迎面，周身冷意逼人。他挡开季策的手后，向前半步，挡在了盛卷卷面前。

不等两人说话，盛卷卷已经从震惊中回过神来，她本能地扯住陈绪的衣袖，贴近他。陈绪二话不说伸出一只手，把她护在了身后。

两方对峙起来，盛卷卷的选择非常明显。

见此情形，季策的心像是被冷热交替的水浇着，疼痛难忍。他感到一种难以言说的愤怒。

许久之后，他才勾了勾嘴角，毫无笑意道：“真是一对好兄妹。”然后意味深长地看了盛卷卷一眼，转头毫不犹豫地走了。

走在前头的盛母和陈父此时才发现后面三人没有跟上来，远远地叫他们快点。

盛卷卷被季策的最后一眼深深刺痛了，她站在原地，死死地咬着唇，控制着不让眼泪掉下来。

陈绪把她外套的帽子掀起来盖在头上，遮挡住其他人的视线，搂着盛卷卷的肩，带着她向卫生间走去。

宋未几注视着两人离去的背影，神色复杂。

“进去哭一会儿，我在外面守着。”陈绪把盛卷卷推进卫生间，关上门，双手抱胸站在门口。

脑袋混混沌沌的，盛卷卷背靠着卫生间的门，慢慢蹲在地上，抱着双膝，眼泪噼里啪啦直掉。然后低低的呜咽声才响起，又过了一会儿转成小声的哭泣……然后渐渐无声了。

陈绪靠着门，听着里面的声音，心扭成一团。

过了很久，门被拉开，盛卷卷红着眼睛走了出来。

“我没事了。”不等陈绪开口，她就露出一个勉强的微笑来，安慰他。

陈绪烦躁地抓了抓头发，把她推到镜子前：“你自己看看你笑得多难看？不想笑就别笑！”

盛卷卷看着镜子里比哭还难堪的笑脸，突然想起季策说过的在他面前可以想哭就哭，想笑就笑，情绪差点又失控。

陈绪默默看着她，许久才几不可闻地叹了口气，问道：“你和他……为什么要吵架？”

盛卷卷眼神暗了暗，为什么？她也不知道，她只知道，有些事好像无法挽回了。

陈绪耐心地等着她。早上看见她肿起来的眼睛就知道她有心事，肯定是一夜没睡好。现在可以确定是和季策有关。

整理好情绪，盛卷卷把昨晚宋未几给她发照片，季策手机关机联系不上一系列事说了出来。

“宋师兄也不是我邀请他来的，是恰好赶上了而已。如果不是他断联，我怎么可能不告诉他。但他这样不信任我，让我很难过。”盛卷卷说着说着眼泪又忍不住掉了下去。

让她最难过的她并没说，季策对她的不尊重，还有最后看她和陈绪的眼神，都像尖刀一样深深刺痛了她。

听了原委，陈绪立刻就明白过来。盛卷卷和季策都是沟通不畅导致的当局者迷，是被人有心利用了而已。

陈绪之前就怀疑宋未几动机不纯，因为他看盛卷卷的眼神平静无波，看不出热切和爱意，和盛母聊天时，自然大方，毫不紧张，根本不像一个爱慕者。且不说那张照片是真是假，季策有没有脚踩两只船，宋未几的举动就足以说明，是他故意捣鬼。

但这些并不妨碍他看季策不顺眼。

虽然很想顺势给他一些苦头吃，但看着盛卷卷红红的眼眶，明白她是动了心。陈绪暗暗叹气，然后一五一十地把自己的分析告诉了盛卷卷，毫无保留。

昨晚，盛卷卷虽然有隐隐的直觉，但气愤占了上风，让她无暇细细琢磨。现在听了陈绪的话，头脑清楚多了。

她愣愣地问：“宋师兄他到底想干吗？”

陈绪也不知道，他耸耸肩，随口开玩笑：“不是和你有仇就是和他有仇。”

“这……”

虽然被陈绪理清了原委，知道可能都是误会，但盛卷卷依然难以释怀。之后她的情绪一直不好，整个人像被霜打了的茄子，病恹恹的。中午饭都没吃几口，就借口补觉躲进了房间里。

关上门，心脏的钝痛感又一阵一阵地传来。而盛卷卷此刻才真切地感受到，她对季策的感情早已经发生了变化。

哪怕受伤，哪怕难过，她也不想离开他。

盛卷卷握着手机，心里存了一丝隐隐的期盼——如果他来找她道歉，就原谅他好了。

她在这边心痛如绞，季策也并不好受。

他当时离开时还是愤愤然的，盛卷卷的冷漠，加上她和陈绪的亲密，都让他气昏了头，理智被嫉妒之火烧没了。哪怕意识到自己那句话说得过分了，但在当时的情形下，强烈的挫败感迫使他不得不离开。

走出门外，冷风骤然吹起，刺骨的寒风从领口灌入，瞬间就让季策的理智回笼了。

前几天，刚下了一场雪，山上的积雪很厚。远远望去，像一块松软诱人的大蛋糕。他双手插口袋，沿着马路缓缓向远处走去。

心生孤独。

为什么会弄成这样？季策冷静地问自己。他不过是问了一句，盛卷卷为什么如此反常，不仅冷漠，更带着怒气。

是在生他的气吗？气他没有回她微信？

他是真的忙，赶到日本时，已经是深夜，怕打扰她所以才没有回信息的。这也至于这么生气？

他有些想不通。

一直以来，他都能感觉到盛卷卷的退意，两人在一起时，哪怕已经是很亲密了，她总是给他一种随时会走的感觉。

之前他不想去深究，因此毕竟认识的时间不长，自己的名声又不佳，她留有退路也是可以理解的。季策想着，只要他多主动些，时间久了自然就好了。

但今天，她那一瞬间选择靠向陈绪的动作，让他彻底失去了理智。他竟然嫉妒起了陈绪，嫉妒盛卷卷对他毫无保留的亲密和依赖。

毕竟他们不是亲兄妹。

这个念头骤起，让季策呼吸都有些冷。他不明白自己为什么冒出这样荒唐的念头。

越想思绪越乱，哪怕全身冰凉，也灭不了季策心中的暗火。如果不是周路及时打来的电话，他还不知道要纠结到什么时候。

周路打电话来问他，说唐池已经和盛卷卷联系上了，问他跑哪儿去了。

季策一反常态的沉默态度，简直就是明晃晃地告诉了周路——有问题。

毕竟周路是亲眼看着他昨晚是怎样兴致勃勃地准备这个惊喜假期的。

面对好友的追问，和脑中越理越乱的思绪，季策忍不住把之前发生的事说了一遍，只是隐去了他对盛卷卷和陈绪的猜想。

周路听完后，心中忍不住叹气，又觉得好笑。终于轮到他看季策这家伙的笑话了。

事实证明，无论之前多厉害，只要遇上心尖上的那个人，立刻说认栽就得认栽。

谁也别想例外。

“你先说，你是想分手还是想继续。”周路开门见山。

“废话。”季策毫不犹豫地回道。他要是想分手，至于这么纠结吗？

周路又问：“那你现在是想知道她为什么生气呢，还是想按原计划高高兴兴地和她度假呢？”

“当然是原计划度假了，不然我折腾半天是为了什么？”季策没好气地说。

电话那头没了声音，季策不满地催促道：“然后呢？”

“然后？”周路笑了起来，“然后还用我教你怎么泡妞吗？这不是你最擅长的事吗？”

“擅长……”

“醒悟了没？”

“滚吧。”

周路无情地嘲笑了他一番，最后才好心地指点他：“你的女人你要是不宠，自然会有别人来替你宠。这个道理你记住了，其他的都好说。”

其实，他还有句话没好意思直接说。季策就是之前被女人宠坏了，少爷秉性十足，那些女人都是捧着他贴着他的，有谁给他脸色看过。但盛卷卷这个姑娘，估计很快就会教会季策做人。

乐见其闻！

第十五章

和好 这么会说情话？

挂掉电话，季策深吸了口冷气，彻底冷静下来。

其实周路第一句话就点醒了他。

分手？他可从没想过。既然不是想分手，那自然不能给任何人钻空子的机会了。面子什么的，先放一边吧。

先解决主要矛盾，再去解决那些细枝末节。

想通了后，季策果断转身回酒店。一走进室内，暖气蒸腾，他立刻打了三四个喷嚏。他揉着鼻子去找周路，拜托唐池今晚把盛卷卷约出来吃饭。

唐池已经从周路那里得知了盛卷卷和季策吵架的事，很不情愿帮忙。她觉得盛卷卷最好是趁机和季策分手好了。

“虽然盛卷卷是你的好朋友，但你也不能替她做决定。”周路劝她。

“你就会替你的好朋友说话，还说得这么冠冕堂皇。”唐池撅着嘴嘀咕，她气呼呼地把手机递给周路，“你看看你的好朋友背地里和余子晴搂搂抱抱，还有脸和卷卷生气？”

周路接过来一看，是余子晴在朋友圈发的她和季策跳舞的照片。周路皱了皱眉，他也加了余子晴，却没看见这张照片。

显然是分组了。

这样的话，季策肯定也没看见。他立刻存了图，转发给了季策。

唐池看见后叫嚷道："你为什么告诉他？就该让卷卷甩了他！他还不知道为什么才好。"

周路摸了摸她的脸安抚她："乖乖，别闹，真分手了，你的好朋友也是要伤心的。"

即使不情愿，唐池还是约了盛卷卷出来吃饭。

季策看见照片时一愣，知道是余子晴发在朋友圈里后，他的直觉告诉他，盛卷卷的反常或许和这张照片有关。

他忙打电话给唐池，问她是不是把照片也发给盛卷卷了。把唐池气得够呛，狠狠地奚落了他一顿。

既然不是唐池，那会是谁呢？

季策一下午都心神不宁的，数着分钟等着晚上约好的时间到来。

好不容易到了约好的时间，他连坐都坐不住了，不停地站在门口张望。

他怕盛卷卷不来。

距离约好的时间已经过了十分钟，季策从没觉得十分钟有这么漫长过。

直到那抹纤细的熟悉身影出现在远处时，季策才有种逃出生天的庆幸感。

盛卷卷虽然化了妆，但季策依然第一眼就看出了她眼睛有哭过的痕迹。

他心里一疼，手不受控制地想去拉她。盛卷卷立刻本能地后退了一步，随即慌张地抬眼看他。季策的心尖抽了抽，收回手掩饰般地摸了摸鼻子，不知道该说什么。

气氛一时间有些尴尬。

还是盛卷卷先开口打破了尴尬，她垂着眼问："唐池呢？还没来吗？"

季策"嗯"了一声后，两人又陷入了沉默。

片刻后。

"你……"

“我……”

季策忙道：“你先说。”

盛卷卷飞快地瞥了他一眼就收回了视线，她紧紧捏着手机，扬了一下，轻声说：“我给唐池打个电话。”说着就站起来要往屋外走。

“唐池不会来了。”身后传来季策的声音，有些喑哑，不似以往那般清朗。

她略略诧异地回头，只见季策已经站起来，一步一步地向她走过来。

“是我让唐池约你出来的。”季策走到她面前站定后说。

盛卷卷垂着眼没有说话，她早猜到了。

“我怕你不愿意见我。”季策又说。

盛卷卷依然低着头不说话。

季策见她一直不愿意看自己，心里的不安达到了顶点。这还是他第一次正儿八经地哄女孩子，根本无从下手，简直比谈上亿的项目还难。季策抓了抓精心打造的头发，心里有些烦躁，琢磨着下一句该怎么说。

盛卷卷等了会儿不见他说话，心里越发紧张。手心的汗把手机都打湿了。她想，只要季策道歉，哪怕只有一句对不起，她都会原谅他。

正想着，头顶就传来了一句——

“对不起。”季策终于想好了该怎么说。

终于等到这句话，盛卷卷鼻头一酸，眼眶忍不住就红了，她保持着低头的姿势，生怕被季策看见。

“对不起，是我不好，犯浑说错了话，你能原谅我这一次吗？”季策看着她的头顶，柔软蓬松的发丝像盛卷卷本人一样可爱。

然后，他就见这个毛绒绒的脑袋轻微地点了点。

季策的心一下就提了起来，他怕自己看错了，立刻紧张地追问：“你是愿意原谅我了吗？”

小脑袋又点了点。

失而复得的巨大欣喜冲击着季策的心脏，他控制不住自己的情绪，顾不上许多，一把将盛卷卷抱了起来，原地转了三个圈。他现在开心得想要飞起来。

盛卷卷看着眼前这个笑得像个孩子的男人，所有的委屈在这一刻化为乌有。

他的笑容就像日光映照在雪山之巅，耀眼夺目，驱散她心中所有的阴霾。

她爱这个男人。

吃完饭，季策送盛卷卷回酒店，在等电梯时，遇上了陈绪。

盛卷卷有点心虚。她晚上没有和父母一起吃饭，找的理由是唐池约她。现在被陈绪撞见她和季策在一起，她有种被戳穿的羞耻感。

陈绪看见两人时也是一怔，随即视线就落在了季策搭在盛卷卷腰间的手上。盛卷卷注意到了，有些不安地挪了挪身体，想要脱离季策的怀抱。

季策在见到陈绪的第一时间，所有的警戒都拉到了最高级。此时见盛卷卷一动，他立刻收紧了手臂，贴盛卷卷更近了。

示威意味浓烈。

陈绪的面色不由得难看起来。

“哥哥。”盛卷卷强作镇定，若无其事地问，“爸妈呢？”

陈绪移开了视线，抿了抿唇才说：“宋未几带他们拍照去了。”

然后两方都陷入了沉默。

片刻后，季策出声打破了尴尬的局面，他笑着对陈绪伸出手说：“虽然不是初次见面，但还是要正式介绍一下，你好，我是盛卷卷的男朋友，季策。”

陈绪看着他伸过来的手，在盛卷卷担忧的眼神下，过了几秒才抬手和他轻握了一下，简单道：“你好，陈绪。”

相比陈绪的沉闷，季策显得格外轻松，他笑道：“之前和卷卷有一点小误会，给大家添麻烦了，为了赔罪，明天我想请卷卷的家人一起吃个饭，希望陈先生可以赏脸。”

这一席话说得陈绪的脸又黑了几分。他深深地看了盛卷卷一眼，见她也是一脸吃惊的表情，心下了然。他扯了扯嘴角：“希望季先生可以把心思多用在正道上，减少不必要的误会。”说完看也不看两人一眼，抬脚向外走去。

看着陈绪离去的背影，季策脸上的笑渐渐收了起来。

“你别介意，我哥哥他没有别的意思，他只是……”盛卷卷连忙替陈绪解释。

季策摇头打断她的解释，重新笑了笑说："我知道，当哥哥的嘛，总是心疼自己的妹妹。"

不知为何，盛卷卷总觉得季策话中有别的意思。

有了这么个小插曲，盛卷卷就没有之前轻松了。她被季策说的话吓到了。

"你说要请我家人吃饭……是开玩笑的吧？"

季策一挑眉，反问："为什么是开玩笑？我是认真的。"

盛卷卷顿时紧张起来："别别别！我爸妈还不知道我谈恋爱了，他们没有心理准备的，还是等以后准备好了再说吧。"

"吃个饭而已，还要怎么准备？"季策笑道。

盛卷卷还想拒绝，找了这样那样的理由，最后被季策用吻堵住了。

"你别怕，迟早要见的。"

伏在季策怀里很久，盛卷卷突然闷声问："你以前谈过几个女朋友？"

刚刚才和好，满腔的浓情蜜意还没消散，盛卷卷问的这个问题，简直像一柄大锤，咣当砸得季策眼冒金星。

他脸色顿时不太好看起来，斟酌半晌才试探性回复："就你一个？"

见盛卷卷抬头瞪他，季策才苦笑着道："好端端的怎么翻起了旧账，我以前的确不是什么正人君子，也干过不少荒唐事，但那都过去了，法都不溯及既往呢，你大人有大量，原谅过去不懂事的我，行吗？"

盛卷卷心里有些暖。

这个男人不知道是多少人追逐的目标，他却愿意停留在自己身边，哪怕只是暂时的，也足够让她满足了。

"紧张什么？你都这么大岁数了，又这么帅，谈过一卡车女朋友都不稀奇。"她笑着调侃一句，然后才磨磨蹭蹭说出自己的真实意图，"以前的女朋友中，你都见过她们家长吗？"

季策恨得牙痒痒，忍不住在她小屁股上用力拍了一下，佯装生气道："你真当我有这么闲吗？"

他真的不懂为什么盛卷卷会这么问，决定开诚布公地和她谈谈。

"你以为我是随便谈个女朋友就要去见人家父母吗？我再胡闹也

不会不懂见家长的道理，你为什么会有个疑问？”

盛卷卷小声嘀咕：“那你现在怎么要……”

她是真的不太懂，正常来说，普通人谈个恋爱，不到最后关头，也不会想着要见家长。多的是谈了很久，最后见家长见分了的。更何况是季策他们这种玩家，对见家长难道不是避之唯恐不及吗，为什么季策还上杆子凑上来？

她心里隐隐有个答案，但她根本不敢想，只想一下都会觉得自己太不要脸，太自作多情了。

“盛卷卷。”季策支起上身，低头认真地看着她，语气严肃。

盛卷卷心虚地和他对视，几秒就受不了，想转过头，却被他一把捏住小巧的下巴转回来。

“我为什么要见你父母，你真的不明白吗？”季策探究的目光在她脸上扫过，敏锐地抓住她一闪而过的心虚。

“你这么聪明，一定可以明白，你现在告诉我，我为什么要见你父母？”季策不给她躲避的空间，深邃犀利的目光直直地锁定着她。

盛卷卷被他直视得心脏怦怦跳得厉害，他的眼睛又黑又亮，像有光引着她走进去。

“说。”

一声逼问，迫使盛卷卷说出心底那个自作多情的答案。

“你对我是认真的吗？”第一句话说出口，下面的话就顺畅多了，“不是简单谈个恋爱，玩一玩那样，而是有计划，有未来的那种认真恋爱？”

大概也猜出来她的想法，季策有些心累。

“你知道我们这种人，如果玩一玩是什么样的吗？”

不等盛卷卷回答，他就继续向下说：“郑好你知道吧，就是那个黄毛。他一年固定谈两个女朋友，每次都是一模一样的套路。虽然口中宝贝、哈尼、亲爱的叫个不停，但正经朋友聚会是不会带着的，平时见面，就是逛商场、买东西、开房一条龙。

“如果我只是想和你玩玩，根本不会把你认真地介绍给我的朋友，花心思给你准备礼物，制造惊喜。也用不着费这老半天力气和你兜圈子，给你时间，等你适应我的节奏。”

他眯起眼睛，语气暧昧："不是我小看你，从一开始你对我的那点小心思，如果我不是认真的，你早就被吃得渣都不剩了。"

"真的吗？"盛卷卷犹自不信，睁着忽闪忽闪的大眼睛看着季策。

"磨人精！"季策被她看得心跳都快了起来，他用力吻了吻她的额头，低声轻叹，"我这辈子都没这么认真过了。"

过了会儿，磨人精又期期艾艾地问："为什么是我？"

季策哭笑不得："为什么不能是你？这么不自信吗？"

虽然猜想被肯定，感动之余，盛卷卷还是很有自知之明。自认为还没有国色天香到可以迷倒众生，对于季策的认真她又忐忑又好奇。

"我们认识的时间又不长，我也没有什么过人之处，比起你之前的女朋友都差远了吧，所以不明白为什么是我。"她坦诚道。

季策静静地看着她，胸口升起一缕酸楚，他疼惜的小姑娘怎么这么没自信。

"第一，我们认识的时间比你想象中要长；第二，你特别好，比任何人都好，好很多；第三，不要怀疑自己，你值得拥有最好的，值得被人捧在手心，真心疼爱。"他认真地说。

盛卷卷默默地看着他，许久才眨了眨眼，掩去雾气，故意酸溜溜道："这么会说情话啊？"

"以后只对你一个人说。"季策在她眼睛上吻了吻，轻声说。

盛卷卷顺势闭上眼睛，贴在他胸口感受着坚定有力的跳动，她的心也跟随着一起舞动起来。

就这样一直在一起吧。

她又把季策的话默念了几圈，突然觉得有些不对劲。

"什么叫我们认识的时间比我想象中长？"刚才被甜蜜冲昏了头脑，这才想起来问。

季策被她后知后觉的呆萌惹得笑了起来："你猜。"

"什么嘛！快告诉我嘛。"盛卷卷猜不到，在他胸口蹭了蹭，撒着娇。

季策只笑不语，眼看盛卷卷要急了，他才拿出手机，点进某个直播软件，递到她面前，示意她自己看。

"啊？！"盛卷卷只扫了一眼就惊得张大了嘴，"你你你……腿哥？"

“认识的时间够不够长？”季策坏笑着问。

“原来是你！”

好半天盛卷卷才回过神，惊喜万分地搂住季策的脖子，又是好气又是好笑：“你怎么早不说？”

“早说怕你太骄傲。”季策笑了。

“现在就不怕我骄傲了？”盛卷卷娇俏地斜眼看他。

“没办法，谁让我栽在你手里了呢。”季策搂着他的小姑娘，心甘情愿。

两人在一起的时间过得飞快。

很快，盛母就打电话来催盛卷卷去泡温泉了，季策只能恋恋不舍地先走了。

见了面，盛卷卷才发现宋未几也在。

盛母一见到盛卷卷就兴奋地说：“小宋这孩子真厉害，把我拍得至少年轻了十岁。”

宋未几笑盈盈地站在边上，谦虚道：“也不是谁都能拍成这样的，都是阿姨气质好。”几句话又把盛母夸得心花怒放。

盛卷卷看着宋未几有点不自在，没有接这个话题。可是架不住盛母真心喜欢宋未几，不停地找机会撮合他们两人，甚至找借口离开，让宋未几陪盛卷卷在休息区喝东西。

宋未几端了杯热牛奶递给盛卷卷：“晚上喝点牛奶有助睡眠。”

平心而论，宋未几非常体贴周到，观察细致入微，是个很容易让人产生好感的人。即便是盛卷卷对他有些提防，也不能否认他这番举动很能给他加分。而且他一直从未挑明过什么，连暗示也没有，一举一动都像是一个偶遇的老熟人，让人挑不出毛病。

有时候，她想说点拒绝的话，话到嘴边又觉得很唐突。毕竟人家什么都没有说。

如果不是季策的出现，她也不想主动挑破，让双方难堪。但为了避免更多的麻烦，她还是决定把话挑明了。

“师兄，你真的是碰巧才和我们一起的吗？”盛卷卷手捧着牛奶，问出了存在心底的疑问。

宋未几怔了怔：“为什么这么问？”

盛卷卷笑容有些勉强："没什么，就觉得真的好巧。"

宋未几沉默许久才说："如果我说不是碰巧，小师妹会不会讨厌我？"

盛卷卷诧异得说不出话来，虽然之前已经猜测不是巧合，但直接听宋未几承认，还是很吃惊。

"为什么呢？"她问。

宋未几有些无奈地笑了笑："为什么呢？小师妹这么聪明怎么会猜不出来呢？"

盛卷卷低下了头。

"我在追你呀，可惜小师妹好像不太喜欢我。"宋未几苦笑的声音在她头顶响起。

她垂着眼，声音平静："师兄好像也并不怎么喜欢我吧？"

宋未几的表情变了变，一贯的笑容不见了。半晌他才说："小师妹，你……我真是失败啊，我以为我的喜欢已经表现得很明显了。"

声音很落寞，带着点苦涩。

很像那么回事。

盛卷卷在心里叹了口气，抬起头，直视着他："对不起，师兄，或许你知道的，我有男朋友了。"

"我知道。"宋未几并没有表现出惊讶，相反很淡定，"但这并不妨碍我喜欢你吧？"

盛卷卷一时无语，这种逻辑，无懈可击啊。

她本不想说得太直白的。

"那师兄为什么要发照片给我？"她嘴角挂上一丝嘲讽的笑意，眼睛直视着宋未几，不放过他脸上任何表情。

但很遗憾，宋未几像是早就料到她会问。他微微叹口气，很自然地承认："当然是因为一时的嫉妒。跨年夜他和别的女人一起跳舞，对不知情的你来说，公平吗？况且我当时还不知道他和你是恋爱关系，只是想减少一个潜在的竞争者而已。"

什么话都被他说完了，从任何角度都找不到破绽，盛卷卷知道自己不是这个师兄的对手，再说下去也是白说，只能又说了句"对不起"。

宋未几苦笑："明天我是不是不用再出现了？"

“师兄如果不介意，依然可以一起玩的。”盛卷卷客气道。

宋未几听得出来是客气话，也不再说什么。只在分开时，他拦住盛卷卷问了一句：“他真的比我好很多吗？你一点机会都不愿给我吗？”

盛卷卷看着他，目光坚定：“在我心中，没有人比他更好了。”

宋未几无奈地看了她一眼，转身离开了。

晚上盛卷卷对盛母和陈父说了季策明天想请他们吃饭的事。盛母惊得不得了，第一反应竟然是小宋怎么办，然后就开始对季策横竖不满意，听也不想听，一副不想配合的态度。

倒是陈父，问了问季策的情况，得知此季策就是彼季策后，一时也默然无语。

“我可是第一次带男朋友见你们，你们要是不见，那以后就别催我了。”盛卷卷半真半假地威胁盛母。

“你……”盛母被气得立眉瞪眼，想要和盛卷卷好好争论一番，却被陈父及时打住。

“卷卷说得对，你不是一直怪她谈恋爱瞒着你吗？现在她主动要带来给你看，有什么不满，你看见了再说也不晚。”

盛母这才不情不愿地答应下来。

第二天，盛母一反昨晚不情愿的态度，起了个大早，敷面膜化妆挑衣服。非但把自己捯饬得光鲜亮丽，还要盯着盛卷卷和陈绪，要他们也重视起来，盛装出席。

“妈，就是吃个饭，您别紧张。”盛卷卷哭笑不得，大概也猜出来是因为什么。

盛母不上班，对季策的家世不了解，但陈父就不一样了。昨晚回去后，陈父一定是和盛母说了季策的家世背景。

“我才不紧张。”盛母虽然嘴硬，但还是有些心虚，毕竟他们和季家的差距有点太大了。

到了餐厅，季策已经等候在门口了。

双方一见面，盛母就愣在了原地。盛卷卷以为她是紧张，特意亲昵地搀着她的胳膊，带她一起往里面走。直到依次落座后，盛卷卷才后知后觉地发现盛母并不是普通的紧张。她神情僵硬，隐隐带着丝怒气，季策向她问好时，她都失礼得没有回应，全靠陈父在打圆场。

盛卷卷用眼神问陈父怎么了，陈父给了她一个苦笑的回应。让她一头雾水。

好在这种情况没有持续太长时间。

季策向盛母敬酒，并不着痕迹地拍马屁："我第一眼看阿姨就觉得特别眼熟，没准这就是缘分吧。"

盛母没有端酒杯，只扯了扯嘴角，皮笑肉不笑道："阿姨看你也很眼熟啊。"

季策正要笑，只听盛母"嘶"了一声又接着说。

"让我想想啊，那句话是怎么说的来着。"盛母故意停顿了一下，口气凉凉，学着那日某人的口气道，"我那么多女朋友，不知道您说的是哪一个？"

这话怎么听着这么耳熟呢？季策感觉有点不对劲。

他把这句话在心里默念一遍——

天！

这不是他说过的话吗？！

"老陈，这话我没记错吧？"盛母还故意问陈父。

陈父尴尬地看了眼季策，没说话。

当然，盛母也不是为了让他说话。她转头又问季策："我年纪大了，有些话记不清了，你帮我回忆回忆，我没记错吧？"

季策额头的汗瞬间冒了出来。

他还能说什么？

自己装的逼，跪着也装完。

他压制住狂跳的心，装作很吃惊的样子道："哎？这不是我常说的话吗？"

"呵呵。"盛母笑看他继续打哑谜。

"阿姨，是这样的。"季策坐直了身体，稍微有些无奈地说，"由于我工作的特殊，经常会有人来打探我的私生活。自从和卷卷在一起后，我一直想尽量保护她不被外界知晓，为此，但凡有人问到我女朋友的问题，这都是我的统一回答。

"真的很抱歉，不小心让您误会了，是我的错，我自罚三杯。"

说着季策就站了起来，端起酒杯一饮而尽，接连又喝了两杯。

他这一番唱作，不可谓不成功。

盛母当时脸色就缓和了。

季策见状又使出浑身解数，一顿饭他啥也没干，全在哄盛母开心了。到最后确实有效果，盛母还主动给他夹了菜，开始和他聊起天来。

盛卷卷在一旁听得一头雾水，不明白发生了什么事，眼睁睁地看着季策一顿饭的工夫，就让她妈对季策的称呼从嫌弃的“那小子”变成了热情的“小季”。

成功过关。

“小季啊，下午我们要去滑雪，你也一起去吧？”吃完饭盛母已经开始邀请季策一起游玩了。

季策当即受宠若惊地应下，并一手包办了滑雪的事宜，各方面安排得妥妥当当。

出发前，盛母一脸为难，说昨天答应了宋未几今天一起去滑雪的。

盛卷卷刚想说什么，季策已经吩咐司机掉头回酒店去接宋未几。

为了哄丈母娘高兴，他也是豁出去了。

宋未几看见季策和盛卷卷一家一起出现时，先是诧异，后是沉默，并没有拒绝。他淡淡地和季策打了招呼，彼此简单地做了介绍，就坐在座位上不怎么说话。

盛母心里对小宋很是愧疚，毕竟前一天小宋忙前忙后地追自家闺女，自己也不拿他当外人，又是拍照又是吃饭的。现在好了，突然冒出一个季策来，这不是成心让小宋难堪吗？如果突然就不搭理人家了，岂不是很尴尬。

盛母心里惴惴的，试探性地和宋未几聊天，好在宋未几对她的态度还是一样。全车就他们两人笑呵呵地说着话。

一行人很快就到了滑雪场。除了季策，其他人全都是滑雪好手。

季策本来还想请个教练，问了一圈都没有人需要，他也只好放弃请教练，硬着头皮自己上阵。好在他年轻时玩过一阵子轮滑，平衡感还不错，即便很少来滑雪，也能装得有模有样的，只要别去坡度大的地方就行。

盛卷卷的滑雪服是玫红色的，在雪场中很是耀眼。她身姿轻盈，动作矫捷，从高处俯冲下来时，像一道光，耀眼夺目。她急速俯冲到季策面前时，一个干净利落的刹车，停在了季策面前。

她单手搭在季策肩上，扬起下巴，满是得意：“我刚才帅不帅？”

季策顺势将手搭在她的腰上，凑近她，在她微起的唇上啄了一口。

盛卷卷立刻紧张得四处张望，见盛母他们都在远处没有注意到，才捂着嘴巴，赧然道：“干吗突然亲我？我爸妈在呢……”

季策得了便宜还卖乖：“你都来求表扬了，我怎么能不给点奖励？”

“口头表扬就可以啦！”

“那怎么行，我一向是行动派，你知道的。”季策笑得贱兮兮的，刻意压低尾音，意有所指。

盛卷卷脸一红，睨了他一眼，推了一把他的肩膀，顺势脚下发力，从他身侧斜着滑了出去。

季策眼瞅着盛卷卷像鱼入大海一样，恣意遨游。

他很喜欢这样的盛卷卷，自由自在，活力四射，连带着他都有些蠢蠢欲动。

又一道矫健的身影从滑道上飞一般地掠下，路过盛卷卷身侧时，和她在半空中击了一下掌。然后他脚下一个漂亮的回旋，很快追上盛卷卷，和她一起向索道滑去。

季策呼吸一紧。

是陈绪。

如此默契，除了他还能有谁？

他眯起眼，心里盘算着。

突然一个声音在身后响起：“季先生怎么不上去？”

呵呵，齐全了。

宋未几。

季策心里冷笑，面上不显，他淡淡道：“先热热身。”

宋未几停在他身边，和他并肩站着，看向索道方向，笑道：“这么美的景色，别人一刻都等不及，季先生还能如此淡定地热身，太沉得住气了，佩服。”

这话听起来虽然没毛病，但季策对宋未几多有提防，听着就很不顺耳。

讽刺谁呢？

他活动活动脖子，似笑非笑道："美景又不会跑，不做好准备就上，摔跟头也怨不了旁人。"

宋未几像是听不出他言下之意，笑呵呵地说："说得有道理，不过准备再充分，也比不上人家有天赋的，先天条件的优势，可不是准备充分就能追上的。"

季策不禁看了看这个看起来有点眼熟的男人，竟然有些后背发凉。

宋未几对他笑了笑，说："季先生还要热身吗？我没什么天赋，只能笨鸟先飞了。"说完他并不等季策回应，雪杖一撑，弯腰滑了出去。

季策静静地看着远去的身影，扣上雪镜，也向索道缓缓滑去。

等他到了索道旁时，盛卷卷已经又滑了一圈回来了，见他过来，欣喜地贴了过来。

"你好慢哦。"

季策只笑，没说话。

盛卷卷笑嘻嘻地从后面推着他上了索道。虽然初级道坡度平缓，但季策还是感觉呼吸困难，越往高处越严重。好不容易到了最高点，从索道上下来时，他已经有点四肢僵硬，动作不协调了。

盛卷卷刚想调侃他，突然意识到他是恐高。

"你……你没事吧？"她忙扶住季策，站在他下方，挡住他的视线。

都怪季策表现得太自然了，她已经完全忘记他有恐高症。滑雪这种运动，根本不适合他。

季策的额头已经开始冒汗，但上都上来了，再怕也不能退缩。他深呼吸几下，尽量放松身体。

"你在这儿等我一下，我去弄一个雪圈来，把你拖下去。"盛卷卷环顾四周，看到有小朋友坐着的那种滑雪圈。

季策拉住她："没事，我滑慢点，没问题的。"

开玩笑，刚才看过陈绪和宋未几飞驰的身姿，要他坐着儿童玩具被盛卷卷拖下去，他还要不要脸了？

盛卷卷满脸担忧，懊悔自己怎么没有提前想到。难怪季策一直在底下磨磨蹭蹭地不上来。

"好了，我是来陪你玩的，你要是玩不开心，我岂不是白忙活一趟？”季策笑着安抚道。

“可是……”

盛卷卷还想说什么，又被季策打断：“好了，如果觉得愧疚，晚上就好好陪我，行吗？”

“你怎么老不正经。”盛卷卷小声嘟囔道。

他们站在原地聊天，陈绪从他们身边路过时，停了一下，和盛卷卷说一声他要去中级道了。

盛卷卷表示知道了，让他不用管她了。

等陈绪走后，季策有点不是滋味，他催着盛卷卷：“你快去玩吧，初级道对你来说很没劲吧？”

“怎么会没劲？一想到要看你摔跟头就觉得特有劲。”盛卷卷故意取笑他，想让他别太在意其他人。

“要摔也要拉着你垫背。”

“哈哈，那也要看你能不能拉得着了。”

两人斗着嘴，缓缓向下滑去。

盛卷卷嘴上轻松得意，其实心里紧张得厉害，季策的一举一动都牵着她的心，她生怕他一个不稳摔下去。

季策更紧张，又怕盛卷卷担心，还要表现出很轻松自如的模样，一圈下来，汗都浸湿了整个里衣。

安全到底后，盛卷卷才长舒了一口气，拉着季策就要往场外走。

“干什么？”季策问。

“不玩了，咱们去喝点东西吧。”

季策拉住她，很无奈地说：“别闹，如果因为我你玩得不尽兴，我就白受罪了。”

“但撇下你自己在这儿，我玩起来也不会开心的。”盛卷卷坚持不玩了。

两人争了半天，都不相让，最后只能各退一步，季策在坡道底下平缓地带滑着玩，盛卷卷自己玩自己的，两人能看见彼此就行。

达成一致后，季策就要去中级道，盛卷卷拗不过他，只好同意。

中级道坡度大了很多，人也少，陈绪、宋未几还有盛母他们全在这边玩。唐池和周路早去了高级道，没和他们一起。

盛卷卷来了后，季策就催着她赶紧上去，他拿出手机，说要给她录像，让她发挥好一些。盛卷卷无奈，只能上了索道。

她从坡顶俯冲而下，灵活得像一条鱼，快速越过其他人，一路疾驰。如果不是挂心着季策，她是非常享受这种自由自在飞翔的感觉的。

一圈下来，季策又催着她再来一圈，为了找到更好地拍照角度，这次季策向上爬了爬，站在半坡上等着录像。

盛卷卷又一次快速滑下，滑过一个坡度，她直起腰，对季策举起雪杖，比了个胜利的手势。季策刚想提醒她小心点，突然眼眸一缩，胸口像被大锤猛然重击，耳膜“轰隆隆”地作响。

刚才还仿佛乘风而来笑容灿烂的盛卷卷，此时像一条断了线的风筝，正从高处滚落下来。

周围的尖叫声此起彼伏，但季策什么也听不见了。

第十六章

变故 他的目标应该是我

突生的变故，惊得季策差点魂飞魄散。

他来不及细想，本能地扑上去想要接住滚落下来的人，但在重力和惯性的作用下，他虽然接住了盛卷卷，却止不住冲下来的力道，被连带着一同向坡下滚去。他死死地搂着怀里的人，护住她的头部，直到后背撞上边上的隔离带，两人才停了下来。

宋未几是第一个赶到的，他蹲下来， 脸焦急地叫着盛卷卷的名字。

“怎么样？有没有伤到哪里？”

“唔……”

盛卷卷嘴边溢出一声痛呼，害怕地闭上眼之前，她看到的最后一个画面是季策飞扑过来时惊惧的脸。现在她整个人被季策紧紧搂在怀里，一动也不能动。听到有人叫她的名字，她第一反应就是去看季策。

季策的眼睛被雪镜挡着看不清，他脸色惨白，嘴唇紧紧抿着，没有动静。盛卷卷顾不上浑身的疼痛，忙挣脱一只手，先把自己的雪镜摘掉，又去摘季策的雪镜。

她的手碰到季策的脸，冰凉一片。她的手顿时抖了起来，试了好几次也没有摘掉他的雪镜。

最后，还是宋未几帮忙摘掉的。

雪镜摘下后，盛卷卷才发现季策双眼紧闭，昏了过去。

铺天盖地的恐惧感袭来，盛卷卷的眼泪顿时涌了出来，手抖得不成样子，哭着喊季策的名字，理智全无。

此时，陈绪也赶到了。他白着脸，把盛卷卷上下的骨头关节捏了一个遍，确定没有大伤才松了口气。

“哥哥。”盛卷卷哭得一把鼻涕一把眼泪，声音都在颤抖，见到陈绪就像见到救命稻草，紧紧抓住他哭道，“季策他昏过去了，怎么办？怎么办？”

陈绪稳了稳心神，先将盛卷卷从季策怀里挣脱出来，冷静地吩咐道：“先把他放平了，不要摇晃他。”

在宋未几的帮助下，两人帮季策解下滑雪装备，让他平躺在雪地里。

此时闯了祸的两个年轻人也连滚带爬地赶了过来，跪坐在季策身边，慌里慌张地指着宋未几叽里咕噜一通说。

盛卷卷和陈绪听不懂日语，只有宋未几能和他们交流。

滑雪场的工作人员很快就来了，对季策和盛卷卷进行了简单的检查，初步确定他们没有骨折之类的伤，至于季策的昏迷，他们表示要去医院进行进一步的检查。

到了医院拍了片子，确诊为轻微脑震荡，没有大碍。至于为何昏迷不醒，医生解释可能是惊吓过度，休息休息就能好。

两人从高处滚落，都只有一些皮外伤，简直是不幸中的万幸。

众人都松了口气。此时才有心思追责。

两个日本小伙子一路跟到了医院，此时在滑雪场工作人员的调解下，众人才了解事情的原委。

这两人认为是宋未几的速度太快，从他们身边滑过时蹭到了他们的雪板，他们才失了方向撞上了盛卷卷。但是宋未几坚持认为并没有碰到他们，要求滑雪场调监控查证。

“当时我速度的确是有点快，但当时大家都很快，如果我撞到了他们，我也会偏离方向飞出去的。”宋未几沉着脸和大家解释，随后他懊悔地对盛卷卷道歉，“但说到底还是因为我影响到了别人才造成这种事，真的很抱歉，让你受伤了。”

“没事的，只是意外，谁也不想的。”盛卷卷勉强笑道。她现在不想讨论是谁的责任，她只想安静地守在季策身边，希望他快点醒来。

“好了，让他们休息会儿吧，我们出去说。”陈绪突然出声打断了众人。

所有人都出去后，病房里顿时安静了下来。

盛卷卷从床上翻下来，坐在季策床边的凳子上，拉起他的手，把自己的脸埋了进去。

泪水无声地从她的指缝间渗出。

“你怎么这么傻？为什么要扑过来接我？我能护好自己的。”她喃喃道。心疼和害怕像潮水一样把她淹没。

在滚落的过程中，她能清楚地感觉到季策将她的头紧紧地按在怀里，最大限度地抱着她。

“傻瓜！”

“笨蛋！”

“坏蛋！”

盛卷卷吸了吸鼻子，眼泪像不要钱一样掉个没完，她伏在季策手心里，边哭边骂。

突然她脸下的手掌动了动，五指在她脸上轻轻地捏了一把。

“让我看看我的手心里是不是能养鱼了？”熟悉的嗓音在头顶响起。

盛卷卷愣了一瞬，连忙抬起头，对上季策还有些虚弱的笑脸。

她撇了撇嘴，立刻就想放声大哭。

季策连忙求饶：“别哭别哭，求你别哭，你哭得我睡觉都不安生。”

盛卷卷憋了憋，眼眶通红，抽抽噎噎地道：“你吓死我了，知不知道？你都昏过去了！”

季策苦笑，他刚醒过来就要哄姑娘开心。他伸出手，说：“好了好了，这不醒了吗，快来让我抱抱。”

盛卷卷二话不说，翻身上床，挤在他的怀里，紧紧搂着他的腰。

“你有没有哪里受伤？”季策上下抚摸着她的背，问道。

“没有没有，就一些擦伤。但你都快脑震荡了！”盛卷卷心疼道。

“那你哭得我以为我高位截瘫了呢。”季策开玩笑。

盛卷卷气得在他胸口捶了一下，呵斥道：“瞎说什么！不许乱说话！”

“你以后不许做这样的事了。”盛卷卷又开始哭了起来，“你傻不傻，你接我干吗？你万一出事了可怎么办？”

一见她哭，季策就没辙了，什么软话都用上了，出了一身汗才将她哄好。嘴壶季策发誓保证以后什么情况都会先保护好自己，盛卷卷这才放过他。

众人再次进来时，看到的就是两人依偎在窄小病床上的情形。

“咳。”盛母轻轻咳了一声，打破两人周身的结界。

盛卷卷红着脸，从季策怀里跳了出来，规规矩矩地躺在自己的床上。

“你是在这儿住一晚观察，还是回酒店休息？”周路问季策。

“回酒店吧。”季策说着就要坐起来。

“哎，要不就在医院住一晚观察吧，确定没事了也放心些。”盛母忙道。

“没事的，阿姨，一点问题也没有，回酒店方便些。”季策笑道。

叫来医生再次做了检查，确定了可以出院，一行人才回了酒店。

盛卷卷执意要留在季策的房间照顾他，盛母也不好说什么，嘱咐了几句才离开。

房间里就剩下周路和唐池还没走。

“别瞪我啊，我说几句话就走。”周路抬手道。

季策用眼神示意他有屁快放。

“你昏迷期间，我给你爸打了电话，你爸让我赶紧送你回去，今晚的飞机，不然他就要亲自过来了。哎哎哎，你别看我，你都昏过去了，这么大的事，我可担不起。”

周路抬手看了看表：“你们还有……嗯……不到三个小时的腻歪时间，抓紧。”说完，他立刻拉着唐池就走。

季策要是有力气，一定飞起来给他一脚。

“你和我一起回去，还是？”季策看向盛卷卷，面露期盼。

盛卷卷有心想和他一起走，但她不能撇下父母，只能为难地摇了摇头：“我爸妈还在这儿呢。”

季策也知道要求过分了，便没再提。

两人静静地躺在床上，没人说话。

“都怪我。”盛卷卷突然呜咽起来。

“是意外，怎么能怪你呢。”季策拍着她的背，轻声哄着。

“不是，就是怪我，我应该早点想到的。”她一边哭一边把宋未几给她发余子晴照片的事说了。

“我觉得宋师兄很奇怪，他其实并不喜欢我，但还是故意接近我。我没弄清他的目的，今天我应该拦住我妈的，如果没有叫他一起来，也许就不会发生这种事。”盛卷卷陷入深深的自责中。

听完后，季策的眼眸中闪过一丝狠厉。他早就感觉到宋未几不对劲，按照盛卷卷的说法，她并没有感觉到他的喜欢的话……

那他的目标就不是盛卷卷……

可能是……自己。

从什么时候开始的？

“他是从什么时候开始频繁接触你的？”季策问。

盛卷卷不假思索：“就上次在 T 大重新联系上之后。”

果不其然。

季策确定了之后稍微安了点心，只要他的目标不是盛卷卷就好。

“你就装作什么都不知道，他的目标应该是我。”季策沉声道。

“为什么？你认识他吗？”盛卷卷皱着眉思索着，她觉得宋未几的行为并不像是有明确目标的，为了拆散她和季策？这些小伎俩也起不到什么作用，更像是纯粹为了给他们添堵一样。仅仅为了添堵，有必要花费这么多力气和心思吗？

盛卷卷想不通。

“想不通就别想了，如果他的目标是我，后面还会有别的动作。就怕他没动作，他做得越多，暴露得就越多。”季策安抚她。

过多的话他没有说，怕盛卷卷担心。尤其是他觉得宋未几非常眼熟，但至今想不起来是在哪儿见过。他问盛卷卷要了张宋未几的照片，发给周路和杨炎，分别让他们去查一查。

两人又躺了会儿，闭上眼睛后不久，季策突然又睁开眼，缓缓道：“滚下去的一瞬间，我脑海中曾闪过很多画面，但就像电影的断片，断断续续飞快地闪过，我想抓也抓不住。”

盛卷卷忙问：“是关于什么的？”

“不知道，很混乱，有被风吹起的窗帘、满地的鹅卵石、又大又圆的月亮，还有很多声音，风声、笑声、尖叫声……以及巨大的失重感。”季策按着发胀的太阳穴，痛苦地回忆着。

那些在脑海中一闪而过的画面，无法抓住的逝去感让他头痛欲裂。刚才闭上眼，这些零乱的画面又闪现了，想抓还是抓不到。

“好了好了，先深呼吸，呼，吸，呼……”盛卷卷忙抓住他的手臂，替他在太阳穴上捏揉起来，口中引导他放松神经。

等他平静下来后，盛卷卷安抚他：“也许只是做了一个梦，醒来后记不住是很正常的。”

季策摇摇头：“不是梦，我能感觉出来，和我平时做梦不一样，很真实，但又很模糊，非常遥远的感觉，有巨大的空间感。”

“你知道我有恐高症。”季策像是急于诉说一样，语速很快，“我是因为十年前从楼梯上摔下来后才开始恐高的。那次也是像今天一样，滚落的一瞬间，脑海中急速闪现出很多零碎的画面，但那次我没有仔细去回想，绝大部分都没有想起来。从那天起，我就开始做噩梦。”

他顿了顿，缓缓说道：“同一个噩梦，做了十年。”

盛卷卷第一次听他详细讲起他恐高症的由来。

再听完他说的噩梦，饶是见惯了许多稀奇古怪病例的她，也有一瞬间的毛骨悚然，脊背发凉。

“恐高，噩梦，失眠……

“有特定引发点……

“细节有真实感，梦境固定不变……

“滚落，失重……

“闪现，断片，零碎……

“无法被回忆……”

她在心里快速记录并分析着。

一个个小点连成线，勾画出一个隐隐约约的轮廓。

一个可怕的念头破土萌生。

她盯着季策的眼睛，问：“你有没有过记忆受损？”

“记忆受损？”季策皱起了眉，不太明白。

盛卷卷有些迟疑，这只是她初步的猜想，而且是很大胆的猜想，在没有得到证实前，她不敢说出来，怕误导季策。

“就是你有没有感觉某一段时间的事情无法回忆起来，或者回忆起来时特别模糊的？”

季策仔细想了想，缓缓摇了摇头，他虽然记性一般，但还没有出现她说的这种情况。

除了小时候的。

“小时候的算吗？”他问。

“多小？”

“五六岁之前？”季策犹豫了一下，“上小学之前的事我都记得不是很清楚。”

“幼儿园的记忆有吗？”

“有，我记得我幼儿园的样子，但同学和老师一点也不记得。”

盛卷卷有些失望，幼儿期的记忆本来就不稳定，成年后如果没有反复刺激提起，逐渐遗忘细节是很正常的。这并不能作为论证的依据。

“怎么了？”季策问。

盛卷卷摇摇头，决定还是先不告诉季策，等她回去后找大老板探讨一下再说。

怕季策担心，她简单地解释了一下：“我有一点点的猜想，但没有依据，现在还不能和你说，以免给你造成心理暗示。”

“你的表情告诉我，你这个猜想很严重啊。”季策抚上她的脸颊，故意笑道，“我可把自己交给你了，你要对我负责。”

“那你要乖乖听话哦。”盛卷卷顺着他的话逗他。

“嗯。”没想到季策轻轻地应了，他搂着她的胳膊逐渐用力，把她紧紧地揽在怀中，好像一刻也不想放手。

靠在他的胸口，枕着他的心跳，盛卷卷忽然意识到，季策在紧张。恐高和噩梦带给他未知的恐惧，一定折磨他很久很久了。

盛卷卷的心悄悄疼了起来。

那么骄傲自信，一直站在顶端的他，背过身，在黑夜中独自承受着无人所知的恐惧。

她将脸在他胸口蹭了蹭，小声道：“给我也买张机票吧，我和你一起回去。”

半晌，头顶才传来一声“好”。

没有问原因，只说好。

知道盛卷卷要和季策一起回国，盛母怔了半天，最后长叹一声，说了句“女大不中留”，挥挥手让她回去收拾行李了。

倒是陈父上前嘱咐了几句：“怎么说他也是为了你受的伤，你先照顾好他，回去后找时间我们请他吃个饭，以示谢意。

“你妈妈虽然之前对他有些看法，但现在应该是认可他了。你安心和他好好相处。”

盛卷卷不太习惯和父母聊感情的事，羞涩地点点头。

陈父笑着摸了摸她的头发：“我家卷卷真的长大了，现在都有人可以替我们保护你了。”

盛卷卷低着头，眼眶红了红。

她清楚地知道，没有什么是十全十美的，什么都想要，只会什么都得不到。

谢谢你们如此爱我。

她在心里默默道。

飞行时间不长，盛卷卷让季策戴上耳机和眼罩睡觉，她在一旁看电影。

两个多小时的时间很快就过去了。

空姐轻声地提示飞机准备降落，要求乘客调直椅背打开遮挡板。盛卷卷才轻轻地唤醒季策。

“嗯？要到了？”季策迷迷瞪瞪地问，声音沙哑，带着刚睡醒时特有的慵懒感，像一只软趴趴的拉布拉多，让人忍不住想撸一把毛。

盛卷卷笑着在他头上抚了几下，道：“你睡得好香啊。”

季策舒展着有些麻木的四肢，任由她闹。以前他从没有在飞机上睡着过，无论多漫长的航程。气流的穿梭总是让他紧张不安，但今天他丝毫没察觉到有气流。

有她在身边，他好像越来越安心了。

“你恐高还能坐飞机吗？”盛卷卷好奇地问。

“降落时会有些紧张，不往下看的话就没什么事。”

“唔，好像也不是很严重嘛。”盛卷卷嘀咕着，很多恐高症患者是坐不了飞机的。

降落时，盛卷卷主动把季策的手握住，轻声安抚他：“别怕，我保护你。”

季策被她小而软的手紧紧捏着，预想中的紧张竟然真的没有来。直到一阵剧烈地颠簸，飞机平稳着地，他惊奇地发现，这一次他一滴汗都没有出，手心干燥温暖。

解开安全带后，他就毫不避讳地覆身过去，给了盛卷卷一个深沉而有力的吻，引得周围乘客纷纷侧目。

“你干吗？”呼吸到新鲜空气后，盛卷卷面红耳赤。

“吻你。”

还是那么直接。盛卷卷腹诽。

季策的脸皮是越来越厚了，但她怎么越来越害羞了呢？这样可不行。

她咬咬唇，勾住季策的脖子，把他拽向自己的同时，温柔地吻了上去。

周围已经有好事者不怀好意地吹着口哨。

两人分开时，盛卷卷歪着头笑：“你问问我在干吗？”

季策回味着她的甘甜，给了她两个字：“亲我。”

“哎呀，你怎么不按套路来。”盛卷卷扭着身子撒娇。

季策舔了舔嘴角，笑得邪气：“要不你再来一遍，然后我再问？”

“哼！”

“哎，我说你们俩，能不能回家腻歪去。”唐池突然冒头，打断了两人幼稚的对话。

盛卷卷的脸又红了，刚鼓起的勇气，在好友面前消失殆尽。

季策懒懒地靠回自己的椅背，斜着眼看唐池：“不服气你也腻歪啊。”

唐池被他的幼稚激出一身鸡皮疙瘩，扭回头对周路道：“你哥们儿完了，谈个恋爱脸都不要了。”

季策听见后又想要和她理论，被周路挡住。

“有人来接你了，我们先走了。”周路淡淡道。

“谁来接的？”季策问。

周路嘴角微微一勾，扔下一句“你猜”，然后不等季策反应就搂着唐池大步走掉了。

剩下季策目瞪口呆。

“唐池也有脸说我？周路谈个恋爱别说不要脸了，好好个人都不做了。”盛卷卷捂着嘴笑。

吃瘪的季策好可爱哦。

拜周路所赐，季策直到走出出站口看见于秘书时才意识到来接他的人是谁。

见他停下了脚步，神情严肃，盛卷卷顺着他的目光看过去，问：“谁来接你了？”

季策默默无语，好半天才吐出两个字：“我爸。”

盛卷卷呆了呆，反应过来后，当即甩开季策的手，后退三步远，神色紧张，不安道：“那我们分开走，你爸没看见我们吧？”

季策哭笑不得，走过去想重新牵她，被她慌张地躲开了。

季策无奈道：“没事的，你放松点。”

怎么放松？那可是季荣阳哎！跺一跺脚，地动山摇的大佬级人物，当之无愧处在金字塔顶尖的人。

盛卷卷可从没想象过能和季荣阳有什么交集。现在，让她和他的儿子手牵手出现在他面前，甚至还要同坐一辆车……光是想一想，她就觉得呼吸困难了。

“你快走吧，别让你爸等着急了，我打车回去。”她说什么也不肯，不等季策反应，快步跑掉了。

季策追了两步没追上，只能无奈地看着她消失在人群中。

李秘书此时已经走了过来，接过季策手中的行李箱，笑道：“一路累了吧？季先生特意来接您了。”

“谢谢李叔。”季策客气道，眼睛在人群中扫了一圈，确定没有盛卷卷的身影后，才随着李秘书一同向停车场走去。

一辆黑色轿车安静地等着。李秘书拉开车门，季策弯腰坐了进去。

“爸。”他叫道。

季荣阳一脸严肃地上下打量他，没有说话。等李秘书上车后才吩咐：“去医院。”

“哎哎，不用去医院了，就是轻微的脑震荡，好好休息休息就没事了。”季策忙道。

季荣阳不理他，双手抱胸，脸色不好看。

“爸……”季策的声音软了下来。

季荣阳这才扭过头看他，许久叹口气问：“怎么弄的？周路说得不明不白的，好端端的怎么想起去滑雪？”

季策起先不想说，季荣阳当即就要给周路的父亲打电话，被逼无奈，季策只好简单地说了原委。

“这么说，你是交了女朋友，为了讨女朋友欢心，才去做对你来说很危险的事。是这样吗？”季荣阳问道。

听他的语气，季策知道要糟糕。季荣阳一直教导他，千金之子坐不垂堂，绝对不要把自己置身在危险中，为了任何人都不可以，包括作为父亲的他。季策更不敢坦白他是怎么摔伤的了，只说是自己不小心摔倒的。

即便是这样，季荣阳也非常不悦。

“是什么样的女孩子，值得你冒这样的险？”

季策心中一凛，从季荣阳低沉的语气中听出了一丝危险。

他沉了沉心，才开口，语气是从未有过的认真：“一个值得我做任何事的女孩子。”说完这句话，车内一时寂静无声，除了车窗外隐约的风声，就只剩父子两人不规律的呼吸声。

季策从季荣阳眼中看到了震惊，甚至有一丝震怒。

他大概能理解季荣阳的心情，一直以来季荣阳给他的教育都是万事都要以自己为先，没有人比自己更重要。

现在他这么说，直接意味着有人比他自己还重要。这是季荣阳不能容忍的。

“季策，你知不知道自己在说什么？”季荣阳强压着震惊，沉声问道。

季策直视着他的眼睛，一字一句道：“我很清楚。”

季荣阳看了他很久，突然闭上了眼，肩膀塌了下去，疲惫之态显露出来。

在他的积威重压之下，季策竟然丝毫没有退缩之色。他这个儿子，终于羽翼丰满，要真正独当一面了。

他老了。

“有空带这个女孩子回来给我看看吧。”他捏着眉心叹了口气。

“好。”季策松了口气，与季荣阳对抗，他也不会轻松。

季荣阳虽然不怎么管自己的事，但他如果想管，没有管不住的，年少无知无畏时，他也曾试图挑战过父亲的底线，毫无例外，最后都会被打压在无形之中，不留痕迹。

他知道父亲厉害。但这一次，他不能退缩。

李秘书送他回到自己的住处，下车前，季荣阳叫住他，说了一句话。

“季策，你要记住，你是我和你母亲唯一的孩子。对于我们来说，任何人、任何事都没有你重要。”

季策总觉得季荣阳这句话沉甸甸的，让他的心直往下沉去。

在他记忆里，季荣阳总是不温不火，极少会说这种感情外露的话。

偶尔一次两次，也都是在他生病时才会说。

回到别墅，已经是深夜。

盛卷卷也打车回来了，她回家拿了点东西就直奔季策这儿来。

夜里，盛卷卷突然从梦中惊醒，一摸身边，空荡荡的没有人。她几乎是瞬间清醒，腾地就坐了起来。

季策不在床上。

盛卷卷心里一慌，掀起被子就跳下床，来不及穿鞋，光着脚就下了地，在客厅落地窗前看见熟悉的身影时才松了口气。

“怎么起来了？”听见动静，季策回过身，忙问。

盛卷卷这才发现他手里夹着根烟。

她知道季策抽烟，但他从来没在她面前抽过，只是偶尔亲吻时她能察觉出来。

她走过去，轻声问：“是睡不着吗？”

“嗯，没事。这就去睡。”他把烟摁灭在茶几上的烟灰缸里。

顺着他的动作，盛卷卷的睫毛颤了颤。

烟灰缸里散落了七八个烟头。不知道他起来多久了。

盛卷卷装作没看见，两人重新躺下。但是过了很久，盛卷卷也没有睡着，她能感觉到一旁的季策也是没有睡意。

她翻个身，正面对着季策，在黑暗中轻声问："你刚才是不是又做噩梦了？"

季策轻轻"嗯"了一声，鼻音中竟然有点小委屈。

"我一定会治好你的。"盛卷卷认真地说。

好半天，季策才又"嗯"了一声，低低道："以后别突然跑掉，看不见你我不放心。"今天在机场，盛卷卷跑进人群中消失不见的画面，一直梗在他心头。

盛卷卷疑惑地看着他。

"你知道的，我母亲在我六岁时突然去世了。"季策委屈的鼻音又响起。

"我对我母亲的印象很淡，如果不看照片，几乎想不起她长什么样。我之前说我小时候不太记事，最大的体会就是这个。我不记得她很多事，不记得她有没有送过我上幼儿园，有没有陪我去过游乐园，有没有给我讲故事、唱歌、哄我睡觉……但有一件事，我印象深刻得就像刻在脑子里一样。"

他顿了顿才继续道："她有一天出门，对我说过两天就会回来。"

此时盛卷卷听得心已经揪了起来，她忍不住问道："然后呢？"

然后呢？季策在黑暗中惨然一笑："然后她就再也没回来了。"

虽然已经猜到，但是听他说出来，盛卷卷还是如遭重击，木然地望着他。

"她心脏病突发，去世了。"

季策的声音空荡荡的，像有回音，不断撞击着盛卷卷不堪重负的心脏，让她失去了说话的力气，张了张口却发不出声音。

"可笑的是，这些我也不记得了，都是后来听大人们说起的。我能清晰记住的，就是她对我说的那句话，'我过两天就回来了'。"

最后一句话，季策说得轻飘飘的。他极力想回忆起，当时母亲说这句话时是什么神情，脸上有对他的眷恋和不舍吗？

长辈们因为怕父亲伤心，很少会提及母亲。这么多年，除了年少无知时，他曾缠着季荣阳问过母亲的事，每次都被季荣阳眼中浓重的伤痛惊到。久而久之，他也就不问了。

经过时间的洗涤，母亲的记忆已经模糊不清，再也无法触及，仅给他留下了一个烙痕——惧怕被抛下、被遗忘和被分离。

时间像是静止了一样，盛卷卷的脸上有些凉，她这才发现自己在不知不觉间已经泪流满面。

“别哭，我对你说这些不是想让你哭的。”季策的手在她脸上摸到了眼泪，心疼道。

“我……我不哭。”盛卷卷吸了吸鼻子，“我一定不走，以后你赶我走我也不走，赖定你了。”

“小赖皮？”季策捏了捏她的鼻子，想逗她开心。他其实也没有那么难过，一般情况他不会主动提起母亲。幼年丧母，没有母爱的记忆，听起来就很惨。但对于他来说，已经习惯了。

“对，我告诉你，你完了，被我赖上，一辈子都逃不掉的。”盛卷卷故作凶狠道。

“那我可要好好休息，明天上班赚钱，养小赖皮。”季策故意道。

“赚很多的钱哦，我很不好养的，很贵很贵的。”

“有多贵？”

“你得赚钱赚到一百岁才够养我。”

“真够贵的，我能退货吗？”

“你敢！”

“哈哈。”

两人闹了一通，才又重新躺下睡觉，季策闭着眼睛，盛卷卷支起身体，侧着身，把他揽在怀里，有节奏地轻拍着他，轻轻哼着歌，声音舒缓悠长。

季策安静地听完一支歌，睁开眼，拉下她的胳膊，给她揉捏着：“手都酸了吧。”

盛卷卷顺势躺在他怀里，闷闷道：“以后我每天都给你唱歌，哄你睡觉，好吗？”

黑暗中，季策笑了笑，眼睛忽闪忽闪道：“不用，你好好当我女朋友就行了，不用给我当妈。”

盛卷卷瞬间无语，这人怎么这么欠揍。

季策笑着，大手盖住盛卷卷的眼睛说道：“你快睡觉吧。”

季策不睡，她怎么可能睡得着？时不时就睁开眼去看季策有没有睡。

季策忍无可忍，睁开眼道：“再不睡，就起来做运动吧。”

慢半拍的盛卷卷还傻呆呆地问做什么运动。

季策直接翻身将她压在身下道：“你说什么运动？”

盛卷卷呆若木鸡，三秒后才明白过来，不知哪里来的力气，一把将季策掀翻过去，红着脸啐道：“流氓！”

季策摊着手脚闷声笑着，很开心的样子。

“你说是睡还是做呢？”他歪着头笑问。

盛卷卷抽出他的枕头，盖在他那张让人又爱又恨的脸上，低吼一声：“睡你的吧！”接着翻过身再也不理他了。

季策笑了一会儿，又贴了过来，搂着她的腰。盛卷卷挣扎了几下，就由着他了。

第二天，盛卷卷是被饿醒的。

第一次醒来时，季策还没有起床，盛卷卷在他嘴唇上轻啄了一口，被他冒出的青色胡茬扎得有些痒痒，忍不住又用脸蹭了蹭。

“一大早就非礼我？”头顶响起一道慵懒磁性的声音。

盛卷卷顺势翻到季策身上坐着，把他的手拉到头顶用一只手压住，另一只手在他脸上轻拍两下，得意道：“非礼的就是你，谁让你长那么帅。”

季策失笑：“我说小卷卷，你可真是健忘！你是不是忘了上一次坐在我身上后发生了什么？”

盛卷卷虽然没想到，但听他语气就知道要不好，这次她反应灵敏，不等季策有动作，双手一撑，就从他身上一跃而下，跳下床。

季策慢了一步，伸出去的手捉了个空。

盛卷卷三步两步跳到安全距离，笑嘻嘻道：“听你的口气就知道没好事。”

季策坐起身，对她勾了勾手指：“你过来，我用实际行动让你明白这是不是好事。”

盛卷卷才不上当，做了个鬼脸跑掉了。

季策摸了摸下巴，反思自己是不是魅力大减，他开始怀念之前他勾勾手就乖乖过来的小可爱了。

洗漱完，盛卷卷兴致勃勃地准备做早餐。拉开冰箱门一看，空荡荡的，连个鸡蛋也没有。

“家里没食材了，咱们出去吃。”季策穿了件浅灰色毛衣，黑色休闲长裤，一副要外出的模样。

“怎么不早说，那你等我一下，我去化个妆。”盛卷卷脱下围裙，冲向卫生间。

“你不化妆也好看。”季策跟在后面叫她。

盛卷卷的眼睛骨碌转了一圈，故意叹气道：“那怎么行？要是像上次一样，再遇到什么晴什么雨的，岂不是要给你丢脸？”

事实证明，没有女人不小心眼。

站在小胡同里，盛卷卷鼓着腮帮子，磨磨蹭蹭地不想进去。

“我们能换一家吃吗？”

季策奇怪：“为什么？上次你不是很爱吃吗？”

呸呸呸！就是上次太爱吃了，结果被人比较嘲笑。盛卷卷可没忘了那个阿婆说的话。

“哼哼。”她用鼻子出了两声气，随即开始翻旧账。

“除了我，带过几个姑娘来这儿吃过饭？上一次吃得少的那个姑娘是谁？”

季策觉得这小妮子越来越胆大了，磨人精已经无法诠释她了，等会儿就要给她改个昵称——小醋精。

他五指张开，掐着盛卷卷后脖子就把她拎了进去。

盛卷卷就以缩着脖子嗷嗷鬼叫的形象，第二次出现在阿婆的眼中。阿婆瞪大眼睛，额头上的褶皱都多了几条。她不敢置信地凑到盛卷卷仔细打量一番，然后拉过季策，压低声音问：“这不就是上次那个很能吃的姑娘吗？”

盛卷卷顿时一口血喷了出来。

季策笑着回头看她一眼，然后点点头："对，就是她。"

阿婆像是惊呆了，回头看着盛卷卷久久不能回神，半晌，眼中还泛起了泪光。

大写尴尬本人了，盛卷卷心想。

能把人家吃哭的，她可能是独此一人吧。

就在盛卷卷因为尴尬而手足无措时，季策已经走过来拉起她的手，并肩站在阿婆面前。

阿婆猛点头，口中不断说着："好好好。"

盛卷卷更不知道该如何回应了，眼睛都不知道该往哪里看了。季策看出她的不安，轻轻捏了捏她的手，给她解围，对阿婆笑说："给我们煮两碗面吧。"

阿婆立刻说好，又含笑把盛卷卷从头到脚看了一遍，才背过身擦了擦眼角，便去忙了。

季策把盛卷卷带到上次吃饭的正屋。盛卷卷见四下无人，忙问季策是怎么回事，那老婆婆为什么这种反应。

季策没有立刻解释，站在照片墙下，目光落在正中间那张少女的脸上。

"这是我妈。"

第十七章

往事 为什么要这么恨他？

季策凝视片刻，突然开口。

盛卷卷一惊，先是看向季策，见他神色如常，才去看照片。

照片中的少女正含笑看着他们，眉眼精致，面容恬静秀美。

难怪上一次见盛卷卷就觉得有些熟悉感，现在仔细看来，眉眼和季策确实是如出一辙。

但为什么季策妈妈的照片会挂在这里呢？

像是看出了她的疑惑，季策坐下来慢慢和她解释。

季策的母亲名叫阮竹，是阮家二小姐。阮家财团在二十世纪的影响力，可谓是首屈一指，季荣阳如果不是娶了阮家二小姐，又怎么会有现在的季阳集团？只是到了这一辈，阮家只有两个女儿，人丁稀少，才逐渐在时代更迭中没落了。

阮竹少女时期是典型的大家小姐，身边伺候的人一大堆，阿婆就是其中一个。后来，阮竹出嫁，就把阿婆带到了季家，季策出生后的前几年，也都是阿婆帮着照看的。后来，季策大了些，因为身体原因，阿婆执意要回到自己女儿身边，阮竹拗不过她，便给她在这儿，当时的繁华地段，买了这个小四合院，让她在这儿养老。

这一住，就是几十年。

阿婆对于季策来说，是唯一一个带有母亲印记的人了。这个小院子，算是阮竹留在人世间唯一的一处自留地。在这里，阿婆会让季策躺在玉兰树下的躺椅上，给他打着扇子，絮絮叨叨地回忆着阮竹少女时期的趣事。

因此，母亲在季策的脑海中，一直是一个明媚鲜活的少女形象。

他第一次带喜欢的女孩子来阿婆这里时，阿婆给他们煮了两碗面，并告诉他，阮竹第一次带喜欢的男孩子回家时，吃的就是她煮的面。

阿婆还说，只有他父亲季荣阳，是阮竹可以带回去第二次的男人。

因此，如果季策有了喜欢的女孩子，都可以带来给阮竹和阿婆看看，但是只有认定了的女孩子才可以带来第二次。

"所以，阿婆今天见到你才会这么吃惊。"季策浅浅地笑着看她。

盛卷卷有种想要落泪的冲动。

虽然，季策说得平平淡淡，但是从他的用词和语气中，都可以听出一种失落感。只能用这样一种近乎祭奠的方式，带自己心爱之人来见一见妈妈，祈求可以得到虚无缥缈的认可和祝福。

这是怎样一种伤痛。

再想到季策在日本时见自己父母的情形，用鸡飞狗跳来形容都不为过，那时他的心情是什么样的，她竟然毫无察觉。

"所以，阿婆才不是嫌弃我吃得多，对吧？"她眨掉眼中的水汽，尽量用轻松的语气自嘲着问。

季策看她的目光，温柔绵长。他宠溺地在她头顶揉了揉："对，你吃得越多，阿婆越喜欢你。"

妈妈也会喜欢你的。他在心里轻声道。

临走前，盛卷卷已经可以挽着阿婆的手臂和她撒娇了。阿婆送他们到院门口，临别前还和盛卷卷约了下次来院子里烤红薯。

"厉害。"季策啧啧称叹，被盛卷卷讨人欢心的能力折服。

盛卷卷得意地冲他晃晃脑袋，背着手，脚尖一颠一颠地走在前面。长发甩在身后，随着步子，有节奏地一荡一荡。从头到脚，包括头发丝都透露着一股欢欣。

季策走在后面，手也背在身后，眼睛不自觉地笑弯了起来。

盛母他们是下午四点的飞机回国，本来有司机会去接，但季策想趁机刷刷好感，坚持要亲自去接。

在接机口等人时，盛卷卷习惯性地去买咖啡，季策靠在栏杆上等她。

看着盛卷卷小跑离去的背影，季策想起第一次在机场见面的情形。

那个古灵精怪的小姑娘，真的就这么走进了他的心里。

有时候，不得不感叹缘分和机遇的奇妙。

“呐！给你，欠你的咖啡补上了哦。”盛卷卷两个胳肢窝夹着两瓶矿泉水，手上端着两杯热咖啡，颠颠地跑了回来，凑到季策面前。

季策忍俊不禁，接过咖啡，顺手从她胳肢窝下拿过矿泉水，凑到眼前问道：“这水真的是十块钱一瓶？”

盛卷卷吐了吐舌头：“也没有啦！七块钱一瓶，四舍五入算十块吧！”

“小骗子，两瓶水就把我骗到手了。”季策笑骂。

“哈哈，谁让你这么帅！我第一眼见你就想着不能放过，没想到你自己撞上来，喝了我的水，可不就跑不掉啦。”盛卷卷得意地摇头晃脑。

“那我真是亏大了。”季策故作懊悔。

“我当时才是亏大了呢！我还花了五十块钱给你买了咖啡，只是后来有点事忘记了，还白给了出租车两张毛爷爷回来找你，结果你已经走了，当时我那个痛心疾首啊。来来回回花了好几百，连个电话也没要到。”

说起那天发生的事，盛卷卷也觉得就像发生在昨天一样，场景历历在目。

原来，她回来找他了。

季策心中的某个角落，“哒”的一声，发出轻微的声响，像是雨后的土壤，汩汩地吸收着甘霖，有什么东西越长越大，破土而出。

等了会儿，盛母他们就出来了。

“宋师兄没有一起吗？” 盛卷卷奇怪地问。

“哦，你们走后他也跟着回去了。”盛母看了眼季策，欲言又止。小宋走之前来和她道别，坦诚他来日本就是为了和卷卷一起，她走了，他也没必要继续玩下去了。神情落寞得让盛母好一顿愧疚。

盛卷卷“哦”了一声，准备找时间和盛母好好说一下宋未几的事，以免她继续被欺骗。

回去的路上，季策说已经定了饭店，晚上给他们接风。可是车刚进市区，他就接了个电话。

盛卷卷眼看着他神色由轻松到凝重，下颚线条越绷越紧，握着方向盘的手指开始因为用力而泛白。

等他挂了电话，盛卷卷才敢问："怎么了？"

季策缓了几秒才轻描淡写地回道："没什么，公司有一点事情。"

声音被他掩饰过了，但盛卷卷还是敏锐地捕捉到他的焦虑。

她没有继续问，低着头翻着手机，不一会儿突然轻呼一声："我的天！我们老板让我今晚去加班！"

然后哭丧着脸对季策和后排三人说："今晚的饭吃不成了，咱们改天吧。"

其他人都没有作声，只有盛母很不满："你们老板也太不人性化了，大过节的也不让人安生，你有时候该拒绝时也得拒绝，不能脸皮太薄。"

盛卷卷"嗯嗯"地应着。

前面是红灯，季策才放心地转过头认真地看盛卷卷，想说什么，被她微微摇头，用眼神制止了。

把他们送到楼下，盛卷卷直催着季策让他走，季策还在犹豫，陈父出面道："有空和卷卷一起回家来吃顿饭，今天就先去忙吧。"

季策这才开车离去。

一路上，季策把车开得飞快。

杨炎刚才的话像一块大石头，让他的心一沉到底。不安就像一张大网，缓缓收拢，让人呼吸困难。

"照片里的女人身份查出来了，名字叫陆晓，在二十年前就已经死了。"

"你一定猜不到她的死亡原因——也是跳楼自杀。"

季策皱着眉翻着手里薄薄的一张纸，上面只有寥寥几句话。

杨炎解释："因为时间太久远了，能查到的就这些了。"

季策的视线落在纸上的一行字上——

"19XX 年在安康医院跳楼自杀。"

“安康医院是个什么地方？”听名字就不像好地方，季策回忆了一下，本市有叫这个名字的医院吗？

果不其然，杨炎说：“是一家私立的精神病院。”

“在哪儿？”

“以前在南郊疗养院附近，后来出了好几起精神病人死亡的事故，十多年前这个医院就因此倒闭了。”

一条断了的线。

季策闭上眼理了理思路。

和季荣阳关系亲密的女人叫陆晓，未婚，无工作经历，有精神分裂症病史，在精神病院住了五年，三十六岁时跳楼自杀。

他眼皮突然跳了跳。

这个女人和自己母亲年纪相仿，死亡时间比母亲晚了六年，在精神病院住了五年。

也就是说，她在自己母亲去世后一年就住进了精神病院。

这个信息点，不知为何，突然让季策不禁后背一凉。

“能查出来是谁送她去精神病院的吗？”他忙问。

杨炎摇头：“安康医院十几年前就倒闭了，病人的资料都查不到了。”

“A把这张照片拿给我，到底想达到什么目的？他一定知道，我可以查出这些信息，但这些信息又有什么用？他想告诉我什么？不应该仅仅是我父亲出轨这件事。”

季策捏着下巴分析着。

“精神病人，跳楼自杀。这两个是重要的信息点。”

杨炎顺着他的思路展开：“于蓉蓉，抑郁症，跳楼自杀。”

两人对视一眼，都从对方眼中读出了震惊。

“这……这像不像一种重演？”杨炎惊得都有些结巴了。

如果真是这样，那于蓉蓉的死就是人为操控。

想到这儿，两人都不禁打了个寒战。

这个A，到底是什么人？

他为什么要处心积虑重演二十年前的悲剧？

两件事的主人公——

于蓉蓉，季策。

陆晓，季荣阳。

杨炎简直不敢深思……

他们面前就像是有一个巨大的黑洞，吸引着他们不断靠近真相。然而如果想探身进去揭开真相，还可能会粉身碎骨。

杨炎深深地看了季策一眼，见他脸色发白，捏着纸张的手背青筋隐现，知道他比自己想得更多。

和杨炎分别后，季策开着车在路上漫无目地飞驰。不知道可以去哪里，不知道下一个路口是向左还是向右，只想这么一直开下去，仿佛不需要去想终点在哪里，永远都有路可以走。

直到停下来的时候，季策才发现他来到了嵇山别院外。

他怔怔地看着隐于闹市的别墅外墙，不知道自己为什么会来到这里。

“你是我和你母亲唯一的孩子，对于我们来说，任何人任何事都没有你重要。”

昨天，听这句话时的沉重感，到现在都化成了浓浓的讽刺感。

他在院外站了许久，又转头离开。

他想拿着照片直接去问季荣阳，理直气壮地问这个女人是谁，为什么他要背叛自己的母亲，几十年的伉俪情深都是假象吗？

可他不能问，他怕打草惊蛇，露了马脚。他要和自己的父亲勾心斗角，多可笑。

查季荣阳的情史，不能假手他人，就算心腹也不行。

只有……

站在西山脚下的一处古朴院落前，季策深深吸了口气。

凭着记忆一路找过来，他才发现其实原本以为已经不在乎甚至早已忘记的事，只是被隐藏了起来。一旦触碰到，这些事情就犹如雨后春草，“嗖嗖”地探着头招摇着。

面前是阮家老宅。

阮竹的娘家，季策的外祖家。一个一直以来都极其不欢迎他的地方。

这还是他成年后第一次主动找过来。

犹豫许久，他才上前叩门。

半天才有人开门。

开门的是一个中年女人，四十多岁，系着围裙。她看见季策就是一愣，好半晌才试探着问道：“请问您是季先生吗？”

季策不认识她，看穿着打扮，应该是家中的阿姨。他点点头说：“对，我是季策，请问我……请问阮老先生在吗？”

他想问“我外公在吗”，话到了嘴边却说不出来，外公外婆这两个词，他大概有二十年没叫过了。

中年女人欣喜万分，连忙请他进屋，让他先在客厅沙发上坐下，然后去叫人。

不多时，一个中年男人扶着一个面容有些憔悴的银发老人走了出来。

季策立马站了起来，内心一阵慌乱。

十几年没见，眼前这个老人陌生得厉害。记忆中那个总是笑容满面精神矍铄的老爷子完全不见了，面前这个老人……怎么这么老了？

老人弯着腰，脚步虚浮，看起来精神不太好，半睁着眼睛打量着他，好半天才问：“是小策吗？”

季策连忙走上前，低着头，有些讷讷道：“是我……外……外公。”

阮老先生半睁的眼睛里有水光闪烁，减少了他身上的一些暮气。

“你怎么过来了？是有什么事吗？”他气息不稳地问。

“没什么事，刚好路过，就进来看看。”季策说得有些心虚。

看见老人的第一眼，他一路上酝酿的话都问不出口了。

和外公外婆这些年虽然形同陌路，也谈不上有什么感情。但要让他用那些不堪的陈年旧事，来扰乱他们原本安稳的晚年生活，他突然于心不忍。他们毕竟是他母亲的父母。

阮老先生笑了笑，脸上的皱纹更深了些。

他挪到沙发前坐下，中年女人给他们端了茶就回避了，客厅只剩下祖孙两人。

“你都长这么大了。”阮老先生突然感叹一句。

季策却觉得尴尬，他并不是想来认亲叙旧的，但此时也只能顺着聊下去：“您……身体还好吗？”

“快要入土的人了，能好到哪里去。”阮老先生自嘲道。

季策不擅长与老人聊天，一时接不上话，气氛就沉默了下来。

许久，老人突然开口，声音苍老：“你外婆，她病了，很严重，刚才还在叫着你妈妈的名字，你就突然来了。有时候不得不相信，冥冥之中自有天意。”

季策心头一凛，一股悲凉感从脚底直冲脑门。

他随着外公走进一间卧室，室内暖气烧得很足，热气混杂着汤药气味，扑面而来，让他呼吸有些困难。

他看着床上躺着的老太太，心生怯意。这个一直莫名厌恶他的老太太，眼中的恶意，曾是他童年最大的阴影。直到如今，偶尔想起，还能让他汗毛直竖。

但现在，她已经不能睁开眼看他了。

“她时睡时醒，昏昏沉沉的，没有多长时间了。”阮老先生说。

季策呆呆地站在窗前，一言不发，心中一片荒凉。

他曾经无比渴望的亲人，就要消失了吗？像他母亲一样，一个个都要离开了吗？

“外婆。”他喃喃道。这两个字在舌尖滚动多遍，终于叫出了口。

床上老太太闭着的眼睛蓦然动了动，缓缓睁开，暗淡无神的视线和季策那双酷似他母亲的眼睛对上。

“是……是阿竹吗？”她声音微弱，却透着期待。

阮老先生凑过去拉住她的手，轻声道：“是阿竹的孩子。”

愣了片刻，老太太眼中突然迸发出了一道精光，带着仇恨射了过来，她挣扎着伸出手，声音嘶哑凄厉：“你还我的阿竹！还我的阿竹！”

季策被这叫声激出一身冷汗，不由自主地后退数步。

床上老人仿佛用尽了全身的力气嘶吼出这两句话，随即闭眼昏迷了过去。听到动静，从门外进来几名医生模样的人，连忙上前查看。

季策在混乱中，悄然离开房间。他背靠着墙壁，耳边充斥着老太太怨恨的话语，那么尖锐、凄厉。刺得他脑袋嗡嗡响。

他脑中乱成一团：为什么要这么恨他？什么叫还她的阿竹？莫名的不安和恐惧在胸腔里到处乱撞，让他想立刻就逃离这里。

不等他逃走，阮老先生就被扶了出来。

他看起来比刚才见面时还要苍老，浑身透着疲惫。看见季策，他动了动嘴皮子，低声道：“跟我来。”

季策跟在他身后进了书房。

“想问什么就问吧！不然等我们都入土了，你再想问，就来不及了。”老人垂着眼说，语气平静。

季策的内心翻江倒海，找不到宣泄的出口，憋了半天，索性脱口问了出来酝酿已久的问题：“您知道陆晓是谁吗？”

老人怔了怔，把陆晓这个名字在嘴里念叨了几遍，侧着头回忆着。

季策从口袋里掏出一张被截掉一半的照片，递了过去。老人接过，眯着眼凑近仔细看着，他突然愣住了，手开始抖了起来。

“陆晓，陆晓……你怎么会知道她？怎么会有她的照片？”老人惊奇地问道。

“这么说，您知道她是谁？”

老人沉默了，眼睛直直盯着照片中女人的笑脸，仿佛要穿透照片，回到三十年前。

“我知道她……”他突然顿了顿，像清醒过来，看向季策问道，“你怎么会知道她？”

“有人把她的照片发给了我。”季策交代了于蓉蓉案件的始末，顺便把已经和A的交锋都坦诚地告诉了老人。

“这些事是我背着父亲在查。这张照片拍摄于三十年前，能知道当时发生过这事的，除了当事人，我想来想去，也只有您了。”季策道。

老人听完后，半晌才道：“你真的很像你父亲，机敏，还有一点恰到好处的心机。”

被看透的季策抿着唇不说话。

许久，老人才抬起浑浊的眼睛，看向虚空处：“我这一生做过最错的一件事，就是你母亲的婚事。”

随着老人沧桑的声音，季策第一次揭开那段不为人知的往事面纱。

阮竹少女时代时是一个很优秀的女孩子，长得漂亮不说，性格非常好，文文静静的，丝毫没有那些世家小姐身上的骄矜之气。因此，阮老太太最疼爱这个小女儿。阮竹一直被保护得很好，她长到二十多岁时还能保留着少女的天真烂漫。

当然，天真烂漫通常都配合着不谙世事这个词出现。阮竹最大的一个问题就是太轻易相信别人。

她和季荣阳认识的时候，季荣阳还是一个从外省过来求学的毛头小子。二十岁出头，相貌英俊，仪表堂堂。再加上有真才实学，也努力肯干，很能俘获少女芳心。

阮竹就是被俘获的其中一个。

她第一次带季荣阳回家时，全家都对这个不卑不亢大方诚恳的小伙子有些好感。抛开顽固老旧的门第观念，季荣阳无论从相貌还是性格，才学还是气质，都是当时的佼佼者，再加上他超出同龄人的沉稳持重，很能给人安全感。

所以，季荣阳很快就得到了阮家的认同。

在陆晓出现之前，所有人都觉得阮竹和季荣阳是一对佳偶，天造地设。

陆晓的出现，打破了这一假象。

季荣阳从来没有提起过他在老家曾有过一个女朋友。用那个年代的话来说，可以算是未婚妻了。陆晓的父母因病去世后，她就顺着以前季荣阳给她写信的地址找了过来。当她出现在阮竹和季荣阳的面前时，阮老先生就决定放弃季荣阳了。

自家闺女如珠似玉地长这么大，绝对不能沾上一点污渍。既然季荣阳不干净，索性不要了。

青年才俊那么多，总有适合闺女的。

但是陷入情网的阮竹，第一次反抗了他。

她领着季荣阳登门道歉，解释陆晓的事。

按照季荣阳的说法，他的确曾和陆晓有过一段恋情，但是后来因为时间和距离，加上人生观、价值观的差异，他早已经和陆晓提了分手，并不算一脚踏两船。至于为什么陆晓来找他，也是因为家里父母去世，一时无助才找了过来。他已经和她说清楚了，绝对没有两头欺瞒的意思。

季荣阳给人最深的印象就是坦诚，什么事都能坦坦荡荡地面对。

阮老先生开始依旧不同意，觉得这是一个隐患，没准什么时候还会出问题。但他架不住阮竹的坚持。

阮竹知道母亲最是疼爱自己，就在阮老太太耳边软磨硬泡，母女俩不知道达成了什么协议，阮老太太就开始不让阮老先生插手这件事，让她来解决。过了一段时间，阮老太太对他说，都解决了，陆晓绝对不会再来纠缠季荣阳了。

细问之后，阮老先生大吃一惊。

因为陆晓生得貌美，阮老太太就给她介绍了一个还不错的男朋友。当然，是暗地里介绍的。从表面上看，一个条件还不错的小伙子，无意间遇到一个孤苦无依的姑娘，心生爱怜，出手帮了她一把，然后日久生情，两人走到了一起……传出去也是一段佳话。

阮老先生当即斥责阮老太太胡闹。

阮老太太却说："我又没有强迫这两人，只暗中牵了个线，谁让人家看对眼了呢。"

阮老先生说不过她，气得不想再管这事。之后很长一段时间，都风平浪静。阮老先生还特意去查了，见陆晓过得的确不错，那青年对她也很好，没什么幺蛾子发生，逐渐也放下了这事。

季荣阳越发低调谦和，和阮竹的感情也到了水到渠成的地步。知道他准备上门提亲前，阮老先生特意和阮竹长聊了一番，他的本意还是想再观察观察，但拗不过女儿和妻子的坚持，最后只能同意。

听到这里，季策大概已经猜出了后续。

"所以说，人不能做亏心事，否则日后但凡有一点不顺，都会心虚不已。"阮老先生摇头叹息。

后来的事也的确如季策所猜想。

阮竹和季荣阳婚后的幸福生活没有持续很长时间。

陆晓并没有生活得很好，阮老太太牵线的那个小青年既然能对陆晓见色起意，对别人也可以。始乱终弃，陆晓被伤得很重。

被季荣阳知道后，可能是出于愧疚，或者是同情心，或者他原本就说了谎，这就不得而知了。

事实就是，陆晓又重新出现在季荣阳的生活中了。

阮竹当然不会同意自己的丈夫为前女友忙前忙后，但她不谙世事，并不擅长处理这类复杂的男女之事。她大多数时间都是生着闷气，和季荣阳冷战。

这其中的内情不得而知，毕竟谁也不知道当年他们到底发生了什么。

直到阮竹回娘家说要离婚时，阮老先生才知道发生了什么事。

阮老太太见宝贝女儿受了委屈，当即就怒了，使了些手段，给了季荣阳和陆晓一些教训，逼着季荣阳和陆晓彻底断了联系。

阮老先生本想让阮竹离婚，但一是阮竹自己舍不得，二是老旧观念作祟。他见季荣阳改过自新后也就罢了念头。

再后来，季策就出生了。也没再听说过季荣阳和陆晓再出过什么幺蛾子，众人也就松了口气。

这口气一松就是好几年。这几年，季荣阳抓住时代的机遇，一跃而起，创建了季阳集团。他羽翼丰满后，做事也更为严谨，直到阮竹去世后，阮老先生用心去查，才查到些蛛丝马迹。

那时候，阮老太太因为爱女去世精神非常差。阮老先生就没敢告诉她季荣阳和陆晓这几年断断续续仍有联系的事。他们中间断过两三年，后来不知为何又重新联系上了。

这些事憋在心里几十年，如今对着季策倒说了个一干二净，阮老先生像是瞬间老了很多，佝偻着背，断断续续道："季荣阳作为丈夫不合格，作为父亲倒是可以，我本不应该对你说长辈们的私事，但从你说的这个人的一系列动作来看，对这段旧事应该是知晓的，你知道得越多，就越好应对些。我老了，帮不了你什么忙了。"

季策默默听完后，心里像长满了荒草，刺扎扎的。

他涩着声音问："我妈是不是因为这些事才身体不好的？"

阮老先生愣了一瞬，好半天才摇摇头说不知道。但他脸上的苦涩和悲怆，像是被打开了闸口，一泻而下，再也无法隐藏。

季策和他对视一眼，浑身一震，心脏像是被某些尖锐的利器刺破，疼得他弯下了腰。室内悲伤的气氛弥漫，让人陷入其中脱离不出来。

直到门外有人敲门，说阮老太太醒了，才打破了沉闷。

阮老先生率先起身，季策忙过去搀扶他。

"你也别怪你外婆，她就是过不去心里的那道坎。"阮老先生叹口气道。

季策抿了抿唇，摇了摇头，到如今，他也没力气去怪谁。

两人走到门口，季策突然想到一件事，问："您知道陆晓后来怎么样了吗？她和我父亲……"

阮老先生停住了脚步，似乎是想起了什么，他说："季荣阳非常机敏，当时察觉出有人在查他的事后，陆晓就消失了。再次得知她的消息，就是她在精神病院跳楼自杀的时候。"

关键环节到了，季策有些急切地问道："您知道是谁送她去的精神病院吗？"

阮老先生看了他一眼，季策的心跳不禁漏了半拍，答案呼之欲出。

"虽然没有证据，但除了他，也不会有别人了。"阮老先生低声道。

虽然已经猜到，季策的心中还是凉飕飕的。那陆晓的死，到底和季荣阳有没有关系？这个念头像噩梦一样，久久挥之不去。

从阮宅离去时，夜色沉沉。季策脚踩在油门上，控制不住地不断用力。路边黑暗的树影急速后退，一辆辆车被甩在身后，但是，车速再快也甩不开黏在心头的，带着丝恶心的沉重感。

季荣阳，自己的父亲，像山一样沉稳水一样静谧的男人，一直以为给他撑起一片天，让他可以自由飞翔的人，他在这个世界上唯一的至亲，原来……是这样的。

盛卷卷打来电话的时候，季策才找回些理智，这才发现车速都飙到一百八了。

"你回家了吗？"盛卷卷甜甜脆脆的声音将季策一路紧绷的神经抚平了不少。

"在路上了，十多分钟就能到，你在哪儿呢？"季策开口才发现嗓子又干又疼。

盛卷卷直接听出不对："你嗓子哑了吗？感冒了吗？我在家呢，这就过去找你。"

季策让她在家等着他过去接。

接上盛卷卷时，她正站在小区门口等着。手里拎着个塑料袋，在寒风中哆哆嗦嗦地跺着脚。季策一脚刹车停在她面前，下车把她塞进开足暖气的车里。

"哇！好暖和。"盛卷卷搓着手说。

季策凶她："让你在家等着又不听话，外面不冷吗？"

盛卷卷笑嘻嘻地道："人家想早点见到你嘛。"

季策无奈，顿时凶不下去了。

到了别墅，盛卷卷就去烧热水，给他冲感冒冲剂。

“中成药都没什么用，吃不吃都一样。”季策看着她忙碌，忍不住提醒她。

盛卷卷茫然地抬起头：“是吗？但我每次感觉要感冒，吃一袋，睡一觉出出汗，第二天就好了。”

季策揉了揉她的脑袋，给她做科普。盛卷卷还是将信将疑，非要他把感冒冲剂喝掉。

“吃了总比没吃强。”

季策倚在门框，看着她辛苦半天，又是搅拌又是吹气，还自己尝了下，试好了温度后才端给他。他就什么科普也说不出来了，端起来仰头一口气喝光。

不知道是感冒药的作用多些，还是噩梦的效果多些 。夜里睡到一半，季策就醒了，浑身湿得就像水洗的。

他在黑暗中睁开眼，大口喘着气。

睡梦中的盛卷卷突然伸出手过来，在他额头上摸了一把。不等他反应，还没睁开眼的人突然就坐了起来，小心地在他头上脸上摸着，然后翻身下床跑去洗手间拿了块毛巾回来，轻轻给他擦拭着。

“你醒了？”借着微光，盛卷卷这才发现季策睁着眼，忙又问，“你出了好多汗，是不是发烧了？”

“没事。”季策开口，声音嘶哑得厉害。

“还说没事？”盛卷卷心疼道，又去给他倒了杯温水，找来体温计。

三十七度八，低烧。

这下盛卷卷也不睡了，她不安地守着季策，时不时给他用湿毛巾擦拭。

“别忙了，我没事。”季策拉下她的手，让她躺下。

他低声道：“你如果不睡就陪我说说话吧。”

“好，你想聊什么？”

盛卷卷眼眸中闪现的微光，像一盏小灯，在无边黑暗中微弱但坚持地发着光，指引着他走出黑暗。

“我又做噩梦了。”季策闭了闭眼，眼前急速闪过零乱的片段。月夜，黑猫，女人……黑漆漆的旋转楼梯，被风吹起的窗帘，无止境的坠落感。

固定的噩梦突然加入了在雪场那天闪现的片段。真实又可怕，醒来后的几分钟都分不清现实还是梦境。

听完后，盛卷卷默不作声。她今晚去找了大老板，把季策的情况联系自己的猜测和大老板讨论分析后，两人的结论大致相同。

长时间固定的梦境，甚至连细节都没有变化的梦境，几乎不存在。

加上季策有高空坠落的经历，他们一致认为——这段梦境，极有可能是一段记忆。

被遗忘或者被改变过的记忆……

第十八章

交锋 宋未几的身份

“你要不要考虑一下催眠？”盛卷卷犹豫着问。

这是大老板提议的，让她暂时不要把推测告诉季策，以免影响到催眠效果。

“催眠？”季策皱了皱眉。

盛卷卷和他解释，虽然现实中的催眠不能像电影里那么神奇，但一个好的催眠师可以通过催眠，挖掘出在清醒状态下被忽视的一些细节。

“可能你已经忘记的或者意识不到的细节，在潜意识里还是有迹可循的。比如你的噩梦和恐高之间的关系，这中间有一些事件节点，你可能忽略了，想不起来了，也许可以通过催眠找出来。”

“也就是说，我曾经有可能失忆过？”季策敏锐地抓住了盛卷卷话中的细节，联系到她之前问自己是不是有记忆受损，他直接可以确定，她在怀疑他曾失忆过。

“只是怀疑。”盛卷卷点点头。

她更加倾向于大老板的提议了。

大老板说季策的防御心理非常强，而且非常敏感，清醒状态下很难挖掘出深层次的信息点，催眠是最快最有效的手段了。

见季策不说话，盛卷卷有些担心，去拉他的手，再次强调："季策，你别怕，我会陪着你。"

季策哑然，他表现得这么明显吗？

催眠，等于把自己整个人毫无保留地交给别人，内心深处隐藏的一切都将暴露在他人面前，毫无隐私可言。

对他而言，这比噩梦更可怕。

盛卷卷也很清楚他的顾虑，大多数人是拒绝被催眠的，都是因为害怕这种不安全感。

"我考虑考虑。"许久季策才说。

"好，不用着急，你慢慢考虑，不愿意也没什么，我们再想别的办法，总会有办法的。"盛卷卷让语气保持轻松，尽量不给他任何压力。

季策对上她的眼睛，突然有了些勇气。

他不想让她为自己担心。

"我会认真考虑的。"他凑过去亲了亲盛卷卷的眼睛，郑重地说。

可能是困意过去了，盛卷卷躺了半天，一直没有睡着，不由有点烦躁，又怕吵到季策，不敢翻身。

"睡不着吗？"季策在她轻轻动了动脚时，发现了她的异样。

"吵到你了？"盛卷卷不安道。

"没有，我也没睡。"

"那我们继续聊天吧？"

"好，这次你想聊什么？"

盛卷卷想了想："相互说一件在心里憋得最难受的事，怎么样？"

沉默，无人回应。

盛卷卷以为季策不愿意，又换了个："要不就相互说一件最近一个月在心里偷着乐的事呢？"

只听季策低低笑了声，他叹口气："就第一个吧。"

然后，他酝酿了一下。

"我的父母，世人都说他们伉俪情深。我母亲去世多年，我父亲对她依然至死不渝，没有再娶，甚至身边连个女人也没有。所有人都深信他们一定爱得很深，包括我。"说到这儿，他停了下来。

盛卷卷听到他自嘲的轻笑：“但是，突然有一天，有人告诉我，我父亲在和我母亲的婚姻存续期内一直有一个情人。

“是不是很恶俗，很不可思议？”

黑暗中，细小的声音都会被放大。

盛卷卷仿佛能听见自己“怦怦”的心跳声，然后她听见了自己的声音：“其实我也知道，我继父在外面也有别的女人。”

黑夜是块遮羞布，总是能让人敢于说出在阳光下想都不敢去想的事。

盛卷卷觉得说出来的声音都不像是自己的，她呆呆地看着天花板，干巴巴地说道：“那件衣服根本不是给我妈买的，我妈骨架小，一直穿最小号的衣服，我继父给她买了这么多年的衣服，不可能搞错。可那件裙子，是中号的……”

当时，盛母生气地把衣服扔了出去，看都没看一眼。但盛卷卷后来去收拾的时候，鬼使神差地看了眼码号。

她当时的心情，就像是一直提心吊胆等着的鞋子终于落了地。

其实一年前她就曾发现过蛛丝马迹。陈父有一辆车，黑色的，盛母不喜欢，从来不开，除了司机，基本就是陈父自己在开。有一次盛卷卷的车限行，就借用了一下。她无意间发现车载蓝牙列表里除了陈父默认的手机型号名字，还有一个明显是女性的蓝牙名字。她当时就预感到不对劲，心中隐隐不安。但陈父对盛母一贯的宠溺，让她不由得自欺欺人，安慰自己，也许是女同事借用过车而已。

后来过了几天，她特意又去车上看过，蓝牙列表已经清空了。

那时候，她在车上呆坐了很久，全身脱力。她不断给自己洗脑，劝说自己不要没事找事。好几次，面对盛母犹如少女般娇羞的笑容时，她都把提到嗓子眼里的话咽了回去。

她不能，也不敢，更不忍去打破这种表面的“幸福”。

哪怕不是那么纯粹。

她花了很久的时间才说服自己，感情的事，如鱼饮水，冷暖自知。只要妈妈自己觉得幸福，就没有人有资格，以“为她好”的名义去戳穿那些不堪的背后。

更何况，她只是猜测，没有证据。

不过很多时候，她承认，自己只是懦弱。

“但是，我知道又能怎么样？他们之间的感情私事，即便是作为女儿，也是没有资格去插一脚的。”盛卷卷声音中的无力感染着季策。

“他们数十年的恩爱是假的吗？我妈妈脸上的笑也是假的吗？我继父对家庭的付出难道也都是假的吗？并不是吧。

“所以，我无法去评判我继父的为人，也无法去替我妈妈做决定。”说到这里，盛卷卷的声音有些抖，“我什么也做不了，只能管好自己的事，不给他们添麻烦。”

季策伸手罩住她的眼睛：“这个世界上，每个人都只能管好自己，管不了其他任何人。”

今晚注定是个难眠之夜，过去三十年间从没有人给过他这种想要倾诉的欲望。一晚上，他把自己心里的陈年旧事，倒了个底朝天。

好像也没有那么难。

而且事情压在心底，会越来越重，说出来，反而好像就轻了很多。

就像他父亲曾经出轨，在说出来之前，他觉得压抑、震惊、愤怒、恶心。对自己的无能为力和无所作为失望甚至开始自我厌弃。

但是说出来后，他就想通了。

他能做什么呢？站在母亲的立场去批判指责父亲的不忠？不能，就像盛卷卷说的，他们之间的感情，除了当事人，没有人有资格去评判。他能做的，只能是管好自己，对自己未来的婚姻负责，对妻子和子女负责，这已经是他能做到的最好的事了。

一直以来，堵在季策心口的一股恶气，终于逐渐散去。

找到了前进方向，他就不会纠结于过去。

他把盛卷卷拉进怀里，埋头在她发间，嗅着她身上和自己一样的味道，止不住有了想要厮守一生的冲动。

他想和怀里这个女人建立一个小家庭，属于他们两个人的小家庭。他和她一定都会管好自己，建立一个和他们父辈们不一样的家庭。

埋在季策怀中许久，盛卷卷才平稳了情绪，抬起头不好意思道：“对不起，刚才我好像打断你的话了，你要不要继续？”只顾着说自己的心事，把季策给忘了。

“是不是相处久了就会越来越心有灵犀？我们憋在心里的竟然是

同一件事，我想说的都被你说完了。”季策揉了揉她的头发说。

“是我话太多了……”

“我喜欢听你说话。”

盛卷卷小心翼翼地问：“你还喜欢我什么？”

季策思考了一下，认真回答：“喜欢你很多，你很可爱，笑起来很甜，有点傻，让人想欺负，爱装大尾巴狼，但却不自知地露着小白兔的耳朵，你像一颗小太阳，温暖又耀眼。你给了我一直渴望而不可求的安全感和满足感。”

盛卷卷惊呆了，她本来只是因为难过，想让季策说点甜言蜜语哄一哄。她从没想过，季策会如此认真地喜欢她。

她真的有他说的那么好吗？

“我会当真的，真的会。”她用力地说。

“敢不当真？那我岂不是白煽情说这么多了？该打。”季策佯装生气，抬手在她屁股上拍了一下。

她穿着吊带小裙，不知何时裙角卷到了腰上。季策巴掌落到屁股上时发出清脆的响声，把两人都吓了一跳。

面面相觑，半晌，才同时笑出声来。

一定要尽快求婚，真心话都被套出来了，不把她绑在身上实在是不放心。

季策在心里默默盘算着。

第二天醒来，季策已经去上班了。给盛卷卷留了张纸条，说已经替她请了半天假。

盛卷卷心里却有些不安，洗漱完了，吃了点东西就坐地铁去上班了。

坐车时，盛卷卷习惯性地玩手机。她意外地发现她期待已久的电影《无畏》出现在热搜第一，激动地点进去一看，果然是已经定档在五月一日上映。

这部电影的导演是徐文，盛卷卷超级喜欢看他的电影，几乎每部都翻来覆去看过好几遍。《无畏》是他十年磨一剑打造出的精品，从选角开始，只要有消息放出来，必上热搜，关注度非常高。

盛卷卷除了对作品本身的期待，现在还多了点额外的兴奋感。

因为这部电影是辰星影视投资制作的。

以前盛卷卷是不会关注投资方制片人之类的，只看演员，最多带上导演。但现在不一样了，既然是季策投资的，那再看这部电影，就多了一份隐隐的亲切感。

她看完预告片，立刻拍手叫绝。主演颜值高、演技好，画面精美且宏大，光是预告片就悬念迭起，看得她热血沸腾。

到了公司后，她迫不及待地找甜甜一起讨论电影。甜甜却没空，她正忙着看八卦。论坛里突然都在疯狂转载一张照片。

光标题就让盛卷卷心惊胆战——于蓉蓉金主之谜终于解开。

点进去一看，果然是季策提过的他和于蓉蓉在年会上被偷拍的照片。

再去看热搜，“于蓉蓉金主”果然冲上了前三。同时，于蓉蓉自杀真相之类的话题也逐渐热了起来。爆料帖果然凭借这张照片，直接把金主的身份挑明，直指季策。而且最为可怕的是，于蓉蓉在《无畏》里也有参演，虽然是一个配角，但在如此大牌云集的电影里，也算是超级好的资源了。

爆料帖都在讨论，以于蓉蓉的咖位，是不可能混上徐导的戏的，除非是金主塞人。既然金主是投资方大BOSS，那就很容易解释了。

与此同时，于蓉蓉自杀原因又被重新提起，是否真的是因为被金主打压，不堪忍受折磨才跳楼自杀的。

从目前的状况来看，非常有可能。于蓉蓉跳楼的地点成了一个有力的辅证。

华泰商场是季阳集团的产业，《欢乐时光》是辰星近期重磅打造的电视剧。于蓉蓉特意选择在这儿跳楼，用意已经十分明显了。

盛卷卷刷帖子刷得手脚冰凉。因为营销号和水军的疯狂带节奏，现在网络上几乎已经认定了之前被爆的于蓉蓉那个金主就是季策了，并且把于蓉蓉自杀的导火索指向了季策。

这次不仅辰星影视官方微博沦陷了，连《无畏》官博下也是叫骂声抵制声不断。抵制声称不要吃人血馒头，让于蓉蓉死后还不得安宁。

这种言论就非常诛心了，而且还极具煽动力，不明真相的吃瓜群众立刻就被煽动起来，纷纷转发抵制。声势浩大，完全把期待电影的言论压得死死的。

盛卷卷强迫自己关掉手机，穿好衣服去上班，心里一遍遍默念着不会有事的，季策会解决的……

腿却在不自觉地发软。

她的脑子乱糟糟的，只有一个疑问，到底是谁？要如此处心积虑地置季策于死地？

同样的问题在辰星影视的总办室里也被提起。

“这个A到底是谁？我们前脚才公布上映日期，后脚照片就爆了出来，而且营销和水军的动作这么快，明显是预谋好的。”杨炎一贯的冷静理智都不见了，他开始烦躁起来。

“他是谁不要紧，要紧的是他的动机，想搞垮辰星，还是搞垮我？”季策说到这儿停了一下，目光忽然一闪，语气越发冷了起来，“或者是，搞垮我父亲？”

杨炎没有忘，A手里还有一张照片，那才是重头戏，不知为何这次A没有发出来。

头顶悬着的利剑不知何时会落下，这种不安，让人一刻不能冷静。

杨炎烦躁地抓了抓头发，季策见状给他倒了杯咖啡，道：“你要冷静，不能自乱阵脚。这件事暂时让公关部负责，他们之前就做了一套应急方案。你要继续按照原先的节奏走。”

杨炎端起咖啡喝了两口，提了提神，汇报着：“还是老于的嫌疑最大，查出来他曾和山影的高层有过私下联系，频率还不低。”

季策皱起了眉头：“公司待老于不薄，他为什么……”

查出于洪正，杨炎虽然有些意外，但还不至于震惊。毕竟于蓉蓉近两年参演的几部戏全是于洪正的，本来就很奇怪，让他疑心。今天的事一出，就更加笃定了。

因为于洪正恰好也是《无畏》的执行制片。

网上说是季策安排于蓉蓉进组，实在是太可笑了，季策要是想捧什么人，用得着安排一个没几句台词的小配角？

然而，如果是于洪正这个执行制片塞人的话，就很合理了。

但是，怪就怪在，查不出来于洪正和于蓉蓉有什么暧昧关系。

“借着这次事件，公司人事做一次年终大调整，老于就……挂个闲职吧，如果他想走，签了保密协议就让他走，也不枉他给公司出了这么多年的力。”季策做了决定。

用人不疑，疑人不用。看来这个于洪正是用不了了。

临走前，杨炎想起了一件事，他从文件夹里翻出了一份资料，递给了季策，说：“这是你让我查的宋未几的资料。”

季策接过来翻开，封面是打印出来的照片。

宋未几长得不错，尤其是那双眼睛，是勾人的桃花眼，很是温和。即便是在照片里，也很难令人忽视。

季策和照片对视了几眼，心头又浮起了一丝怪异。到底哪里让他觉得很眼熟呢？

翻开资料，是一份比较详细的简历，有相对完整的学历和工作经历。

宋未几是从外省一个比较偏僻的农村，一路考试升学来到了本市，小学、初中、高中、大学，档案很完整。毕业后先是去了研究所工作了三年，后来就跳出来自己创业，开办了他的个人工作室。

整体来看，是个很优秀的人才，学习好、努力上进、工作能力强，除了家境一般，几乎没有任何短板。学习和工作经历也很顺利，算是顺风顺水，一路向前。

这种人自制力强大，知道自己想要什么，目标明确，并且愿意为之不断努力。抛开其他因素，季策承认宋未几确实是一个不可多得的人才。

待他把资料翻了一遍，除了依然觉得眼熟之外，看不出什么异常。

杨炎忽然问：“这个人是不是和于蓉蓉的案子有关系？”

“嗯？”季策一时没理解，他疑惑道，“有什么关系？”

“哦，我以为您查他，是因为他和于蓉蓉案子有关系，原来不是啊……看来是我想多了。”杨炎尴尬地笑道。

说者无心，但季策听了后心中蓦然一跳。

宋未几是心理咨询师，而……于蓉蓉有抑郁症。

想到这儿，季策的心猛烈地跳了起来。他为什么突然会有这么荒唐的想法，这两个八竿子打不着的人，能被他用这种方式联想起来。

虽然觉得荒唐可笑，但这个念头犹如疯草一般不可遏制。他吩咐杨炎：“马上去查查他和于蓉蓉有没有关系！”

杨炎吃了一惊，抬头见季策脸色突然变了，眼神也变得凌厉起来。

季策想起盛卷卷说宋未几是因为工作关系才认识的余子晴，他又加了一句："还有，查他工作室的客户源，越详细越好。"

"明白。"

两人在办公室里开了个二十分钟的短会，外面的杨秘书已经来敲了两次门。

"季总，周先生还在等您。"

她的话音刚落，身后就传来一道冷冷的声音："告诉他，我再等他一分钟。"

季策已经听见了，示意杨炎出去，让周路进来。

"大忙人啊季总，谈个小明星怎么没和我们说起？"

关上门，周路难得调侃了一句。今天，他所有的微信群今天都像炸了一般——季策和三线小明星不得不说的二三事。不敢亲自来问正主的，都跑去问他们这帮亲友党，周路今天已经把微信卸载掉了。

"滚滚滚。"季策一听就烦躁，一上午手机响个不停，都是些狐朋狗友看热闹来了。

他踹了一脚周路坐着的椅子，挑着眉问，"你来找我不会就是为了看热闹吧？"

"我有这么闲？"周路啧了一声，反问道。

他不等季策发毛，就正了正脸色，说："你记不记得上次你给我宋未几的照片，我说我看他也有点眼熟？"

"嗯，有什么发现？"季策收了笑，直起了腰，认真等着对方接下来的话。

周路没有正面回答他，而是扔给他一个 u 盘。

"是什么？"季策疑惑道。

"上次给过你一个，不知道你看没看。"周路起身，把 u 盘插到电脑上，打开一个视频。

他把进度条拉到一个时间点，黑白色的画面定格。

一个戴着鸭舌帽的男人，低着头，拎着一个大的行李箱。帽檐遮盖住大半张脸，只露出一个下巴。

"这能看出个什么？"季策无语。

“就是他，宋未几。”周路肯定道。

去查监控时，当时他就坐在车里在楼下等着。恰巧当时边上停了一辆车，正在从楼里往外搬东西。

周路无聊，就多看了几眼，看到过这个人的正脸。

一眼扫过，没留什么深刻的印象，所以见面时才没有认出来。

要不是他重新整理电脑里的视频，根本不会想起来。

“这是什么地方的监控录像？”季策忙问。

周路脸上浮现古怪的神色，缓慢道：“于蓉蓉租住的小区单元门的监控录像。”

巧合？

不可能。

一向坚信纯天然的巧合几乎不存在的季策，瞬间就否定掉这个想法。

宋未几出现在于蓉蓉租住的那个神秘小区里，这个认知让季策手臂上的汗毛都竖了起来。

他和于蓉蓉真的有关系！

比起刚才因为杨炎无心的一句话而产生的突发奇想，现在这个视频，几乎就是为了佐证他的想法而出现的。

他像是在死胡同里突然发现一条阴森可怕的缝隙，恐惧中隐隐带着几分接近真相的兴奋。

他深呼吸几口，平了平翻涌的思绪，问周路：“什么情况？宋未几为什么会出现在这里？”

周路来之前已经去了一趟这个小区，摸清了大致情况。

“宋未几在这里也租了一个房子，就在于蓉蓉房子的对面。这个老小区是东西各一户，也就是说他和于蓉蓉算是邻居了。”

周路拿笔在纸上一边画着一边说：“宋未几是两年前租的房子，过了三个月于蓉蓉就在对面租了房子。于蓉蓉死后没多久，也就是我去查监控的那天，正好遇上宋未几搬家。”

周路在时间节点上划着着重符合，问季策：“两条时间线如此重合，这意味着什么？”

意味着什么？季策眯起眼睛，冷声道：“意味着于蓉蓉每周去见的人就是宋未几。”

周路扔下笔，靠回到椅子上，说：“不错。虽然没有证据，但百分之九十是这样。只可惜他太谨慎，没有留下任何证据。”

宋未几租房用的是假名字，房东也没有查证过他的身份。他每次来都戴着帽子，从没有让监控拍到过正脸，如果不是搬家那天恰好被周路这个堪称过目不忘的变态遇见，不会有任何人发现他曾在这儿租过两年的房子。

“他和于蓉蓉是什么关系？要这么隐秘地见面。”周路想不通。

季策没有说话，他把监控视频从头看了一遍。

周路等得无聊，随手拿起桌子上的东西翻看着。

是刚才杨炎给的宋未几的资料，周路一目十行地看完后，边翻边啧啧称叹：“简直堪称完美啊，这种人真可怕，一个专业素质过硬的心理咨询师，他对人性的把握和拿捏，正常人都不是他的对手。”

季策从电脑后抬起眼睛，若有所思道：“正常人都不是他的对手，那非正常人呢？比如抑郁症患者。”

周路嗤笑：“那还用说，当然是搓扁捏圆，任他摆布。”

话音一落，季策像见了鬼一样地看向周路，两人的目光在半空中撞上，对视数秒。

周路猛地坐直了身体，不可思议道：“不会吧？我就算随口一说……”

“呵呵。”季策震惊之后就是冷笑，“随口一说没准就是真相。”

于蓉蓉为什么每周都要来这边住一晚，很大可能就是来找宋未几做心理咨询。然而做了两年的心理咨询，非但没有好转，还在最后三天接连见了宋未几后就跳楼自杀了。

如果说这里面没有宋未几的手段，任谁都不会信。

之前推测于蓉蓉的死有人为推动的因素，那现在，季策几乎可以断定，这个人为因素就是宋未几…

那宋未几的身份？

A。

会不会是同一个人？！

千头万绪的凌乱线索，交织成一团杂乱无章的线团，只需要找到一个切入点，抽丝剥茧，便可真相大白。

但切入点在哪里呢？

季策一掌拍在桌子上——还缺点什么？

周路拍拍他的肩膀，示意他保持冷静。

“慢慢来，我们现在知道A可能就是宋未几，就是很大一个突破了。下一步我们调查的方向就是宋未几为什么要花这么大的力气设局来针对你，你们有什么仇什么怨？”

季策沉默了几分钟，A给的那张季荣阳和陆晓的照片，除了杨炎，没有任何人知道。

因此，周路并不知道宋未几的目标不仅仅是他，更大的可能是季荣阳。

但宋未几和季荣阳有什么仇什么怨呢？

季策隐隐预感到所有的秘密都被隐藏在陆晓这个女人身上。

这些事，在他都不知道真相时，他暂时不想让其他人知道。

他“嗯”了一声，随即岔开了话题：“这段时间辛苦了，唐池肯定烦死我了吧。等忙完这段时间，一定好好谢谢你们。”

“可不，我和唐池的蜜月就由你包了啊。”周路笑着轻打了他一拳。

“要结婚了？”季策吃惊地问。

周路苦笑：“没呢，她还没玩够。”

季策无语，他最服的就是周路这点，唐池就像是他的命，说啥是啥。

“走了，唐池还在等我带她去吃饭。”说起唐池，周路眼里笑意渐起，挥挥手就要走，一刻也不敢停。

周路算是半个情圣无疑了。

季策抽了抽嘴角。想到这儿，他突然灵光一闪，拉住周路，笑道：“有件事你得帮我一下。”

周路斜了他一眼：“别废话了，赶紧的。”

季策却神色别扭起来，支支吾吾好几句才说明想法。

周路听完后惊得下巴都要掉了，好半天才问道：“你这么快就决定了？”

季策点了点头：“不想再等了，总觉得心里不踏实。”

“行，这个忙我肯定帮。”周路眼中露出赞叹的神色，笑道，“那我就提前恭喜了，等我消息，保准给你办得低调奢华有内涵。”

“哎哎，奢华就不用了，低调简单点就好，不要叫其他乱七八糟的人来，我怕她不自在。”季策忙道。

周路给了他一个戏谑的笑，挥挥手走了。

周路走后，季策还是忍不住浅浅地笑着，他都有些迫不及待了。

现在他有些能理解周路了。想起喜欢的人，心情再差也能好起来。

他看了看时间，已经下午一点多了，不知道盛卷卷上班去了没有。他犹豫了一下发了条微信。

“上班了吗？”

盛卷卷的电话迅速打了过来。

“这么快？玩手机呢？”季策笑道，语气中带着丝宠溺。

盛卷卷原本焦虑不安的心田像是被一股清流缓缓注入，不由得舒展很多，她“嗯”了一声，没有问他照片的事，只问他：“忙不忙？”

“忙得很，中午都没好好吃饭。”季策轻叹一声，趁机提出要求，“晚上想吃小包子。”

盛卷卷有些为难，蒸包子要发面，她怕时间不够。

“没事，你有现成的啊，晚上给我吃。”季策突然用极低的声音说，气音勾人。

盛卷卷愣了几秒钟才反应过来，脸突然一下红到了耳尖。

她立刻捂住手机，生怕同事听见，羞恼道：“白担心你了！”

季策知道她肯定是看了网上的消息了，正了正神色，缓缓道：“你别担心这些，我能处理好。”

盛卷卷脸上的热度降了些，刚想说话，又听季策意味深长道：“你要操心的是，如何才能让我吃饱。”

正经不过三秒。

盛卷卷气得直接挂了电话。

被挂了电话的人又用微信追过来：“晚上等我来接你。”

这么闲，看来是没啥事。

盛卷卷焦躁的心这才彻底安了下来。

晚上下班，季策果然按时来接她了。

上了车，盛卷卷忍不住问：“你真的没事吗？这么严重的事你都不用加班吗？”

季策探过身给她系安全带，顺便在她嘴上轻点了一下，挑了挑眉：“什么事都让我去加班解决，那我还当什么老板？”

盛卷卷无语，眼神中透露出震惊。

季策笑道：“资本家都是这个样子，你应该深有体会才对，你们李总还不如我吧？”

想到自己大老板压榨自己的情景，盛卷卷秒懂，再看向季策的眼神就带上了仇视——一切资本家都应该被打倒。

季策被她逗乐了，仰头笑着，在她头顶用力揉了揉，口中道：“小卷卷真可爱。”

情话满分的资本家晚上如愿吃上了小包子。

是真包子！

吃完包子，资本家舔着嘴角琢磨着怎么才能趁着夜黑风高吃点别的。

所以在接到苏秘书的电话时，资本家的脸可以说是黑得像锅底。

“什么事？”声音里压也压不住的不耐烦露了出来。

一向敏锐的苏秘书却丝毫没有注意，她焦急的声音传了过来：“季总，您在家吗？我正在去您家的路上，我手上有一样东西，需要立刻交给您！”

季策的心“咯噔”一声，直觉告诉他：不好。

果然，十分钟后。苏秘书气喘吁吁地敲开门，递给他一个文件袋。

“您快看看吧！”苏秘书有些失态地催着他。

文件袋已经被拆开，露出里面一张薄薄的纸。

季策拿出来扫了一眼，神色顿时大变。

“哪儿来的？”他忙问。

“不知道，今早前台收到的一份给您的匿名快递，我一直忙到现在才有空拆开查看，发现不对立刻就给您送过来了。”说着苏秘书低下头，不安道，“对不起，季总，我以后会第一时间查看您的信件的。”

季策顾不上她的话，迅速重新看了一遍手中的纸张，冷着脸猛地回身向屋内走。

“咦，谁来啦？”盛卷卷洗完碗，正从厨房走出来，和季策迎了个对面。

季策停下脚步，收敛了些震怒，沉声道：“公司突然有点事，我现在要去处理一下，你早点睡，别等我。”

盛卷卷懵了一瞬，忙点头。

季策在她脸上摸了一下，随后快步向卧室走去。

他走后，盛卷卷才回身看向门口，和苏秘书震惊的视线撞了个正着。

盛卷卷又尴尬又窘迫，还有一些被人撞见的害羞。

“你……你要不要进来等？”她有些不好意思地开口。

苏秘书这才尴尬地回过神，她惊恐地发现老板的秘密情人竟然是送外卖的小妹……她的天！

苏秘书装作什么都没看见地别开眼：“不用了，我就在门口等就好。”

盛卷卷想问她不冷吗？开着门，她都觉得冷风呼呼往屋里灌。

两人怪异地对峙了片刻，季策已经换好了衣服，一边打着电话，一边往外走。

“你带人立刻赶过去，抢在警方之前把谢昀弄走，绝对不能让他被抓！”他语气焦急又严厉，脚下生风，大步流星地走过来。

路过盛卷卷时，季策却突然停下来，腾出一只手按住盛卷卷的后脑勺，往自己怀里一带，移开手机，在她耳边说了句——

“晚安。”

门被关上，盛卷卷的心一半热一半冷，交织得让她坐立难安。

热的是季策日渐增长、不再保留的爱意。

冷的是……

谢昀，《无畏》的男主角，盛卷卷非常喜欢的一个实力派男演员。

他发生什么事了？季策要和警方抢人？

第十九章

暴露 季策是不是丢过一段记忆？

和杨炎交代完，季策把车钥匙扔给跟上来的苏秘书，然后又开始打电话。他神色冷峻，周身寒气逼人，和刚才拥抱盛卷卷的温柔模样简直判若两人。

苏秘书垂着眼不敢抬头，默默启动车子，等待下一步指示。

季策看了她一眼，报了一个地址。

这个地方苏秘书刚才在来的路上查了，就是匿名快递里说的城东的一处会所。因此她一点没有耽误时间，迅速设置好导航，打着方向盘驶出小区。

一路上一半的时间季策都在打电话，托关系办事，但好像效果并不佳。

几个试探电话，都是他刚露个口风，就被对方连连打断，表示其他都好说，但这种，谁也不敢担这个责任。

他放下手机，闭着眼睛靠在椅背上，太阳穴隐隐发疼。

“黄赌毒是近期严打的对象，但凡沾边，一律彻查，绝无回旋余地。”电话里果断拒绝的声音还在耳边轰轰回响。

他揉捏着太阳穴，简直不敢相信。如果匿名快递信里说的都是真的……

《无畏》是公司投资好几个亿历经几年时间才拍完的大制作电影，光后期制作就花了将近一年的时间，刚刚通过审核，定档准备上映。

今天才发出预告片。

如果此时爆出男主角吸毒……

后果简直不敢想象。

太荒唐了。

季策不相信谢昀会吸毒，不然他不会让杨炎去和警方抢人。

他认识谢昀，他成名已久，在娱乐圈浮沉多年，是个很有个人想法的演员，并不像一个会胡乱寻求刺激的人。但匿名信里言之凿凿，还透露说今晚警方会出动，专项突击严打。

他抬了抬手腕想看时间，才发现出门太急忘了戴表。转而看向手机，九点四十五分。因为太晚看到这封信，现在离匿名信里说的警方突击时间已经很接近了，还有十五分钟，不知道杨炎能不能赶得及。

手机微信上显示着一个红色的提醒，表示有三条未读消息。

季策压下心中的烦躁，点开，是黄毛。他有点失望，没点开就想关掉，但手指不小心碰到了屏幕，直接点开了。

黄毛发来一张照片，一个地理位置，还有一句话："出来玩儿啊！"

季策眼睛扫过，突然眼眸一缩，立刻点开了照片。

是那个会所！

他拨通黄毛电话的手指竟然有些颤抖。

"策哥，你怎么都不回微信啊？来吗？"黄毛兴奋的声音传了过来。

季策打断他，语速飞快："郑好，你现在别说话，听我说，现在有件事需要你帮我去做！"

城东某小区。

黄毛跳着脚和季策邀功，眉飞色舞地讲述他是怎样像天神降临一般，赶在警察闯进包间的前一分钟把人抢出来的。又是如何巧妙机智地躲开警察的封锁把人运出来的。

"策哥，你都不知道当时多危险，我前脚刚把人带走，后脚警察就到了，晚一分钟都完蛋。"

"好好好，知道你厉害，今天多亏有你，谢了。"

这次季策是真心感谢黄毛。当杨炎给他打电话说晚了一步，警察已经封锁现场时，他的心就像掉进冰窟窿，凉了个透。直到接到黄毛电话时，他的身体才重新热了过来。

“人呢？”季策扫了眼客厅，没看见谢昀。

黄毛指了指卫生间：“洗澡呢。”说着脸上露出鄙视的神色，“这小子当时喝多了，烟被人换了都不知道。”

“不是他主动抽的？”

“不是，烟是他自己带的，但里面被人换了。”

季策这才放下心。如果谢昀真的是主动抽的，那他抢人出来也没什么意义了。

黄毛义愤填膺地道：“策哥，我跟你说，绝对是有人搞鬼！我在这个会所玩了这么久也没看见过，今晚肯定是有人举报，特意来抓他的。”

不用他说，季策也想到了。

这本来就是个局。

如果不是有人给他寄了匿名信，黄毛又恰好是这儿的熟客，今晚谢昀就栽了。

设局的人万万想不到会出这么多意外吧。

季策嘴角挂着丝冷笑，看得黄毛有点打哆嗦。

“郑好，你再帮我去查查是谁搞的鬼。”

这是黄毛的强项，他立刻点头，拿起衣服出了门。

黄毛走后，谢昀也从洗手间走了出来，看见季策，他脸上闪过一丝尴尬。沉默了许久才开口：“今晚多谢季总，是我疏忽了……”

季策抬抬手打断他，请他坐在沙发上：“先不说这个，想来你也清楚，今晚不是意外，是有人设的局，能想到是谁吗？”

谢昀擦了把脸上的水珠，目光放空，开始回想。

今晚，先是参加了早就定好的庆功宴，投资方、合作方、主创人员，参加的人就多了。以谢昀的身份地位，不会有人硬要灌他酒，不过他今天确实高兴，就多喝了几杯，但还在自己能接受的范围内。

庆功宴结束后，很多人就撤了，他想不起来是谁提起换个场子再热闹热闹的，他就被捧着推着来到那个会所。

当时来的人不少，分成了好几拨，他们这个包间人少些，唱唱歌摇摇色子，本来挺平常的娱乐活动，结果有人叫了几个姑娘进来。

他一向不沾这些外面的女人，但今天有个姑娘长得特别像他初恋女友。穿着条白裙子，垂着头往那儿一站，他就有点控制不住自己了。后来不知不觉地就喝多了，姑娘柔柔弱弱地伸出胳膊拿着打火机凑近给他点烟，他脑中的弦早就松得没影了。

“你们包间都有谁？”季策问。

谢昀回忆了一下，说了几个人的名字。

听到于洪正这个名字时，季策和杨炎顿时对视了一眼。

送走谢昀后，杨炎连夜去调查了，季策独自开车回了家。他赶到家时已经过了十二点。

开门进屋，客厅里依然点着一盏灯，暖黄的灯光驱走了季策一身的疲惫。他轻手轻脚地走进卧室，盛卷卷已经睡了，他在她额头上印了一个吻就去了书房。

他把这些天理清的所有线索一条条地列出来，画了一张又一张的时间线索图，人物关系图。

目前能确定的是，有人在针对他们父子。

于蓉蓉的自杀是有人故意推动，目的是重现二十年前陆晓跳楼一案。

于蓉蓉和自己的合照是两年前。

宋未几和于蓉蓉两年前开始见面。

陆晓是季荣阳的情人。

陆晓在阮竹死后不久就被季荣阳送去精神病院，并在五年后自杀。

A 知道这段往事。

A 是连接于蓉蓉和陆晓的人。

A 可能是宋未几。

综上，把所有的线索串联起来就会变成——

A 为了陆晓，重新复制了跳楼惨案，针对季策开展了一系列的打击。

一个从逻辑和动机上都完美契合的猜测。

现在问题有两个，一个是陆晓的自杀是否与季荣阳有关？一个是 A

和陆晓是什么关系？

如果A就是宋未几，那宋未几和陆晓是什么关系？

问题集中到了宋未几的身上。

一个大大的红圈，圈住了这个名字。

盛卷卷第二天起床找到书房时，看到的就是季策趴在这一堆散乱的图纸上睡着的情形。

她又是心疼又是气，随手拿起一张纸扫一眼。开始她只是想看看季策一晚上不睡都在忙什么，结果看到了一连串的事件分析图。

她看得胆战心惊，忍不住看了一张又一张。

整个事件她只是听季策说过一些，没有这么完整地理清过，尤其是宋未几可能就是推动于蓉蓉自杀的幕后黑手A这个推论，几乎像是一道惊雷在她耳边炸开。

如果真是这样，那宋未几对她所做的一连串诡异的事，就能合理解释了。他接近她的目的是为了接近季策。

至于宋未几和陆晓的关系，在她看过陆晓的照片时，脑海中飞速地闪过一个猜想，这个猜想令她呼吸困难。

因为太过惊慌，她不小心碰掉了桌子上的笔。

“哐当”一声，惊醒了季策。

“你醒了？”他脸上的压痕明显，含糊不清地问。

盛卷卷“嗯”了一声，不好意思地道：“我刚才没经过你同意看了这些资料。”

季策低头看了看：“哦，没事，本来也没打算瞒着你，只是现在还没搞清楚，不想吓到你，就没和你说。”他说完又用力捏了捏太阳穴，在椅子上撑了撑僵硬的背。

“宋师兄……”盛卷卷迟疑了一下，还是忍不住问了出来，“他和陆晓的关系，有可能是母子？他的眼睛和陆晓长得特别像。”

这句话的背后还隐藏了一个可怕的猜想——以陆晓和季荣阳的关系，那宋未几会不会是季荣阳的……她颤抖了一下，不敢再想。

季策的动作瞬间僵硬了，脸色变化不定，震惊和难堪交织在一起，最后化作一种无奈的绝望——他终于知道为什么看宋未几会觉得眼熟了。

他之前一直以为A和陆晓应该是一个时代的人，好友、故交或者是当年的知情者。所以当宋未几可能是A这个猜测浮出水面时，他的思维早在之前出现了定势，因此没有转过弯来。

现在被盛卷卷一语道破，犹如杂乱的线团找到了切入点。他只需要轻轻拉动，真相就会一连串地在眼前摊开。

以宋未几和陆晓的年纪，完全可能是母子。这也就解决了宋未几的动机——替母报仇。

突然，针扎一样的刺痛从太阳穴直击季策的大脑神经，剧痛让他忍不住抱住脑袋，冷汗瞬间布满额头。

盛卷卷愣了一秒，立刻扔掉手里的东西，抢上前去扶住季策："怎么了？！"

刺痛就是一瞬间，忍过去就好多了，季策用力闭了闭眼睛，摇摇头，低声抽气道："没事，有点头疼。"

盛卷卷有些心疼，抱着他的脑袋，替他按摩揉捏，一句责怪的话也说不出口。直到季策缓过劲后，才轻声劝道："以后少熬夜吧。"

季策勉强笑道："忙完这阵子就好了。"

此时谁也没想到，没等这阵子忙完，季策却先进了医院。

这天盛卷卷天还没亮就被一阵胸闷憋醒，她下床拉开酒店的窗帘，想打开窗透透气。推开窗，扑面而来的是阴冷的湿气。远处的天黑黢黢的，笼罩着这个还没有苏醒的城市。

"要下雪了吗？"盛卷卷抚着胸口嘀咕着，昨天看天气预报说要下雪，难怪她有憋闷感。

这几天，她来临城参加一个为期两周的培训会，算起来她已经和季策分开十天了。虽然每天都会有电话和视频，但见不到人，心里总是空落落的。她还是第一次无比期待培训能早点结束。

来培训前一天，季策还神神秘秘地告诉她，等她回来后要给她一个惊喜。

她当时还很不给面子，睨着他，调侃说："这次可别又变成惊吓了。"

结果，一语成谶。

从天亮煎熬到天黑，一天下来，雪也没下，盛卷卷心口的憋闷却更甚了。而且从昨晚开始季策就没回过她的微信，今天一整天也没有消息。

她正想着要打个电话过去骂他一顿，却接到了一个陌生电话。

接起来，是一个低沉的男声，问：“是盛小姐吗？”

她下意识地回答说“是”。

电话里的声音沉默了几秒，才缓缓开口：“盛小姐，你好，我是季荣阳。”

盛卷卷顿时呆住了，头脑空白了好几秒，然后才结结巴巴道，“您……您好，我是盛卷卷。”

电话那头沉默了片刻，就在盛卷卷忐忑不安时，季荣阳才开口：“真的很抱歉，第一次给你打电话，却是要告诉你这样的消息。”他的声音很低沉，透着丝疲惫。

“季策昨晚突然昏迷，到现在还没有醒过来，我觉得他如果醒来，第一个想见的人应该是你……”前两句话就像是在耳边引爆的炸弹，巨大一声轰鸣，让她失去了听觉。周身成了真空状态，什么都听不见，什么都感知不到了。

后面季荣阳说了些什么，她已经全然听不进去。

她只有一个念头——季策昏迷不醒，她要立刻回去。

VIP 病房里静悄悄的，只有监护仪发出“滴滴”的声音。

盛卷卷一脚深一脚浅地走到病床边，伸手摸上季策苍白瘦削的脸庞。

“你一定是没有听我的话，又熬夜了吧？”盛卷卷的嘴角倔强地向上翘着，像是平时故意和季策闹一样，低声嗔怪，“都说了不要熬夜，熬夜会老得快。我们站一起，小朋友都叫我姐姐，却要叫你叔叔。你说你羞不羞？”

盛卷卷说着还用手指刮着季策的鼻子，眼睛里却滑落一滴晶莹的泪，落在了季策的胸口，在浅色的病服上渐渐地晕成一片深色。半晌，她弯腰在他眼睛上亲了亲，颤着音调皮笑道：“公主已经吻你啦！还不醒来吗？”

送她过来的陈绪不忍再看，低着头退出了门外，他真心期望季策能早点醒过来。

盛卷卷陪着季策说了一个晚上的话，把分别这十天的时间都补了回来。

第二天早上，她用季策的手机给杨炎打了个电话，约好了地方见面。

“前天晚上发生什么事了？”开门见山，盛卷卷没有多做耽误，直接问道。

这是杨炎第一次见到盛卷卷，虽然之前从季策的言语间隐约有猜测，但见到真人，他还是愣住了。面前这个女人，算不上顶级漂亮，但眼睛格外有神，直直地看着他，眼神清澈坚定，让人不由自主地想要满足她的一切要求。

但昨晚的事，季策带他出发前说暂时保密，因此季荣阳问他时，他也没有说。但现在……他吃不准盛卷卷是不是也在保密的范畴内。

他沉默许久，一动不动，像是变成了一个雕塑。

盛卷卷叹了口气，目光微闪，伸手在桌子上写了一个“宋”字，问：“和他有关吗？”

杨炎身体微微一僵，抬头看她。盛卷卷知道自己猜对了，她垂下眼睛，露出一个苦笑：“我知道的比你想象的多，季策从来没有瞒过我什么。如果不是因为他昏迷了，我也不会来问你。”

杨炎知道她没有说谎，目光在她面上逡巡片刻，定了定神，开了口：“季总昨晚去见了宋未几，没有让我跟着，等我接上季总时，他只说了一句话就昏过去了。”

“他说了什么？”盛卷卷忙问。

杨炎皱眉，吐出几个字：“去青山路。”

青山路？

盛卷卷默念着，脑中飞速回想着这个地名，没什么印象。

“青山路是季总小时候住过的地方。”杨炎给她解释，见她面露疑惑，又低低解释道，“也就是季总母亲去世之前住的地方。”

这也是他刚查出来的信息。查出后他心里一直隐隐不安，总觉得这个地方隐藏着一个不为人知的天大秘密。这种不安无人可说，压得他透不过气来。

“我们去一趟青山路吧。”盛卷卷抬起头，眼神坚定，小巧的下巴紧紧绷着，透着股坚持和勇敢。

不知道为何，杨炎从她身上竟然看出了季策的影子，让人莫名地不得不臣服。

在去的路上，盛卷卷问起了这段时间的进展。她只从电话里零星地听季策说，设计陷害谢昀的人有眉目了。但季策每次和她打电话，说不了两句正事就会偏离方向，专注不正经地调笑她。因此她一直也没机会问细节。

从杨炎口中得知事情的发展，盛卷卷才知道这几天发生的事远远超出了她的想象。

谢昀吸毒一案，黄毛给出了意外的惊喜。他找了几个警校在校生，专门研究犯罪心理学的，搞了个测谎仪，把那几个作陪的姑娘翻来覆去问了一个遍。最后，还真让他揪出一个做贼心虚的姑娘。倒不是之前重点怀疑的白裙子姑娘，而是另外一个很不起眼的姑娘，听谢昀回忆，都不记得有这么个姑娘在房间里。

这姑娘专业素质还很强，问来问去都断定自己什么都不知道。可惜遇上了黄毛这个不按常理出牌的混子，三道九流什么人都认识，设个局，连骗带吓，套出了一点有用的信息。

顺藤摸瓜，竟然真让他查到了幕后主使。

这个人非常谨慎，全程没有使用真实信息，没有露正脸，连声音都伪装过。然而，暴露他的恰恰是他过于谨慎，聪明反被聪明误——他刻意伪装了声音，说话时就不自觉地带上了些方言口音。而公司高层中只有一个人来自那个方言所在地。之前杨炎的关注点全在于洪正身上，却遗忘了另一个可疑对象——监制部经理，宋离。

此时，杨炎才发现，原来之前所有的环节，都有宋离的影子。

包括于洪正解释他之所以会推荐于蓉蓉进《无畏》剧组，就是因为宋离给的信息。

当时，于蓉蓉饰演的那个角色已经定好了一个女演员，马上就要进组了。突然有一天，宋离拿着一个截下来的狗仔爆料，说这个女演员私生活混乱被拍了，如果用她，万一被爆出来，会影响电影的口碑，所以才临时撤掉了。但那时候已经开机了，时间紧急，宋离建议他从公司旗下的艺人中找找看，有没有适合档期的，反正也是配角，没几句台词。他一想也对，挑了挑，发现于蓉蓉外形和档期都合适，就用了她。

于洪正几乎就是宋离推在前面的挡箭牌，他不着痕迹地把自己的行踪隐藏在于洪正的下面，迷惑了所有人的视线。

查出了宋离，杨炎又顺藤摸瓜，拽出了两个秘密。

一个是宋未几是被领养的。领养他的正是宋离的远房亲戚。这就能解释，为什么宋未几工作室的客户源有山海影视和余子晴的公司了，都是宋离暗中牵的线。

另一个是宋离和陆晓的关系。

宋离原是陆晓父母资助的贫困学生，后来陆晓父母去世后，陆晓就接替父母一直资助到他考上大学，大学的前两年还有陆晓的资助证明，后来两年就停了。算算时间，正是陆晓和季荣阳的关系被阮竹发现时，阮老太太出手教训了陆晓，逼她离开了本市，就是这个时候，宋离的资助就断了。

两方推测，他们基本可以确定，宋未几和宋离针对季策联合谋划了这个长达两年的局，是为了陆晓，为了报复季荣阳。

所有的矛盾就聚焦在陆晓的死因上。

季荣阳为什么要送陆晓进精神病院？陆晓为什么要跳楼自杀？这里面有什么不为人知的秘密？

没等他们弄清楚原因，宋未几却主动找上门来了。他约了季策要单独见面，说要做个交换。交换了什么不知道，只知道季策说完去青山路后就一直昏迷不醒。

医生的全方位检查之后的结论和上次在日本时一样，没有什么器质性上的损伤，可能是精神上的刺激导致的。

说着话，两人就到了青山路。

现在的青山路已经没有二十年前的模样了，这一片现在被开发建成了休闲广场，原先的住宅区已经被繁华商区所替代。

两人找到了街道居委会，居委会的大妈听说他们是要做一个三十年城市变迁纪录片的工作人员，立马热情地给她们找了很多老照片。

盛卷卷捏着一张带小院的三层小楼，胶片的质感带着时光的痕迹，拿在手中有种沉甸甸的感觉。

这就是季策曾经住的地方。

她的心头覆上一层阴霾，想起了季策上次昏迷后说的脑海的闪现片段。

就在这里，季策是不是丢过一段记忆？

和居委会大妈聊了半晌，翻拍了照片，两人才开车回了医院。

季策依然没有醒，季荣阳坐在床头凳子上守着。他弯曲的脊背，透露着一个父亲的无助和焦虑。

杨炎被于秘书拦在了门外，只有盛卷卷走了进来，她默默地站在季荣阳身后不远处，没有再上前。

仿佛知道是她来了，季荣阳没有回头，轻声道："过来陪陪他吧。"

盛卷卷这才走过去，她在另一个凳子上坐下，没有说话。

室内安静得有些诡异。

盛卷卷是不知道该怎么面对季荣阳，知道那段陈年旧事后，季荣阳的形象就在她心中轰然崩塌。

用现在的话说，季荣阳就是一个典型的渣男。

婚内出轨，是怎么洗也洗不白的。在很多人眼中，这就是罪无可恕。

但她是研究心理学的，比常人多几分对人性的剖析和理解。她一面看到的是一个不忠的丈夫，另一面又看到一个爱子情深的父亲。两个角色无法拆开，更无法因为其中一个就去抹杀另外一个。他不忠是真，但他爱季策也不假。

"季策很喜欢你。"季荣阳先开了口，语气中带上了些笑意，稍微冲散了沉闷的气氛。

盛卷卷挪动了下身体，有点不自在。和长辈谈论感情，总让她觉得别扭和不适。

看出了她的不自在，季荣阳冲她安抚性地笑了笑："我现在说这些可能有点不合时宜，之前一直想见见你，都没有找到机会，你肯定不知道这小子在我面前怎么说你的。"

他故意停了停。盛卷卷果然耐不住好奇，杏圆般的眼睛看过去："怎么说我的？"

季荣阳被她的率真逗笑了，他学着季策的语气说：“一个值得我做任何事的女孩子。”

盛卷卷不敢置信地瞪大了眼睛，想确定季荣阳是不是开玩笑。

等确认了季策真是这么说的之后……

“他真的这么说？好尴尬呀……”虽然她嘴上这么说，但心里已经甜度超标。甜意从舌尖顺着咽下的口水直达肺腑，连带呼吸都轻盈起来。

季荣阳眼睁睁地看着面前这个女孩眉目舒展开来，笑意从眼底源源不断地涌出，让她整个人由内而外的散发着喜悦。

难怪季策会喜欢她，这是一个非常具有感染力的一个女孩。

连他都忍不住扬起了嘴角。

“所以你也很喜欢他，是不是？”他又问。

虽然羞于开口，但盛卷卷抑制不住内心的悸动，羞涩地点点头。

“那你可不可以为他做一件事？”

盛卷卷脸上的笑意顿时一滞。

季荣阳装作没看见，继续道：“一直陪着他，无论发生什么事，都不要放弃他，可以吗？”

盛卷卷的笑全部收了起来，神色有些凝重，犹豫了一下，还是问出了积压在心底很久的疑问：“您知道季策有一段记忆被模糊了吗？”

问这句话时，她的眼睛仔细地盯着季荣阳，不放过他脸上一分一毫的变化。

因此，即便季荣阳一瞬间就强压下了震惊，控制住面部表情，还是被她捕捉到了那一纵即逝的错愕。

“看来您是知道的。”，盛卷卷压低声音，语气笃定。

季荣阳一向冷静，半生沉浮练就的泰山崩于前而色不变的沉稳在这一瞬间也被撕开了一条裂缝。他的心跳像是乱了，有几秒钟他都感觉不到自己的心跳。

过了半分钟，他才直视着盛卷卷的眼睛，面无表情地问道：“你都知道些什么？”

多年身居高位造就的威势在这一刹那向盛卷卷倾压下来，逼得她不由自主地别开了眼。

她低下头，稳了稳心神，重新抬头看向季荣阳，没有再退缩："我知道什么都不重要，重要的是，这些记忆对季策来说很重要，对吗？重要到您可以不惜一切代价去隐瞒。"

季荣阳的沉稳再次裂开了一个口子，他倒吸了一口凉气，错愕之色流露出来。

盛卷卷极力控制住想要发抖的身体，维持住冷静笃定的神态，继续道："青山路的休闲广场是季阳集团投资建成的，您为什么要在那选址？季策曾说过您现在住的房子已经十年没有重新装修了，说您十分念旧，一砖一瓦都是时间的缩影，带有岁月的记忆。那为什么要推倒与发妻爱子共同生活居住的地方，抹杀那本该被铭记一生的回忆？"

这些是她的猜测。

从知道季策可能失忆时，她就隐隐有些怀疑。季策丝毫没有察觉出他的记忆有问题，说明这段记忆本来就很模糊，只能是他很小时候的记忆，这样即便是失去，在长大后也不会被轻易察觉到。

在他幼年期，到底发生过什么？

他母亲阮竹的去世应该算是最为严重的创伤，但季策的印象确并不深刻，甚至是模糊不清的。

这里面很明显有问题。

而今天杨炎说到季家从青山路搬离的时间，正是阮竹去世后没多久。而三年后这里就被规划成一个集休闲与娱乐为一体的商业区，原有的住处从此消失，再无存在过的痕迹。

如果不是季策昏迷前说要去青山路，可能永远不会有人想起来。

前后联系起来，一个确切又大胆的猜想在她脑海中自然形成。

季荣阳搬家，推倒重建，是为了隐瞒季策那段失去的记忆。而那段记忆，就发生在曾经住过的那个三层小楼中。

"到底是为了什么？"她压制不住胸口翻腾不休的冲动，再次重重问道，声音都提高了几度。

季荣阳像是从她的急切中看出了什么，他突然镇定了下来，重新回到那个从容睿智的老者。

"回忆是放在心里铭记的，时时刻刻睹物思人对还要继续生活的人来说太残忍了，不是吗？"他微微笑着说。

盛卷卷从他的表情转换中知道，她套话失败了，顿时有些气馁，小声反驳道："您明明知道这种官方理由只是为了让人闭嘴，不是为了让人信服的……"

季荣阳再次被她的直白坦率震住了，愣了几秒才笑了，他说："你真的是很可爱，而且非常聪明，我也很喜欢你。"

说到这里，他停了一下，像是在找合适的措辞，等了会儿才继续："用你们年轻人的话来说，就是看破不说破，对吧？有些事情注定只能被遗忘。你很聪明，我并不想故意隐瞒你什么，但你应该明白，我是季策的父亲，我和他母亲只有这么一个孩子，我们的共同心愿就是他可以健康快乐地过自己的一生，我会尽可能地去保护他。我这一生也许都很失败，但……"

剩下的话，他说不下去了，化作一声重重的叹息。

他说得很诚恳，没有敷衍的意思，盛卷卷听得出来他话语里的无奈和痛苦。

"您说的我都明白，但我们年轻人还有一句话是这么说的，道理我都懂，然而并没有什么用。这句话有一个隐藏的含义，是说每个人都要过自己的人生，其中的酸甜苦辣都要自己去尝，无人可以替代。就像您说的，您的本意是为了保护季策，替他隐藏了那些曲折艰难的经历，让他快乐地过好这一生，但也许对他来说，他有权利选择自己人生的道路，哪怕艰难，他也有自己的知情权和选择权。"

盛卷卷的这段话，让季荣阳沉默了很久，久到她都以为季荣阳要被她感动了。没想到，他突然抬起头问她："你有没有做过非常后悔的事？后悔到如果早知道会这样，就一定不会去做的事。"

盛卷卷想了想，说："很多啊，最近就有一件，如果早知道季策会昏迷，我一定不去参加什么培训，肯定会一直陪着他。"

季荣阳摇摇头，笑了笑："你们还年轻……我年轻时也从没想过自己有一天自己会后悔。"

盛卷卷顿时心跳了跳，不知道他指的是不是陆晓这件事，立刻屏住呼吸等着他接下来的话。

季荣阳却没有继续往下说，他转头看了看季策，说："后悔的滋味不好受，经年累月地压在心头，让人无法喘息。如果可以，我希望你们都不要犯了糊涂去体会。所以，有些事情既然忘记了，那就永远别再提起了。”

他的眼中满是盛卷卷看不懂的神色，让她莫名地感觉到恐惧……

突然，一道喑哑的声音响起：“忘记了，不代表就没发生过。”

季荣阳和盛卷卷同时看向病床。

季策不知何时已经醒了，此时他缓缓睁开眼，正冷冷地看向季荣阳。

“你醒了？”季荣阳欣喜道。探身想去摸他的额头，却被季策偏头躲过。

季策的冷淡让季荣阳有点尴尬，他收回手说：“我叫医生进来。”

“不用了，我没病。”季策冷冷的声音又响起，他缓了一口气，一字一句道，“我只是想起了一些往事。”

季荣阳顿住了，身体僵直，嘴唇翕动，没有发出声音。

“您就不好奇我想起了什么吗？”季策冷淡的语气中带上了一丝嘲讽。 季荣阳的身体开始微微颤抖，手指紧紧捏住，关节泛白，整个人处于极度紧张中。

季策像是没有发现他的异状，甚至还轻笑了一声，勾起了嘴角，缓声道：“您不敢问，那换我来问您吧——

“我妈是怎么死的？”

第二十章

真相 十年的噩梦

“我妈是怎么死的？”

这句话像是炸雷一样，直接击垮了季荣阳，他颤抖的身体向后倒去，被盛卷卷眼疾手快地扶住。

“季策……”盛卷卷不安地叫他的名字。不知道他为什么要这么问，他妈妈不是生病去世的吗？

听见她的声音，季策的目光从她的脸上滑过，平淡无波，毫无温度，没有任何喜悦或惊讶之意，犹如看见的是一个陌生人。

他脸上的冷淡，让盛卷卷怔住了。

季荣阳稳住身形，深深吸了口气，勉强问道：“为什么这么问？你妈妈是心脏病……”

话没说完，就被季策不耐烦地打断了：“是不是谎话说久了，你自己都信以为真了？”

季荣阳脸色惨白，张着口，发不出声音。

“你在怕什么？”季策步步紧逼，声音嘶哑得更厉害，近乎低吼了，他问，“怕我知道真相后恨你？或者说恨我自己？”

吼完之后，他像全身力气都被抽光了，仰面躺在床上，看着雪白的天花板，眼神空洞，面如死灰。

“我谁也不恨，只是替她不值。她一定没有想到，她用生命换回来的人，却将她忘得一干二净了吧。

“多不值，她的丈夫背叛了她，她的儿子忘记了她，她这一生本不应该是这样的。”他的声音空空的，听不出情绪。

但话中隐约透露的意味，让盛卷卷全身汗毛都竖了起来。她喃喃道：“你在说什么啊？”

季策突然转过头看来她，眼神依旧空洞，嘴角却挂上一抹奇异的笑，他对着盛卷卷的方向说：“你知道吗？我母亲并不是因病去世的，她是被我害死的。”

那一瞬间，盛卷卷没有被他说的话吓到，反而被他的状态吓得有些惊慌失措。她脚步虚浮着走到他面前，伸手要去拉他的手，带着哭腔道：“季策，你看着我，你别这样，你别吓我，我害怕。”

季策没有再像曾经那样，听见她哭就着急慌张，将她搂在怀里。他依然怪异地笑着，沉浸在自己的世界里，不断重复着那一句话：“她是被我害死的。”

这种状态像是被迷了心智。

一旁的季荣阳终于恢复了冷静，按铃叫来了医生，给季策打了镇定剂，让他睡了过去。

混乱的病房再次陷入了寂静。

季荣阳枯坐在凳子上，双手捂着脸，久久不动。盛卷卷死死咬着下唇，咸咸的血腥味在口中弥漫开来，她都没有察觉。

时间仿佛静止了。

直到门外轻响，于秘书悄悄走了进来，轻声道：“董事长，有人想要见您。”

季荣阳第一眼看见宋未几，整整愣了好几分钟。

他有一双和陆晓一模一样的眼睛。

即便过了多少年，只要闭上眼，这双眼睛就会在面前浮现。它曾满含期待过，也曾黯然失落过；它曾爱意满满过，也曾仇恨万千过。

它们像走马灯似的循环浮现，最终定格在那双死不瞑目的眼睛上。

季荣阳闭了闭眼，再次睁开，整个人像是突然间苍老了十岁不止。

他问："你就是陆晓的孩子吧。"

宋未几一贯温和的笑脸早已不见，他冷漠地看着季荣阳，嘲讽道："原来你还记得这个名字，还敢说出口。"

"坐。"季荣阳没有理会他的嘲弄，指了指宽大的办公桌前的椅子道。

宋未几没有动："你不问问我为什么来找你吗？"

一天内被两个人用同样的语气质问，季荣阳却没有了面对季策时的紧张，他又恢复为那个叱咤一生的帝国掌舵人，显得那般冷静、理智。

他反问道："是你来找我，我不问，你就不说了吗？"

季荣阳的冷静和若无其事激怒了宋未几，他上前一步，厉声道："我没来找你，陆晓就没来找过你吗？你日日夜夜就没听见那个死不瞑目的女人的哭声吗？你怎么能心安理得地苟且于世这么多年！"

季荣阳并没有因为他的这番质问而有所动容，他冷静得近乎残忍，平静道："如果你就是来控诉发泄的，那我可以满足你，骂完你就可以走了。"

"你……"宋未几被他震惊了，连怒意也停滞了几秒。

季荣阳又说："如果你是想和我讨论一下宋离的未来，那就坐下来。"

"宋离"两个字瞬间拉回了宋未几的理智，他咬着牙，逼着自己冷静下来。

他问："你知道我为什么来？"

季荣阳不置可否："宋离被拘留的当天，你就找到了季策。可惜出了点意外，他没能帮到你。"

"果然是你！"宋未几愤怒得双目要喷火。

他和宋离设计陷害谢昀，原本天衣无缝的计划，却因为其中一个环节出了岔子，被人走漏了风声，导致全盘皆输。

本来计划失败就失败了，重新再来就是。

但是前几天，宋离突然以涉嫌引诱、教唆、欺骗他人吸毒罪被捕，直接面临着牢狱之灾，一旦定罪，宋离这一辈子就毁了。

他原本以为是季策所为，所以才要和季策做交易，以一桩陈年秘密换宋离的未来，但没想到季策什么都不知道，还因此住了院。

“是我。”季荣阳沉声道，“你们千不该万不该，不该把主意打到季策的头上，你想为陆晓报仇，冲着我来就好，为什么要动季策？”

宋未几像是听到了一个大笑话，他冷笑几声：“为什么？要怪就怪他是你儿子吧。你把自己活成一个妖怪，刀枪不入，只有这个儿子是眼珠子，不动他动谁？”

季荣阳眼中闪过一丝狠厉：“所以，你就告诉了他当年发生的事？”

虽然杨炎不肯说，但只要是他想知道的，还没有能瞒得住他的。他稍微查了一下，就知道前天晚上季策是去见了宋未几后才昏迷的。

之前，于秘书说有人在针对辰星影视，他都没当回事，认为是正常的商业竞争。直到后来发现，有人再引出二十年前的旧事，他才警觉起来。

他比季策先查出了宋离来。那个匿名快递就是他安排寄的，不然凭着黄毛那点小聪明，怎么可能不露痕迹地把谢昀弄出来。

至于宋未几的存在，他的确是始料未及。

陆晓竟然还有个孩子……

他也曾怀疑过宋未几是不是自己的孩子。

因为从时间上看，虽然只是那一次的“意外”，但也不是不可能的。只是不等他查清楚，季策就出事了。

季策昏迷的这两天，让他认清了一个事实——

他只有季策这么一个孩子。

宋未几是与不是，都与他无缘。之前将近三十年没有他的存在，之后也不会有。

如果宋未几不能认清现实，试图仰仗着自己的“身世”做出伤害季策的事，那就别怪他心狠了。

季荣阳的这些想法，宋未几丝毫没有察觉，他还沉浸在可以击溃季荣阳的兴奋中。

他带着些得意道：“不错，我得让他发现自己的父亲是个人面兽心的魔鬼，让你做的孽都报应到他身上。如此看来，效果还是挺明显的。”

季荣阳怒极反笑：“你既然知道我是个人面兽心的魔鬼，那就不该来挑战我的底线，到底是谁给你的勇气？”

宋未几得意之色顿时一敛。谁给他的勇气？他根本就不想承认，就是面前这个男人。

他心中的恶意压也压不住地向上涌，他的身世让他肆无忌惮，有恃无恐。

但是季荣阳下一秒的话，硬生生地就打碎了他的幻想。

“你不会以为你是我的儿子，所以才有恃无恐的吧？”季荣阳冷漠地看着他，眼中没有一丝温情，“不管你是不是，我都不会承认你，不会和你做亲子鉴定，你永远不可能是我的儿子。”

随后他直直地撞上宋未几不敢置信的眼神，缓缓说完最后一句话：“所以，认清你的位置，认清我人面兽心的本质。”

宋未几摇着头后退几步，口中念着：“不可能，不可能……”

一直以来，他都是恨不得和这个男人没有任何关系，他恶心憎恨自己的身世。直到季荣阳说这番话之前，他还是厌恶至极，连多想一秒都恶心想吐。

然而，亲耳听见“毫无瓜葛”这几个字时，他却如坠冰窟。就像心中唯一一个救生圈被戳破，狂涌的波涛以灭顶之势压了下来，让他无法呼吸。

季荣阳眼中总算升起了一丝怜悯：“你走吧，如果你以后安分守己，我不会为难宋离。但……如果你们执迷不悟，想试试鸡蛋碰石头……那你大可以试试，看我是不是在吓唬你。”

“为什么？”宋未几双目充血，嘶吼道，“她被你毁掉一生，生生关在精神病院折磨了五年，在你面前跳楼而死。你就没有一点点愧疚吗？为什么你就能如此心安理得？为什么？！”

他的癫狂之态，不甘之语，像一场噩梦的重演，将季荣阳拉回了那场不堪回首的往事中。

“为什么？为什么你能如此心安理得地和别人幸福甜蜜，你对我就没有一点点愧疚吗？”身穿红裙的女人，跌坐在地板上，崩溃地哭喊着。她满心的不甘和愤怒，将年轻的男人越逼越远。

这个场景发生在季荣阳与阮竹婚后。

本已经很久没有再联络的陆晓突然出现在了季荣阳的面前，她哭着质问季荣阳为什么要残忍地欺骗她。

此时，季荣阳才知道，阮老太太背后使了手段。那个不靠谱的青年热情散了，拍拍屁股就跑了，还给陆晓留了一屁股债，她无力偿还，被逼得走投无路，只能来找他。

“你想要和富家千金结婚，想要摆脱我，可以直接和我说啊，为什么要找人来欺骗我？”陆晓哭得楚楚可怜，一贯要强的她，露出这样柔弱的一面，可以直击男人的灵魂。

季荣阳也不例外，某一瞬间，他心生怜惜。

只是后来的事实证明，柔弱就是女人最大的利器。

谁也不信他和陆晓只有那一晚上的实质接触，还是因为被设计后的意乱情迷。清醒后，他就果断与陆晓分了手，也就是那次，他和陆晓在以后长达三年的时间里断了联系。

想来，就是这个时候，她悄悄生下了宋未几。

分手时陆晓就这样哭声泪俱下，不断地质问他为什么。

为什么呢？季荣阳当时也想不通。

过了几十年，现在面对宋未几的质问，他终于可以给出答案了——因为不爱。

他不爱陆晓，也不爱她用手段得来的孩子。

他对陆晓的感情，有怜惜，有同情，有愧疚，甚至有迷恋……但这些都不是爱。

他承认陆晓作为女人，有她独特的个人魅力，他也曾被她多次吸引，着了魔一样地任由她靠近。只是这种吸引总不能长久，她的心机和手腕，让人生畏。

蛇蝎美人。

这个词就是为了陆晓而存在的。

只是当他认清时，为时已晚。所有的一切都无法挽回了。

陆晓的死也的确是他一手造成的，在阮竹死后一年，他才得知当年的真相。震惊、愤怒和悔恨交织在一起，让他失去了理智，直接派人把陆晓关进了精神病院。

当时的他，事业已呈蓬勃之势，以他的金钱、权力、人脉和资源，想让一个毫无根基的女人消失得无影无踪并不是一件难事。

陆晓死了，当着他的面，从顶楼一跃而下，死不瞑目。

然而，即便她死了。阮竹也回不来了。

他，阮竹，陆晓。

三个人的一生至此全部终结。

活下来的季荣阳，的确如宋未几所说，是变态，是魔鬼。

带着阮竹未尽的心愿，苟且偷生。

这边宋未几还没有从癫狂之态中解脱出来，不断地问着为什么。他被季荣阳的无情彻底摧毁了。

季荣阳从回忆中脱离出来后，终于有了些怜悯，他说："这世上哪有这么多为什么，如果事事都能说出个前因后果，就不会有这么多悲剧了。你既然知道当年发生的事，不如你来告诉我，那一天，出差在外的阮竹为什么会突然回家？陆晓为什么会在那一瞬间故意叫出声？"

病床上，季策眉心紧锁，额头沁满汗珠。

他又做噩梦了。

月夜，西北风呼呼地刮着。窗户匆忙间没有关严，露了一条缝隙，尖锐的风声从耳边呼啸而过，吹动着窗帘翻飞不止。

从窗帘的起落间看过去，室内有一对男女相对而坐。

女人一身红裙，语笑嫣然，她像一株藤蔓，悄悄地攀上男人的臂膀，仰着头撒着娇。

男人背对着窗户，看不见神色。

他只觉得好冷，好怕，想闭上眼睛不去看室内的两人。但眼睛像中了咒一样，怎么也闭不上。

突然，一道视线穿过掀起的窗帘直射过来，像毒蛇一样死死地锁定着他。

他一动不敢动，浑身僵直，犹如冰块。

那道视线的主人红唇突然勾起一抹诡异的笑，然后季策就听见一声女人的凄厉尖叫："啊！窗外有人！"

脚下一空。

女人的尖叫声，男人的嘶吼声伴随着风声灌入耳中，巨大的失重感淹没了他所有的感知。在某个瞬间，他看见天上又大又圆的月亮离他越来越远了。

画面在此定格。

没有疼痛，没有害怕，只有一个温暖的怀抱紧紧地搂着他，轻柔得有些虚弱的声音在他耳边低喃：“季策，别怕。”

他想回头，却动不了。

“妈妈……”泪水顺着眼角源源不断地滑落，紧闭的双眼不敢睁开，他不想从梦里醒来，只想再努力一点，努力回一下头，就能看见那张被他遗忘的脸了。

就差那么一点点，只一点点。犹如天堑，无法逾越。

有一双柔软的手从他眼角划过，他知道是谁，可他不想睁开眼。

“哭出来就好了，季策，你别怕，我会陪着你的。”

软软的声音响起，宛如天籁。

可他不配拥有。

他是一个罪人，不可饶恕的罪人。

“我记得你不喜欢在医院，那我们回家好吗？我问了医生，说你可以出院了。我开了车来，现在就带你回家，好不好？”

见季策睁开了眼，盛卷卷立刻绽放一个笑脸，软巴巴地说道。

季策没有说话，只看着她，目光深而悠长，仿佛要将她的模样刻进眼睛里。

盛卷卷一直笑着，歪着头，配合着他的视线。藏在床下的手却忍不住颤抖起来。

许久之后，季策才移开视线低声说：“你先回去吧，我生病了，还要住很久的院。”

“没关系呀，这个病房这么大，我住在这里也不会挤，而且我们老板说了，我今年业绩好，可以休个大长假，我可以一直陪着你，直到你病好了……”盛卷卷掰着手指头，一边算一边絮叨。

“盛卷卷。”季策沉沉地开口打断她。

盛卷卷努力地屏住呼吸，睁着眼睛，不敢眨一眨，生怕喘口气就会让里面的东西跑出来。

“我做的那个噩梦，的确是我的一段记忆。”他别过脸不看她，对着病房的窗户，干涩地说着那段时隔二十多年才重现脑海的记忆。

虽然很多细节已经记不清了，但他依然记得那天他没上学，逃课回家。

家里没有人，妈妈昨天还跟他说过两天才回来，爸爸上班，家里的阿姨不知为何也不在。他在一楼客厅里玩游戏机、看动画片，非常开心。

突然院门有响动，他从窗户看见，爸爸领着一个陌生女人开门走了进来。

他吓坏了，连忙关电视，收拾游戏机、藏零食。刚把东西收拾好，大门就被推开了，他无处可藏，只好往楼上跑。

家里有一个大大的旋转楼梯，他躲在楼梯上，忍不住想探头窥视楼下。没想到那两人进了门直接就往楼梯走来，他惊惧不定，赶紧悄悄往上爬，一层又一层，停不下来，直到楼梯消失，他匆忙躲进了一个房间。

运气很不好，那两人竟然又往这个方向来了。

眼看就要进门发现他了，他看着半开的窗户，灵机一动就爬了出去。

窗台很窄，他一动也不敢动。不知过了多久，寒风都要将他吹透了，他的腿都麻了，里面的两个人还没有离开。

再然后，他就被毒蛇般的眼神和尖叫声吓得腿一软……

“我做了十年的噩梦，对梦里那个看不见脸的女人痛恨至极。”说到这儿，季策的声音颤抖了起来，“可你知道吗？她是我妈妈。”

盛卷卷从他说第一句时，就处于高度紧张的状态，神经绷得紧紧的，听到这一句时，头皮都要炸开了。

“是她接住了我。”

季策终于转过了头，双目通红地看着她，嘶哑着问道：“所以，你知道她是怎么死的了吧？”

盛卷卷摇着头，失去了语言，眼泪控制不住地汹涌而出。

为什么会这样？为什么……

她不敢相信这样惨烈的事会发生在季策身上，惨烈到她只是听着就觉得五脏六腑都要被焚毁了，而当事人该又是怎样的痛彻心扉？

她连想都不敢想。

过了很久。

“你走吧。”季策仿佛累极了，闭上了眼睛。

盛卷卷知道这是人在受到重大创伤后的应激反应，理论她都懂，但落在季策身上，她就完全不知道该怎么办了，做什么好像都没有意义。任何安慰的话语都显得苍白无力，听话地离开，好像就是对季策最大的尊重。

她俯下身在把手盖在他的眼睛上，然后在他额头亲了亲，低声说：“好，我晚点再来看你。”然后才转身离开。

在门即将关上时，她听见里面传来一句：“以后都不要来了。”

她关门的动作僵了一瞬，然后假装没有听见一般，“哒”的一声关上房门。

然后她捂着嘴，背抵着门蹲了下去。

春节期间，繁华的城市虽然张灯结彩，看似喜气洋洋。但城市里的人已经空了一半，冲淡了节日的氛围。

平时挤得像黄桃罐头一样的公交车上也空空荡荡的，座位可以随便坐。盛卷卷找了个后排的位置坐下，支起手撑着脑袋看向窗外。

街道和她的心一样，空大得让人心慌。

自从上次从医院离开后，盛卷卷就再也没见过季策。

他不愿意见任何人，包括她在内。

他一个人出国了，去做系统的心理治疗。

而他的别墅，盛卷卷也没有再去过。

她正常地上班下班，周末时总会有朋友叫她一起出去玩，黄毛和三哥是叫她最勤的人。他们没有再叫她嫂子或弟妹，统一改口成了妹妹。

忙忙碌碌的，没有闲暇时间去想那个人，也就不觉得时间难熬了。

今天盛卷卷又和唐池约好了去吃下午茶，华泰商场里新开了一家甜品店，唐池吃了一次就赞不绝口，死活要拉她一起去。

“你家周路呢？”盛卷卷好奇地问，前不久周路对唐池求婚了，两人越发粘了，很少见唐池两米之内没有周路的时候。

“他去机场接人了。”唐池迟疑了一下，有些别扭地说。

“哦。”盛卷卷没有再问。

过了好半天，唐池像是忍不住了，自暴自弃道：“算了，憋死我了，我就直说了。周路去接季策了，他今天回来。”

许久没有人在她面前提起这个名字，现在猛然听见，盛卷卷的心脏像是被一拳击中，缩成一团。她装作若无其事的模样“哦”了一声，端起咖啡喝了一大口，转而问起了唐池婚礼的事。

见她不想接话，唐池暗暗叹息，只能和她有一搭没一搭地聊着。

中途盛卷卷接了个电话，是一个外地的同事，回家过年了，拜托她有空去一趟她租住的小区门卫那里取一个快递。春节期间，各大小区物业接到通知要排查消防隐患，让存放在门卫处的快递赶紧取走。

盛卷卷问了小区地址，发现就在华泰边上，走路五分钟就到。

和唐池分开后，她就顺便去了小区门卫处。

地上堆了不少快递，她想蹲下去翻，门卫大叔见她轻手轻脚，很嫌弃地让她让开，自己蹲下，简单粗暴地快速翻着。

盛卷卷只好退到一旁，目光在狭小破旧的房间里随意转着。

突然，桌子上一封落了灰的信将她的目光吸住了。

收信人——于蓉蓉。

“宋师兄。”

宋未几从没想过盛卷卷还会主动来见他，他神色复杂，半晌才低声应了句：“盛师妹。”

“你过得还好吗？”盛卷卷打量着他。其实不用问，也能看得出来，宋未几过得很不好。他整个人都瘦脱了形，眼眶深陷，再也不是当初那个温润如玉的谦谦君子了。

“你是来看我笑话的吗？”宋未几自嘲般地笑了笑。

虽然最后季荣阳放过了宋离，宋离摸爬打滚了半辈子的圈子却再也容不下他了，他的事业伴随着他们的复仇计划，一同崩塌。

这段时间，看着消沉低迷，但还要强颜安慰他的宋离，宋未几第一次觉得迷茫。

季荣阳最后对他说的一句话是：“你可以恨，可以不惜一切代价去复仇，但是无辜的人呢？你为死去的人做得再多，也抵不上身边还活着的人。”

宋离就是那个无辜的其他人。

他从一个上不起学的贫困山区里一步一个脚印地走出大山，在繁华都市站稳脚跟，这中间付出了多少心血自不必说。他本来风光的未来，却因曾经受过的一些恩惠，便被他残忍埋葬了。

当年他拿着陆晓留给他的亲笔信去找宋离时，他看完信后，沉默许久。之后虽然一直全力支持他，保护他，替他周全一切。但那片刻的沉默，已经说明了他也曾有过抉择。

“我来见你是有事想问你。”盛卷卷没有理会他的自嘲，开门见山道。

“问我什么？问我为什么要去伤害季策吗？”宋未几全身的刺都立了起来。

盛卷卷直直地看着他，眼神清澈明亮，她摇头：“这个不用问，我知道。”

“你知道？你知道什么？”

盛卷卷看着他的目光瞬间有了些同情。

可能宋未几自己都不清楚，他对季策的仇视之下，深深藏着另一种羡慕和渴望。

同是季荣阳的儿子，季策就可以什么都不知道，过着肆意潇洒的人生，享受着爱与被爱，而他却要永远生活在阴暗的仇恨之下。

因此，他的渴望不由自主地促使他想要接近季策的生活，去接近他爱或者爱他的人，比如她，比如余子晴，再比如，于蓉蓉。

他对自己做的那些事，除了能恶心季策，起不到什么大作用。可他就是陷入了这种近乎变态的心理中不能自拔，他想要夺取所有属于季策的东西，即便得不到，毁掉也可以。

“你什么都不知道！”宋未几在她的目光下情绪激动了起来。

盛卷卷收回了目光，她今天来不是为了激怒他的。

她从包里拿出一个信封，放在面前的桌子上，看着它，轻声道：“我今天来是想问你，你知道于蓉蓉爱的人其实是你吗？”

宋未几像被毒蛇咬了一口，恐惧瞬间汇入了四肢百骸，他的声音尖锐刺耳：“你胡说什么？她怎么可能……她爱的人怎么可能是我！”

盛卷卷心生怜悯，看来他也不是完全没有察觉。

她把信封往他面前推了推：“你们曾经一起去过鼓浪屿吧，这是她在鼓浪屿时给未来的自己写的一封信。我想，她应该是写给你的。”

宋未几神色仓皇，他瞪圆了眼睛，死死盯着那封信，摇着头，嘴里不断说着“不可能”。

盛卷卷没有再去看他，默默地起身离开。

她不同情宋未几，因为他将要承受良心最大的惩罚，一生都将寝食难安。她只是很难过，为于蓉蓉这个苦情人难过。

这个一直以来像个背景板一样存在的姑娘，谁会想到她的爱也曾那么炽热，珍贵？

看完信，宋未几像是被抽了脊梁一样瘫坐在椅子上。

原来她什么都知道，知道是他冒充季策在和她聊天，知道他把她吃的药换掉，知道他在利用她的病情接近她、欺骗她、诱导她。

她什么都知道，可她还是心甘情愿地入了他布的局，配合他完成他的心愿。

她在信里竟然还感谢他，愿意温柔耐心地陪伴她两年，让她体会到被人细心呵护、被人爱的感觉。

她在信的末尾写道：“不知道收到这封信时，我还在不在了，我的一生都没有什么价值，灰暗、枯燥乏味。没有任何值得让人怀念的地方，但我依然有一点点小私心——希望他偶尔想起我时，知道，我爱过他。”

宋未几的目光开始涣散，眼前仿佛出现了那个总是低着头，轻声细语，有些羞涩的姑娘。

她总是会偷偷地抬眼看他，然后笑意浅浅，柔声道：“宋老师，谢谢你。”

别墅外，一个有些臃肿的身影在路灯下徘徊着。

“再等你十分钟哦，还不回来我可要走了。”

一个声音从肥大的羽绒服下飘了出来，盛卷卷用脚踢着路面上的小石子，嘀咕着。

好像是为了配合她一样，十分钟后，一道车光由远及近地射了过来，映得眼前的路面泛着白光。

盛卷卷用手挡在眼前，面对着车光站直了身体。

发动机“嗡嗡”地响着，好半天没有熄灭，车灯也就这么一直照着她。

她倔强地举着手不放下，也不向前走一步，心里有些委屈——

手好酸，眼睛好疼，你怎么还不下来抱我？

又过了很久，盛卷卷撇了撇嘴，放下手，向前走了两步。

算了，你不来。那我就过去好了。

她向着车头一步步走过去，灯光给她身上镀了一层银光，光亮耀眼。

眼前一片雪白，她看不清前方，耳边却能听见车门打开和关上的声音。她的嘴角微微翘起，继续走着。

一道光影闪过，前方的路被截断，腰上一紧，整个人就离地而起，被撞进一个久违的怀抱里。

鼻尖萦绕着熟悉的味道，她迫不及待地将脸埋在他的颈间，贪婪地呼吸着的他的味道。全身的细胞都活了过来，奔腾着，叫嚣着，寻找着宣泄的出口。

蓦地，她一口咬上他颈侧的大动脉处，用力不松口。

环抱着她的身体瞬间一僵，却没有动，任由她发泄。

不知过了多久，她才听见一声低沉沙哑的叹息：“真想把我的命给你。”

番外

季策，我爱你

阳春三月，春暖花开。

万年历上显示：今日宜嫁娶、祭祀、出行、动土。

盛卷卷特意天不亮就起床了。今天是同事甜甜结婚的日子，请她做伴娘，她要一早就过去化妆。

看见一脸娇羞的新娘，盛卷卷有点恍惚，记得不久前甜甜还一脸哀怨地和她撒娇呢，怎么一眨眼就要嫁人了呢？

“什么没多久，都一年多啦！再不结婚都该分手了。”甜甜坐在化妆镜前娇嗔着。

都一年多了……

有这么快吗？

盛卷卷心不在焉地想着。

也是，距离上次和季策见面已经有一个月了。

这一年他们总共见过几次面，十根手指都数得过来。

“我给自己的期限就是一年，相处一年都不想娶我，估计这辈子也不会想娶我了，不如趁早分手。”

甜甜还在絮叨着，化妆师抿着嘴笑，恭维她：“这么漂亮的新娘子，哪个男人不想着赶紧娶回家。”

盛卷卷看着灯光将甜甜的笑脸映得格外甜美，替她开心之余，也有点小委屈。

一个月都见不了一次的恋爱，她还谈得津津有味……

心塞。

甜甜的婚礼办得不是很隆重，是草地婚礼，来的人不多，但很温馨。而且婚礼仪式并不冗长，很快就到了新娘扔捧花的环节。

盛卷卷本来不想去凑这个热闹了，但甜甜说什么也不同意，直接把她塞进了人群正中间。

司仪数到三，新娘背对着众人把花抛了过来……可惜她用力太大，准头又不足，捧花直接飞跃了众姑娘的头顶，向外圈落去。

在一片惊呼声中，一只骨节分明的大手接住了捧花。

“啊，这是谁呀？”

“不认识，好帅啊！”

“他向这边走过来了。”

盛卷卷的耳边瞬时充满了此起彼伏的惊呼，所有人向后方看过去。还没等她搞清楚发生了什么事，周围的人群一阵骚动，自动从中间分出了一条路来。

一个熟悉的身影出现在了面前。

白色的丝质衬衫在阳光下显得有光影在流动，袖口领口扣得严严实实，只露出一节稍显白皙的脖颈。

禁欲色彩浓重。

衬衫下摆扎在西装裤里，行走间，完美的腰身若隐若现。

盛卷卷顿时屏住了呼吸，眼睛不自觉地睁大。

男人顺着分开的通道缓步走了过来，在一片吸气声中停在了盛卷卷的面前。

他没有说话，黑漆的眸子锁定在她脸上，视线像温柔的手，一寸一寸地抚摸着她的眉眼，鼻子，嘴巴……

时间仿佛静止了一般，无声的风从耳边掠过，带动起一缕发丝贴在盛卷卷嫩白的脸颊上。

痒痒的。

盛卷卷只觉得眼前的人越来越模糊，脸都看不清了。

朦胧间，她只听见耳边一声低低的喟叹：“怎么一见我就哭？”

“混蛋……”盛卷卷吸着鼻子低声骂了一句，抬手想去擦眼睛。

突然腰间一紧，整个人贴上了坚硬宽阔的胸膛。随即，一只手抚上她的脸颊，温暖的手指挑开那缕不听话的发丝，挂在耳后。

与此同时，一个吻落在了眼角，轻柔地吮去了她夺眶而出的泪水。

咔嚓。

摄影师及时抓拍了这一幕。

英俊的男人拿着捧花的手揽在女人的腰间，低头亲吻着她，女人带泪的笑和腰间的花一样灿烂盛放。

“嗯，混蛋回来了。”季策抵着盛卷卷的耳根说道，一字一顿，低沉如鼓，敲在盛卷卷心上，隆隆作响。

周围的尖叫声和口哨声此起彼伏，将盛卷卷的理智瞬间拉了回来，她还没有忘记身在何处。

她红着脸想推开季策，手贴在他胸口想使劲，就被他牢牢按住，掌心传来他的心跳。

“想不想我？”声音沙哑，尾音压低，季策带着笑问道。他对周围的动静视若无睹，眼睛里只有这个想得心都发疼的女人。

“你快放开，还在别人的婚礼上呢……”盛卷卷不想当众回答，缩着手催促他，周围的哄笑声让她耳尖都红透了。

这个人怎么一回来就不正经，连场合都不分了。

“嗯？”季策挑着眉发出性感的催促音，他依然牢牢地压着她的手，逼迫她感受自己的心跳，“想不想我？”

眼看着周围起哄声越来越大，季策一副“不说想我就别想善罢甘休的模样”，盛卷卷咬着唇，睨了他一眼，小声道：“想。”

话音刚落，温热干燥的唇就压了下来，一个深深的吻瞬间夺走了盛卷卷的所有理智。

季策在国外的治疗原定计划是为期两年。

母亲的死亡真相，时隔二十多年重新被翻开，这个巨大的刺激，季策根本无法承受，陷入了一度的自我否定中。整个人崩溃到一个月瘦了三十斤，一米八八的大男人，后来瘦得只有一百斤。

生理状态和心理状态都严重恶化。

这些都是杨炎找到盛卷卷时说的，那时候季策拒绝见任何人，除了主治医生，也就是杨炎偶尔能送点东西过去。

直到阮老先生送了样东西过来，季策才出现了转机。

季荣阳找到了盛卷卷，给了她一个 u 盘。

“他现在最不想见的人是我，最想见的人就是你，这里面是他母亲留给他的最后一件东西。我没资格给他送过去，你如果还没有放弃他，这个就交给你了。”

此时的季荣阳就像苍老了十岁，暮气沉沉，半生风姿一朝消失殆尽。

盛卷卷没有犹豫，直接去了美国。

只是，并不如季荣阳所说的那样，季策最想见的人并不是她。

他拒绝见她。

她也没有过多地停留，只是把东西交给了杨炎就回去了。

再之后，就听杨炎传回了好消息，季策开始配合治疗了。

“卷卷。”

一声低语打断了盛卷卷的思绪。

洗过澡的季策正支着身体侧过脸注视着她，眼中隐隐有光流淌。

“干吗？”盛卷卷被他看得心中一跳。

好像无论何时，季策的眼睛对她都有巨大的吸引力，看一眼就会被吸进去。

“对不起。”季策突然语气认真地说道。

盛卷卷一时没明白他的意思。

季策见她依然还是初见时的模样，不由庆幸，庆幸她没有放弃自己。

那段时间，他无比厌恶自己，厌恶到听见自己的呼吸都觉得恶心。

他一直以为自己缺乏母爱，母亲和他感情淡泊。看见别的母子撒娇打闹，其乐融融，他永远都是暗暗羡慕。在中二期时甚至一度在潜意识里怨恨母亲。

一想到这些，他就无法原谅自己。

不仅害死了深爱自己的人，还一度埋怨，甚至故意遗忘了她。

他这样的人，不配再有人来爱他。

因此，他拒绝了盛卷卷来看他。

后来，他的主治医生说，其实他只是潜意识里怕给所爱之人带去伤害。

还好盛卷卷没有放弃他。她让杨炎带给他的东西，他在夜深人静时才敢偷偷打开。

U 盘里有两段视频。

他点开其中一个，画质很模糊，一看就不是现代摄像技术下的产物。但他在看清里面的人时，心脏一度骤停。

是阮竹。

她躺在病床上，很虚弱，却还在努力笑着。

原来，她在临终前还给自己录了一段三分钟的视频。

只三分钟，她中间断断续续录了好几遍。

她说，这段录像希望他永远也不会看到。因为，如果他看见这段录像，说明中间出了什么意外，让他记起了这件，这件对他们母子两人都极其残忍的事。

她说她辈子做过最正确的一件事就是接住了自己的孩子，而最怕的一件事就是她的孩子会因此悔恨一生。

“你是我生命的延续，我想陪着你上学读书，见证你事业成功，家庭幸福，如果可能，还想抱一抱你的孩子，听他们叫我一声奶奶。

“不能亲眼看见你健康又快乐地过完这一生，是妈妈遗留在这世间唯一的遗憾。不要让妈妈的愿望落空，好吗？

“季策，妈妈爱你。”

她的身体状况很差，几乎是用尽全力才能说出几句话。

此时，季策才知道他会遗忘得不留痕迹，就是阮竹要求季荣阳想办法给他消除了这段记忆，是她主动要求自己的孩子遗忘了她。

他默默坐了很久，而后又点开另一个视频。

画质清晰，只有短短的几十秒。

里面是身穿白纱的盛卷卷，她笑着说：“季策，我爱你。”

两个画面顿时在眼前重合了，两张笑脸，两个声音，两个爱他的人，合二为一。

出事后一直哭不出来的他，在异乡的深夜里，痛哭出声。

“为什么突然道歉？是不是做了什么对不起我的事？赶紧从实招来！”盛卷卷回过神后立刻不客气地扭上了季策的耳朵。

“对不起，让你等了这么久。”季策依然直直地看着她，眼睛里的光越来越盛。

“呃……”盛卷卷的手就尴尬地停住了。

错怪他了……

“本来还想安排一个仪式，给你一个惊喜的，但是现在一想到惊喜就怕变成惊吓。所以……”

说着，季策不知道从哪里变出一个戒指来。

“你愿意嫁给我吗？”

虽然幻想过这一幕，但在听到这句话时，所有的幻想都比不上亲耳听见来得震撼。

盛卷卷呆住了。

手被温柔地拉住，凉凉的指环正在指尖处，轻轻碰触，试探着。

她突然一个激灵，神魂归位。她一咕噜翻身爬起来，坐在床上，小手一挥，指向床下：“跪下！”

季策心想：一定要这么破坏气氛吗？

盛卷卷才不管。

一辈子就这一次让你跪的机会，怎么可能这么轻易放过。想煽情几句话就躲过去，做梦！

只是此时的她一定没想到，这并不是季策唯一一次下跪。

此后无数个夜晚。

男人从后面提起小女人的腰，跪在她的身后，坏笑着：“不要求我起来，我就喜欢这么跪着。”

咬着被角喘息的小女人，眼中留下悔恨的泪水……

“我是让你这么跪的吗？”

（全文完）

图书在版编目（CIP）数据

卷卷动人 / 旧衣著. -- 南京 : 江苏凤凰文艺出版社, 2019.4
ISBN 978-7-5594-3447-0

Ⅰ. ①卷… Ⅱ. ①旧… Ⅲ. ①长篇小说－中国－当代 Ⅳ. ①I247.5

中国版本图书馆 CIP 数据核字（2019）第 048397 号

书　　名	卷卷动人
著　　者	旧　衣
选题策划	黄　欢
责任编辑	张　倩　王　青
文字编辑	蒋戴泽
出版发行	江苏凤凰文艺出版社
出版社地址	南京市中央路165号，邮编：210009
出版社网址	http://www.jswenyi.com
印　　刷	湖南新华精品印务有限公司
开　　本	880 mm×1230 mm 1/32
字　　数	280千字
印　　张	10.5
版　　次	2019年4月第1版，2019年4月第1次印刷
标准书号	ISBN 978-7-5594-3447-0
定　　价	36.80元

（江苏凤凰文艺版图书凡印刷、装订错误可随时向承印厂调换）